海右文学精品工程

鸟耘图

山东省作家协会重点扶持作品

段玉芝 著

济南出版社

图书在版编目（CIP）数据

鸟耘图 / 段玉芝著 . -- 济南：济南出版社，2025.
4. -- ISBN 978-7-5488-7166-8

Ⅰ . I247.5

中国国家版本馆 CIP 数据核字第 2025YU5301 号

鸟耘图

NIAOYUNTU

段玉芝　著

出 版 人　谢金岭
出版统筹　李建议
责任编辑　雷　蕾　林　颖
装帧设计　纪宪丰

出版发行　济南出版社
地　　址　山东省济南市二环南路 1 号（250002）
总 编 室　0531-86131715
印　　刷　济南乾丰云印刷科技有限公司
版　　次　2025 年 4 月第 1 版
印　　次　2025 年 5 月第 1 次印刷
开　　本　160mm×230mm　16 开
印　　张　23
字　　数　300 千字
书　　号　ISBN 978-7-5488-7166-8
定　　价　65.00 元

如有印装质量问题　请与出版社出版部联系调换
电话：0531-86131736

目录

献给辛勤耕耘的我们

　　《鸟耘图》：我走在历山脚下/没有想起你/我想起了大舜/那时这里一片荒芜/长满了杂草和野花/他在这里耕耘/大象和飞鸟相伴……我没有想起你/因为我知道/你和我一样/和我们的祖上一样/在这片土地上默默耕耘/在你我的心里/有大象相伴/有飞鸟环绕/始终如一……

——题记

第一章

1

一九九五年三月，午后的校园，有柳芽、喜鹊、白杨，有阳光、蜜蜂和迎春花。

那天是雀华与峻明冷战的第三天。三天前，可芹不由分说把雀华拉到小树林，雀华便看到男朋友郝峻明跟一个女生并排坐在一个石桌前，峻明写写画画，女生不停点头，两人离得很近，几乎脸贴着脸。更要命的是那个女生白白净净，用可芹的话说，好漂亮的。雀华拿起一个包子砸向峻明后脑勺后扬长而去，再也不理他。

这次峻明显然专程截她，在雀华穿过花坛时拉住她，伸着脖子向她解释："你看到的那个女生是我同班同学，说有一个题要问我，我总不能拒绝吧？那样我多小家子气……"由于激动，他白皙的脸变得通红，一直红到脖子根儿。

"问问题不是不行，用得着选个那么有情调的地方——石桌、石椅，边上全是迎春花——那是谈恋爱的地方！"

"地方是她选的……"

"你傻呀，人家说哪里就是哪里？谁知道她心里的小九九！毕业季是表白的季节，她向你表白了吧？"

"我再说一遍，她就是问我道数学题！"

"我就要回蝶城了，你留下了，她是不是也留在济南了？"

峻明愣了一下，想了想，说："这个我没问，她应该回老家吧。"

雀华眉眼里闪过一丝放心和得意，不过她还是转身就走。 峻明在后面跟着不放，跟电影里的镜头一模一样，既俗气又真实。

走着走着，雀华的脚步放慢了，在一棵白玉兰树下站住，脸上夸大的愤怒也转而变为伤感，她说："其实我也不是多想回蝶城。"

峻明赶紧说："雀华你不要难过，我们不是说好了，你回蝶城只是暂时的，再过一年咱们还在济南会师吗？"

雀华踩着地上的杂草说："都怪我没出息，考研没考上，要是考上不就什么事都没了？ 真是人不顺心了喝凉水也塞牙！"

峻明安慰说："你是准备晚了，早准备一准能考上，我坚信这一点。"

雀华一下子眉眼都笑了，说："我也坚信这一点，好吧，会师！"

说到会师，就不得不从头说起。 起初雀华考进历史系，并没有明确的目的，考大学是不用说的，那是那个时代年轻人的集体理想，至于学历史，全是因为雀华喜欢。 高中的历史老师特别博学也特别逗，戴个镜片厚厚的黑框眼镜，一脸严肃，他的口头禅就是"同学们哪，学历史能使人明智，使人明智"。 课一本正经讲到一定时候，他会说："好，放松一下。"然后扶一扶大黑框眼镜，给大家讲个历史上的小故事，板着脸等全班同学笑过了，他又说："好，继续上课。"雀华没觉得学历史让她明智了多少，不过倒让她喜欢上了历史，觉得历史很有趣，所以就报了历史系。 这跟她上铺的衣可芹不同，可芹本来报的法律系，是被调剂到历史系来的，所以一直耿耿于怀，仿佛她与历史有仇似的。

高中学得太猛，大学放松了，边玩边学，读了很多正史野史。读的史书多了，有一天雀华觉得做个历史学家也不错，可以跟大舜、孔子、墨子、庄子、李清照、辛弃疾、李攀龙……这些大人物相处，研究出世入世之道，或写诗填词以抒怀。 为此，她去了舜耕过的历山——现在大家多叫它千佛山——在历山脚下，想象着大象耕地、鸟雀衔草纷飞的场景，想着舜的勤劳和豁达。 她还去了舜井街，在舜井边驻足良久，想着舜两次差点被弟弟和后母害死的情形。 回来后，她写了一篇历史小散文《鸟耘图》，发在学校的文学刊物《物语》上，还曾引起小小轰动。 这更坚定了她想当历史学家的想法。

她还观察过，做一个历史学家，就像教他们古代史的教授，可以回到辽远而神秘的过去，可以借机游览全国的名胜古迹，还可以没课的时候不上班，在家读书研究历史，多舒服。 这么一想，雀华就觉得有必要考研。 开始准备的时候已是大三下学期，没考上，初试差五分。 而峻明一直是数学系的高才生，参加过数学竞赛获过奖的，毫无悬念地被保研。

考研不成，雀华只好找工作。 学校不是名校，加之考研后时间仓促，在济南没找到理想的单位，正好爸妈都盼着她回去，爸爸就托毕伯伯给她争取到了去蝶城日报社的名额，这样雀华就要回老家的县城蝶城工作。 两个人约定，雀华边工作边考研，考回来与峻明会师。 峻明读研需要三年，她有三年的时间。 实在不行，她有了报社的工作经验，再应聘济南的报社也行。

想起他们的约定，雀华脸上的阴云一扫而光。 峻明不失时机地说："前途是光明的，道路是曲折的。"雀华仰望着玉兰花没有说话，她在心里认同了峻明的说法。

多年以后雀华想起，如果生活就像她跟峻明一样，总是小打小闹就好了。 可生活并不如此。

这时可芹慌慌张张跑过来，可芹的脸涨得通红，头发一绺一绺贴在脸上，喘着粗气说："雀华，你快回宿舍接电话吧，你老家打来的。"

更确切一点说，雀华命运的改变，就是从这个电话开始的。

雀华跑回宿舍楼，电话已经挂断了。可芹告诉雀华，宿管阿姨通过呼叫机叫她下去接电话，说是家里有急事要找她，宿管阿姨让雀华家里再过十分钟打过来。

有急事？会是什么事呢？应该是十万火急的事，因为自从雀华上小学开始，爸妈从来没有跟她说过家里的事，他们总说家里没事，不用她管，她只管好好学习就行了。想到这里，雀华出了一身冷汗，一动不动地盯着窗口里面的电话机。可芹摘着红色腈纶衫上起的球球，拿眼睃着雀华。雀华想来想去，最大的可能就是奶奶不行了。奶奶有气管炎，每年一入冬就犯，天暖和了就变轻，这两年天转暖也不大行了，还对花粉过敏，有时候憋得厉害，医生说是哮喘。

电话铃响起，雀华跳起来。宿管阿姨叫："金玉霞，金玉霞。"一个黑皮肤有点龅牙的女生礼貌地对雀华说："请让一让，我的电话。"雀华看了金玉霞一眼，让过窗口。不知为什么雀华记住了金玉霞这个名字，她要求让一让时一本正经的样子，她接完电话后快乐飞扬的样子，都深深留在雀华的记忆中，直到中年都不曾忘怀。

奶奶七十三岁了。七十三，八十四，阎王不叫自己去。老话真的说得这么准？

金玉霞刚放下电话，电话铃就又响了，这回宿管阿姨叫的是雀华的名字："朱雀华。"雀华抢过电话："我是。"

电话是国庆打来的，国庆的声音有点沙哑，他说："姐，你回家一趟吧。"

雀华问："家里出事了？"

国庆停了一下，抽了一下鼻子，好像是感冒了，他说："咱爸……被……被车撞了。"

"什么？撞哪了？厉害吗？"

国庆说："不厉害，也不很轻，你回来看看吧。长途，我挂了。"雀华还要再问，国庆已挂了电话。

雀华只觉得脚底下跟踩了棉花似的，一阵头重脚轻，蹲地上了。可芹急忙扶住她，问怎么了。雀华说："我要回家，我爸被车撞了！"

等在楼门口的峻明见状冲进来，急切地问雀华怎么了。雀华还是那句话："我要回家，我爸被车撞了！"峻明问："很厉害吗？"雀华说："不很厉害，也不轻。"峻明说："那就没事，你上楼收拾一下东西，我送你去火车站。"宿管阿姨走出来，对峻明说："这位男同学快出去，你知道的，男生不准进女生宿舍楼！"

峻明连连答应着往楼门外退，退的速度极慢，这时雀华已经站起身来，对峻明说："快出去，别让人把你当成流氓！"宿管阿姨不乐意了："这位同学怎么说话呢，你是哪个系哪个……"话未说完已不见了雀华人影。雀华早已飞一般上楼。

2

经过排队、买票、等车这一系列程序之后，雀华坐上火车时已是夜里零点五十分，这趟车将在凌晨四点十分到达蝶城火车站。蝶城在鲁南，是雀华的家乡小雪村所在的蝶县的县城。

峻明站在站台上的灯影里，他的影子被拉得很长。雀华坐在三人座位的中间，她站起来向峻明招手："你回去吧。"峻明大声说："看看你爸爸要是没大事，你就早点回来上课。"这话峻明跟雀华说了好几遍了，雀华不耐烦地说："知道了，别婆婆妈妈的。"这时咣当一声，火车开始动弹了。

雀华看着峻明向她所在的窗口挥舞胳膊，手里还攥着那张站台票，看样子他很想跟着火车往前走，往前跑，但是他站在那里没动，只是探着头挥着那张站台票。雀华知道，峻明不追着火车跑是怕别人笑话。委屈峻明了，他要在火车站待到六点，才能坐上最早的一班公交车回学校。

很快就看不到峻明和那些送站的人了，雀华倚到座位上，闭上了眼睛。 这一刻她才真的意识到坐上回家的火车了。

从接到国庆的电话到此时，雀华一直像梦游一样。 候车室里几个小时漫长的等待更像一场梦游，她茫然看着乌泱泱的人群，心里反复想的是爸爸被撞得轻重。 此时她又在想，是撞了胳膊，还是腿，还是腰？ 这些国庆一概没说，他只说不厉害，也不很轻。 可恨的国庆，他没说清楚就挂了电话，而她情急之下也没想起来打回去——打回去也没法打，谁知道国庆那边公用电话的号码！ 算了，想也没用，她想起峻明安慰自己的话，回去看看就知道了。

想到这里雀华睁开眼，从书包里掏出一本书，是《平凡的世界》第一部。 雀华收拾东西时，可芹从雀华书架上拿出一本书塞给她："带本书路上看吧。"可芹是有意拿的这本书吗？ 如果是有意的，她拿这本书的目的肯定不是激励她刻苦学习，而是——对待挫折的态度……这本书可芹向她借了看过。 翻着书，雀华对可芹生出感激之情，虽然在平时，她对可芹有诸多看不惯不服气的地方。

车厢里灯光昏暗，各种气味拥挤着寻找出口。 书上的字渐渐模糊，一阵困倦袭来，雀华倚在后背上睡着了，脑袋随着车厢的晃动晃动着。 车厢里有趴在前面小桌上睡的，大多数人没这么幸运有小桌趴，他们只能仰头靠在后背上睡，这姿势既不舒服也不雅观。 这个时候谁还顾得上仪态——困倦打败了他们。 至于买了站票的，那是别想睡了，为了稳当略微叉开腿站在过道里，一只手扶着座位的后背，眯一下眼都有摔倒的危险，当然也不会摔得太重，人站得密，不至于直接摞在地上。

停车的巨大声音惊醒了雀华，她下意识地看向窗外，看到了窗玻璃上惶恐的自己。 雀华又看表，她的表竟然还指着一点十分，那是她上火车后第一次看表的时间。 她急忙问身边的中年男人："大叔，麻烦问一下几点了。"中年男人看看表说："一点二十六。"雀华松口气，她没睡过站。

雀华的手表就是在这个晚上坏的。 雀华把表调到一点二十七，上满弦。 过一会儿再看表，还是一点二十七，别人的表已经两点十分了。 雀华把时间又调过来，一直到蝶城，雀华的表都没有再主动跑过。 毫无疑问，手表坏了。 这块手表是雀华考上蝶城一中时爸爸给她买的，一直跑得很准，就在那个夜晚毫无征兆地坏了。 雀华只是心疼这块手表，并没有想到这事会预示着什么。 当然，不久她就会知道。

蝶城开往小雪的第一班中巴是早上七点。 雀华在蝶城火车站大厅坐到六点，外面天亮了才走出火车站。 爸妈跟她说过，夜里不要去人少的地方，火车站虽然乱，可是安全。

雀华永远都记得那天早晨的情形，中巴在小雪后面的公路上停下，她跳下中巴，发现下雨了，是那种随风飘来飘去的雨丝，落在脸上凉凉的。 雀华急匆匆走在回家的路上，远处隐隐有鼓乐的声音，那是谁家在办丧事。

后街的四奶奶迎面走过来，说："雀华回来了……快家去吧。"雀华发现四奶奶的眼神怪怪的，是从未见过的眼神，而且躲躲闪闪的，扛着镢头就往坡里去了。 以往见到雀华回来，四奶奶总是站住拉着她的手问这问那，最后还总结性地夸几句："看我大侄子大侄媳妇多有福，生的闺女是闺女儿是儿，个顶个出息。"满是羡慕的眼神。 多年以后雀华回忆起来恍然明白，那天早晨四奶奶的眼神里是怜悯。

鼓乐声越来越近，越来越响，让雀华心里忽忽悠悠的。 拐进胡同，发现胡同里站满了人，一直延伸到她家大门口，那鼓乐声正是从她家方向传出来的。 不错，鼓乐队就在她家大门口的横道里。 她家大门上贴着白纸。

胡同里站的全是她朱家门里头的人，她还没来得及一一打招呼，四姑走上来接过她的书包，神情凄然地说："雀华回来了，去看看你爸吧。"

雀华看到四姑穿着白鞋，头上包着白布巾。雀华问："四姑，我爸撞哪里了？厉害吗？"

四姑眼泪扑簌簌往下掉，拉着雀华的手说不上话来。

二婶走过来拉着雀华另一只胳膊说："你爸让拖拉机撞头上……没了。"

雀华说："没了？我不信！国庆在电话里说撞得不厉害。"

四姑呜咽着说："那是你妈和你二叔交代好的，怕你路上着急！"

雀华说："四姑，你哭糊涂了，是我奶奶吧？"

四姑号啕大哭："要真是你奶奶也好了呀……我的哥……呀……"

到这时候，雀华有点信了，但还是觉得不可能。寒假开学时爸好好的，骑着自行车上下班，自行车后座上捆一大堆东西。有时候雀华坐在后座上跟着爸爸去赶集，大金鹿的后座宽大舒服。初一那年暑假，雀华就用这辆车学会了骑自行车。那时候她个子矮，大金鹿车座高，她就把右腿从大梁底下伸过去，也骑得像模像样。爸爸抽着烟站在路边看她，满脸都是笑。她考上蝶城最好的中学，爸爸一向以她为骄傲。

三姑红肿着桃子一般的眼睛看过来，雀华像是突然间明白过来了，她推开二婶和四姑，飞快地绕过灵棚冲进堂屋。

两条长凳搭起的灵床，床上头朝外躺着一个人，身上盖着白布。雀华掀开白布，爸爸仰躺在床上。爸爸闭着眼睛，神态安详，嘴微微张开着，好像要说什么。说什么呢？无非是让我们好好学习好好吃饭。爸爸穿着干净整齐的新衣服，这让雀华有一种距离感，隔开了她与爸爸的亲近。雀华拉住爸爸的手，爸爸的手硬而冰凉。

雀华又查看爸爸的头，问："二婶说拖拉机撞爸爸头上了，撞在头上哪里了？我怎么没看到？"二叔不知什么时候走进来，他拉过白布重又盖在爸爸身上，用长辈的权威口气说："看也看过了，行了。"

雀华又要掀开白布，二婶和三姑拉住了她的胳膊，雀华挣扎着大喊："到底撞的哪里？ 你们骗人！ 骗人！"

二叔说："拖拉机撞自行车上了，你爸脸朝上摔出去，摔的后脑勺，就淌了一小摊血……"

后脑勺？ 雀华想帮爸爸翻个身，她好看看爸爸的后脑勺，可是两只胳膊被抓得死死的。"放开我！ 放开我！"没人听她的，任凭她怎么喊叫都是徒劳。

雀华猛地想起一件事来，她盯着二叔喊："二叔，揍死那个开拖拉机的！"二叔说："开拖拉机的是大雪镇你云姑奶奶家的孙子，你全友哥。 天还没明，大下坡——唉，都是命啊！ 命——"

雀华停下来，她不知道该怎么办了。 这时雀华注意到国庆和锦梅一左一右跪在灵床边，都穿着白袍戴着白帽，腰间扎着麻绳。 锦梅涕泪横流，咧着嘴喊："姐姐……"雀华又看国庆，国庆有些呆，脸上没有泪，他低低地说："姐……你回来了……"然后他抱着头伏在地上，号啕大哭。

雀华一脚一脚地踹过去："你不是说爸爸撞得不厉害吗？ 你不是说不厉害吗？ 爸爸怎么成这样子了？ 啊——"

雀华发出凄厉的号哭，众人似乎松了口气，他们不约而同，一直等着她哭。 雀华想扑到爸爸身上，叫醒他，一定要叫醒他。 可是她的胳膊仍被二婶和三姑死死拉住。 她听到三姑说："雀华，哭吧，哭吧。"

雀华的身子直往下坠，二婶和三姑终于架不住了，她们由着她蹲到地上，趴到地上，想到雀华没有扑到死人身上的力气了，她们松开手。 雀华自由了，她像游泳的人一样拍打着胳膊和腿，在地上打着滚哭。

3

雀华姐弟三个作为孝子，接下来的事情只要听从安排就行了。

雀华爷爷弟兄六个，爷爷和二爷爷早逝，家中还有三爷爷、四爷爷、五爷爷、六爷爷，加上二叔和五叔，爸爸的丧事就由他们商量着操办了。

雀华爸爸出殡那天，毕伯伯一早就来了。 毕伯伯是爸爸的战友，也是爸爸的好朋友，他们一起上过越南前线。 以前毕伯伯每次来雀华家喝酒，总要说："雀华呀，我跟你爸爸可是一起经历过生死的。"那时候雀华年龄小，根本不明白一起经历生死是怎么一回事，她不爱听他们讲过去的事情，她只关心城里人穿的衣服是不是比小雪的洋气。 毕伯伯给雀华买过一件带荷叶花边的粉色长袖衬衣，雀华高兴得不得了，穿了好几个夏天，直到小得不能再穿了才送给表妹。后来毕伯伯做了教育局副局长，忙了，就不大来了，有时候爸爸去蝶城开会碰巧能见一次毕伯伯。

最重要的是，雀华能到蝶城日报社工作，就是毕伯伯帮忙找的。雀华的爸爸在镇上只是普通的工作人员，在蝶城关系并不多。

雀华的几个爷爷和二叔、五叔不知道雀华工作的事，他们只是觉得蝶城教育局的副局长能来吊唁雀华爸爸，对他们朱家来说是件很有面子的事。

毕伯伯跟许多来吊唁的男宾一样，一进灵堂就掏出准备好的手绢，蹲在灵前捂着脸开始哭。 毕伯伯叫着"同贵——同贵——"他的叫声和哭声里有发自肺腑的悲痛，这让雀华非常感激。 毕伯伯的哭声感染了三个孝子，他们再一次哭作一团。 一旁的灵前执事适时劝住毕伯伯，并大喝一声："谢——"三个孝子强忍住哭泣，伏地跪拜。毕伯伯没有接着走进东间的宾客房，他叫："雀华、国庆、锦梅……"三个孝子带着哭腔一齐喊："毕伯伯……"毕伯伯说："天灾人祸，没有办法，你们要好好的，还要照顾好你们的妈妈。"三个人答应着，毕伯伯还要再说什么，这时又有人进来，毕伯伯转身进了东间。

刚进来的是爸爸的另一个朋友，从小跟爸爸一起长大的开顺叔。开顺叔蹲在地上哭了好一会儿，灵前执事劝了两次才劝住。 雀华本来想行过谢礼之后和开顺叔搭句话，开顺叔的到来让她想起近几年爸爸最高兴做的事之一，就是与开顺叔一起在家喝酒。 可是还没来得及抬头，后面就又来了几个亲戚，开顺叔沉痛的目光在三个孝子身上停留了一会儿，也进了东间。

　　亲戚朋友接二连三来吊唁。 为什么大家都平平安安，这飞来的横祸就落到爸爸身上了呢？ 爸爸一生与人为善，小心谨慎，从不做亏心事，唯一的缺点就是过于老实不善交际，可这也算不了什么。想到这一点，雀华的悲痛和绝望里又掺杂了怨天尤人的成分，是的，为什么这样的祸事要落在他们家，而不是别人家？ 所有这些情绪的唯一出口就是哭。 雀华的嗓子哭哑了，还是哭，哭到头痛和麻木。

　　这样的情形持续到爸爸下葬后回到家，雀华才有了一丝心力来关注周围的事情。

　　首先是妈妈。 自从雀华爸爸出事，妈妈哭倒在床，哭雀华爸爸、哭她自己的命、哭她的三个孩子怎么办，两天两夜没吃没喝没合眼，谁劝也没用，二婶、五婶她们日夜轮流守在她身边。 到这天雀华爸爸火化，骨灰埋进朱家老林之后，妈妈像从一场大梦中醒来一样，喝下了雀华端过来的半碗稀饭。

　　妈妈对二婶说："国强妈妈，你和妹妹们别担心我想不开，我不死，我要再死了三个孩子怎么办？ 你们的哥也不答应……"妈妈说着又哭起来。 雀华端着碗还没走出里间，听到妈妈这么说蹲到地上也哭了，碗从手里滑落下来。 碗没有破，三姑从地上拾起碗说："你爸爸已经入土为安，雀华你是家里的老大，你不能光哭了，你得帮着你妈妈照料这个家。"雀华点点头，用袖子擦擦眼泪，拿过三姑手里的碗为自己盛了一碗稀饭。 雀华哪有食欲，她硬让自己一口一口咽下去，眼泪一颗颗落进碗里。 三姑擦着眼睛说："这就对了，雀华……"

头七过后，妈妈把雀华姐弟三个叫到跟前，很正式地说："你们爸爸的头七过了，家里也拾掇个差不多了，国庆和锦梅得去上学了。"国庆说："我再过一个星期，帮着把家里的粪淘出来拉到地里。"雀华说："这不用你，我帮着妈干就行，我还有几个月就毕业了，该学的都学完了，工作也定下了，没要紧的事。你高三，下午收拾收拾就回学校，明天按时跑操上课。"国庆说："你哪有力气淘粪拉粪。"雀华说："我又不是没干过，力气小慢慢干，一排车少拉点多拉几次不就行了？"国庆还想说什么，雀华打断说："别说了，就这样了。高考完你有两个月的时间帮妈干活。"国庆跟雀华一样，在蝶城最好的中学蝶城一中上学，住校。三人中，国庆最聪明，成绩属于上游，正常发挥至少能上山大，雀华一直希望弟弟能考个比自己好的大学。国庆不太情愿地说："行吧。"

雀华又对锦梅说："锦梅明天也开始上课。"锦梅说："去了我也学不下去，还不如在家。"雀华说："学不下去也在教室里坐着，能学多少是多少。"锦梅贪玩，学习不好，连三中也没考上，好在三中在大雪地界，爸爸托人找关系把锦梅送了进去。见锦梅噘起嘴，雀华说："爸爸可是人托人脸托脸才让你进的三中。"一听这话，锦梅抹开了眼泪，说："我去。"

第二天国庆和锦梅都上学走了，妈妈让雀华拿过纸笔，把吊簿和丧事开支单子找出来，都算了一遍。然后又把外柜收钱的盒子拿出来，点了里面的钱。吊簿上收的钱减去花的钱，剩的钱里面多出一千块。妈妈说："这就对了，这一千块是家里的，花完了才用的外柜收的钱。"除了这一千块钱，钱盒里还有八百二十七块六毛钱。许多年过去了，雀华仍然记得这个钱数，那是她长到二十二岁第一次管家里的事。妈妈说："吊簿里收的礼钱，有些是咱家已经花完钱的人情，有些以后要补。好在眼下有这些钱，你姐弟三个吃饭上学还能撑一年。"雀华说："再过几个月我就工作了，能挣钱了，能补贴国庆和锦梅上学，妈妈你不用愁。"（一九九五年，网络还没有兴起，报社还是非常吃香的单位，工作体面，收入还好。）妈妈说："你上大学你爸爸高兴了这些年，你快挣钱能打酒给他喝了，他又……"一句话说得母女两个又悲从中来，对坐而泣。

也不知过了多大会儿，雀华收住眼泪默默地把吊簿和钱盒收起来。

院子里传来一阵声响，云姑奶奶在二叔、五叔的搀扶下颠着小脚走进院中，旁边跟着全友哥、全友哥的爸妈和二婶、五婶，二婶拎着云姑奶奶的拐棍。 云姑奶奶是爷爷的堂姐，八十岁了，瘦小硬朗，头脑清晰，在朱家所有老少姑娘们中间，一向以口齿伶俐著称。 在这些侄辈里面，她最喜爱的就是雀华的爸爸，雀华爸爸每年过年都单独去看望她。

雀华冲上去对着全友哥一阵拳打脚踢："是你撞死了我爸！ 是你撞死了我爸！"全友哥像烧鸡一样勾着头，不还手也不说话。 五婶死死抱住雀华，雀华挣扎着把一口唾沫吐在全友哥脸上。 众人就像没看见一样，都一言不发。

妈妈带着哭音迎上去："二姑……"云姑奶奶颤声说："侄媳妇，我看你来了。"妈妈上前替二叔扶住云姑奶奶。

云姑奶奶一进门便老泪纵横："我的大侄子呀，我的大侄子呀——走的怎么不是我呢？ 我替了你去多好——"

全友哥扑通一声跪在妈妈面前："妗子，我对不起你，对不起我舅，都是我该死！ 我该死！"全友哥说着左右开弓打自己的脸。

二婶急忙去拉："全友，全友，别这样……"

云姑奶奶威严地说："二侄媳妇，别拉——你们谁都别拉！"

没有人再去拉，全友哥一下一下地打着自己的脸，他的脸开始肿起来。

妈妈用手绢擦着眼泪，就那么看着全友哥打自己的脸。一屋子的人都看着，他们其实都在看妈妈的意思。屋里只听到响亮的耳光声，雀华看到唾沫还挂在全友哥肿胀的脸上，他抡着胳膊恶狠狠地抽着自己，就像抽着仇人一样——去年暑假他还开着拖拉机捎她去蝶城，一路叫着雀华妹妹，见人就说这是他的大学生表妹。雀华忍不住叫道："妈，全友哥的脸要打烂了！"

妈妈睃了全友哥几眼，终于把手绢塞进褂子口袋里，伸出手拉住全友哥："全友，妗子不怨你，你又不是故意的，谁都知道你舅疼你。"全友哥号啕大哭，边哭边朝妈妈磕头，头上磕出了血。

妈妈厉声说："全友，不要这样了，妗子说了不怨你，你再这样，你舅在地下也不安生！"全友哥停止了磕头，跪在那里继续号啕。

这时全友妈从怀里掏出一个用灰色手绢包的小包，递到妈妈面前说："雀华妈，这是我们全家凑的一万块钱，你留着孩子们上学用。"妈妈一听是钱急忙推过去："嫂子这钱我不能要，我知道你家里的光景，一下拿出这么多钱，不知借了多少家。"

云姑奶奶说："钱没有命要紧，我的大侄子命没了，都是全友作的孽呀！我还能说什么？也就是全友吧，换成别人早缺胳膊断腿了，可是同贵，我从小看着长大的同贵再也见不着啦——"云姑奶奶要哭却哭不出来了，一口气憋在那里，直咳嗽，眼看着要背过气去，二婶急忙上去捶背。

全友妈说："雀华妈，你要不收这钱我们心里都过意不去，你姑心里更难受。"

云姑奶奶直喘粗气顾不上说话。

妈妈说："嫂子，按说这事要是出在别人身上，我不光要钱，我还要他们抵命！再怎么着我得去告他们！"全友妈拿包的手一哆嗦，包差点掉下来，说："那是，那是。"妈妈说："全友能害他舅吗？这都是他舅的命！　这钱我一分不要，你怎么拿来的怎么拿回去。"

全友妈说："雀华妈，我和你哥这就觉得对不住你和孩子们了，你要再不收下钱，我们也没法过了！　你就收下吧，你不收，我也给你跪下。"全友妈说着就要下跪，妈妈一把拉住："嫂子不能这样，不能这样！"

二叔说："大嫂，表嫂话都说这份上了，你不能不收了，你要是收下，让表哥表嫂还有全友，包括咱姑，心里都能舒坦些。"

云姑奶奶喘着粗气说："雀华妈，你就看着办吧，我也什么都不说了。"

妈妈呜呜哭了，说："二姑，我收下就是了。"

二叔替妈妈收下包钱的小包，放到大桌子上。

妈妈拉起全友哥说："全友，我是看着你长大的，事儿到了这个份上，你也别光怨自个儿了，我听你二舅说了，你拐过弯来是下坡，车刹不住了。"全友说："我一开始没看见前面有人，等我看到大舅就晚了，我要是早看到大舅就好了！"妈妈说："别说要是了，那天我跟你大舅说让他赶集别去这么早，他非要早去，说回来不能晚了上班，你说那天你大舅要是听我的晚去一会儿，你不就从坡上拐下去了？这都是命！　都是命啊——"

云姑奶奶说："雀华妈，三个孩子都上学，以后家里地里的活儿，叫全友帮你干。"妈妈说："我听二姑的。"

云姑奶奶又问起雀华奶奶，二叔说："这事没跟我娘说，出事后我姨差我表哥把我娘接到她家去住了，等我娘老毛病好好再慢慢跟她说。"云姑奶奶擦着眼泪："我都难受得不行，你娘怎么过呀！"

众人默默地各自抹了一阵眼泪方才打算离开。

雀华看着全友哥红肿的脸和眼，说："全友哥，事儿到这里就了了，都说是命，就是命！"全友哥肿成一条缝的眼里又淌出两行热泪。

妈妈扶着云姑奶奶走在后面,与众人拉开几步远,悄声说:"二姑,这些天把全友看紧了,咱们已经出了一条人命,不能再有闪失了!"云姑奶奶紧握妈妈的手,再一次老泪纵横。

十九年后云姑奶奶无疾而终前说过一句话:"我一辈子要强没服过谁,我只服同贵侄媳妇。"当然这是后话。

那天雀华走在最后,妈妈跟云姑奶奶的一言一行都被她看在眼里,她望着妈妈瘦削的背影,默默地叫了声:"妈妈!"

从这一刻起雀华发誓要让妈妈过上好日子。

第二章

1

　关于出事那天早上的情形，雀华后来问过二叔。 二叔说事情发生时就爸爸和全友哥在场，当时的情况他是听全友哥说的。 全友哥说爸爸当时一动不动倒在地上，脸朝上，后脑勺下一摊血，全友哥把爸爸抱上拖拉机就去了镇医院，到医院大夫就说不行了。 也抢救了，还是不行。 二叔赶到医院时抢救已经结束。

　根据二叔的描述，雀华对那天的情形进行了无数次复原，这些想象的镜头在她脑海里无数次回放，挥之不去。 好多个夜晚她跪在床上，祈求时光能够倒流，祈求真的有那么一个时光隧道，这时光隧道即便是个无底的深渊，她也会义无反顾地跳进去。 哪怕是再经历一次身心几近崩溃的高三她也愿意，只要爸爸还活着。 可是第二天凌晨醒来，她摸黑走出卧室的时候，看到爸爸的遗像摆放在条几上，照片中的爸爸慈爱地望着她。

　雀华偷偷地流了一会儿泪，拿起铁锹去淘粪。 打开屋门，雀华看到月光下堆了一堆新淘出来的粪，她不知道妈妈什么时候起来的。妈妈脸上闪着泪光，雀华装作没看到，母女两个默然无声地淘粪。

　那一天雀华和妈妈拉粪回来，看到毕伯伯与毕伯母等在大门口，他们手里分别拎着几包点心。 在小雪有个风俗，逝者被发送之后，陆续会有亲朋来探望逝者家属，以示安慰。

大家见面，免不了又是一番安慰、回忆与流泪。 对于毕伯伯和毕伯母的到来，雀华感恩不尽，听妈妈说爸爸一出事毕伯伯就来过，爸爸出殡也来了，现在毕伯母又来家里探望妈妈，真是让人过意不去。 雀华想着等大人们说完她插几句，爸爸的事还有她工作的事，怎么也得表达感激之情，当然，光嘴上说没用，她以后会报答他们。仿佛怕雀华提工作的事似的，毕伯伯和毕伯母一直跟妈妈说这说那，没给雀华插嘴的空儿。

稍稍有一个停顿，毕伯伯跟毕伯母交流了一下眼神。 雀华续茶的时候看到了，忽然觉得他们还有其他的话说。 果然，毕伯母咳嗽了两声，说："雀华妈，有一件事老毕一直想跟你说，总觉得说不出口，可是不说也不行啊，早晚得说，雀华现在也在家里，还是早说了吧。"

妈妈说："二嫂，咱们多少年的交情了，还有什么话不好说，你说就是。"

毕伯母看看毕伯伯，毕伯伯一脸凝重，低头看着地面。

毕伯母说："是雀华工作的事，报社里的人给老毕说，雀华去不成报社了……"

"为什么？ 不是说好了要我吗？"雀华被一棍子打蒙了。

毕伯母说："这不说嘛，一开始要三个人，你是一个，后来……后来……竞争的人多了——人家又改口说要学新闻或中文的，学历史的不对口。"

"我要去的是人文历史栏目，当时说学历史的更好，要说写东西，我还在校报校刊发过好几篇文章呢。"

毕伯伯终于说话了："据说那个学生在省里的晚报发过文章。"

妈妈说："二哥、二嫂，咱们是不是再买些东西送过去？ 要不直接送钱吧，我这里还有一些钱，我们这些没头没脸的人跟人家说不上话，麻烦二哥你帮着送给人家。"

毕伯伯说："不是钱的事儿，要是花钱能办我就办了，人家中文本科，各方面条件不比咱差，专业更对口——报社说这是择优录取，是公平竞争的结果。"

妈妈说："还有什么办法吗？ 还有什么办法吗？ 同贵一死，我们娘们儿连个主心骨都没有了，二哥，你再给想想办法吧！"说着她又开始掉泪。

毕伯母说："妹子你说哪里去了，这事儿同贵还在的时候老毕就听信儿了，老毕也是又气又急，为这事跑了好些天，还是白搭。 正难受怎么跟同贵说，同贵就……"

毕伯伯说："同贵在还好，同贵这一去，我真是难办，思来想去还是快点说，早说了雀华好再找工作，拖着就耽误孩子了。 我再打听着，看看有没有别的单位要人。"

话说到这个份上，雀华和妈妈都知道事情是没法挽回了，就像爸爸的死一样没法挽回。

妈妈擦着泪说："那就麻烦二哥再想想办法找别的单位，看在同贵的份上……"

毕伯伯说："这个弟妹你不说我也会想办法，我跟同贵像亲兄弟一样，以后国庆、锦梅有什么事我照样得管。"

雀华说："麻烦伯伯和伯母，以后我一定加倍报答你们！"

又说了一阵客套话，毕伯母从包里掏出一摞钱放到桌上："这是同贵给老毕办事的钱，雀华去不成，人家给退回来了。"雀华暗吃一惊，没想到爸妈为她找工作拿出这么多钱，他们平时可是节俭得很，两三年都不舍得买件新衣服。

妈妈急忙说："我不留二哥、二嫂心里过意不去，全留下我心里过意不去，二哥为这事跑前跑后请客送礼，也花了不少钱，留下三千给二哥，不够就不够了。"妈妈边说边往外抽钱。

毕伯母飞快地看向毕伯伯，毕伯伯不满地瞪毕伯母一眼，对妈妈说："弟妹说这话见外了，来往这么多年，我是什么人你又不是不知道。别争了！你全留下，我们也该回去了。"

毕伯伯起身往外走，毕伯母死死按住妈妈的手，妈妈顺势收手。

送毕伯伯、毕伯母回来，雀华默默抹着眼泪。妈妈一屁股坐到堂屋地上，拍着地哭诉："老话说得一点不假，人走茶凉，何况人死了呢——"她转过身去对着雀华爸爸的遗像："谁都想为好人，你不当官，还死了，人家为什么要为你，不去为当官有用的人呢——"

雀华说："妈妈，别乱说，毕伯伯说的应该是真的，他也是没办法。"

妈妈说："雀华你个书呆子，你是不知道知人知面不知心呀——朱同贵，老毕说的要是实话，你在天上好好保佑他，他要是编瞎话，你叫他遭报应，遭报应啊——"

雀华抹着不断掉下来的眼泪，抹了一会儿，只觉胸口有一股气冲来荡去，好像要把她的胸口挤爆似的，这一刻眼泪戛然而止，再也掉不下来了。雀华认认真真擦干脸上的泪，说："妈妈别哭了，哭管什么用，我好歹上了大学，还怕找不到工作？"

妈妈一下子愣住了，怔怔地盯了雀华一会儿，擦着眼泪悲喜交加地从地上爬起来。

2

种春土豆的时候到了，小雪凡是留地种土豆的人家都呼啦啦下地了。

一个微风的早晨，人们陆续下地的时候，看到雀华母女俩已经种了一畦土豆了。母女俩安静地翻地、平地、下土豆。

雀华开始时有些笨拙，干着干着就熟练了。当然还是各种不适应，蹲时间长了两腿发麻，半弓着腰时间长了腰酸得快直不起来了，只好两个架势轮流来。 小时候爸爸不止一次跟雀华说："好好学习，不要再过面朝黄土背朝天的日子。"原来面朝黄土背朝天的日子这么苦这么累，此时此地雀华才有切肤感受。 眼泪流出来，雀华迅速揩掉了，不能让妈妈看到。

"你还是快点回学校吧，"妈妈忽然说，"你没有工作了，回去看看学校里能帮着找不，你毕伯伯说再给你找，还敢指望吗？"

雀华说："妈妈你别急，这两天我都想好了。 现在学校不包分配，实行双向选择，五一还有一次毕业生供需见面会，用人单位肯定少不了，我去看看。 我一边自己找，一边再等等毕伯伯的信儿。"

"哼，人走茶凉！"妈妈愤愤地甩了甩手上的土。

"毕伯伯没有错，"雀华说，"妈妈你想想，要是毕伯伯去找报社领导闹，去找推荐的领导闹，有用吗？ 胳膊拧不过大腿，得罪了人对毕伯伯有什么好处？ 问题是毕伯伯得罪了人我还是进不去，落个两头空。"

"三个名额，为什么顶下来的是你？"

"毕伯伯得罪了人，以后混不好，国庆和锦梅都没得人帮了。"

"你毕伯伯的意思我明白，你的工作不行了让咱们也别说什么了，要不以后国庆和锦梅的事他就不管了。"

雀华起身去那边拿土豆种。 毕伯伯话里的这个意思她当时也听出来了，可是她说："毕伯伯为什么非要管咱家的事呢？"

妈妈说："他现在说管，以后不见得管。"

拿过土豆种，雀华说："不能把宝押在别人身上。 现在大学生分配机制改革了，双向选择，我们机会多着呢，我宿舍几个同学就是自己找的工作，也还不错。"

妈妈手里抓着土豆种，抬头望着天空说："朱同贵，你保佑咱雀华找到个好工作吧！"

天空清澈高远，几只蝴蝶从空中忽闪而过，有一只是黑色的，在阳光下闪着黑色光芒。

种完土豆又过了几天，开顺叔来家了。 开顺叔虽也是当兵出身，可是他有文化，上到初中毕业才去当的兵，不像爸爸，家里穷，上完高小就不上了。 所以开顺叔复员后去了大雪镇小学当老师。 开顺叔比爸爸晚复员一年，没安排上正式工作，只是民办教师，一直到快退休才转成正式的，有了一份退休金。 不过这都是后话。

妈妈把雀华工作的事说了，开顺叔听了只是叹气。

妈妈说："我怎么觉得毕二哥是说瞎话呢，他说同贵死前就得信儿了，没来得及说，又说没办法只能这样，开顺兄弟，你说该不会是毕二哥拿雀华这个名额做了别人人情了吧？"

开顺叔半天没说话，最后长叹一口气，说："大嫂，我多少了解毕二哥这人，他高中毕业，能混到副局长很不容易了，他有他的难处，毕二哥说什么你就听什么吧，你就当他说的都是真话。"

妈妈说："这话什么意思？"

开顺叔说："别管毕二哥说的话是真的还是假的，有一件事板上钉钉是真的，就是雀华没法去报社上班了。"

妈妈说："同贵这个人，就是脸皮薄。 雀华找工作的时候，他给我说过有个战友在省里当官，当年那个战友还在咱这里蹲过点，同贵跟他不孬。 可同贵说多年不跟人家联系了，不好意思麻烦人家。"

开顺叔叹口气："朱大哥这脾气，让他开口确实难为他了。"

五婶来了，站在院子里喊妈妈借三轮车用，妈妈出去了。

开顺叔问："雀华你怎么想的？"雀华说："我能理解毕伯伯的难处，我要自己去找工作。"

开顺叔点着头说："雀华啊，生活没有绝对公平，不要抱怨愤恨。 让自己出类拔萃，就是对不正当竞争最好的还击。"

雀华默默听着。 她知道开顺叔当了这些年教师善于说教，但是这句话她听进去了，而且莫名其妙就记住了。 此后许多年里，每当她面临困境，伤心绝望甚至想放弃的时候，她总会想起这句话："让自己出类拔萃，就是对不正当竞争最好的还击。"仔细想想这话有很多哲学和逻辑上的问题，却在相当长的一段时间里成了雀华的座右铭。当然这是一个打死也不能对外人说的座右铭。

五七那天国庆和锦梅都请假回家来了。

做过五七，家族里其他人都走了，妈妈忍不住又给雀华念叨起工作的事，少不得对毕伯伯和人心又一番抱怨，妈妈固执地认为这事没这么简单，中间一定有别的事儿。她们躲在厨房角落里嘀咕，没想到被国庆和锦梅无意中听到。二人相视，怪不得姐姐除了悲痛还满面愁容。国庆觉得作为家中唯一的男子汉，他必须出面。出面做什么呢？再去找毕伯伯吧，跟毕伯伯说说好听的，请他给报社领导说清楚家里的难处（父亲刚刚车祸去世），说不定人家同情家里的遭遇会再次录用姐姐。要是毕伯伯不好开口，他就让毕伯伯带着他去，作为蝶城一中的高才生，他除了学习好还被认为很有口才，他相信动之以情晓之以理定会说服那个领导。

国庆想一个人去，锦梅却死缠烂打要跟着，并扬言要是不让她去她就告诉妈妈和姐姐，谁也别想去。国庆只好带上她。

国庆和锦梅是在下午三四点钟到达教育局宿舍的。到毕伯伯家门口，正要敲门，听到门内"咣"的一声响，是杯子猛摔在地的声音，两人吓一跳。紧接着听到一声怒喝："我没你这样的侄子！不好好学习不说，旷课，打群架，你还好意思来找我！"是毕伯伯的声音。两人大为吃惊，他们见到的毕伯伯一向笑眯眯的，弥勒佛一样。"行了行了，检查也写了，你再给他们校长说说吧……"是毕伯母的声音。"为了让他上二中我就费了洋劲儿了，他还隔三岔五给我惹事，我没功夫管！""是呀是呀，你二叔帮别人找工作遇到麻烦正烦心，唉——不说了不说了，为了这头为不了那头……"

找工作？姐姐？还是别人？国庆和锦梅两个人大眼瞪小眼，

不知道怎么办好了。 好在屋内声音渐小，最后听不见了。 国庆敲开门。

地上杯子的碎片已扫走，茶几边落下一小块碎玻璃。 见是他们，毕伯伯依旧弥勒佛样儿，只是笑容僵硬。 毕伯伯的侄子叫满仓，他坐在右手边的沙发上，长得壮实，狠狠地瞪着他俩，显然对他俩这个节骨眼上进来很不满意。

毕伯母说："是国庆和锦梅呀——坐吧。"国庆听出来他们兄妹两个不受欢迎。

既然来了，就把自己的意思说了吧："毕伯伯，我想跟着你去找领导，把我家的困难说说，看看姐姐的工作还能不能找回来。"

毕伯伯问："找哪个领导？"

国庆说："报社的领导，报社的领导要说上面硬压下来的，咱就去找压下来的领导，我希望他们进一步了解我家的处境，能重新考虑一下。"

毕伯伯说："没有领导往下压，是公平竞争。 情况我都说了，没有用——在你爸爸出事前这事就定了，我还没来得及说，你爸爸就……"

锦梅抹着眼泪说："伯伯你说他们不一定信，要是看到我和哥哥这样就会信了吧？ 谁也不会凭空编造自己的爸爸出事。"

毕伯伯脸上掠过一丝不悦，但还是和蔼地说："国庆啊，你们两个还太小，社会上的事不懂，你们的心情我理解，但我实在无能为力。"

国庆说："毕伯伯，就让我试一试吧，我相信我能说服他们！ 我妈妈在家种地，我和妹妹上学，我爸爸是家里的顶梁柱，他一走我们的天都塌了，我姐姐的工作再没着落，我家的日子可怎么过……"

锦梅说："毕伯伯，求求你了，带我们去吧。"

国庆也说："毕伯伯，再努力一次，再给我们一次机会吧！"

满仓漠然看着，这时插话："不行就不行，脸皮真厚！"

国庆和锦梅对他怒目而视。

毕伯伯喝道："说什么呢，没礼貌！"

毕伯母说："报社不行让你伯伯再找找别的单位看看，咱也不能这么死心眼儿。"

国庆说："我觉得报社真适合我姐姐，她也很喜欢这个工作。"

毕伯母说："报社是个好地方，想进去的人多着呢，可是僧多粥少，不管论学历论专业……咱争不过人家……"

毕伯伯向毕伯母使眼色。

国庆说："以前定好的是咱呢。"

毕伯伯的眉头皱在一起，在沙发上挪了下身子。国庆看出毕伯伯在极力压着不耐烦。国庆鼓了勇气央求道："毕伯伯，再找找试试行吗？"毕伯伯很深地看了国庆一眼："该找的我都找了……"国庆被毕伯伯的目光吓了一跳。这目光里没有愤怒、不满和轻视，但就是吓了他一跳，让他一下子像个泄气的皮球，觉得再说什么也没用了。

毕伯母又说："这事就这样了，也没什么说头。你们两个既然来了就不要走了，吃了晚饭再走。你们先坐着，我做饭去。"

国庆说："伯母别忙了，我们……这就走。"

毕伯母停下："这就走吗？是你们妈妈让你们来的吗？"

锦梅说："不是，我俩自己想来的，伯母别告诉我妈妈，她再揍我俩。"

满仓嘲讽地笑起来。

这时毕伯伯说："国庆和锦梅还得去汽车站坐车，想走就走吧，他们妈妈不知道，回去晚了又担心。"

毕伯母说："那好吧。"

话到这份上，国庆和锦梅不得不起身了。

看到两个人起身，毕伯母如释重负，抽身去里间拿出两包点心：

"这个带上，路上饿了垫垫。"

国庆和锦梅极力推让，毕伯母非让带不可，锦梅的眼睛在点心上转了好几转，接过去了。

"这就对了。"毕伯母说着把他俩送出门，毕伯伯也跟过来，站在门口看着他俩拐下楼梯。

一下楼国庆就蹲到一棵大树后，抱住头，两手不停地抓挠头发。锦梅站在一旁看着他，手里拎着那两包点心。

过了一会儿，锦梅说："哥哥别哭了，咱回家吧。"

停了几秒钟，国庆站起来说："走，回家。"

兄妹俩从教育局宿舍出来走到大街上。正走着，突然背后飞过来一块石头，正打中锦梅脚后跟，锦梅痛得大叫一声，捂着脚脖子蹲在地上。国庆回头，看到满仓一脸坏笑，继续踢着路边的石头往前走。

等他走过来，国庆问："是你把石头踢我妹妹身上的？"

满仓笑着："踢得还真准。"

锦梅骂："坏熊！孬种！欺负人！"

满仓一脚把锦梅手里的点心踢飞："就欺负你了怎么着？要不是你们两个搅和鬼惹我二叔生气，二叔不会又骂我一顿！求人家办事不带东西，还好意思从人家家里拿东西，脸皮真厚！还有你们两个戴着孝往人家家里跑，懂不懂规矩？婶子都说了明天就找人来破解破解。两个乡下土包子！呸！"满仓一口唾沫吐到国庆脚下。

国庆一拳打过去，两个人扭打在一起。

有人过来围观，有人在一旁劝架。

不远处有一个声音叫着："戗剪子嘞磨菜刀——戗剪子嘞磨菜刀——"

两个人分开的时候，国庆的鼻子出血了，满仓的脸青了一块。

满仓用食指指着国庆说："你小子服不服？"

国庆吐了口血水："你服不服？"

满仓往前一步："打不过还嘴硬！ 你小子只要说一句服了，我立马放你走！"

国庆也往前一步："你敢再这样指着我，我掰断你的手指头！"

满仓冷笑："来呀。"两人又打作一团。

国庆被满仓一脚踹出老远坐到地上，满仓再次用手指头指着他："有种的起来再打！"

国庆挣扎着起来，满仓指着国庆额头，手指头晃着："我就这样指你了，怎么着？"

这时锦梅飞快地跑到国庆跟前，手里拿着一把明晃晃的菜刀。国庆接过菜刀。

不远处传来戗剪子磨菜刀老人的喊声："我的菜刀！ 我的菜刀！"

大家还没反应过来怎么回事，只见刀光一闪，空中飞起一块石子大小的东西，满仓惨叫一声："手指头，我的手指头！"满仓满地找他的手指头。

国庆一愣："我……我真的砍了他？"刀一下掉落在地。

锦梅吐一口唾沫："他活该！"

一辆三轮摩托从远处开过来，锦梅大喊："哥哥快跑！"

国庆撒腿就跑。

摩托车停下，下来两个警察："怎么回事？"

满仓哭叫着继续满地找："我的手指头，我的手指头啊！"

警察立刻明白了怎么回事，年长的那个对年轻的说："你快送他去医院，我去追凶手！"这时满仓已捏起他的一小截手指头，年轻警察拉满仓上了三轮摩托。

锦梅一把抱住年长警察的腿说："是他欺负我和我哥哥，是他欺负我和我哥哥！"

年长警察厉声说："放开我！"

锦梅抱着腿不放，一个劲儿说："是他欺负人，是他欺负人，不信你问问过路人！"

警察说："放开我，不然踹你了！"

锦梅不放，说："警察不踹好人！"

警察当然不能踹人，他俯身掰锦梅的手，较量了几个回合，方才掰开锦梅的手，撒腿去追国庆。

3

国庆已跑出几百米，回头见警察追过来，转身拐进一条小路。在小路上又跑了几十步，正回头张望，被一个人一把抓住胳膊："国庆！"是小青。

国庆推开小青说："小青快放开我，我砍人了，警察正追我！"

小青跟着跑了几步，说："傻瓜别往前跑了，前边没路了！"

国庆停住，往前看了看，可不，路的尽头是一家单位宿舍，铁大门关得严严的，只留一个小门也掩着，冲进去正好被警察瓮中捉鳖。

国庆拐进旁边的胡同，小青追上来抓住他："别跑了，这是死胡同。"

国庆四下里看墙头，小青说："翻了墙头就进人家院里，一定被赶回来，说不定还抓你交给警察。"

国庆说："那怎么办？"

小青眼珠急速转了转，果断地说："脱褂子！"没等国庆反应过来就麻利地帮他脱下褂子塞进她的背包里，国庆就只穿秋衣了。小青又从背包里掏出个安全帽戴在国庆头上，最后从裤子口袋掏出手帕擦国庆脸上的血，有一块血干了，小青往手帕上吐了几口唾沫再擦，总算擦干净了。

小青把手帕塞回裤子口袋，搂住国庆的腰说："搂着我。"国庆仿佛明白了什么，犹豫了一下，搂住小青肩头。

两个人相搂着走出胡同，看到警察奔跑进这条小路。 国庆的手不停发抖，几乎要从小青肩上滑下来，小青说："装像点。"国庆搂紧小青，小青就势把头歪到国庆胸前，国庆低下头看小青的头发，整个脸便被安全帽遮住大半。

正是刚才那个年长的警察，他跑近来擦着汗问他们："看到一个穿蓝褂子的小伙子跑过来了吗？ 脸上有血。"

小青说："看到了看到了，"转身指着身后，"他跑得可真快，我没看清他进了那个宿舍院还是进了宿舍院边上的那个胡同了。"

警察道了谢继续往前跑。

国庆正要跑，被小青一把抓住："等等。"

等警察跑远，两人才撒腿开跑。

跑到大路上，看到锦梅哭哭啼啼往这边跑，边跑边喊哥哥。 国庆正要喊锦梅，小青拉住他："你先躲一边去，我叫着锦梅去我那里，你在后面跟着。"

小青迎着锦梅跑上去，拉住锦梅在锦梅耳边说了几句什么，锦梅朝国庆躲着的大树看了一眼，便乖乖地跟着小青走了。 两人一路小跑，国庆暗中紧紧跟随。

魏小青家也是小雪的，就住在国庆家后头，但是两家不走一条胡同，国庆家走前面的胡同，小青家走后面的胡同，要是串个门要绕一大圈。 但是小青基本不走路，到国庆家来玩都是翻墙头。 小青跟国庆是同学，比国庆小几个月。 国庆家经常聚一些小伙伴，小青就到他家玩，捉迷藏，翻跟斗，推铁环，唱大戏，样样不输于国庆，锦梅还小，像铃铛一样跟在他们身后。 小学毕业后国庆去了蝶城一中，小青没考上重点初中，就去大雪上了联中，联中毕业后没考上高中，国庆听她妈说小青去城里给她大哥看孩子了。 所以在蝶城见到小青，国庆并不意外。

七拐八拐，小青把他们带到一个院子的一间南屋里。 南屋里并排放着两张单人床，两床之间竖着挤下一张小桌子，一张床下放一个脸盆，脸盆里放着洗漱用品。

国庆一进来小青就把房门关上，说："你两个快坐下歇歇吧，别怕，这屋里没别人，现在我二哥一个人住这里，二哥的同屋去济南打工了。"

去济南打工？ 国庆心里一动。

小青看看国庆："国庆，你不是省油的灯，可也不是闹事的主儿，今天怎么了，你真的砍人了？"

国庆点点头。

小青说："你要砍人那人一定该砍！"

锦梅说："就是就是。"就把他两个为什么来蝶城又怎么砍了毕伯伯侄子的手指头说了一遍。 说到精彩处她站起来："看到那个胖大个子的嚣张样儿，我的气儿不打一处来，夺过戗剪子磨菜刀老头的菜刀就给了哥哥，哥哥手起刀落就砍掉了他的手指，那截手指头飞得老高……"

小青拍着手笑，说："亏了是国庆，要是我，非把他五个手指头全剁下来不可！"

锦梅咯咯笑，笑到一半看国庆沉着脸急忙停住。

"我可能要坐监狱。"国庆低下头说，"以前听咱妈说过，五队的一个人因为争地边把邻居的一个耳朵砍掉了，蹲了三年监狱。"

锦梅哭了，拽着国庆的衣角说："哥，你蹲不了监狱，你还得考大学呢。"

过了一会儿小青说："别让警察逮住就是了，你就住在这里，学校先别去了，家也先别回了，看看怎么着再说。"

三个人合计了一会儿，决定让国庆就躲在这里。

小青去工地上添油加醋地跟她二哥说了情况，激起她二哥的侠义和同情之心，又用公用电话给大哥打了电话，说自己想回家一趟，先让侄子她姨看几天侄子，就和锦梅一起回小雪了。

小青和锦梅紧赶慢赶赶上最后一班市郊车，回到小雪天已经黑了。 小雪正好停电，两人借着月色走进锦梅家。

妈妈在跳动的烛光下走来走去，急得团团转。 看到她们回来，妈妈上去抓住锦梅的头发打她："你上哪里去了不说一声？ 你上哪里去了不说一声！"

小青急忙拉开："婶子，婶子，别生气。"

妈妈追打着锦梅说："你哥呢？ 不敢回来了吧？ 我和你姐等不到你两个回家，就满小雪找，能找的地方都找了，先是你爸爸坟上，后来也顾不上你爸爸刚走，就到你和你哥要好的伙伴家找，也不好意思进人家的家门，在大门外头喊，问。 找遍了整个庄子也不见你俩的人影，你知道我跟你姐多着急吗？ 这会儿你姐骑车去大雪了，找你哥一中的那个同学去了，都去了快一个钟头了，这黑灯瞎火的，又停电了……"

正说着只听大门哐当一响，雀华搬着爸爸的大金鹿迈过门槛，扶着车把一瘸一拐地走进院子。 打人的被打的和拉架的都顾不上了，一起帮雀华放好车子，把雀华扶进屋。

黑灯瞎火看不清路，雀华骑进一个洼坑里摔了一跤。 妈妈帮着捋起裤子和秋裤，看到雀华的膝盖破了一大片，血淋淋的。 妈妈又骂锦梅和国庆，雀华说："没事，又没伤着骨头，一点皮外伤，几天就好了——你哥呢，上学去了？"

锦梅看了看小青，小青咳嗽了几声，说："国庆在我二哥那里……锦梅，你说吧。"

锦梅便又把事情的经过说了一遍，这次她把毕伯伯侄子说得跟《水浒传》里的高衙内似的，简直是不砍不行了。

妈妈听完说："砍就砍了，叫谁谁也咽不下这口气……"突然想起什么，一腚坐到地上拍着地大哭："朱同贵，国庆惹事了，惹事了呀——我可怜的国庆……"

雀华急忙关上屋门，由着妈妈哭。

妈妈哭过之后，两眼瞪着锦梅，可是她连爬起来打骂锦梅的心力都没有了。 雀华和小青扶妈妈坐到椅子上。

雀华说："妈妈，你也别怨国庆和锦梅了，他们年纪小不懂事，再说他们是为了我惹的事，这事该算我头上。"

妈妈擦着眼睛不作声。

雀华说："国庆在永盛那里一时也没事，这样吧，明天一早咱娘儿俩去找毕伯伯，去医院看他侄子，说说好话求求人家，看看能不能私了。"

妈妈木然点头，随即又打了一个激灵："私了是不是得赔钱？ 咱家也没多少钱哪！"

雀华说："看看再说吧，人家愿意私了就谢天谢地了。"她又转身对锦梅说："锦梅明天上学去，装作什么事都没发生，这事别让别人知道听见了吗？"

锦梅点头。

雀华看向小青，小青赶紧说："雀华姐你放心，我不跟别人说，跟我爸妈也不说。"

雀华勉强一笑，说："小青妹妹真好。"

小青拉着雀华的胳膊说："雀华姐，你……你别着急。"说这话时小青的眼泪在眼眶里直打转，这些倒霉的事怎么都让雀华姐家摊上了呢？ 谁说好人有好报？ 她一家都是好人哪！

雀华拍了拍小青的手。

雀华一夜未睡。 她知道这事的严重性，村里几年前发生的砍耳朵事件她也知道，进了监狱或劳教所，就意味着国庆的前途断送，别说考大学，以后找媳妇都难。 国庆可是蝶城一中的尖子生啊！ 蝶城一中不是一般人能考上的，雀华在蝶城一中上了六年，国庆也上了近六年，无论如何不能功亏一篑。 再说他们两个是爸妈的骄傲，先前妈妈在小雪是众位婶子大娘羡慕的对象，要是一下沦为劳教犯的妈，妈妈怎么能受得了？ 锦梅睡着了，雀华与锦梅睡一张床，怕影响锦梅睡觉不敢翻身，就这样一动不动躺到天亮。

第二天一早，雀华和妈妈坐早班车去了毕伯伯办公室。 毕伯伯显然已经知道了这件事，面色沉重地听完妈妈的哭诉，总结说："满仓这孩子我最了解，他上面四个姐姐，家里只他一个男孩子，从小娇生惯养，大了游手好闲，打架也不是一次两次了。 国庆是个好孩子，就是气太盛——国庆现在在哪里？"雀华接过话头："吓跑了，没回家，也没去学校。"

妈妈央求毕伯伯带她们去医院看看满仓，想让毕伯伯说和说和，私了。 毕伯伯看看手表说："我有一个会马上要开，今天去不了，我这里有满仓的住院地址，你们先去看看怎么个情况，好吧。"毕伯伯语气委婉但是坚决，雀华和妈妈知道他是有些气的，不好再说什么，只好走了。

去医院的路上，雀华看看妈妈挎的篮子（那里面有五十个鸡蛋），说："只带鸡蛋太少了，再买点别的吧。"于是娘儿俩到商店又买了麦乳精和人参蜂王浆，这东西都贵，疼得妈妈不得了。

雀华说："光说私了，怎么个私了法？"妈妈说："咱赔钱，他们别告。""赔多少钱？""五千？ 你爸爸一条命才赔了一万。""那是亲戚，再说全友哥家也穷。""咱家有钱？ 咱家也不富！"

"不能只看眼前，还是国庆的前途重要。""一万？ 把家底都给他们咱再借上钱——这可要了我的命了！""国庆上了大学能挣回来，还有我。"话是这么说，能不能挣回来雀华也没底，反正是不容易，可是不能露怯，露怯就想哭。

到了病房门口，看到病房里有四张床，满仓在门口那张床上，抬着手，食指包着纱布，是右手，雀华注意到了，心里一沉。 满仓妈递给他一个剥好的香蕉，满仓不耐烦地摆着左手，床头桌上放着一个削好的苹果，大概也是被满仓拒绝的。 满仓爸是个黑脸的庄稼汉，跟毕伯伯有些相似的地方，他面带愁容地看着满仓。 雀华有些可怜这个父亲，他大概跟不少农村人一样，小时候娇惯儿子，大了想管却管不了了。

雀华娘儿俩把东西轻轻放在床前地上，妈妈赔着小心说："是毕大哥、毕大嫂吧？ 我是国庆他妈，这是他姐姐，他爸爸跟毕二哥是战友，国庆这孩子不懂事，我来看看满仓侄子。"妈妈说得语无伦次，但满仓妈立刻就明白了来者是谁，她把香蕉往桌上一扔，厉声喝问："你儿呢？ 让他赔满仓的手指头！"

妈妈说："他吓跑了，一夜没回家，学校里也见不到人……"

"你们把他藏起来了吧？ 好啊，那就藏着吧，看他怎么考大学——这样的货也不配考大学！"

雀华说："这小子要回来，我让他跪在大伯和伯母面前认错！"

满仓坐直身子说："想认错好啊，去监狱里认错吧！"

满仓妈说："让我见着，剁掉他的手指头！"

雀华问满仓他爸："毕大伯，满仓的手指头怎么样了？"

满仓爸说："别提了，少了上头一截半，来到医院大夫说手指头坏了，没法接了……"

雀华心里一沉，说："真对不起……"

满仓爸说："这两个孩子，一个不怨一个……"

满仓妈喝住说："别说了！ 你吓晕了吗？ 一切都怨拿刀砍人的那个杀人犯！ 国庆妈我跟你说，我去派出所告下你儿子了，不管他在学校还是在家里一露面，立马就有人去抓他！"

满仓说："要的就是这，他害我当不成兵，他也别想上成大学！"

妈妈说："毕大嫂，求求你了，这两个孩子也是话赶话戗起来了，哪个都不是坏孩子，也都没存害人的心，看在毕二哥的分上，咱们私了行不行，你们放孩子一马，别告了，俺这边赔钱……"

"想赔钱？ 行啊，拿十万块钱来！"满仓妈伸出手。

"什么？ 十万？"雀华瞪大了眼，这不是要人命吗？ 但是她没敢说出口，满仓妈肯定是说气话，得好好跟她说说让她消消气。 于是雀华低声下气地说："毕伯母，你也知道我爸爸刚出车祸没了，我还没参加工作，俺姐弟三个一直都上学，光出不进，真没存下钱，您看看，三万行不行？"妈妈直拽雀华的衣服，雀华不理，一直问："三万行不行？"人家要十万，雀华怎么也不敢把一万说出口。

"姑娘，别跟我装可怜，十万，少一分不行！ 要么十万要么进监狱！"

妈妈扑通一声跪倒在满仓妈面前："毕大嫂，我先替孩子给您赔罪了！ 看在毕二哥、毕二嫂的面子上，您给孩子一个活路吧，俺是真想赔钱，你们要的那个数，杀了我我也拿不出来，我砸锅卖铁，先赔两万行不行？"

雀华急忙去拉："妈妈你这是干吗？"

妈妈一把甩开雀华："别动我！"

满仓爸想上前拉妈妈，被满仓妈剜一眼，没敢动，站在一边搓手。

"三万两万的打发谁呢，大妹子，你快起来，我可受不起！"

妈妈流着泪说："多了我实在拿不出来啊！"

满仓妈转身拎着篮子和其他东西放到走廊里："快走吧快走吧，我不稀罕这东西，钱一分不能少，自己看着办吧！"

正闹得不可开交，毕伯母走进来，叫着雀华一起拉妈妈："雀华妈这是干什么，起来说，起来说。"她俯到妈妈耳边说："他们一家人正在气头上，说什么怕也听不进去，先别激他们，过几天等他们消消气再说。"妈妈这才擦着泪顺势起来。 毕伯母又大声说："你娘儿俩先回吧，先回吧。"

　　雀华搀着妈妈往外走。在走廊走了一半，妈妈忽然说："买的东西，不行，她既然说不要了，我得回去拿。"

　　雀华说："妈妈别这么小家子气，你把东西拿回来只会让他们更烦咱，对国庆有什么好处？留在那里吧，他们绝不会扔了。"

　　妈妈想了想："也是。"就继续往前走。

　　雀华扭过头，眼泪汪满了眼，一颗一颗掉下来。

第三章

1

国庆出了这事，雀华决定推迟返校时间，等国庆的事解决了再回去。辅导员和峻明那里她已经发了电报，他们都知道她爸爸车祸去世了，想必不会催着她回去。

雀华陪着妈妈又找了毕伯伯和毕伯母几次。按照小雪的风俗，家有丧事忌讳去人家家里，娘儿俩就去毕伯伯办公室。第一趟去毕伯伯说再说和说和，第二趟毕伯伯先长吁短叹了一番，最后说满仓他妈不懂事，一口咬定私了要五万，医药费额外算，还说不要十万就是给他这个兄弟面子了。

"这不明摆着不想私了？五万，看看这时候谁家能一把拿出五万来，二哥，你跟二嫂都是国家干部，能拿出五万来吗？"雀华妈妈着急地问道。毕伯伯说："这不说嘛，这些年老大、老二都念书，好在老大工作了，老二还在念，我跟你二嫂的工资都没存下。可是遇到这么不通情理的人，又不听人劝，有什么办法？"母女两个知道再说什么也没用，只能让毕伯伯为难又心烦。雀华看出来了，毕伯伯是强压住了心头的不耐烦。

出了毕伯伯办公室，妈妈说："听见了吗？你毕伯伯哭穷，怕咱跟他借钱。"

雀华说："毕伯伯不是这个意思，他就是说说实际情况。"妈妈一撇嘴："两个人工资这么高没有存款谁信！咱不跟他借钱，大不了……"大不了什么，妈妈不敢想下去，只拿袖口擦眼泪，"国庆啊，你这是作的什么孽呀！"雀华心如刀绞，归根到底国庆是为了她。

第三趟母女俩去找毕伯母。毕伯母办公室人多，毕伯母在办公楼外的树荫下接待了她们。

"二嫂，麻烦你再费费心，问问三万行不行？为着这个不争气的小国庆，我砸锅卖铁也凑三万给人家。"这回妈妈先发制人，没等毕伯母说什么自己狠狠心先报了价。几经揉搓，妈妈也突破了自己的心理底线，自动加到三万。

毕伯母的眉头拧成了个疙瘩："妹妹呀，我是知道你的难处，我一开始想说两万，看大嫂那阵势没敢，就也说了三万。你猜怎么着，她问我得了你什么好处，是不是满仓断了手指头我跟他二叔很高兴，这样他二叔就不用花钱托人让他去当兵，更不用满仓当兵回来再花钱托人帮他找工作——你说说妹妹，这叫什么话？跟这样的人还有什么话说？老毕那大哥是个老实疙瘩，他倒是觉得这样也忒过分了，可在家没说话的份儿。"话说到这个份上，妈妈觉得再让二嫂说和有点难为人家了，再在人家单位哭也不是个事儿，就忍住了眼泪。

毕伯母看手表，雀华便说："妈，伯母正上班，咱们先回家再说吧。"

往回走了两步，毕伯母又追上来说："满仓昨天出院了。"母女两个一惊。雀华说："那我跟妈给他们送医药费去，得多少钱？"毕伯母说："我问了问，两千多块钱吧，又不做手术，不会花太多。"妈妈警惕地问："怎么没跟我们要钱？"毕伯母说："大嫂说了，要连赔偿一起给。"妈妈的脸沉下来。雀华说："毕伯母你能告诉我他家住哪里吗？"毕伯母沉吟了一下说："毕家庄，他们家住庄东头，你打听毕满仓没有不知道的，好打架是出了名的。"

回到家妈妈又坐在椅子上哭了一场，骂国庆，骂雀华爸一撒手走了把三个孩子撂给她。雀华陪着哭了一会儿，起身去厨屋烧锅做饭。娘儿俩一天只吃了这一顿饭。

当雀华把炖的过冬白菜端上来时，妈妈已经不哭了，她在院子东头翻地，打算把剩的土豆种种到这里。

炖的白菜，还有雀华拿的煎饼，娘儿俩一动没动。

在雀华的记忆中，她学着做饭就是从那天开始的。

雀华说："妈，明天咱们去毕家庄。"妈妈说："去那里干什么，钱又没有，看他们的脸子？"雀华说："不是花了两千多吗，咱给三千，就先带三千的医药费，借这个机会再跟他们谈谈赔钱的事，多说些好话，没别的办法，只能死马当成活马医了。"

第二天娘儿俩去了毕家庄。满仓家的大门虚掩着，娘儿俩站在大门外不进去。妈妈大声喊："毕大嫂，我们给满仓送医药费来了。"喊了好几声，满仓妈才过来开门，开了门劈头就问："医药费三千，私了费五万，都带来了吗？"妈妈急忙把一篮子鸡蛋递上去，说："医药费都带来了。"满仓妈没接篮子，妈妈就把篮子轻轻放在门槛里头。满仓妈又问："医药费呢？"雀华急忙掏出一个手绢包："这是三千块钱。"满仓妈接过来认认真真地数了一遍，又包好收起来，问："赔偿费呢？"妈妈说："毕大嫂，我们家的情况你也知道，她爸爸刚没了，剩我一个妇道人家带着三个孩子，家里能有多少钱？出了这样的事儿，我们是该赔，您看看能不能少要点，就算您行好积德了，我天天给您念佛。"

这时满仓端着右手出来："念佛有什么用？能让我去当兵吗？娘的我这辈子当不上兵窝囊死了！"

满仓妈急忙双手抱住满仓的右胳膊："别乱动，大夫不让动右手。"满仓不耐烦地推开他妈，对妈妈说："有本事让你儿子来见我，看我不打断他的腿！ 这会子又成了缩头乌龟！"满仓往地上唾了一口，回屋去了。

满仓妈又转向雀华娘儿俩，气呼呼地说："满仓成了这样，要五万就便宜你们了，要不是看在他二叔、二婶的份上，我就要十万！想想吧，满仓要是去当了兵，头三年管吃管喝还有补贴，这补贴钱花不着都能存上。 他二叔有人，三年后转成志愿兵，那可是带工资的，干上三年五年转业回来安排工作，成了城里人吃皇粮的，月月拿工资，老了还有退休金……你看看这样，能干什么？ 怎么挣钱？ 怎么娶个媳妇？"

满仓妈越说越气，唾沫星子飞到雀华脸上，雀华也不敢去擦，一直赔着笑。 妈妈底气不足地说："毕大嫂，话也不能这么说，满仓是个好孩子，可当上当不上兵还得两说着，我们小雪有一个……"雀华拉拉妈妈的衣角。 满仓妈已经跳了起来，指着妈妈说："行啊，我也不跟你理论了，你愿赔不赔，让你儿子等着进监狱吧！ 除非他这辈子不回小雪也不回学校！"

满仓妈把盛鸡蛋的篮子往后挪了挪，"哐当"一声把大门关上了，在门里头嚷："别再啰嗦了，不赔钱就赔命！"

妈妈身子晃了晃差点摔倒，雀华急忙扶住。 大门口和胡同里挤满了围观的毕家庄人，这时他们给娘儿俩让出一条道。

回到家，锦梅刚放学回来，正就着咸菜啃煎饼，小桌上放着一碗开水。 妈妈上去一把打掉锦梅手里的煎饼，又拿起门后的扫帚抽锦梅："惹下这样的事，还有脸吃！ 谁叫你拿刀给你哥的！ 谁叫你拿刀给你哥的！"照以往锦梅早已边挡着边夺路而逃，这次却没动，任由妈妈抽打，妈妈一愣，越发劈头盖脸地打过去。

雀华拉住妈妈："锦梅快跑！"锦梅不动，说："打死正好！ 谁让我手贱拿刀给我哥的！"妈妈一愣，扔下扫帚抱住锦梅大哭，锦梅也哭。

雀华收拾好地上的煎饼和咸菜，见锦梅和妈妈还在哭，就说："锦梅，你有完没完了？还嫌咱妈天天哭得不够吗？"锦梅闻言收住泪，拿起书包往西间去，说："我写作业去。"

雀华把妈妈拉到东间，关上门，递给妈妈一条毛巾。待妈妈擦干泪，雀华说："妈，我看是没别的办法了，要想国庆继续上学，只能赔钱！"妈妈说："哪里有这么多钱？"雀华说："借，大不了工作后我慢慢还。"妈妈犹豫着说："借太多你得还到哪年？"雀华说："先算算差多少吧。"

雀华拿出纸笔，妈妈说："你爸爸事上剩下一千八百二十七块六毛，"雀华记下，"你全友哥家赔了一万，你毕伯伯退回找工作的钱五千，家里存款四千二，给了三千医药费。"雀华放下笔说："去掉二十七块六毛钱的零头，总共一万八。"妈妈说："离五万还差多少？"雀华耷拉着头说："三万二。"妈妈一下从床沿上跳下来："三万二？这还不要了血命了！借也借不来，哪家也没这些钱，庄稼人，一家有个三千五千就不孬了，哪能借给咱，谁家不也得留个应急用钱。"雀华半天没说话，忽然抬起头来说："那天镇上来人，说是让领爸爸的抚恤金，领十个月的。"妈妈说："十个月三千七百块钱。"雀华说："这样就有两万一千七了，还差两万八千三。"

晚上锦梅去上晚自习了，妈妈让雀华把四个爷爷、四个奶奶叫来，把二叔、二婶、五叔和五婶叫来，说有要紧的事要商量。

大家坐好，妈妈没说话先抹眼泪，把大家的同情心又一次调动起来，然后把国庆砍人手指的事说了一遍，把满仓怎么看不起兄妹两个怎么辱骂兄妹两个大肆渲染了一番，说得满屋的人都想揍满仓一顿。说到最后大家都明白了，出大事了，人家让赔五万块钱，要不国庆进监狱，学也没得上，别说考大学了。妈妈一把鼻涕一把泪，刻意把雀华爸死了雀华又丢了到手的好工作说了好几遍，最后事情转到钱上，交代了家里的实底，说还差两万八千三百块钱。

大家的情绪随着妈妈的讲述过山车一般起起伏伏，七嘴八舌，当提到差的钱时，屋子里一下子安静下来。

过了好一会儿，三爷爷说话了："国庆惹出这事来该打，占理也不能随意乱来！ 不过事情既然出了也没办法，一家先凑两千块钱吧，六家一万二，剩下的雀华妈你再想想办法，她姑家、舅家、邻居再凑凑。"雀华插嘴说："我快工作了，我慢慢还。"

五婶说："从我进门儿家里就欠了一腔眼子账，让我跟着还盖屋的钱，不是我不想拿钱，是家里根本就没有钱。"

三爷爷拿出权威说："雀华都说了要还，又不是不还，按咱家族的规矩，遇事大家都掏钱。"五婶说："三叔你在工厂上班有工资，你五侄儿在家种地，你问他一年到头能挣多少钱！ 能落下钱不？"五叔低头不吭气。

四爷爷接话说："同宾家的说的也是实话，要不她家就缓缓再说吧。"五婶不再说话。

六奶奶一看也说："我这倒不用还账，可我们家刚生了孩子才三个月，没有奶水，天天喝奶粉……"六爷爷狠狠瞪了六奶奶一眼，六奶奶不说话了。 众人便也没说话。

三爷爷说："我多少有工资，我拿三千。"三奶奶在凳子上动了动，没说话。

雀华发现其他几个奶奶，包括二婶，脸色都不怎么好看。 顾不上这么多了，他们只要拿钱就行。 雀华算了算，一共一万一，还差一万七千三。

等大家伙儿都走了，锦梅也放学回来，雀华正要关上大门，二叔又踅回来了，偷偷对妈妈说："大嫂，我再给你两千，你可别给她二婶说。"妈妈激动地说："我又不傻，怎么会乱说！ 她二婶要是发现家里钱少了怎么办？""发现不了，这是我这么多年偷偷攒的钱。""老二，还是一个娘的呀！"妈妈说着眼泪又涌上来了。 二叔顾不上说什么，又匆匆走了。

雀华说："算上二叔多拿的两千还差一万五千三。"

娘儿俩又合计一下，两个姑两个舅一人两千，八千，还差七千三。 邻居家再借几家。"虱子多了不怕咬。"妈妈说，"要不再去你全友哥家借点。"雀华说："那就算了吧，他们家你又不是不知道，那一万还不知借多少账。"妈妈叹口气："也是。"

雀华家与小青家两家关系好，妈妈觉得她家能借给些。 合计到这里妈妈沉不住气了，叫上雀华去小青家。

小青家还没关大门，说明还没睡。 小青也在家，她没给她爸妈说过国庆的事，雀华妈妈就又说了一遍，然后开口借钱。"一千吧。"雀华妈妈说。

小青爸正要说话，小青妈说："借给兄弟媳妇两千吧，她们家可是遇上难事了。 国庆你不用担心，让他先住在二孩那里就行。"小青爸说："管，我明天就去银行取出来让小青妈送去。"妈妈感恩戴德，见天色不早，拉着雀华回家了。

到了自家大门口，小青从后面追上来，把一个小包塞进雀华手里："雀华姐，不是还差五千三吗，这个三百的零头我拿上，这是我偷偷攒的，别跟别人说。"没待雀华说话，小青又说："你和婶子再给我大哥去借吧，他两口子都是老师，不高也是有工资的，我二哥说不定也有点。 别说我说的啊。"小青赶紧跑回家了。 雀华正要去追，妈妈拉住说："别心里不得劲儿，三百也很管用——小青是个好姑娘，咱有情后补就是了。"雀华拿着钱进了屋。

这样就还差五千，娘儿俩心里有了点底，商量着明天去蝶城，先让小青带着去看看国庆，再向小青的大哥、二哥借钱。

临睡觉前，妈妈突然说："一下子欠了这么个大窟窿，还到什么时候是个头啊——要不算了吧，听天由命吧。"

雀华说："我下半年就有工资了，国庆上了大学也能勤工俭学，现在不比从前了，只要肯干，到处都有挣钱的机会，当家教能挣钱，去饭店当服务员也能挣钱——再过四年国庆毕业了挣钱就多了，慢慢就还上了。爸爸不是说要想过上好日子还得有文化吗，国庆一定得上大学。爸爸说他自己就是吃了没文化的亏。"妈妈叹了口气，躺下了。

2

第二天一早，雀华和小青陪着妈妈去看国庆。

半路上下起雨来，大家忘了带伞，在蝶城汽车站下了车走到国庆住的地方，衣服全淋湿了。妈妈带了一大包袱煎饼和一大塑料桶咸菜，不顾雀华和小青的阻拦脱下外面的褂子包上煎饼，就是这样到了地方煎饼也湿了大半。

国庆和小青的二哥永盛都在小屋里，他们坐在床沿上，一人抱了一本书在看。因为下雨，工地上停工，所以永盛得以有一天清闲。两个人惊喜地看着突然而至的三个女人。

妈妈把煎饼往国庆坐的床上一扔，把咸菜桶稳稳地放在小桌上，劈脸给了国庆一耳光："小国庆，我叫你作事儿，你就作吧，你可难为死我和你姐姐了！"妈妈没头没脸地打着国庆，国庆扑通一声跪在地上："妈——"妈妈劈头盖脸打过去，国庆的鼻血淌出来。永盛急忙拉住，小青把手绢递给国庆擦血。

小青说："婶子，你是没在跟前，你要在跟前你得把那小子的手剁了！"妈妈喘着气坐在床沿上："话是这么说，小青呀……"一眼看见国庆的鼻血又淌下来，忙不迭地找出口袋里被雨打湿的手绢给国庆擦，国庆抱着妈妈的胳膊哭。

雀华说："妈，国庆和锦梅你都打过了也骂过了，他们是为了我才来蝶城的，要不是因为我的事窝心，国庆也不会上这么大的火砍人，说到底这些都是因为我，看在我的面子上，妈以后就别再打骂国庆和锦梅了，要骂就骂我吧。"一屋子的人都愣住了。 雀华说："国庆快起来吧。"国庆起来："妈，赔的钱我以后挣了还。"小青说："这不就行了。" 妈妈帮着把国庆脸上的血擦干，心疼地说："瘦了不少。"

雀华说："国庆你也不要着急了，用不了多久你就能去上学了。就是在上学之前你还得在永盛这里住一阵。"她转身对永盛说："永盛，给你添麻烦了。"永盛憨厚一笑："不麻烦，这张床闲着也是闲着，国庆在这里还能帮我干活。"

国庆高兴地问："他们同意赔两万了？"雀华说："马上就凑齐了，凑齐给了人家就没事了。"小青说："还差五千了，给我大哥借点，再给别的亲戚借点就够了。"永盛一听急忙从腰里掏出钥匙，打开床尾一个木箱子，从里面掏索了一会儿，掏出一个手绢来，递给妈妈说："婶子，我这里有一千六，你先使着。"妈妈打开手绢数了数，说："正好一千六，永盛，你出大力挣点钱，还得攒着娶媳妇，这一借给我……"永盛黑红的脸膛这下涨成了猪肝色，他结结巴巴地说："我……我一时半会儿用不着，婶子先急用吧。"

他们说话的工夫雀华拿起桌上的纸笔在日历牌上写下几行字，递给永盛说："永盛，这是借条。"永盛接过来看也没看撕了，说："雀华，别……别这样。"见永盛这窘样儿，妈妈说："雀华别难为永盛了，永盛既然相信咱，不写不写吧，小青还是证人呢。"小青正掰着手指头算："加上二哥这一千六，这五万就只差三千四啦。 婶子、雀华姐，你们可真……"

"什么？"国庆跳起来，"五万？ 你先前不是说两万吗？"小青连忙说："看我这张嘴，想着两万说成五万了。 咱哪有这么多钱赔。"国庆说："别哄我了，你先前说人家要十万，我妈让毕伯伯帮着说和想赔两万，我一开始以为说和成了赔两万呢，现在想想差距也太大了！ 姐，你说到底是多少？"雀华明白小青的良苦用心，就说："两

045

万。"国庆起身往外走:"那我问问毕伯伯去。"妈妈一把拉住他:"小国庆,你又去找事儿! 我给你说吧,是五万。"国庆说:"不能赔!我宁愿不回去上学了也不能赔这么多! 姐姐的工作还没定,锦梅上学还要花钱,以前爸爸在的时候你们一块钱都算到骨头里,别说爸爸都没了……"国庆捂着脸呜咽着。

雀华又讲了她工作后有工资,国庆上了大学可以勤工俭学,并再一次搬出逝去的爸爸,说爸爸希望他们有文化,那样才有出息。 国庆捂着脸一言不发。 小青推了推国庆:"好了,钱可以挣,大学可不是人人都能考上的。"国庆捂着脸谁也不理。

众人一时无语,雀华顺手拿过国庆刚才看的书:《平凡的世界》。《平凡的世界》雀华早就读过,读时数次感动落泪,为孙少安和孙少平的不懈努力,为他们与润叶与田晓霞的爱情,每一个人物都是那么平凡,却一点也不平庸,他们都有自己的生活理想,并为之奋斗着,哪怕像秀莲那样只是努力干活挣钱,让老人和孩子过上好日子这样朴素的理想。 雀华看完就推荐给国庆,国庆在蝶城一中图书馆借到,一字不落地看完,还给雀华写了一封五页稿纸的信,整封信就是《平凡的世界》的读后感。 看来这书是国庆省吃俭用买下来的,就像雀华学校的那一套,也是雀华省吃俭用买下的。

雀华翻着书,看到扉页上认认真真写着两行字:购于蝶城新华书店,一九九四年三月十八日,魏永盛。 雀华吃了一惊,没想到在建筑工地打工的永盛也看这本书。 雀华抬眼看向永盛,永盛急忙低头看地——他一直偷偷盯着雀华翻书。 说起来永盛也算是有文化的人,他小学跟雀华在一个班,初中上的镇联中,高中考的蝶城六中。他第一年没考上大学,又考了两年还是没考上,才去工地打的工。永盛比雀华大一岁,在雀华眼里永盛不算聪明(要不他就考上大学了),人老实话也不多,跟他爸一个样儿,他妈可是多话,一见面就说个不停。

妈妈看看外面，雨不知道什么时候停了，外面阴乎乎的，小屋里越发昏暗了。国庆的呜咽声小下来。妈妈说："国庆别在那里哼哼唧唧跟个娘们儿似的，趁着不下雨我们得走了，不能再跟你耽搁时间了。"雀华和小青一听赶紧起身跟着往外走，国庆忽地抬起头来说："别再去永昌哥那里借钱了，借了也白借，赔了也白赔，我是不去上学了！"妈妈回身指着国庆大骂："你这充有志气的了，有志气回学校后好好上学，考个好大学给亲戚邻居看看，你没了爸爸照样能活个人样儿！"妈妈擦一把眼泪出去了。

雀华走在最后，悄悄去揩眼泪，还是被永盛看到了，索性不再掩饰任眼泪流着。永盛说："雀华，别哭。"雀华说："永盛，国庆还得麻烦你几天。"永盛说："放心吧，我再好好劝劝他。"国庆跑上来拉住雀华的胳膊："姐姐你劝劝妈妈，不要赔钱了！不要赔钱了！"雀华甩掉国庆说："别说了，大家都盼着你上个好大学。"国庆呆呆地站在门口看着妈妈、姐姐和小青的背影。

小青带着雀华和妈妈来到她大哥永昌家，家里却没有人。小青敲不开门自己开开了，进到家里没有人，才想起今天不是星期天，哥哥嫂子都上班去了，侄子的小姨看孩子也该在家呀？不知疯哪里去了。雀华和妈妈没进门，妈妈说："家里没有人就先回去吧，等星期天再来。"小青说："等等吧，他们五点半就下班了。"妈妈犹豫了一下，雀华看看门口挂着的石英钟说："现在才一点，还是先回去吧，回去先把借到的钱拿回家，看看星期天以前能凑多少，凑不够再来吧。"妈妈想想也是，三个人便坐车回家。

后面的两三天，几个爷爷除了六爷爷家，其余的都把说好的钱送过来，二叔、二婶也送过来了。雀华又陪着妈妈分别去了三姑、四姑家，大舅、二舅家，他们都答应借给两千块钱。大妗子的脸色很难看，诉说了一大堆艰难，看大舅脸色不好看，拒绝的话就没说出口。大舅在供销社当会计，偷偷告诉妈妈，他手里有五百块钱大妗子不知道，再从供销社借五百出来，可以凑一千，也一并送来。 这样比计划中多出一千，就只差两千四了，向永昌家借两千四就够了。妈妈让小青先别给她爸妈说，怕她爸妈有意见，光借她一家人的钱了，妈妈说以后她慢慢给小青妈说。

<h2 style="text-align:center">3</h2>

到了星期五下午，家族里就只差六爷爷家的两千没送过来，妈妈决定上门去要。 妈妈担心雀华脸皮薄，见不得那种场面，本不想让雀华去，雀华则担心妈妈说话太冲闹僵了，坚持要一起去。

娘儿俩刚锁上屋门，只听东墙扑通一声，接着看见小青的脑袋，小青跳墙头过来了。

小青压着嗓门喊："婶子，雀华姐。"妈妈说："小青是你呀，昨天国庆让你捎的书给他了吧？"这些天小青天天骑自行车去蝶城，早上去晚上回来，说是看侄子，其实大部分是去看国庆，给雀华和妈妈通风报信。

小青一脸慌张地说："国庆不见了！"妈妈一屁股坐到地上："什么？ 被公安局抓去了？"小青说："不是，他跑啦！"雀华问："怎么回事？ 跑哪去了？"

小青从褂子口袋里掏出一个信封递给雀华："雀华姐，这是国庆留给你的信，他也给我二哥留了一封信。"雀华接过信，只见信封上写着：姐姐雀华收，国庆。 信封得整整齐齐。 妈妈一骨碌爬起来："雀华快念，我倒看看他要说什么。"

雀华打开信，信很简短：

  姐姐你好,当你看到这封信的时候,我早已在去新疆的火车上了。我一中有个同学初中毕业没考上高中,跟他哥哥在新疆打工,我跟他一直通信联系,他说在那边好找活儿,挣钱也不少,我就去了,告诉妈妈不用担心。五万块钱太多了,咱家要把亲戚邻居借个遍,借到了还得还,恐怕指望姐姐一个人十年也还不上。要是因为我给家里尤其是姐姐造成这样重的负担,我一辈子也不得安生!请姐姐告诉妈妈别再逼我了。在这样的情况下我根本没心思学习,恐怕也考不上大学。话又说回来,不考大学一样出人头地,相信你弟弟不上大学也能出人头地,让妈妈过上好日子。借到的钱都还回去吧,等风声过了我再回家看妈妈和锦梅。放心吧,我都十九岁了,是男子汉了! 不要来找我,找我我也不回去。

　　……

　　雀华流着泪念完,妈妈晃晃悠悠要倒下去,小青急忙扶住:"婶子你不用担心,国庆手里有钱,他人聪明也跑不丢。"妈妈说:"他哪里有钱,就我们去看他那天在书包里留了五十块钱。""前天他给我哥说想让我哥再帮他借五百块钱,我哥以为他要给家里,就帮他在工地上借了五百。 今天中午我哥没回去,下午回去拿东西看到小桌上的两封信,急得一路跑到大哥家把这封信给我,让我捎回来。 我哥说国庆早有准备,准是早上他一上班国庆就走了。 婶子让我捎过去的书他也带走了。"

　　娘儿俩顿时没了去要钱的心劲儿,妈妈哆嗦着开锁进屋。 小青说:"婶子不用担心,国庆是跑了,可是跑得有窝有窠,不要紧。"妈妈说:"傻孩子,要紧的是国庆成了个打工的,还是个农民,再也上不了大学了! 上不了大学,就一辈子都是农民!"小青说:"农民怎么了? 咱都是农民。 也不是我说,不上大学也一样能有出息,我大哥说现在也不讲铁饭碗了,还有不少人扔下铁饭碗下海经商呢。"

　　雀华说:"不行,我得把他找回来,绑我也要把他绑回来,学不能不上!"妈妈把雀华按在椅子上:"坐下。 新疆这么大,你上哪里去找他?""我去学校打听去。""你去学校打听新疆那个同学的地址,不是等于告诉别人国庆去新疆了吗？ 你这不是让公安局的人去新疆逮他吗？ 逮着了一样上不了学！"一意识到这一点，妈妈拍着大腿大哭："老天爷呀，你也不睁开眼看看，我这是什么命呀——朱同贵你一撒手不管这一家人了呀——"

雀华捂着胸口站起来，一口血痰从嘴里喷出。 妈妈的哭声戛然而止，一把抱住雀华："雀华你怎么了？ 你可别吓我。"雀华抹抹嘴角说："我没事，就是心口堵得慌，吐出来就没事了。"小青吓坏了，跑到院子里一阵乱喊，二婶和二叔跑来了，接着二叔去村诊所喊人。

镇医院退休回村的老中医来了，给雀华号了脉，说："没事，这孩子就是急火攻心，心火大。"妈妈说："看她这样不会是中邪了吧？"老中医摇摇头："不是中邪——"他对雀华说："孩子，哭吧，别憋着。"一听此话，雀华哇的一声哭出来，哭得排山倒海一般。

也不知过了多久，雀华停止了哭泣，发现屋里只剩下妈妈一个人了，妈妈点着香正跪拜，镜框中的爸爸温和地看着她们。

雀华喝了几口水。 妈妈说："我刚刚给你爸爸念叨了，让他保佑国庆、锦梅和你平安。"雀华说："爸爸会的。"妈妈说："你说怎么办？ 国庆连学也不想上了。"雀华说："我看国庆是铁了心不想让赔钱，不是不想上学。"妈妈说："一回事，就是拿不上学换钱。 不上就不上吧，把借来的钱都退回去，没有债倒是一身轻。"雀华说："再想想办法吧。"妈妈说："别做梦了。"

锦梅回来听说国庆去了新疆，跳着高哭了一场，骂满仓一家人心太黑，诅咒满仓一辈子打光棍，生个孩子没腚眼儿。 妈妈说："锦梅呀，谁也别骂了，都怨命。"

当天晚上雀华陪着妈妈挨家把钱送回去，说的话千篇一律：国庆不想拖累家里，留下信出去打工了，也不知道去了哪里，钱也不用赔了，他们愿怎么样就怎么样，反正人找不到了。"他们再来找我，我找他们要儿去，都是他们把我儿吓跑了！"妈妈恶狠狠地说。 几个爷爷和奶奶还有二叔、二婶都表示可惜、痛心，二奶奶、三奶奶、二婶还陪着妈妈掉了会儿泪，可雀华也看出他们都松了一口气——毕竟钱不用花了。

第二天，大舅、四姑送钱来，妈妈告诉他们已经不用了，让他们如数拿回去。 她又让雀华骑上大金鹿带上她去了二舅和三姑家，告诉他们钱不用凑了。

把小青家的钱送还以后，就只剩下永盛和小青的钱了，雀华和妈妈就又去了永盛那里。

永盛刚刚吃完饭，正在刷碗，小青在门外水龙头下洗衣服。 雀华算好了中午头到，一准永盛回去吃饭。 只是她们一去，永盛就没法躺一会儿歇歇了。 也顾不得这么多了。 看到她娘儿俩来，永盛紧张得碗掉到地上，低着头迎上去，像个犯人似的说："婶子，都怨我不好，没能看好国庆……婶子，你打我吧。"雀华说："行了永盛，腿长在国庆身上，他还不想上哪上哪？ 谁能一会儿不离地跟着他？"妈妈说："永盛，婶子不怪你，是我们这一家子给你添麻烦了。"说着，她又落下泪来。 小青急忙用衣服擦手扶雀华妈妈进去。

雀华从书包里拿出一个小包，小包是用白底蓝花的手绢包的，手绢是旧的，但洗得干干净净。 雀华说："永盛，这里面是两千一百块钱，你的一千六，还有国庆让你帮借的五百。"永盛接过去："唉，我倒是觉得还是能用上好。"他没有一丝松了一口气的表情，这让雀华很感激。 妈妈说："永盛你点点，当面点钱不薄人。"永盛说："不用点，婶子。"

雀华等着永盛把钱拿出来把手绢还给她，但永盛好像没想到这回事，他迫不及待地打开木箱子，把钱连带着雀华的手绢放进木箱子去了。

雀华又还了小青的三百，小青也让永盛帮着先放在木箱子里。雀华问永盛："听小青说国庆也给你留了一封信，都说了什么？"永盛急忙从抽屉里拿出信让雀华看，雀华念给妈妈听，跟留给她的信内容差不多，只是多了一些感谢的话。

没什么要说的了，永盛也该去上工了，雀华和妈妈起身回去。走了几步，雀华冷不丁问永盛："国庆给你说去新疆哪里了吗？""没有。"永盛回答的速度极快，好像他一直等着雀华这么问似的。"国庆要跟你联系的话你给我个信儿。""好。"永盛回答，"就怕他不愿跟我联系。"雀华叹口气快步跟上妈妈。

雀华与妈妈相扶着往前走，永盛站定了望着雀华，有一会儿他往前紧走几步，好像要追上去给雀华说什么，但他很快停住了，只是心疼地望着雀华瘦削的背影渐行渐远。泪水模糊了他的眼睛。

小青拍一下永盛："快回屋拿安全帽去，到点了。"永盛回去找安全帽，小青看看表拉住永盛说："还有点时间，你把雀华姐包钱的手绢送给我吧，我看那手绢真漂亮。"永盛说："给了你我就没法包钱了，钱散着不好放。"小青掏出自己的花手绢："我给你换。"永盛一步蹿出屋外："等发了工资我给你买个新的。"

小青追出去永盛已经跑远了。小青恶狠狠地说："小气鬼，你就别做你的大头梦了！"大头梦？永盛一下子被击中了，头勾下去脚步也慢下来，小青惊惶地捂住嘴，咻溜钻回屋里去了。

第四章

1

这是蝶城开往济南的绿皮火车，夜里零点五十分开，凌晨四点十分到济南。雀华作为新生第一年去济南上大学就是坐的这趟车，爸爸送她去的。当时她的被子装在编织袋子里，她身上还背着个大双肩包。人很多，爸爸扳着车门先把雀华推上去，自己才又上去。双肩包放行李架上了，编织袋没处放，只能塞在座位下。

一开始还行，凌晨两点以后雀华实在受不了了，不住地磕头打盹，那时最大的愿望就是有一张床，哪怕是蝶城一中那种宽七十公分的小床，只要能躺一躺就好。他们是靠走道的座位，没有小桌子趴，雀华倚着爸爸的肩膀睡着了。后来她才知道，爸爸一直没睡，老式的绿皮火车停车开车晃动很大，爸爸怕雀华歪倒。

四点二十，雀华来到济南火车站广场。天还没有亮，雀华找了一块干净的地方席地而坐。周围不少这样的人，他们坐在这里等公交车，最早的公交车六点才有。四年前雀华和爸爸一起坐在这里等车，雀华第一次到大城市，城市的霓虹灯和高楼大厦让她备感惊艳。爸爸坐在她身边，一直笑眯眯地看着她。而如今只有她一个人，爸爸永远不会再陪着她了。雀华的眼泪流下来。

天亮了，高楼的轮廓变得清晰起来。这就是济南，她读书近四年的地方，在这四年中她一直以为这里是他乡，此时此刻却有一种归来的感觉。

七点多，雀华已背着包走在校园路上。 一个半月后重返校园，被校园的花草树木和一张张朝气蓬勃的脸包围，恍然如梦中。 校园变得不真实，如同一个梦境。 这种与世界的疏离感和距离感吓着了她，她掐了下手背，疼，那就好。

迎面走过来一个圆脸高个，一双小眼睛闪着狡黠的光芒，是同班同学石怀玉。 石怀玉快步走到雀华面前站住，他有些激动：“雀华，你回来了？”雀华突然想哭，关于她家里发生的事，恐怕班里所有人都知道了，她从石怀玉关切又同情的表情中能看出来。 雀华强忍着眼泪点点头。 石怀玉又说：“有需要帮忙的地方说一声。”雀华突然想起来，石怀玉家有背景，听可芹说他爸爸是什么单位的处长，她妈妈也是个女干部，至于他们分别在什么单位、任什么职务，雀华记不得了——她没往心里去。

石怀玉双手搭在雀华双肩上：“我们是同学，你不要不好意思。”雀华说：“真的没有。”“那好。”石怀玉拉过雀华似乎想给她一个拥抱，雀华抽身闪过。 她不需要这种过分的同情，更不习惯这种安慰方式。“谢谢，我回宿舍了。”雀华说完继续往前走，剩下石怀玉一个人站在玉兰树下。 她能感受到身后石怀玉的目光，突然间不想哭了，她不需要别人的同情，不需要！

叽喳声戛然而止，宿舍里突然安静下来，大家看着推门而入的雀华。 雀华边把书包放在桌上边说：“我回来了。”像平常她常做的那样。 大家愣了一会儿神，可芹首先反应过来：“雀华吃早饭了吗？我这里有个包子，白菜肉的。”“给我吧。”雀华接过包子三口两口吞下去，然后去书架前收拾书，查看贴在书架上的课程表。

沈欣然说：“雀华你刚坐了夜车回来，还去上课吗？ 在宿舍里歇歇吧。”雀华说：“落下课太多了。”谷美心说：“就这一门了，其实也学不了什么，快毕业了，人心惶惶的。"雀华收拾书的手慢下来。 蔡晶和李梅不在宿舍，估计她们提前去了教室。 可芹说："谁让我们都是好学生呢，坚持到最后吧，赵老头说不定会借提问看谁没去听他的课。"美心说："谁让他魅力有限呢，杨教授的课我一次不落。"雀华收拾好书，抬头挨个看了她们一眼，她们好不紧张，极力掩饰着巨大的同情，做出笑也不是不笑也不是的表情。 雀华说："走吧。"几个人小心翼翼地跟在雀华后面出了门。

下了课，雀华看到等在走廊里的峻明。 可芹把雀华往那边推着说："你回去不到十天，这位先生就天天来此等候。"那时候没有手机，农村还极少有家庭安装电话，雀华家更不可能安，所以与峻明联系起来很不方便。 雀华在家期间给辅导员和峻明发了电报告知情况之后，就再没跟峻明联系过。

看到峻明，雀华的眼泪汹涌而出，两个人紧紧相随走到校园偏僻处。 峻明不知怎样安慰，只能揽着雀华肩膀帮她擦泪。

过了一会儿，雀华平静下来，用手绢擤着鼻涕说："爸爸没了，工作也黄了。"峻明掩饰住心中的窃喜问："工作怎么回事？""竞争的人多了，不要学历史的了，要学中文或新闻的。 找的关系这么说的。"接着雀华把工作和国庆的事说了一遍。

峻明说："工作黄了再找，正好你就别回蝶城了，在济南找份工作，我们可以天天见面。 五一还有一场供需见面会，咱们去看看。"雀华点点头，又问："国庆怎么办？"峻明说："事情已经这样了还能怎么办呀？ 走一步看一步吧。"峻明说的虽是实情，雀华听了却不大受用，他总得想个办法，哪怕被她一一否决。 这时雀华突然想起石怀玉的话来："有需要帮忙的地方说一声。"别管怎么样，他有一句话在那里，人家还只是一个普通同学——当然了，随口说的客气话也极有可能。

两人默默往食堂走。 路边传来轻笑声，雀华看到石怀玉坐在石凳上，身边围着三个很婉约的长发女生。 女生不是他们班的，估计是石怀玉中文系的诗友。 石怀玉好读史好写诗，是学校文学社的副社长，传言很得女文友青睐。 今天带着这个女生看电影，明天与那个女生出现在朗诵会，身边女生不断，但没听说哪个是他女朋友。有人说他谁也看不上，有人说他家里给他找了女朋友，在别的学校上学，但是他不满意。 这些是雀华在宿舍卧谈会上听到的，也有的是零星传到耳朵里的。 雀华觉得他谁也看不上和家里给他找了女朋友都不大可能，她觉得主要原因是他太花心，不愿找个固定的女朋友受约束。

石怀玉也看到了雀华和峻明，他的脸一下子阴下来，低头哗哗地翻一本书。 三个女生顺着他的目光看过去，看到一对普通的情侣走过，对他情绪变化之大感到莫名其妙。 她们在心中暗自比较了一下，觉得那个女生长得还算可以，但是不如她们会打扮也不如她们会写诗，怎么能与她们相比？

雀华想起石怀玉说的需要帮忙说一声的话，想着这话他不知对多少个女生说过了，不免心生反感。 她拉着峻明快步走了过去。

当天晚上，雀华工作的事和国庆的事宿舍的人都知道了。 一阵慨叹与安慰之后，所有的人都沉默了。

可芹打破沉默："雀华，你下一步怎么办？ 还要再回蝶城吗？你那个毕伯伯还会给你找工作吗？"

美心说："还回去干什么，有人人情在，没人断往来，我们老家都这样说。 所以我一来济南上学就没打算回去。"谷美心家在鲁北农村，找了个男朋友家是济南的。 男朋友帮她找到工作，在国企做资料员，工作清闲，收入中等但稳定，美心比较满意。

欣然说："在小城市有关系还好，没关系不好找工作，那么点儿的地方，到处都是人情。 济南城市大机会多，虽说背景重要，没有背景肯努力也一定过得好。 我表姐从农村考过来，先在一个小单位做会计，后来考了注册会计师又自学英语，现在在一家外企工作，一个月八千多，一年十来万。"

雀华在黑暗中睁大了眼睛："真的?"

"当然是真的。"

可芹问："以前怎么没听你说过?"

"我表姐也是刚去了三个月才定岗定了工资，原来单位一个月一千二。"

雀华说："我决定留在济南，不回蝶城了。"

可芹说："这就对了，跟我们一起在济南打拼吧，蝶城是要回的，要穿着光鲜地回去，怎么说来着……"

欣然说："衣锦还乡。"

可芹说："对对对，穿着光鲜地回去，亮瞎他们的眼!"

雀华说："好!"

可芹说："峻明一准支持，你们也不用实行什么会师计划了。"

美心说："可芹分析得对。"

雀华说："谢谢高参们。"

可芹家是菏泽农村的，自己联系的工作，是一家生产空调的企业，已经签了用人合同。 欣然母亲在南郊一所小学当老师，父亲是这所小学的副校长，家里多少有点关系，就帮她联系了济南南郊九里沟初中当历史老师。 后来雀华坐公交车去学校找她，第一次没找到，第二次才找到，说是南郊，其实都到农村了。

本来雀华的工作还算不错的，这样一来成了最没着落的一个，上不着天下不着地的，雀华翻一个身，又翻一个身。 想到欣然就睡在下面，雀华不敢再翻身了。 宿舍里呼吸声此起彼伏，她们都睡着了。 不知过了多久，雀华也睡着了。

恍惚中爸爸迎面走过来，雀华惊喜地迎上去，爸爸却笑眯眯地看她一眼，转身朝东去了。 东边是一个拱形门，门外光芒四射，爸爸朝着光芒走去。 雀华想追上去拉住爸爸，腿却怎么也迈不动，她拼命抬腿……醒了。 这是自爸爸离开以来雀华第一次梦到爸爸，能够在梦中见一见爸爸也好啊。 雀华极力回忆爸爸在梦中的模样，清晰得如同真的一样。 爸爸……雀华闭上眼睛，希望再次进入梦中，她一定抢先一步拉住爸爸。 可是她再也没有睡着。

2

寒假时有单位到学校招人，人才市场上也有不少单位招人，根据同学提供的信息，雀华去了几家公司，有造纸公司、制药公司、广告公司、钢铁公司等七八家企业。 好几个公司的人事部门告诉她，他们的招聘计划已完成，不过他们中有三家公司让雀华留下简历，说如果有追加的名额或其他什么情况再跟她联系。 其他什么情况雀华估计就是有人改变主意不去了，她去捡个漏。 看来这两种可能性都没有，一个星期过去了，雀华一个通知也没接到。

但是雀华在给妈妈的信中写道：

　　妈妈，我回来联系了几个单位，有两个单位同意要我，我还没有跟他们签合同，我想再等等五一的人才交流会，如果有更好的单位就不跟他们签了。

　　找工作没有想象中那么难，大城市企业多机会多，妈妈就放心吧……

信写到这里，雀华觉得松快多了，好像真的有两份工作等着她一样。 她能想象出锦梅给妈妈读信时的情景：妈妈坐在马扎上搓麻绳，锦梅捧着信坐在大桌子前，四十瓦的灯泡吊在桌子正上方，如果停电，就点着蜡烛，蜡烛冒着烟，一跳一跳的。 妈妈蹙着的眉头在那一刻舒展开来。

写完信投进邮筒，雀华回头看到石怀玉站在身边。"你也寄信？"雀华看了看，他手里没有信。对了，他家就是济南市的，无需寄家书。石怀玉说："一开始只知道你父亲出了意外，没想到你家里又生出这么多变故，你弟弟跑了，你工作丢了……"石怀玉没有再说下去，他一向狡黠的小眼睛里此刻全是同情。

他从哪里得到的消息？雀华从脑子里迅速过了一遍。知道详情的只有峻明和她宿舍的几个人。峻明是数学系的，与石怀玉没有任何交集；美心整天忙着与男朋友约会游玩，顾不上这些；欣然好读书喜安静，也不会主动与石怀玉说这些；那么只有一个人可能性最大，可芹。雀华差点忘了，她也是文学社的成员，还是石怀玉的粉丝，偶尔写几首诗在宿舍里朗诵，在雀华听来就是大白话分了行。

雀华盯着石怀玉："你怎么知道的？"

"我向衣可芹打听，她告诉我的。"果然如此。

石怀玉说："工作丢了可以再找。塞翁失马，焉知非福？你不要太难过。"

雀华说："我知道了，谢谢。"闪身要走，石怀玉挡住说："这个时候再找工作有些晚，机关事业单位有些难，好的企业还有机会——我爸爸有一些朋友……"

雀华说："谢谢，真的不必了，我已经有意向单位，还在比较和选择中。"

石怀玉说："我是说真的，不是虚让客气，我之所以这么做是因为……"雀华抬起头来再一次盯着他，这正是她想知道的，他为什么要帮他？石怀玉有些慌乱："我是觉得你的处境太……太……我又有这个条件，所以想帮帮你。"

雀华松了一口气："现在还不需要，等我需要的时候跟你说。"

石怀玉说："那好吧，你要是找不到合适的单位说一声，我知道你自尊心强，可工作是关系到一辈子的事儿。"

雀华的语气真诚许多："谢谢你。"说完，雀华绕过他往前走。

石怀玉拉住她的胳膊，急切地说："有些事能硬撑，有些事不能！"

一句话说得雀华热泪盈眶，她挣脱他跑开了。

白杨树后，峻明看着雀华跑开的背影，又看看石怀玉呆立的样子，一脚踢飞脚下的石子。 几只鸟扑棱扑棱飞向高处。

雀华一口气跑回宿舍，捉住可芹的胳膊："出来一下，我有话要问你。"

可芹由她捉着胳膊，察言观色道："哟，什么事这么急？"

到了楼外无人处，雀华松开可芹："内奸！"

可芹无辜地问："这话怎么说？"

雀华说："不是说好卧谈会的内容不许外泄吗，我的事石怀玉是怎么知道的？ 你知道我最不愿意得到一大片同情和怜悯，好像世界上就我惨似的！"

可芹解释说："石怀玉追着问我你的情况，我本不想告诉他，可看你四处找工作的焦心样儿，又想想他有关系有门路，说不定能帮你找个好工作，就告诉他了。 他找你了？ 是不是要帮你找工作？"

雀华说："我和他没有交情，不想欠他的人情。"

可芹眉毛一挑，眉心里的那颗痣跟着一跳："你不觉得他对你有意思？"

雀华说："怎么可能？ 他明知道我有男朋友，谈了两年多了。"

可芹说："那又怎么样？"

"你什么意思？"

可芹嘻嘻笑："选了石怀玉，你不是靠了一棵树，是靠了一座山，一辈子生活无忧，工作无忧——嗯，他会支持你一心向学，保不齐也能成历史学家……"

雀华一愣，这些她还真没想到。 历史学家梦，那是她心中的灯塔，熄灭又燃起，燃起又熄灭，想起来就折磨她。

可芹说："这话不能告诉峻明，要不然他不给我白刀子进红刀子出才怪。"

雀华说："我不会告诉峻明，但我对石怀玉也没感觉……"

可芹打断她："真的没感觉？一点想法都没有？"

雀华说："真的。所以让人家帮了忙又不能向人家承诺什么，这不是耍人吗？这样的事我不干。"

"人家也没非逼你。"

"那就更不能干了，以后哪还有脸见人家！你个内奸，你不说什么事也没有。"

"行了行了，我好心还惹了个驴生气。回去吧回去吧，晚上我还有《经济法》要上，不修完不给学位证啊。"

可芹连推带搡，两个人爬四楼回了宿舍。

宿舍几个人中雀华第一个见到的就是可芹。大一开学第一天，她正整理床铺，可芹拉个箱子进去。"你好。"可芹朝雀华摆摆手。

那时候雀华才领会到什么叫惊艳。可芹白皙修长，薄薄的单眼皮，眼睛却黑而大，眉毛很长往上挑着，右眉靠近鼻梁三分之一处有一颗痣，这颗痣让她的整张脸生动起来。

"你好，我叫朱雀华，你叫什么名字？"雀华停止整理床铺，跪在床上问她。

"衣可芹。衣服的衣，可以的可，曹雪芹的芹。"可芹边说边查看床铺上贴的名字，"我也是上铺。"雀华开心地笑道："欢迎可芹同学，你是第二个来的，我是第一个。"可芹报以一笑，她笑得矜持且有些高傲，根本不像农村姑娘。她把领的床单、被罩放在床上，脱了鞋踩上小梯子的第二梯，一抬腿上了床。可芹穿着齐膝短裙，雀华注意到她的腿长而结实，一点都不像电视上模特麻秆一样的腿。

大学四年追可芹的人很多，可她一概拒绝，四年没谈男朋友。

她的理由是忙。 她要修双学位，整天听法律系的课，就是这样忙她还通过石怀玉加入了文学社，百忙之中抽空参加文学社的活动，偶尔作几首诗。 美心说可芹一点没有诗人气质，她具备市民气质。 这话听着扎心，可是前半句雀华赞成。 诗人应该浪漫柔美，可芹却目光犀利缺少柔情。

眼下这事不管怎么样，可芹还是为她好，跟峻明说了只会越说越乱，越描越黑，还是什么都不说为好。

可芹吃过饭拿一本无关紧要的书占了个座，就趁上课前的空儿去找石怀玉了。

石怀玉果然在期刊阅览室看杂志，可芹拉他出来问："你怎么跟雀华说的？"石怀玉说："当然照你的意思了，我对雀华说是我主动、再三打听她的情况，你才告诉我她的情况。"可芹说："这还差不多，你要是出卖我，以后别想从我这里得到一点信息。""不敢不敢。"

可芹说："我主动跟你说这些，还不是看你关心雀华，你是不是暗恋她？""说哪里去了，同情弱者而已。""真喜欢就赶紧表白，马上就要毕业了。"石怀玉做沉思状。 可芹立马说："可是雀华对她的白马王子一往情深呢。"石怀玉的脸黑了下来，他警惕地盯着可芹。

可芹立马转移话题："你跟雀华说什么了？ 说要帮她找工作了吗？""说了，她拒绝了。"可芹说："雀华就是这样，要强、爱面子，这会害了她。 我作为她的好朋友真为她着急。 不过也许她能找到好工作，这些天峻明天天陪她往外跑。"石怀玉的脸又阴沉下来。"干吗拉着脸这么长，郝峻明是人家的正牌男友，你吃得着醋吗你！"石怀玉无所谓地一笑："你不会是吃我的醋吧？"可芹打石怀玉一下："不理你，我还要去上课。"石怀玉拉住她说："姑奶奶，继续给我提供情报。"可芹眉毛一挑："我也就是为了雀华，为了你？ 我呸！"石怀玉笑嘻嘻地放开她："我知道你是个愿意为朋友两肋插刀的侠客。"可芹扭身走了。

3

晚上雀华回宿舍，可芹正端着脸盆准备去公共盥洗间，两人走了个碰面，可芹一把把雀华拉进去用腿关上门说："我听法律系的一个同学说，朝阳集团到咱们学校来招过人，正是你回老家期间，理科要得多，也要文科，法律系要了几个，你再去他们那里问问是不是还要人。"朝阳集团是济南一家家电公司，主要生产冰柜和洗衣机。雀华说："好啊，去看看。"可芹放下脸盆从书包里掏出笔记本，翻了翻撕下一页来，说："这是他们留给我的地址，你去看看。"雀华接过纸条："谢谢！"可芹端起脸盆往外走："搞定了请客！"

第二天，峻明陪雀华一起去朝阳集团。

朝阳集团在东边，公交车晃晃荡荡一直向东开过去，越开人越少，雀华的心凉了半截——这么偏远的一个地方。正想着，到了，还好，没过东外环。公司占地面积倒不小，正对着大门的是一座四层办公楼，看起来有些陈旧。

人事部在四楼，一间大屋，对着门的那面墙前相对放着两张桌子，左右进深大，也分别相对放着两张桌子。对着门右手那张桌上没人，左手桌边坐着个年轻小伙子，年龄与雀华和峻明差不多，二十二三岁的光景。门大开着，雀华象征性地敲了敲门说："我是来应聘的学生。"小伙子站起来说："我负责这事，拿简历来我看看。"

雀华把简历毕恭毕敬递上。

小伙子又问峻明："你也是来应聘的吧？你的简历……"

峻明急忙说："我不是来应聘的，是陪她来的。"

小伙子略显诧异地"哦"了一声。

雀华说："他还要继续读研究生。"

小伙子点一下头，认真翻看雀华的简历，雀华的心怦怦直跳，解释说："我听同学说咱们公司去我们学校招过人，那时候家里有事我在老家，正好没赶上，回来就过来了。"小伙子点点头说："是啊，招聘过了。"雀华的笑容僵住，心想：还是晚了！

翻看完简历，小伙子微笑看着雀华说："不过你运气很好，公司刚刚追加了两个名额，其中一个是文案宣传，你比较适合。"雀华咧开嘴笑了，说："谢谢！"小伙子说："我这里有意向合同，对双方都有一定约束，你签一下。"雀华乐呵呵接过合同，事情这么顺利，她反倒有些慌张起来。 她借着浏览合同的机会犹豫了一下，峻明碰碰她，指着合同下方说："在这里签上名。"雀华正要从书包里掏笔，一支中性笔递到她面前。 雀华感激地从小伙子手中接过笔，签上自己的名字。

小伙子拿着合同和雀华的简历去了另一间办公室，过一会儿小伙子回来，说："领导签字了，也盖章了，拿到毕业证后来报到，就可以签正式合同了。"

雀华点头哈腰说："谢谢，谢谢。"

雀华欢天喜地转身往外走，拐倒了右手桌边的方凳，慌里慌张扶，又倒了，峻明扶起来放好。 雀华看到另外几张桌子上投过来的目光。 那些目光杂乱无章，有探寻的，有欣赏的，还有茫然的与麻木的，这些目光给她留下深刻印象，让她心里生出一种说不上来的滋味。 这时从外面进来一位高挑美貌的中年妇女，她冲雀华一笑，眼角皱纹凸显。 雀华心中一动，这皱纹让她莫名生出凄凉与同情，她报以匆匆一笑，出了门。

走在长长的走廊里，透过不是特别明亮的玻璃，雀华看到院子里停了几辆大货车，有一辆缓缓开出了大门。 有几个人在停着的货车边走动，人显得特别渺小，特别像蚂蚁围着一大块馒头。

两人下楼，峻明正要往大门走，雀华拉住他说："去后面看看。"两人绕过办公楼，看到好几座高大宽阔的厂房，很有一些气势。 再往里是一个大仓库，一辆空货车直接开了进去。 峻明说："厂子还真大。"雀华说："是不小，看起来也有些年数了，没看到什么东西是新的。"

峻明问："你是不是不大满意？"雀华说："说不上，就是觉得来得太容易了。"峻明说："好歹你也是重点大学毕业生，要自信，人家也是济南有名的企业，前几年还净在电视上做广告。"雀华说："这两年见不到广告了呢。"峻明说："打出牌子来了还花广告费干什么？要我我也这么干。"雀华说："再看看吧，要是找不到更好的，就它啦。"峻明说："合同可是签了的。"雀华说："签了合同心里就有底了，要是有比这还好的单位，交违约金我也认。 你想想，违约金两千，一个月多挣二百的话一年就出来了，以后可是每年都要多挣的。你学数学的这个账还算不过来？"峻明笑道："我哪有你这么多心眼儿。"

工作有了着落，雀华的心情明显好转。 峻明提议不回学校吃饭了，在外面吃，他请客。 他家那条件，说实在的根本不如雀华家。他家是黄河口一个村子的，父母世代务农，他上面有两个姐姐一个哥哥，也在农村，哥哥单位破产，有时外出打工，嫂子也在农村务农。他是老小，所以父母格外疼他，姐姐和哥哥也让着他，倒也没吃过什么苦操过什么心。 父母省吃俭用供他上学，经济上并不富裕，好像还欠了点账。 有时两个姐姐偷给他点钱，至于哥哥，峻明说哥哥怕嫂子，不敢给他钱，也没有钱。

不管怎么样，峻明要请客雀华总得给他面子，两人在朝阳集团附近的路上转来转去，大一点的地方怕贵，太脏乱的地方不愿进，雀华选中一个吃大米干饭把子肉的地方，店不大但干净利索。 两个人一人要了一碗米饭，一人一块大五花肉，还要了盘土豆丝，能免费加米饭和肉汤，吃得很过瘾。

一共花了九块钱。 等收钱的胖老板娘走过去了，雀华打了个饱嗝，凑近峻明耳边说："九块钱够你在学校吃两天的了，恐怕你得吃几天馒头咸菜才能省出来。"峻明把最后一根土豆丝送进嘴里，笑了笑，算是默认了。"等工作了挣了钱我请你。"雀华说。 峻明急忙说："不用不用，读研也有补助了，我再找个家教也能挣钱，不能让女生请客。""老思想！"雀华点了一下峻明的额头。

第五章

1

在学校门口跳下公交车，雀华看到美心从另一辆公交车上跳下来，后面跟着她的男朋友。雀华忙拉住峻明，努努嘴："先别过去。"峻明顺着雀华的目光看到美心和她男朋友。两个人故意磨蹭，等美心和她男朋友走出二三百米才往前走。雀华注意到美心手里捧着一个纸袋子，里面定是她爱吃的糖炒栗子。

"唉，可惜了美心。"峻明叹口气，"她家里不知道吗？"雀华反问："这种事她家里怎么能知道？你会告诉她家里？我们宿舍里谁会告诉她家里？""没人劝劝她吗？""当我们发现她说了好久的男朋友快四十岁的时候，宿舍里开了一个小会，欣然作为老大委婉地问她男朋友的年龄和婚姻状况，她立马就说了，三十六岁，已婚，在济南做生意，老婆在农村。""然后呢？""然后欣然问，他都结婚了，好吗？美心立刻反驳，有什么不好？我们真心相爱，他要离婚娶我的！我提醒她说年龄太大了会不会有代沟，结果被她损了一顿，说代沟是胡说，她就喜欢成熟男人，知道疼人，不喜欢没有一点根基的小白脸。"雀华一笑，"这是在影射你呢，请我吃顿大米干饭把子肉还得吃几天咸菜。"

峻明也笑："人各有志。可芹口才厉害又有脑子，她怎么说？"

雀华说："她戴着耳机用单放机听法律案例，最后说，人是要遵守法律和道德的……美心打断她问，就不需要人权和爱情吗？ 可芹说，我下面要说的正是这句。 美心听到这句话得意扬扬，总算找到了同盟军。"峻明问："可芹是真的赞成？"雀华说："可芹慢腾腾又加了一句，美心你好好考虑一下吧。 她把皮球又踢回去了。"峻明问："美心怎么说？"雀华指指一前一后走的美心和她的男朋友："她要听了还有今天这场面？ 她把打开的书往脸上一盖大喊，没什么好考虑的，我早就考虑好了！ 好心恶意我不管，以后谁也别跟我提这茬儿！"

说着话看到美心到了校门口，她朝紧随其后的男朋友挥挥手，转身进了校门。 男朋友目送她片刻，转身往回走。 这一次雀华看清了他的脸，一张清峻朴素的面孔，中等个儿，清瘦身材。 两个人与他擦肩而过，他紧跑几步赶上刚到的一辆公交车。

雀华听到峻明像个老人似的又叹了口气。

"杞人忧天。"雀华捅捅峻明。

回到宿舍，几个人正围着桌子吃糖炒栗子。 要说济南有什么好吃的，糖炒栗子算一个。 南部山区盛产栗子，大而饱满。

"来来来，吃'糖炒票子'，"可芹指着桌子中间的纸袋，"美心带来的。"栗子的香气扑面而来，雀华大米干饭把子肉吃得很饱，还是忍不住拿了一个剥着吃。 说起"糖炒票子"来还有一个典故。 大一开学不久她们宿舍四人一起出去逛街，雀华看到一个牌子上写着"糖炒票子"四个字。 雀华一惊，不禁念出来，另外三人笑翻了天。 走近看了看，果然是把"糖炒栗子"写成"糖炒票子"了。 这回该雀华笑了，她们三个面面相觑。 老板是位黑胖子大叔，边用大铲翻炒着锅里的栗子和粗砂，边吆喝："糖炒栗子，又大又香的栗子。"那口锅直径得有两米，比雀华奶奶家的那口老锅还大。 不知是大叔无意写错还是故意幽上一默，她们不好问，闻了闻栗子，特香，看了看价格，夺路而逃。

有一天美心带来糖炒栗子请大家吃，几个人有滋有味地吃了。栗子是美心男朋友买的，大家吃了人家的栗子嘴短，就得接受人家，美心洋洋得意地看着她们吃。她们心知肚明，虽然心里疙疙瘩瘩，还是斗不过肚子里的馋虫。

　　现下吃着栗子，雀华把找工作的事说了一遍。大家都很高兴，端起杯子用白开水庆贺了一下。美心说："不过我听说朝阳集团的冰箱被青岛的冰箱超过了，洗衣机被南方的洗衣机超过了，销售开始下滑。"雀华被栗子噎了一下。美心有个做生意的男朋友，她比宿舍里的人见多识广。欣然说："瘦死的骆驼比马大，大企业扛得住。"雀华说："先在济南落下脚再说吧，有机会可以跳槽。"雀华看看可芹，可芹低头剥栗子。李梅点头笑笑，表示赞同。蔡晶专心吃栗子，若有所思。

　　下午上课前，雀华看到石怀玉站在教室最后一排的窗前看风景，犹豫了一下走过去。没有什么风景，从这个位置只能看到另一排教学楼。雀华说："我找到工作了，朝阳集团。"石怀玉眉毛向上一挑："每天都有朝阳。"这是朝阳集团前两年做的广告，配着的画面是朝阳，还有沐浴着朝阳的冰箱和洗衣机。雀华一笑。石怀玉说："挺快的。"雀华说："赶巧了。"石怀玉认真地看着雀华，他眼里有一些无以言表的东西让雀华难过，她说："谢谢你。"石怀玉问："谢什么？"雀华说："你帮我找工作呀。"石怀玉说："并没有。"雀华说："心意我领了。"石怀玉把脸转向窗外："快上课了，雀华同学。"谈话似乎没有预期的投机，雀华扭身回到自己座位上。

　　五一雀华和郝峻明去了会展中心的招聘会。用人单位不少，毕业生更多，人头攒动，怎么看怎么像农村里赶大集。小单位不愿去，大单位效益好的又不要，转来转去还真没有太合适的，不过雀华还是留下了几份简历。

　　东头有一家外企摊位挺大，案前挤满了伸着胳膊递简历的男生女生。 峻明杀出一条血路，雀华举着简历挤过去。 招聘人员中有个干练清爽的少妇，大概看雀华戴着眼镜挺斯文的样子，对了眼，隔着几个人招呼雀华："这位同学你是学会计的吧？ 把简历拿过来。"会计？ 雀华高扬着的胳膊软了下来，迅速辨别了一下，看到宣传页上的招聘专业有会计、人力资源、机械制造、数控、测绘什么的，就是没有历史。 雀华装作挤不进去，转身往外冲。 终于出了这个人疙瘩，眼镜挤掉到嘴唇上。

"会计！ 会计！ 会计就这么吃香吗！"雀华看到有好几个单位点名招这个专业。"会计有个一技之长吧。"峻明说。"历史就没有一技之长吗？ 我懂他们不懂！"

雀华气呼呼地走到一边，突然感到一束目光射过来，回头看到朝阳集团的摊位，还有跟她签合同的小伙子，小伙子正把头扭向另一边接简历，装得挺像的。 雀华闪身躲到一个大柱子后面，偷眼再看，小伙子忙碌着，没往这边再看一眼，可是雀华敢确定，刚才射过来的那束目光就是他的。

雀华招手让峻明躲过来，指着那边说："不好了，刚才那位看到我了，别看他这会儿装得没事人似的。"峻明一惊："他们不会跟你解除合同吧？"雀华想了想："他说追加了两个名额，说不准不止两个呢，也说不准再招了条件好的不要我了。"峻明说："大单位不会这样吧？"雀华说："管他怎么样，要问我就说陪你找工作。""那天你跟人家说我要继续读研究生。"雀华一愣："对呀，一激动忘了，那就是我和你一起陪同学来找工作，反正不承认是我，怎么着？"峻明说："那小伙子也不一定就真看到你。"雀华说："肯定看到了。"

两人心情大受影响，又转了一会儿，撒了几份简历，撒了。

雀华在宿舍楼门口遇到可芹。 可芹穿着牛仔T恤，背着书包兴冲冲往外走。 看到雀华脸色，可芹停住了："怎么着？ 不顺利？"雀华急忙提起精神说："有点累了。"可芹问："又有什么新收获？""投了几家简历，也不可能当场定。"

可芹点点头说："文学社从学校里找了辆大巴，明天去泰山采风，你去不去散散心？车上还有空座，我现在就去落实人员问题。"雀华摇摇头："不去。"可芹说："愁也没用，不如去散散心，不交来回路费，门票半价。"一听说还要交门票费，雀华更坚决了："不去，谢谢。"可芹追问："真不去？我猜石怀玉盼着你去呢。"雀华盯住可芹："你这么关心石怀玉，你跟他好得了。"可芹涨红了脸："哼，狗咬吕洞宾，不识好人心！"她一扭身出楼门下台阶，一脚踩空差点摔倒。雀华说："当心。"可芹头也不回地走了。

晚上，美心嗑着瓜子听歌，欣然坐在床上看书，可芹嗑着瓜子照镜子。蔡晶和李梅不在，不是去玩了就是去了图书馆。蔡晶分到医药局——她爸爸在医药系统工作。李梅回县城初中教书。两人都没心事。

雀华把书包扔到上铺，美心递过瓜子盒："吃瓜子。"雀华推一边："谢谢。"欣然放下书："怎么样？"雀华说："高不成低不就，递了几家简历，不乐观。"欣然说："别着急，不是有朝阳集团接底吗？朝阳集团也不是谁想去就去得了的。"美心说："学历史的，企业不嫌弃就不错了。"欣然说："说得跟你不是学历史的似的。"美心说："我也遭人嫌弃，要不是老杨我也进不了国企。"

雀华沉着脸爬到上铺。美心站起来扒着雀华床沿说："这就叫忠言逆耳，雀华你也不要不高兴。"雀华说："我就是不高兴！我们专业不热门不抢手我能高兴得起来吗？除了理工科专业，文科我发现他们要的最多的是会计、人力资源、工商管理。"

可芹也站起来，扒着雀华的床沿说："你不是要考研吗？理工科就别做梦了，考会计得了，像欣然的表姐似的，大把大把挣钱，只要你肯放弃你的历史学家梦！"

"跨专业？"雀华紧盯着可芹。

多年以后雀华依然记得可芹扒着床沿鼓动她考会计专业研究生的情形。可芹的话触动了她，不知为什么她心里一阵悲怆，脸朝里躺下。

2

一个星期过去了，雀华没有等到任何单位的消息，看来是没有希望了。雀华不再想其他单位的事，死心塌地去朝阳集团。

这时她收到家里的来信。一看信封上的字就知道是锦梅写的，显然是认真写了的，可依然歪歪扭扭上不得台面，这就是贪玩不好好学习的结果。在此之前的每封信都是爸爸写的，爸爸虽然文化不高，字却写得好，遒劲有力，毛笔字也很好，家里的春联每年都是爸爸自己写，用爸爸的话说省了买春联的钱了。想到爸爸她不免又一阵伤心。

雀华强忍着眼泪在角落的石凳上坐下，打开信。

亲爱的姐姐：

你还好吧？

你的来信收到了，听说你又找到工作了，我和妈妈都很高兴，妈妈高兴得直抹眼泪，说咱们再也不用求人，再也不用看别人脸色了。你走了之后，派出所里的人来了，他们来找哥哥。妈妈坐在院子里哭闹，说她还不知道上哪里找儿去，她就这一个儿，找不到她就死到满仓家去，都是他一家人把我哥哥吓跑了。我也哭着找哥哥，派出所的人没办法，走了。

哥哥的班主任来了一趟，他想让妈妈好好找找哥哥，赔点钱让那家别告了，说哥哥不上学太可惜了，他至少能考上山大。妈妈把前前后后都说了一遍，班主任一个劲儿摇头叹气。班主任走后妈妈又哭了一场，一天没吃饭。

第二天妈妈好多了，得去点棒子，我请了一天假帮妈妈点棒子。我也开始好好学习了，我就是笨，学不进去，硬着头皮学吧。小青姐来家两趟，她说她侄子上了幼儿园她就回来，她烦她嫂子瞎讲究。

断手指头的那家没有动静，我猜他们听说哥哥跑了害怕了。我天天想爸爸，又不能给妈妈说。这封信我没给妈妈看，把信的意思给妈妈说了，有些话不能给妈妈说，你也别说。

祝姐姐一切顺利，找个挣钱多的工作！

信纸上有洇湿又干了的一片，大概锦梅写着写着哭了。

没有国庆的消息。临来时雀华交代锦梅了，要是有了国庆的消息就告诉她，用她们之间才懂的话，别说太明白了，派出所的人要查信就麻烦了。信中没提，看来是没有。

国庆现在在新疆什么地方？在干什么呢？他到国庆节才十九岁，能干什么呢？从蝶城去新疆要坐几天几夜的火车，中间还要倒车，国庆肯定舍不得买卧铺，她坐大半夜的硬座都受不了，何况几天几夜？要是连硬座票都买不上可受罪了，她在火车走廊、过道里见过那些或站或坐的人，没想到有一天国庆也成为他们中的一员。在全家人的想象中，国庆是要吃官粮的！

雀华捂着脸默默流了一会儿泪，一抬头，峻明站在面前。

峻明挨着雀华坐下，帮她揩去眼泪。雀华说："家里来信了。"

峻明默默看完信，说："阿姨和锦梅都为你有了工作高兴。"雀华说："我写信的时候还没有工作，我只是安慰我妈怕她担心。""这不找到了？大学也不是白读的。""是啊，好的找不到，找个一般的还行。""朝阳集团也不错。""我听美心说这两年销量下滑，效益不如大做广告那两年。"

峻明说："也许有一天又卷土重来，还是每天都有朝阳！"雀华没有被逗乐，仍是一副心事重重的样子。 峻明说："先留下再说，效益好了就干下去，不好再想办法。 你知道我多想你留在济南。""以这种方式留下，不知道爸爸会怎么想！"雀华不觉又流下泪来。

峻明搂住雀华说："叔叔知道你靠自己的力量找到工作留在大城市，又有我陪在你身边，会很欣慰的。 你想想，还会有比这更好的选择吗？ 你在蝶城能找到比这更好的工作吗？"雀华说："是，蝶城没有像样的企业，进不了机关事业单位，真不如不回去。 唯一的好处就是离家近。""以后锦梅考到济南来，阿姨也能跟着过来，风头过去了，国庆也能来济南打工。"雀华想了想点头说："也只能这样了。"

峻明说："还有一个好消息告诉你，同学推荐给我一份家教工作，一个初二男生，数学不好要补到中考结束。""一次课多少钱？"雀华急忙擦了眼泪问。"一次两小时，五十，一个星期一次课。""一个月二百，不少啊。""暑假里可能上课还要多，到时候再定。""好好干，争取一直教到初三毕业。"峻明说："那是，我也这么想的。"

这么想一想，未来还是很美好的，峻明见雀华心情好转，亲吻一下她的脸颊说："走吧，去食堂吃饭。"自从雀华家中出了事，峻明一直小心翼翼的，像以前一样热情的拥吻几乎没有。 反正他们是要结婚的，来日方长，也不在这一时半会儿，他就这样克制着年轻人的热情和激情，小心翼翼陪在雀华身边。

穿过小径走到鲁迅路上，看到可芹和石怀玉并排走过来，两人边走边说话，可芹手舞足蹈，石怀玉频频点头，相谈甚欢。

峻明问："他是可芹的男朋友？"雀华说："你忘了，可芹没有男朋友。 那是她的诗友，我们班的石怀玉，文学社的副社长。""我知道，你拉我去参加过他们的诗歌朗诵会。"峻明说。 雀华又说："可芹有个在人大读书的中学同学，经常给可芹写信，可芹说不是男朋友，就是要好的同学，纯友情。""你们信吗？""信。 他们的信来来往往，不见可芹有什么情绪波动，整天忙得一塌糊涂，人在历史系，上着法律系的课，还在文学社跟着石怀玉写诗。她眼界这么高，咱们学校她能看上谁呀，我觉得也就人大的这种名牌的才子能配上她吧，她偏偏又不感冒，不知道到底怎么想的。"

峻明说："待价而沽。"雀华说："待价而沽怎么着？她有这个资本，她是我们班的班花，历史系前三！人又漂亮学习又好。"峻明说："这倒不假，跟中文系的系花不相上下。""你还注意到中文系的系花了？"雀华不满，想要甩掉峻明搂在肩头的手，那手却像粘住了似的甩不掉。

雀华说："咱们走这边，别跟他们碰面。"正要往小路上拐，可芹立马喊住她："雀华，雀华。"两个人只好又往前走，四人迎面站住。

可芹说："雀华，不待这样的，重色轻友吗？我这正要跟你和峻明说呢，今天晚上七点，小食堂二楼有朗诵会，我要朗诵一首让你感动落泪的文章，还要和怀玉一起朗诵徐志摩的《再别康桥》，你俩一定要来哦。"

峻明说："我有课……竞赛课。"可芹说："逃课也要来，说好了。"石怀玉自负地笑着，眼睛在雀华肩头峻明的手上扫过，雀华又甩了甩，峻明就是不放手。雀华说："我去，峻明你也去。"峻明笑笑。可芹说："说好啦。"

四人错开，两两往前走。峻明说："我看他俩倒是般配。"雀华说："他们两个接触的机会这么多，一个才子一个佳人，你说石怀玉追过可芹吗？还是追过没追上？"峻明说："我看像压根儿就没追过。"

晚上雀华一个人去了小食堂二楼。峻明真有课，要是平常他肯定毫不犹豫地选择去上课，这次他倒是踌躇了好一会儿。他陪着雀华在小食堂附近的广场里转了好几圈，才下定决心去上课。

可芹在第二排给雀华和峻明留了两个座位，靠近中间的过道。

看到峻明没来她有点不高兴："峻明没来啊。"雀华说："他真有课，你知道书呆子一向认真。"石怀玉笑笑说："靠过道这个留给我吧，我正好跟雀华同学套套近乎。"说着把一本诗集放下，雀华看了看，泰戈尔的《吉檀迦利》。

参加诗歌朗诵会的人在小食堂二楼挤得满满的，两边的过道里也站满了人。"怎么样，文学的魅力无穷吧？"石怀玉对雀华说。 雀华点点头，心想：还真有这么多人吃饱了撑的没事干。 她们宿舍除了她作为可芹的好朋友偶尔参加这种活动，欣然和美心她们从不参加。美心是玩，欣然研究各个朝代的正史野史。 蔡晶和李梅喜欢闲逛，要么就去图书馆看闲书。

可芹与中文系的一个帅哥主持，两人配合默契，谈吐风趣。 朗诵者们一个个登场朗诵，有的抬头望天，有的低头看地，有的激情澎湃，有的小桥流水。 雀华觉得无趣，拿起石怀玉带来的《吉檀迦利》翻看起来。"千万别当真，"石怀玉说，"这是拿着震别人给我自己壮胆的，其实我最喜欢的还是拜伦。"雀华礼貌地点头，对于拜伦她了解并不多，只知道是个风流诗人，他的诗更没读过。 石怀玉说："你不懂装懂的样子太酷了，比真懂……"雀华打断他，指指台上："快，到可芹了。"

可芹换上了一款米色旗袍，黑亮的长发披散下来，很有一股民国闺秀范儿。"看不出雷厉风行的可芹还有这一套。"雀华说。 石怀玉立马接上："你的好朋友有好几套呢。"

可芹要朗诵的是陈启佑的《永远的蝴蝶》。

……

那时候刚好下着雨，柏油路面湿冷冷的，还闪烁着青、黄、红颜色的灯火，我们就在骑楼下躲雨，看绿色的邮筒孤独地站在街的对面。我白色风衣的大口袋里有一封要寄给在南部的母亲的信。

谁教我们只带来一把小伞哪。她微笑着说,一面撑起伞,准备过马路去帮我寄信。从她伞骨渗下来的小雨点溅在我眼镜的玻璃上。

随着一阵拔尖的刹车声。樱子的一生轻轻地飞了起来,缓缓地,飘落在湿冷的街面,好像一只夜晚的蝴蝶。

虽然是春天,好像已是秋深了。

她只是过马路帮我寄信。这样简单的动作,却要教我终生难忘了。我缓缓睁开眼,茫然站在骑楼下,眼里藏着滚烫的泪水。世上所有的车子都停了下来,人潮涌向马路中央。那躺在街面的,就是我的,蝴蝶。这时她离我五公尺,竟是那么遥远。更大的雨点溅在我的眼镜中,甚至溅到我的生命里来。

……

当可芹一字一句朗诵到这里时,哽咽了,两颗大泪珠滚落下来,雀华也早已热泪盈眶。

为什么呢?只带一把雨伞?

然而我又看到樱子穿着白色的风衣,撑着伞,静静地过马路了。她是要帮我寄信的。那是一封写给在南部的母亲的信,我茫然地站在骑楼下,我又看到永远的樱子走到街心,回头望我。其实雨下得并不很大,却是我们一生一世中最大的一场雨,而那封信是这样写的,年轻的樱子知不知道呢?

妈:我打算在下个月初和樱子结婚。

虽然数度哽咽,可芹却坚持朗诵完。当朗诵结束的时候,全场寂然无声,过了好一会儿才爆发出雷鸣般的掌声。可芹从静默中醒悟过来,鞠躬致意,缓缓走下舞台。世间还有这样的爱情与命运,可芹声情并茂的演绎把悲剧推向极致。 雀华永远忘不了那晚的震撼与感动，永远忘不了可芹饱含感情的声音，可芹竟然还有如此细腻温婉的一面，这让她吃惊，也增加了可芹在她心中的分量。 石怀玉应该也是吧，她看到石怀玉雕塑一般若有所思的神情，小眼睛细细眯着，从未有过的庄重与严肃。

男主持人显然也被感动了，他稳定了一会儿情绪才从台下走到台上继续主持。

五六个人之后，石怀玉上场了。 他朗诵的是《世界上最遥远的距离》。

世界上最遥远的距离
不是
生与死的距离
而是
我就站在你面前
你却不知道我爱你

世界上最遥远的距离
不是
我就站在你面前
你却不知道我爱你
而是
明明知道彼此相爱
却不能在一起
……

雀华听明白了，这个是说相爱的人不能在一起，爱一个人不能说，或说了也无法在一起，原因没说却是无法逾越的原因。　也是让人伤感的爱情。

可是这与丧父之痛比起来算得了什么呢？　与失去高考的机会断送前程又怎能相比？

不过石怀玉投入的样子打动了雀华，那一刻狡黠与嘲讽没有了，只剩下真诚。　她认真听完认真鼓掌，然后起身离座。

林荫路上有三三两两的同学走过，有抱着书闲聊的好友，有挽着手亲密耳语的情侣，雀华与这些幸福的人擦肩而过。　她本来也是这样幸福无忧的。　这一刻她特别想念爸爸，还有远在新疆的国庆，独自在家种地的妈妈，不知不觉泪水又滚落下来。

毫无征兆地，石怀玉赶上雀华并挡在她面前，与往常他经常出现的面目一样："这就走了？"雀华拿手绢擦去眼泪："《世界上最遥远的距离》，朗诵得很棒。""我想你哭绝不是被我的朗诵感动的。""是的，突然就想哭了。""我陪你走走。"

两个人正要往前走，后面传来急切的喊声："社长！　社长！"一个还带着生涩的女生跑过来，一看就是大一的。　石怀玉问："怎么了？"女生说："还有两个节目就到你和可芹学姐的《再别康桥》了，学姐让我叫你回去准备。"石怀玉说："我临时有事先走一步，告诉她让周强顶替我。"雀华说："怀玉，你快回去吧。"石怀玉压低声音说："周强就是刚才的帅哥主持，他追可芹，我再给他次机会。"女生踌躇着，石怀玉说："去吧，相信你们学姐的应变能力。"女生还想再说什么，终究什么也没说，跑走了。

石怀玉说："我知道谁碰到……你这样的情况都会很悲痛，但是不能总沉浸在悲痛中是不是？　家里其他人还希望你过得好。"雀华点头："是啊，我也这样劝自己。"

石怀玉说："这样就好。　朝阳集团我打听了，目前来说效益还可以，但是鼎盛时期过去了，销量和影响力有下滑趋势，家电行业后起之秀很多，青岛海尔已经超过朝阳集团，所以朝阳集团的未来充满变数。"雀华说："我也听说了一点，没有什么更好的选择了，以后有机会再说吧。"

"工作虽不说是一辈子的事，但也非常非常重要，一次到位最好。 我问了一下，盛齐集团需要普通管理人员，企业文化宣传方面的，正适合你。 盛齐集团是大国企，效益稳定，我爸的朋友在管理层，去了发展会更好。""靠关系吗？""实力重要，关系也重要。 你在报纸上发表过历史文化散文，实力没问题。"雀华沉思。 石怀玉察言观色："我不说你也知道，盛齐集团是本市为数不多的效益最好的企业之一。"雀华心念动了动，多挣些钱总不是坏事。

石怀玉说："就这么定了，那边解约吧。""有违约金。""就说家里人死活让回老家，没办法，赖掉。""这倒是个好办法，再抹把眼泪，一准行。""实在不行我借给你钱交违约金。"

雀华突然问："你为什么对我这么好？"石怀玉小眼睛一转："你是想我另有所图？ 比如让你做我女朋友什么的？ 放心吧，绝对没有。"

"同情我？"

"同窗之情。"他越这么说，雀华越不敢信。

雀华不说话了，两人拐上小路。

走来走去好像又转回去了，小食堂隐约可见。

石怀玉沉不住气了："痛快点。 优柔寡断好像也不是你的风格。"

雀华说："谢谢，我不去。"

"真不去？"

"真的。"

"为什么？"

"我想靠自己，这样没有心理负担。"

石怀玉嘿嘿笑了："别以小人之心度君子之腹，你怕我会让你以身相许？"

雀华说："你才以小人之心度君子之腹，我就是想靠自己。"

石怀玉说："好吧，我更尊重我心中的女神了。"他转身要走，又回身说："忘了告诉你一个消息，朝阳集团实习期工资八百左右，一年后一千二左右，盛齐集团实习期一千五左右，一年后两千二左右，有些岗位高过这个数。"

雀华眼睛一亮："你怎么知道？ 哄人吧？"

石怀玉说："我给人家推荐工作，如果不比人家自己找的工资高，我有脸推荐吗？"

雀华说："我，我考虑一下。"

石怀玉小眼睛又闪出狡黠光芒："不要考虑的时间太长。"

雀华说："三天。"

石怀玉说："好。"他看了看小食堂，"你回去考虑吧，我去小食堂看看我的《再别康桥》还能不能赶上。"

石怀玉吹着口哨向小食堂走去。

雀华站了一会儿算了一笔账，两千二比一千二多一千，一年十二个月就是一万二，十年就是十二万。 有人的话再调一个好岗位，说不定一月能多拿一千五。 天哪！ 这样的好事为什么不去？ 一转身，她看到峻明站在几十米外路灯的阴影里。 雀华一阵慌乱，心虚地走上去问："吓我一跳，你早来了？"峻明表情有些阴郁，但是他说："没有，我刚到，看到树影里有个人像你，正想着要不要过去仔细看看。"

雀华说："真是的，连自己女朋友都认不清。"

峻明笑笑："我怕认错了被人当流氓。"

不知为什么，雀华觉得峻明的笑有些装，她还是怀疑峻明看到她跟石怀玉在一起了。 想了想，盛齐集团的事先别说了吧。

峻明问："有心事？"

雀华说："没有，我就是发现诗还挺有意思，它会让人疯狂。不过我不感兴趣，提早出来了。"

峻明没有说话，揽过她的肩头："回去吧。"

3

雀华在黑暗中睁着眼睛望着天花板。去还是不去？不去挣钱多效益好的单位才是傻瓜！可是直觉告诉她事情并没有这么简单，她能感觉出石怀玉是真心帮她，而且能感觉到石怀玉对她不一般的情感，是喜欢，这一点确定无疑，另外还有同情和怜悯。一道闪电在脑海中划过，对，石怀玉帮她就是因为同情她——因为她处境艰难，而他又有能力帮她。想到这一点，雀华舒展了一下手脚，安然睡去。

第二天，雀华找到峻明："可芹跟石怀玉说了我的遭遇，他很同情我，帮我介绍了盛齐集团，一个月能比朝阳集团多挣一千块钱，你说我去不去？"为了防止峻明误会，她特意强调石怀玉是从可芹那里得知她的消息，而且是出于同情帮她介绍工作。接着雀华把石怀玉跟她说的那些情况和她算的那笔账统统说给峻明。峻明听完并没有如她期待的那般高兴，相反他有些强作欢颜："不错啊，单位效益好又稳定又有前途，你想去就去吧。"

雀华一愣，方才意识到峻明显然也想到了什么，他想的可能跟她顾虑到的一样。雀华说："一个月多挣一千多块钱，锦梅的学费有了，事情过去后，说不定国庆也还能复读，复读的钱说不定也能够。"峻明笑笑说："对，无论从眼前还是从长远考虑，盛齐集团都比朝阳集团强多了。"雀华说："我最讨厌别人的同情和怜悯，不过这次……"峻明说："家里情况这样，就别顾虑这么多了，去吧。"雀华不放心地追问："这么说你也觉着好？"峻明认真地点点头："当然。"

雀华还要再说，上课铃响了，两人分别奔向不同教室。

下了课雀华去找石怀玉，石怀玉笑吟吟地看着她，一副成竹在胸的样子，仿佛知道她要说什么。 这让雀华不舒服，隐隐生出一种屈辱感，难道自此以后他就成了她的救世主？ 不，决不！ 宁愿不要他推荐的这份工作。 她再一次审视石怀玉自负的脸，说："这节课真没劲儿，我都听困了。"石怀玉说："刘教授肚里有货，就是表达太学究。"然后两个人就这堂课一路讨论过来，讨论到男女生宿舍的分岔路口，马上就要分道扬镳了雀华也没提工作的事。

石怀玉故作随意地问："工作的事考虑得怎么样了？"雀华说："嗯——这个——"石怀玉小眼睛盯着她，既期待又担心，比上台朗诵诗歌还紧张。 他的真诚让雀华的主意又变回来，过这村可就没这店了，她当机立断："你不说我差点忘了，我想好了，去盛齐集团……"石怀玉的脸舒展开来，小眼睛笑得找不到了："太好了！ 你把简历给我两份。""投光了，我再重新整两份。""这边一定下来你就跟那边解约。""好。"石怀玉哼着小调拐进通往男生宿舍的小路，比雀华还要高兴。

峻明在宿舍门口等雀华，他给雀华带来一小兜苹果，雀华最爱吃苹果。 雀华接过苹果，告诉峻明她给石怀玉说了，要去盛齐集团，并再打两份简历给他。 峻明说："早定下来早说好。"雀华看出峻明不是多高兴，就说："等事情办成了请石怀玉吃顿饭吧，咱不能欠人家的情，你做东，让可芹作陪。""好。""我再买些东西送给他家里人，谢谢人家，别让人家觉着咱不懂事。""好。"郝峻明这样，雀华也不高兴了，心想小肚鸡肠，我有了好工作你反倒不高兴。 雀华一转身拎着苹果进了宿舍楼。

吃晚饭时峻明把雀华的简历交给她。 雀华临时接到通知，毕业论文有几处需要马上修改，她一下午都钻在图书馆查资料，没抽出空去弄简历。 峻明就悄悄帮她办好了。 其实也简单，校内图文店有雀华的资料，报出雀华的身份证号让他们调出来打印即可。 但这表明了峻明的态度，雀华很感动，这样一来中午小小的不愉快就烟消云散。

吃过饭雀华就拿着简历去找石怀玉。 他没在平时常去的几个自习教室，也没在图书馆自习室，雀华只好去男生宿舍找。 石怀玉同宿舍的同学急急忙忙从楼上下来，告诉雀华石怀玉好像家里有什么急事，回家了。 雀华有些失望，想想也不必操之过急，就回去上自习。

奇怪的是，峻明没在自习教室等她。 如果不是有课，峻明每天都与她一起上自习，有事也会提前给她说一声。 也许临时有事耽搁了，雀华掏出《平凡的世界》翻看，等着峻明来。

十点钟，雀华走出自习教室，峻明始终没来，雀华心里窝着一把火，打算去他宿舍楼下等他，看他到底干什么去了也不提前说一声。走过小树林，看到一个人席地而坐，头趴在石凳上，身边吐了一地，散发着酒味和酸腐味。 有同学驻足围观，小声议论着这人是哪个班的，怎么喝成这样。 雀华一眼认出是峻明，上前拉他，拉不动，就叫着他的名字拍他的肩膀，峻明好容易抬起头，看到雀华，拼了命站起来，一脚踩到他吐的东西上。 雀华连扶带拉把他弄到角落一个石凳上坐下，握着他的脚脖子帮他搓掉鞋上踩的脏东西。

"你一个晚上都在喝酒？""嗯。""都跟谁？ 他们怎么扔下你不管了？""我自己。""什么？""我自己……我……我烦……""你烦什么？""你马上就要成别人的女朋友了，我……能高兴吗？""你胡说什么！""我没胡说，那小子看上你了，要不不会这么帮你，别以为我看不明白，该同情的人多着呢，他帮得过来吗他！""你这么想我也没办法，但是我告诉你，我对他没想法，我跟他肯定不会有什么。""这个……我信……"

"不行我就不去了，又不是找不到工作。"峻明一激灵："那……

那可不行，找个好工作不容易，我……我帮不上你，个人没能力，家里也没背景……"峻明又干呕了几声。本来雀华又气又急，峻明最后一句话让她又心疼又心酸，忍不住落下泪来，说："我不去了，本来就不是很想去。"

峻明摇摇晃晃起身，差点摔倒，雀华吃力地扶住他，忽然觉得轻松起来，是可芹从另一边搀住峻明胳膊。峻明似乎清醒了些，对可芹说："谢谢，谢谢你帮雀华找到份好工作。""工作？不是雀华自己找的吗？"可芹不解。雀华说："石怀玉推荐我去盛齐集团。"可芹说："好事啊，盛齐集团很难进，一定要去。""原来你不……不知道啊。"峻明挣开她们两个，大步向前走去。

雀华追上说："我家里的情况是可芹告诉他的，工作的事他直接找的我，没通过可芹，你不要误会。""我没误会。"峻明推开雀华。

可芹跑上来低声问雀华："他吃醋了？""没有，新简历还是他帮我弄的。这会儿喝了酒乱说。"可芹吃惊："峻明从来不喝酒的。"

雀华还要扶峻明，峻明再次甩开她："我没事，你回去吧。"见雀华不走，他吼道："回去！"雀华扭头就走，走了十几步又停住，远远跟着峻明，直到他左摇右晃进了宿舍楼。

雀华和可芹默默往回走。雀华说："不去了，我不去了。朝阳集团又不是多差。"可芹说："傻！要是我我就去。"雀华说："我再想想。"

第二天，石怀玉找到雀华："简历给我。"雀华说："怀玉，谢谢你，我不去了，我跟朝阳集团已经签了合同，违约也挺难办的。""我可以帮着找人解约。""不用了，我不想去。""为什么不想去？""就是不想去。"

石怀玉耐着性子："别任性了雀华同学，知道我昨天为什么回去吗？我妈临时又变卦了，她再三追问我与女同学的关系，我咬定就是同学，我妈说同学不帮，又不是我女朋友她未来的儿媳。你猜怎么着？ 我装作你是我女朋友，说之前我不好意思承认，连哄带威胁，我妈才同意让我爸继续帮忙。""可我不是你女朋友，以后也不会是。""那还不好办，你去了以后我就说我见异思迁另有所爱，我妈不也没办法？"

"别费心麻烦了，我不去。""已经麻烦过了，昨晚我爸跟他朋友说好了，就等你的简历，再说不去，你让他多没面子，出尔反尔的。""你是说我出尔反尔？""你知道我没这个意思。""什么也别说了，我心意已定，说不去就不去。 谢谢你。"石怀玉语气缓下来："是因为你男朋友吗？"雀华顿了顿："不全是，就算是吧。"有几分钟，也或许只有几秒钟，石怀玉没有说话。 雀华轻声说："既然手里有这个名额，让可芹去吧。"石怀玉不说话。"她是我的好朋友。"石怀玉释然一笑："明白了。"

石怀玉转身向图书馆方向走去，雀华呆呆地望着他的背影："谢谢你，怀玉。"石怀玉回头望她一眼，把手抄在夹克口袋里，走了。

那一刻雀华觉得异常委屈，随之而来的是无边无际的无助感，在以后漫长的岁月里，这种无助感时时伴随着她。 再年长一些时她意识到这也许就是孤独，每个人在某个时刻都会有的强烈的孤独感。 有些事任何别的人都无法代替，只有自己去面对，面对强大的现实和内心深处的脆弱无助。

在校园角落的白玉兰树下，雀华痛快淋漓地哭了一场。 哭过之后心思纯净，如释重负。 她走回烟湖边，看看湖中自己的倒影，撩起湖水洗脸。 湖水清凉，顿觉神清气爽。 蓝天白云、校园湖水，天地之大，校园之广，我却如此渺小！

可芹气喘吁吁找到雀华时，雀华正坐在烟湖边看《平凡的世界》。

可芹说："哟，你还有心思看闲书，峻明到处找你找不到，都快疯了。"雀华看着书："我已经给石怀玉说了，不去盛齐集团了。""这种事也就你能做得上来——为了爱情吗?""为了我自己心安,我特别想让自己去,可是一想到真的去了,就浑身不舒服,难受,舒不开身的感觉,我干吗让自己难受?""可惜了一个名额,多好的机会,要是我有这样的机会绝不放过。""你想去吗?"可芹咯咯笑了:"我当然想去。"

"我向石怀玉推荐了你,回头他会找你。"可芹一愣:"真的?""当然。""你真好,雀华!"可芹要拥抱雀华,被雀华挡住了。"是你不愿去我才要去的,可不是我抢你的饭碗。""行了,不用表白。""那我现在就去找石怀玉,别等他找我了。""快去吧。"可芹紧走了几步,又回来:"我不能去,你还是去吧,不说辜负了石怀玉的好意,毕竟对你的未来发展有好处。"雀华说:"我心意已定,别劝了。"可芹说:"那你再去跟峻明商量商量吧。"雀华缓缓合上书:"好。"

不出雀华所料,峻明在自习教室等她,他找不到她,自会到他们常来的地方等她。 阶梯教室后排的角落就是他俩的专座。

雀华在峻明身边坐下。 峻明抓住雀华的手:"雀华,一大早去哪里了? 到处找不到你。""去找石怀玉了。""把简历给他了?""没有,我告诉他不想去盛齐集团了。""什么? 不能这样!"峻明叫起来,"你是不是生气了?"

峻明的声音大了些,前排有人回过头来看,雀华起身往外走,峻明跟出去。

"我昨天晚上都说了什么? 我一点也记不起来了,可是我知道,肯定……说得不好听。"两人来到一个僻静处,峻明又说。 雀华说:"你说的话确实不中听,可也是实话,更是你的心里话。"峻明脸上现出痛楚、纠结的神情,小白脸更白了,没有一丝血色。

醉酒伤身,雀华有些心疼,问他:"今天早上吃饭了吗?"峻明一愣,不知道正在进行的话题与吃没吃饭有什么关系,也只好如实回答:"胃里不舒服,没吃。""中午喝点稀饭吧,养胃。""好。"

峻明的声音低沉下来，说："你要不去会后悔的。""不会后悔。"
"还是去吧。""不去。""想好了？""想好了。"峻明感动地搂紧雀华："雀华，以后我一定好好待你。"

第六章

1

石怀玉找到可芹。 可芹先是一阵惊喜，以为石怀玉找她是说让
她去盛齐集团的事，可是一看石怀玉的脸色立刻就明白了。 她按捺
住心中殷切的盼望，装作焦急地说："雀华这脾气，她又不想去盛齐
集团了，她跟我一说我就劝她，说破了嘴皮子也不管用！"石怀玉脸
色黯淡地问："你知道什么原因吗？"可芹犹豫了一下，欲言又止。
石怀玉说："说吧，看看我的判断准不准。"

可芹便把峻明醉酒说的一番话说了，最后说："雀华虽然口口声
声说是自己不想去，我看主要还是因为郝峻明。"石怀玉说："明白
了，我也想到了这一点。"可芹说："我最清楚你是同情雀华才帮她，
对她并没有别的想法，你先别急，我再劝劝雀华。"石怀玉表情复杂
地看了看可芹，说："谢谢。"可芹歪着头，半开玩笑地问："你不会
是真对雀华有意思吧？"石怀玉一笑："怎么可能？"

可芹眼珠转了几圈，说："既然这样，我倒是有个主意能让雀华
改变主意。"石怀玉说："凑巧我也刚刚有了一个主意。"可芹说："那
你先说。"石怀玉从书包掏出纸和笔："咱们学学诸葛亮和周瑜，写，
看看是不是心有灵犀。"可芹接过纸笔背过身去，写完，撕下来，又
递回给石怀玉，石怀玉也背过身去写字。 写完了，两个人交换叠起

来的纸。 两个人异口同声，念出"女朋友"三个字。

　　石怀玉说："看来我是需要一个女朋友。"可芹说："是的。""那么谁合适呢？"石怀玉闭目做思索状。 可芹等了一会儿，见石怀玉还在思索，推推他："就我吧，我来做你的女朋友，说好了是假的，事情过后就一拍两散。"石怀玉抓住可芹的手："多谢，多谢，于我心有戚戚焉。"可芹甩开石怀玉："别动手动脚，我们是假的男女朋友。"石怀玉忽然正色道："我倒无所谓，这样对你不好吧？ 岂不有辱你的清白？ 以后你怎么再找男朋友？"可芹说："为了雀华，我愿意。 再说了，什么年代了，谈过男朋友就不能再谈了吗？"石怀玉说："你再想想吧，也不是非用这个办法。"可芹说："不用想了，优柔寡断不是我的风格。"

　　两人对视，石怀玉眼睛里有探寻和疑虑，可芹眼睛里有义无反顾和勇往直前。 石怀玉很郑重地握住可芹的手："谢谢，就这样了。"可芹也郑重地点点头。

　　午休时石怀玉敲开峻明宿舍的门，把峻明叫到宿舍楼下墙角。峻明一言不发跟着他，两个人对视了几秒，还是石怀玉先开了口："雀华爸爸出了车祸，雀华工作又出变故了，弟弟辍学……我听可芹说到这些，就想能帮帮她最好，所以就介绍她去盛齐集团……"峻明说："我都知道，雀华跟我说了。"石怀玉说："我找你是想告诉你我对雀华没有别的意思，只是同学，最多朋友而已。 这么说吧，可芹是我女朋友，而雀华又是可芹的好朋友，我帮雀华也是为了可芹。所以请你不要误会。"

　　峻明说："我没有误会。 不去盛齐集团是雀华的决定，她就是那脾气，要强，不愿欠……"峻明思量着还要不要说。 石怀玉接过去："不愿欠我的人情，怕没法补？ 想太多了，同学之间哪有这么多事！"峻明问："可芹真是你女朋友？"石怀玉嘴角上挑一笑："你忘了毕业季也是表白季。"峻明脸上有所释然，石怀玉敏锐地捕捉到了。

峻明说："作为雀华的男朋友，我也谢谢你，我再劝劝她。"

石怀玉走后峻明就去找雀华，告诉她可芹是石怀玉女朋友的事，雀华不信，说可芹根本没给她说过。 峻明说："石怀玉亲口跟我说的，不信你问可芹，可芹不承认你就直接问石怀玉。"雀华说："我肯定要问的，可芹鬼精瞒着我也不好说，可是不像啊。"峻明说："既然这样，人家好心帮你你就去吧。"雀华说："可芹成了石怀玉的女朋友我就更不能去了，好事应该先给她女朋友是不是？"峻明想了想："还真是。"

直到吃晚饭时，雀华才在去食堂的路上遇到可芹，显然可芹是在等她。 肯定发生了什么事，可芹的脸上有一种光芒和不安。 雀华还没来得及问，可芹先开口了："雀华，怀玉向我表白，我……我同意了。"可芹涨红了脸，"他说他一直暗恋我。"雀华说："他早就该表白了。"可芹说："对了，我们关系一公开，峻明就不吃醋了吧？ 你可以去盛齐集团了。"雀华说："上次不是说好了吗？ 我不去，你去。你找的单位还不如朝阳集团，现在你又是怀玉的女朋友，更应该去了。"可芹说："做了怀玉的女朋友，以后还愁没机会去好单位？ 我家条件以前不如你，现在可比你强多了，你该去。"雀华说："我还是那句话，不去！"雀华扔下可芹走了。

后来在宿舍里，美心问雀华："石怀玉和可芹两个是不是明确了？"雀华说："是，这层窗户纸早该捅破了。"

一时大家都知道毕业前石怀玉向衣可芹表白了，他们两个本来就交往密切，这时更是成双作对。 可芹极力想表现出若无其事的样子，可明眼人一眼就看出她的眉眼飞扬起来。 美心偷着问雀华："你看他俩是谁追谁？"雀华说："石怀玉追可芹呀，明摆着的。"美心撇嘴："我才不信！ 我看像是她倒追石怀玉。"雀华立即反驳："可芹亲口跟我说的，石怀玉向她表白了。"美心哼了一声："那一定是可芹勾引了他，可芹一直的目标就是他。"雀华气恼，扭身往外走："好了好了，别以己之心度人。"美心追上去："你也不要以己之心度人，她的心眼子可比你多多啦。"

石怀玉与可芹成了恋人，雀华由衷为可芹高兴，可芹心高气傲，除了石怀玉她不会看上别人，石怀玉的才华、不羁和家世，都是可芹看重的。而她接受好朋友的男朋友的帮助似乎又是顺理成章的事，回想一下在路上与可芹的对话，雀华心动了一下，但很快又否定了。在这个节骨眼上，表白得如此迅速如此高调，真是琢磨不透，让雀华疑虑丛生。虽有疑虑，在后来漫长的岁月里，雀华从来没有问过可芹或者石怀玉。

主意已定，雀华主动找石怀玉："怀玉，可芹是真的喜欢你，崇拜你，你一定要好好待她。""当然了，她是我女朋友嘛。""你要是辜负了她我一定不放过你。"石怀玉哈哈大笑："我算是见识了，女生竟然也会为朋友两肋插刀，我说的不光是你，可芹也算的。"雀华一愣，有个问题马上就要问出口，她忍住了，只说："盛齐集团就让可芹去，她最合适。"

石怀玉笑到一半停下来："你找我就是说这些?""是呀，今天必须说明白。我知道你是真心帮我，我也很想去，可我心里总有一个感觉，如果真去了，总是觉得心里对你有歉疚，对峻明有歉疚，对可芹也有歉疚，这种感觉让我很难受——你不是我，峻明、可芹也不是我，你们可能不理解这种难受的感觉，可是我就有这感觉——我不知道我说清楚了没有?"

石怀玉盯着雀华的眼睛说："你真傻，换作我是你就不会有这种感受。"雀华说："人跟人不一样，我就是这样的人。""好吧，我不是你，我不大能体会到这种感受，可我得尊重你的感受不是?""谢谢。"石怀玉做出大度的样子，说："我不再强你所难。"雀华忽然有些伤感，稳了稳情绪，说："怀玉，你永远是我的好朋友，以后有需要你帮忙的，希望你不要记仇不帮。"石怀玉把手插进牛仔裤口袋：

"我会这么小肚鸡肠？"

那个黄昏他俩在烟湖边来来回回走了很多趟，雀华把家里发生的事原原本本说了一遍，她没有再哭，平静而又感伤地讲述着。 石怀玉静静听着，一言不发。 枝头有几只喜鹊喳喳叫着，又扑棱棱飞走了。

峻明坐在不远处的石凳上，拿着一本书看着雀华和石怀玉在烟湖边来回走。 直到他们离开了，他还呆呆地坐在那里。

晚上雀华给妈妈写信，关于这件事她是这么说的：

> ……
>
> 妈妈，有一个同学帮我找了一个很好的工作，这个同学人不错，家庭条件很好，对我有那么点意思，我对他没有意思，所以没法接受这个工作，这么好的机会，有点可惜了。
>
> ……

十天后收到锦梅代妈妈写的回信：

> ……
>
> 没什么可惜的，找对象最要紧的是人，工作能再找再换，情投意合的人不好找，更不能乱换。峻明人老实，学习好，可靠，你爸爸也相中了，你这么做没错，你同学虽说是好意，对你来说，靠别人怕以后还得看别人的脸色，靠自己才是正道。
>
> ……

读完妈妈的回信，雀华心里坦然多了。 多年以后，在某个时刻雀华会怀疑，当初自己的选择是否正确，是否有意义？ 怀疑之后又是怀疑，另一个选择就一定比这个选择好吗？ 不可知。 人生总是充满悬疑。

妈妈在信中告诉雀华毕伯伯又给她找了蝶城钢窗厂，说是先有个工作安顿下来，以后再想办法调。"以后？ 谁知道以后到什么时候！"妈妈在信中说。 半死不活的企业，妈妈以雀华已在济南找到工作为由推掉了。"你毕伯伯说为你找到新工作高兴。"还是没有国庆的消息，妈妈天天梦到国庆，天天哭醒。 雀华何尝不是，每天早上在惊悸中醒来，睁眼想到的第一件事就是国庆能参加高考多好啊！ 该有多好啊！

最终可芹去了盛齐集团，雀华去了朝阳集团，欣然和美心还是原来签约的单位，蔡晶去了医药局，李梅去了菏县实验初中，石怀玉去了银行。 一切都尘埃落定。

2

毕业离校时间已过，雀华先后送走了欣然、美心、可芹、蔡晶和李梅。 坐在开往火车站的学校大巴上，可芹探出头来与雀华告别。大巴开动起来，可芹从车窗里挥着手，然后很快她把手缩回，捂住脸。 可芹哭了。 可芹从来不多愁善感。 雀华觉得此时的她有些矫情，是在表演，演给站在雀华身边的峻明和石怀玉看，让他们看到她与雀华的友谊多么深厚。

天下没有不散的筵席。 雀华脑海里回响着这句话，何况这场筵席还要持续下去，好多同学都留在济南了。

雀华不愿回老家，实在是不愿面对七月七号、八号、九号这三天。 那时候的法定高考日就是这三天，她担心一旦回老家，她和妈妈、锦梅娘儿仨会哭作一团。 她不愿意看到妈妈伤心欲绝的样子。

当晚雀华梦到高考。 教室里一片昏暗，考题若隐若现，雀华极力辨认，却怎么也看不清楚，急出了一身汗。 后来终于看清了考题，正埋头做，响起铃声——交卷的铃声，而雀华还有三分之一的题没做……雀华在焦急与绝望中醒来。 一身汗，凉席也是湿的。 雀华翻个身躲开这片湿。

宿舍里只有她一人，寂然无声。 忽然窗外一声蝉鸣，短促哀婉，接着是扑棱棱飞起的声音。 雀华来到窗下，窗外一片黑，什么也看不到。

雀华就这样站在窗下，直到天亮。

离七月七号越来越近，雀华越来越焦躁，惶恐，绝望，几近崩溃。 宿舍里五张空床，老旧的吊扇转着晃着，随时要掉下来的样子。 雀华出去，烈日当头，蝉声一片，树叶纹丝不动。 走在烈日下，阳光像无数根小针扎在身上，汗突突地往外冒。 就这样在疼痛与眩晕中找到些许释放，些许安慰，些许希望。 她走在校园小路上，操场上，灌木丛中，烟湖边，有时候一个人，有时候峻明不远不近跟在身后。

七月六号，雀华一夜没睡。 躺在床上睁着眼，想着学习尖子朱国庆再也没有机会上大学，心如刀割，哭了一场又一场，最后再也流不出一滴眼泪。

天快亮的时候，她迷迷糊糊睡着了，恍惚中爸爸走来，拉着雀华的手说：“雀华，别一根筋，世界上就考大学一条路吗？”雀华说：“爸爸，这可是你说的，不好好读书，一辈子面朝黄土背朝天。”“现在不是能出去打工吗？ 不考大学也一样进城……”“打工进城要做人下人。”爸爸笑了，笑得和蔼、神秘而又辽远。 雀华正要说什么，爸爸倏忽不见了，接着是开顺叔：“雀华啊，生活没有绝对公平，不要抱怨愤恨，让自己出类拔萃……”又来那一套。 雀华不要听，什么都不要听，她只想让弟弟上大学！ 不考出来，永远都做不了人上人！

对讲机蓦地响了起来，宿管阿姨的声音：“朱雀华同学在吗？”雀华极力让声音正常：“在。”“下边有人找。”“好的。”雀华答应着，收拾下楼。

楼道里没有人。 雀华在楼门外张望了一会儿，看到右边花坛的树下站着一个人，好像是国庆。 不会是做梦吧？ 雀华揉了揉眼，又掐了一下胳膊，生疼生疼的。 她还在极力辨认的时候，那个像国庆的人走过来："姐姐……"就是国庆！ 两三个月的工夫，瘦高的小白脸成了黑瘦子，倒是精壮了不少。

"不认得了？ 你弟弟，国庆。"国庆笑嘻嘻地说。

"你从新疆回来了？ 是来参加高考的吗？"

国庆依旧笑嘻嘻："参加什么高考，十点多了，第一门都快考完了。"

雀华绝望地蹲到地上，无声抽泣，国庆静静地看着。

大约有二三分钟，国庆说："行了行了，别没完没了。 给你说实话，我没去新疆，一直都在济南打工。"雀华忽地站起来："是不是你跟永盛合谋好骗家里的？ 永盛一开始就知道你没去新疆？""永盛哥不知道，他跟我说起过有个工友在济南杆石桥的一个工地当厨师，我就摸着找来了。""熊东西，你为什么不来找我？"雀华捶打着国庆，又踢了他几脚。

国庆笑嘻嘻地说："这不来了吗？ 我忍呀忍，就等高考这一天，省得你们啰唆。"这么说着，国庆扭过头去揩了一下眼睛。 很快他又回过头来："过去这三天，一切就真的都过去喽。"他的声音突然变得鼻音很重。 雀华知道国庆也流泪了，正要说话，被国庆嘻嘻哈哈抢先一步："行了姐姐，别再啰唆了，要不我可要走了。"雀华含泪止住。

姐弟两个在树荫下走，一头一脸的汗。 国庆看学校古色古香的建筑，看枝叶浓密的百年古树，看图书馆，看科技楼，看水波荡漾的烟湖。

"大学真好！"

"要不再读一年……"雀华说。

"不了不了，读书是上辈子的事了。 不要小看打工仔，打工仔也有挣大钱的，我们工地上一个小承包商就是打工出来的，现在一年挣十几万，大字不识一个，我还高中毕业呢，以后混混比他强。 读大学不也是为了挣钱吗？ 现在经济热，大家都抢着报财经类的学校和专业，哪像你，为了理想而奋斗。"

雀华说："净些歪理。"

国庆说："是正道，不是歪理，姐姐你看着，我以后一定要挣出十个一百个五万来！ 让咱妈跟着享福。""那你现在一个月多少钱？"国庆有点蔫："三百。 下工也就三百。"

雀华沉下脸来。 国庆急忙说："水鬼挣钱多，十分钟就一万。"

"什么？ 水鬼是干什么的？ 为什么挣钱这么多？"

国庆打岔说："哎哟，科技楼从这边看更是威风，向上，向上……"

雀华揪住他的耳朵："快告诉我水鬼是什么，不说清楚别想消停。"

国庆说："就是打桩钻头掉里头了，人穿上防护服系上钢丝戴上氧气管下井里去捞。""那不是拿着命上吗？""看起来危险，实际上没什么，我亲眼看到一个人下去十分钟后又上来了。""万一钢丝断了或氧气管断了呢？""很少这样的……"国庆嗫嚅着，"看起来瘆人，像井口大的地方，全是黄泥汤子……"

雀华抓住国庆胳膊："你向我保证绝不干这个活！"

国庆嘻嘻笑："你以为什么人都能干呀，要经过培训呢，我可没有培训的钱，有也不学。"

雀华松口气："咱家就你一个男孩子，咱妈还指望你养老呢，你好好的就是孝顺！"

"看过了水鬼下泥汤，捞不着上大学那是小巫见大巫，咱没有理由不好好活着！ 我不相信他们鬼门关里走一遭是为了自己。 说不定家有八十岁老母，嗷嗷待哺的孩子或卧病在床的妻子，或者……一个从不对别人说的梦想！"

"你不当作家亏了。"雀华终于放松下来。

国庆趁机说："说说你吧。"

雀华说了自己的工作情况。 国庆对她留在济南并不意外，说："就应该留省城，不稀罕回蝶城，小地方，事事靠关系。"国庆并不打探她的单位情况和所在地点，好像他很了解一样。 多年以后雀华才知道，原来他真的事先全知道了。

熙熙城市，茫茫人海，有国庆在，雀华心安多了。 她给国庆也给自己设计了眼前和长远目标。 眼下当务之急是两个人好好干工作，多挣钱，多攒钱，三年后锦梅高中毕业，好歹考济南一所学校，这样妈妈就可以一起跟过来了。

这样想着，生活似乎也没那么糟。 好也好孬也罢，爸爸反正是看不到了。 雀华心里一阵酸楚。

高考三天，国庆在学校待了三天，晚上就住在峻明宿舍。

他们三个人在一起的时候，没有人再提起高考，好像他们根本不知道高考这回事似的。 他们讨论最多的还是《平凡的世界》。

雀华说："这本书最让我感动的就是一种精神，不屈从于命运，通过奋斗改变命运、不怕吃苦的精神。 我们与少安、少平一样都来自农村，处境不尽相同，精神却是相通的。 好几次我都读哭了，为他们不懈的努力和不圆满的爱情，为他们的善良和坚忍。"

峻明说："书中的每个人都有理想，但不像我们小时候树立的理想，成为数学家、科学家、作家……他们的理想都比较具体比较生活化，少安就是致富，让家人过上好日子，少平想找到适合自己的工作和位置，润叶想把工作做好，同时嫁给自己喜欢的人，田福军想让一个县一个地区发展起来，田福堂只想让儿女过上好日子……"

雀华接话：“每个人都很平凡，但不平庸，这就是广阔而丰富的生活，由农民到地区专员，像那个年代的一部史书，有一种历史的眼光，博大的情怀。这不是一本畅销书，但绝对是长销书。每个时代的年轻人都会读。”

国庆把一颗石子投进烟湖：“我承认这是一部伟大的小说，向上向善的小说。可也不能用太善良的眼光看人生，不能掩饰或忽略生活中的假恶丑！路遥老师人太善良了。”

雀华和峻明都没有反驳。

“在那个年代少安和少平属于有眼光有追求的青年，但是他们对人生的选择还是趋于保守，可能刚改革开放不久的原因吧，很多观念大家都转不过来，其实少安可以娶润叶。”国庆说。

雀华说：“这不说吗？谁让他为润叶考虑太多，反倒害了她。”

“现在不同了，除了看学历，还看能力，海阔凭鱼跃，天高任鸟飞！时代不同了，农民进城有了更广阔的天地，我们的小老板就是个例子，开着车，拿着大哥大！”国庆把右手放到耳边做出神气活现的样子。

雀华拍了他一下。她觉得国庆是苦中找乐，是为了安慰她才说这些话。

“那你的理想是什么？数学家？”雀华问峻明。

“不是数学家，是找到一份喜欢的工作，跟喜欢的人过一辈子。”

雀华噘嘴：“胸无大志！”

国庆说：“想成为历史学家，也不见得是胸有大志。”国庆做出埋头苦读、深度近视的样子。

这么多天，雀华第一次由衷地笑了。

国庆换休了三天，第三天下午回去。雀华不顾国庆反对跟他一起回工地，她要看看工地的情况。

工地的房子是用一种板子建的，外面热里面更热，蒸笼一般。

一排大通铺一个走廊，几个落地风扇，小矮凳上放着搪瓷缸子、勺子、筷子什么的，各种气味扑面而来。正是上工时间，工棚里一个人没有。国庆打开风扇，风扇咯咯吱吱摇着头扇过来的全是热浪。国庆说："跟蝶城一中的集体宿舍差不多，也就不是上下铺。"雀华说："那可是正儿八经的房子，不是板子搭的棚子。"国庆说："又不是自己的家，临时住住，将就一下就行，大家都这样。"雀华叹口气，好歹还是个安全的住处。

雀华想去看看那个打桩的井，国庆说人家不让去，工地本来就不让进闲人，别再给他惹事了。连推带搡，国庆把雀华送回公交车站。

3

雀华回到学校，峻明正拿着一封电报在宿舍楼门口等她："你老家发来的。"雀华打开：家中有事，速归。落款是锦梅。雀华一下子手脚发软，站立不稳。一准不是什么好事。锦梅拍来的电报，说明出事的是妈妈。妈妈怎么了？一气之下去满仓家闹了？跟他们家的人打架了？被打了？或者是，坐上火车一个人去新疆了？

雀华收拾东西连夜坐火车往家赶。

第二天上午到家，家里没人，大门上着锁。跑到二叔家，二婶沉着脸说："唉，你妈妈昨天上午喝药了，还住在医院里。"雀华只觉两腿发软，蹲到地上。二婶扶住她说："没事了，没事了，我跟你二叔昨天晚上回来的时候就没事了。"没事怎么不回家？没事会让我回来？雀华脑袋嗡嗡的，又有在梦境中的感觉。"你妈妈的命保住了——我苦命的嫂子……"

雀华赶到蝶城人民医院时，妈妈正躺在病床上，身上只搭着一个不很干净的白床单，肚子鼓鼓的，头上和身上都插着管子。雀华正要扑上去，被锦梅一把抓住："别出声，妈妈刚睡着——没危险了。"

雀华攥成一团的心一下张开，只觉心慌气短，摇摇晃晃几欲跌倒。

锦梅扶着雀华坐下，流着泪告诉她："高考第一天妈妈心神不宁，屋里屋外出来进去的，我不敢离开妈妈半步。 第二天妈妈好多了，还带我去玉米地拔草。 到了第三天一早就不见了妈妈，后来才知道妈妈带着老鼠药去满仓家了，哭喊着我哥哥不能考大学，活不见人死不见尸，都是满仓一家害的，就在他家大门口喝了老鼠药。 他们赶紧夺下药把妈妈送到医院来。 好在喝得少，家里老鼠药一直放在厨屋里都过期了，妈妈没大事。 可是洗胃洗了好长时间，妈妈的肚子胀得好大好大，受罪了……"雀华听着热泪滚滚而下，在病房里跺着脚打转，恨自己没想到给妈妈发个电报——妈妈得知国庆的消息就不会喝药。

过了好一会儿，妈妈虚弱地睁开眼，看到雀华，动了动手指。雀华拉住妈妈的手，俯在妈妈耳边说："妈妈，前天国庆去我学校找我了，他没去新疆，偷偷在济南打工呢，挺好的，挣钱也不少。"妈妈一下睁大眼，眼里放出奇异的光彩，眼泪却从眼角滚落下来。 雀华又说："要不，我让峻明给国庆说一声，让他偷偷回家看看你？"妈妈轻轻摇了摇头。

妈妈在医院住了七天。 雀华寸步不离陪了七天，每天只睡三四个小时。 这七天里，雀华一边照顾妈妈，一边把自己工作的情况、国庆的情况一一说给妈妈听。 当然一切都是往好里说，国庆吃的住的都不错，挣钱也不少，从工地里走出不少发了大财的人，水鬼半句没提。

"锦梅考大学也考济南的，到时妈妈你也去济南，咱们一家人就能在一起了。"妈妈虚弱地听着，眼里再次现出光芒来。

妈妈出院的前一天，满仓爸妈带着一篮子鸡蛋来了。 满仓爸说："大妹子，你别想不开，我们不再告国庆了，这事从这里就了结了，你看行不？ 冤家宜解不宜结呀。"满仓妈说："大妹子，满仓也保证了。"妈妈闭着眼不理。

雀华说:"伯伯、伯母,我妈命保住了一切好说。 你们话既然说到这个份上,我也代我妈说说,满仓少了截手指,国庆没捞着高考,两清了。 伯伯说得对,冤家宜解不宜结,从今以后大家好好过自己的日子。"

满仓爸妈连连赔笑称是。

妈妈忽地睁开眼说:"说话要算数,你们家要是再找我哪一个孩子的事儿,我就半夜吊死在你家门楼下!"

满仓妈说:"大妹子,不会了,咱们的孩子以后都得好好过日子。"

满仓爸妈千保证万保证后回去了。

后来雀华得知满仓妈是毕家庄的难缠头,整个村里的人都怯她一头。 这件事后大变天,从此老实做人。

妈妈身体和精神完全恢复以后,雀华找了一个凉爽的晚上,郑重地问妈妈:"妈妈,你这么做,是想让我们三个既没爸又没妈,成为没人管的孤儿吗?"妈妈打着哈哈说:"我错了,我错了还不行? 我那时候又气又急,满肚子的火没处发,气头上真不想活了,说实话,心里也有吓唬吓唬他们一家的意思。""拿着自己的命吓唬别人,你觉着合算吗?""感谢老天爷没让我死,以后让我死我也不死了。 我在医院天天琢磨,总算琢磨透了,我得好好活,看着你们成家,我还能帮你们看看孩子不是?"

亲戚邻居都来看望劝慰,妈妈说:"在死里走过一遭,我都活明白了,大家伙儿放心,我不会再干傻事儿了。"雀华在一旁看着,眼睛湿润了。 今年的高考对他们一家人来说是一个坎。 好在,过去了,终于过去了。

在家养了不到十天,妈妈又坐不住了,下地拔草施肥,累了歇歇,歇过来继续干,一刻也不闲着。 她反过来倒劝雀华早点去上班报到："早上班早领工资。"雀华点头应着。"还有，这件事别让国庆知道，就说你趁上班前回家过一阵，家里都好。"雀华又点点头。 雀华收拾一下，又私下嘱咐了锦梅一番，就回学校了，准备报到上班。

第七章

1

雀华被分在集团办公室做宣传工作，同时跟着办企业报纸《朝阳报》。《朝阳报》有自己的一间办公室，算上雀华有三个人：一个是副主编兼办公室副主任张强，学中文的，比雀华早毕业五年；另一个是四十多岁的仇老师，做内勤工作。 主编由办公室孙主任兼着，每期大体看看，把把关，并不具体过问。 听仇老师说雀华来之前有两个专职办报的，一个去了生产口，一个去了销售口，雀华就顶了缺。还有几个人在另外的办公室，负责行政工作，接待、用车什么的。

听说雀华在校报和校刊发过稿子，张强和仇老师比较看重雀华，这让雀华有些小得意。 她的工作内容是采编合一，编发各部门送来的稿子，去各部门尤其是生产和销售一线采访写稿，这些对她来说都不成问题。 每期来稿很多，大都是新闻稿子，技术比武了，工会组织乒乓球比赛了，销售取得好成绩了，还配有图片，不缺稿子。 副刊稿子也不少，有打油诗、古体诗，还有不太像小说的小说，质量不高，因为主题积极向上，也就用了。 有些很幼稚，读了让人发笑，就先放一边，缺稿子了再用。

至于排版，仍由去了生产部的原编辑操作，张主任没时间，雀华不会。 这也不是长久之计，张主任建议雀华去学，雀华也有此意，就报了个班。 刚实行双休，周六周天去学，学费报销。

中间出了一个小插曲。 雀华接到妈妈电话，说中考结果出来了，锦梅一中、二中、三中都没考上，考上了蝶城八中，锦梅死活不愿意上了，说是要去济南打工。 蝶城一共九所高中，八中是最差的一个，升学率低，每年考上大学的不超过二十人。 仇老师支着耳朵听，雀华不便多说什么，只说周末回家。

星期六雀华五点起床，七点坐上回蝶城的第一班大巴。 大巴出了车站后，路上有人招手即停，一路停了十几次，国道又有两处修路，绕来绕去，颠簸到下午两点总算回到小雪。

雀华一回来锦梅就知道怎么回事，哭着说："我以前不好好学是真的，后来我好好学了，连个三中也没考上，考大学没戏，上什么上，还不如早点打工挣钱！"雀华说："不考怎么就知道没戏？ 你不是喜欢漂亮衣服，喜欢服装设计吗？ 不上大学哪有机会学？"锦梅一顿。 雀华又说："再说了，你年龄小打什么样的工？ 刷盘子端碗，还是给人家洗衣服做饭？ 这些活挣钱少还被人看不起，等你实在考不上大学了再去干也不晚。 看看你哥哥……"雀华本来想说国庆在工地上累得又黑又瘦，怕妈妈心里难受，打住了。

"你以前贪玩，好好学习的时间太短，没考上三中并不是你笨，到了八中好好学，一样能考大学，上不了好大学咱们上个一般的还不行？ 八中教学质量再不好，每年也有考上大学的吧？"锦梅抽抽搭搭的，看来是没被说服。 妈妈照脸就是一巴掌："你哥想上不能上，你能上不想上，你就气死我吧！"说罢号啕大哭："朱同贵，你一撒手走了，把这烂摊子留给我了，你的心真狠啊……"

姐妹俩面面相觑，锦梅的半边脸红肿起来。

晚上，妈妈偷偷对雀华说："软的硬的都使了，锦梅再不愿上就算了吧，先让她在家帮我干几年活，大两岁你再帮她在济南找个打工的活儿。"雀华叹口气说："锦梅就是犟，这样吧，我带她去济南转转，看看大学，再看看打工干的活儿，看看她还能不能改主意。""那还要额外花钱。"妈妈心疼地说。"我有工资了。"雀华安慰妈妈。 第一次拿工资，雀华去泺口服装批发市场给妈妈、国庆、锦梅和峻明一人买了一件短袖褂，花去了一半的工资，可惜锦梅的事冲淡了这些喜悦。

第二天锦梅跟着雀华来到济南。 大城市的高楼大厦车水马龙让锦梅眼花缭乱，啧啧不已。 雀华直接带她去了工地。 好说歹说，工地看门人才答应把国庆叫出来。 国庆戴着安全帽，穿着挽起的长袖衬衣跑过来。 白衬衣变成了黑的，人又黑又瘦。 认出国庆，锦梅哇的一声哭了。

雀华简要说了情况，国庆笑了："好啊，我有个工友的亲戚正想雇保姆，一个月三百块钱管吃管住，主要是洗小孩的屎尿布、大人的衣服，买菜做饭。"锦梅一听洗屎尿布就捏住了鼻子。"看到我了吧？"国庆转了个圈，"一身泥一身汗，就是打工最好的例子。 打工没好活儿，得能吃苦受累才行，你看着办吧。"锦梅抹着眼泪不作声。 雀华朝国庆使个眼色，国庆说："工地上一个萝卜一个坑，我不能让人顶我时间长了，得干活去了。"国庆一溜小跑进了工地。 锦梅呆怔地望着国庆跑走的方向，雀华并不急着搭理她，等她回过神儿来才带她离开。

雀华又把锦梅带到办公室。 办公大楼和办公室设施虽然有些旧，但是明窗净几，有暖气片也装有空调。"冬暖夏凉。"雀华说。锦梅坐到转椅上一连转了好几圈，说："真舒服。"雀华说："我这也是十年寒窗得来的，不容易呀。"锦梅问："你们办公室的人都是大学毕业吗？"雀华想起仇老师，她是初中毕业，因爸爸是单位老职工照顾进来的，但是雀华没有说，她点点头："当然。"锦梅说："那我还是上学，争取考大学吧。"雀华说："这就对了。"锦梅想了想说："我就怕我不是那块料……"雀华鼓励她说："你这么聪明，一定能学好，别想这么多了，一门心思学就行。"

锦梅在济南待了下来。雀华住单位宿舍，两室一廊的房子，每一室放两张上下铺，住四个人。好在雀华住下铺，锦梅就跟她挤在一张单人床上，省去了住宾馆的钱。雀华上班，锦梅就在附近转，下了班雀华带她去了大学。锦梅对大学参天古树、古色古香的建筑以及著名学者塑像似乎不怎么感兴趣，她更感兴趣的是大学外面的服装一条街，拉着雀华兴致勃勃地逛了一个遍。有一件连衣裙锦梅特别喜欢，流连四顾。好在价格不贵，雀华又讲了讲价，二十八块钱买了下来。锦梅高兴得像撒欢的小鸟，雀华心里疼得咯噔噔的，也只能装出高兴的样子。她自己一夏天没舍得添一件衣服。

星期三晚上国庆特意赶过来："我跟工友换了个班，星期六歇一天，姊妹仨大团圆，去看看趵突泉、大明湖和千佛山，来济南快半年了我还一次没去过，跟着锦梅沾个光。"锦梅跳起来，说起学习来苦大仇深，一说玩是当仁不让。雀华有些担忧，不过好在锦梅同意上高中了。国庆在雀华宿舍楼下说了一会儿话就匆匆赶公交车走了。他们六点就开工干活，睡晚了起不来。

到了星期六，雀华和锦梅如约到趵突泉，下了公交车远远看到门口站着两个人，一个是国庆，另一个竟然是永盛。雀华又惊又喜，远远冲他们挥着手跑过去，永盛拘谨地朝她们也挥了挥手。

国庆这边工地上缺工人，国庆跟永盛通信时说了，永盛回信蝶城那边的活儿干得差不多了他也过来，昨天刚刚到，今天就被国庆拉来了。

国庆已经买好票，四个人欢天喜地进去。这个夏天干旱，趵突泉的水位并不高，倒是周边泉池的那些小泉，像丝线一样从水草丰盛的池底涌起，一圈圈扩散开，让他们惊叹不已。

逛完趵突泉要去大明湖。去大明湖两站路，坐公交车有点亏，为了省路费，四个人商量走着去。于是边走边逛，走过泉城路，拐进芙蓉街，又穿过王府池子街、曲水亭街，看着风景绕着路，不觉就到了大明湖。 又是国庆抢着买了门票。

四个人绕着大明湖转了一圈，雀华提议到湖心岛去看看："历下亭就在岛上，杜甫与友人同游时，留下名句'海右此亭古，济南名士多'。 我上大学时和同学一起上去过。"永盛问了问游船价格，偷偷对国庆说："太贵了，一个亭子有什么看头。"国庆点点头，大声说："还得爬千佛山呢，时间来不及了，留点想头吧，下次去。"

从大明湖出来已是中午，雀华提议请大家吃大米干饭把子肉，这是九十年代济南的名吃，实惠好吃，街头巷尾不少这样的小店。 四个人在大明湖西南门东边的小店开吃。 雀华给国庆和永盛一人要了两碗米饭两块把子肉，又要了一盘凉拌豆角大家一起吃。 国庆一会儿就吃完了。 永盛吃得很拘束，但也能看出来饿了，不一会儿就把两碗都吃干净了。

吃过饭大家有点累，但是兴致不减。 雀华也累了，可这么多人聚一起不容易，就提议按计划去爬千佛山，其他人立马同意。 这一段路程比较远，雀华叫了辆黄"面的"——那几年的出租车，全是浑身亮黄色的小面包车。 在济南四年多，这是雀华第一次坐出租车，以往出行除了坐公交车就是靠腿。

坐在黄"面的"里大家都很兴奋，争相往窗外看，看着一辆辆小黄车穿梭而过，四个年轻人对未来充满了向往。

一下车，四人仰望着千佛山牌坊和绿荫下隐约可见的山路既兴奋又忐忑，跃跃欲试。

雀华说："上古时的帝王虞舜就在山脚下耕田种地。"锦梅笑："他也是农民出身啊，跟我们一样。"雀华白锦梅一眼："我最佩服的是他的勤劳、善良、锲而不舍，他种田、打渔、制陶，样样都是一把能手，他到哪里哪里一片繁荣。 他能成为帝王，不是靠武力，是靠德，以德服人。"国庆嘻嘻笑："就是说大舜能带领大家共同富裕呗——姐姐又给我们上历史课了。"雀华又讲了舜帝被弟弟和继母两次陷害，而舜不计前嫌的故事。 锦梅激愤："太迂了，要是我，一旦当了帝王立马把这母子打入地牢，让他们永世不得翻身！"国庆拍拍锦梅肩膀："所以你和绝大多数人一样，不是当帝王的料呀。""哼！"锦梅不满地瞪国庆一眼。 永盛不插话，专注地听着。

说着走到牌坊下，锦梅说："姐姐，你跟峻明哥有张合影，就是在这里照的吧？"雀华说："是。"那次一帮要好的同学来玩，带相机的同学帮着照的，洗出来后雀华放在影集里，让锦梅看到了。 那时候她和峻明的关系在家里已经公开。"峻明哥要是也跟我们一起就好了。"锦梅遗憾地说。 雀华说："峻明放假回家了，过几天再回来做家教。"

姐妹俩说话时永盛正专注地望着千佛山，实际一直竖着耳朵听着，听到这段话他开心的笑容瞬间消失，一张脸变得阴郁起来。 他走开几步，默默坐到台阶上，出神望着下面的经十路。

说笑了一会儿，雀华首先发现永盛不对劲儿，把正在研究对联的国庆拉一边问："永盛怎么不大对劲儿？ 他上午虽不说说笑笑，也不这样啊，是不是觉得咱们什么也不让他花钱，他不高兴了？"国庆说："有可能。 两次买门票他都没抢过我，伤自尊了。"正说着，永盛起身去了售票处，两人装作没看见，继续指指点点，不一会儿永盛买了票回来。 国庆说："永盛哥，这回你抢我头里了。"永盛笑笑，几个人就进了山。

一路照样说说笑笑，国庆和锦梅比着爬了一大段。 永盛虽然强作欢颜，还是掩饰不住心事重重的样子。 雀华忍不住问他："永盛，有什么心事吗？"永盛一笑："没有。"雀华说："家里都好吧？"永盛说："都好都好。""没事就好，有事可别憋在心里。""真没事。"永盛又笑。 雀华知道他仍是闷葫芦一个，人是好人，不会说话只会笑。"对了，"永盛说，"小青让我给你捎个好，她很想你。"雀华问：

"她没给国庆捎好？"永盛说："没有。"雀华话里有话地笑着说："那是脸皮薄……"永盛看着雀华开心的样子，呆了。

那一天他们玩得很尽兴，下山时已经上了黑影。雀华请大家吃了兰州拉面，回到宿舍躺倒便睡。这是爸爸去世后她睡得最踏实的一夜，虽然与锦梅挤在一张小床上。

2

几个月后，雀华成了《朝阳报》的中坚力量，组稿写稿，排版设计，编辑校对，一网打尽，有时张主任开会出差，摄影的事雀华也担起来。雀华在电脑前忙得抬不起头时，仇老师拍拍她肩膀："全能冠军。"雀华活动活动酸痛的颈肩，志得意满地笑了。

仇老师从抽屉里拿出一份手写稿："这是一个老职工的诗，你看看。"雀华一看，哑然失笑："这哪里是诗，就是顺口溜，喊着口号赞扬咱们朝阳集团的产品质量好，职工干劲儿足，哪能用？让人笑话。"仇老师意味深长地盯着雀华："别过早下结论，这样的稿子领导喜欢，赞歌唱得好听不好听，总归是赞歌，叫我我也想听。"雀华犹豫了一下，把手稿收进抽屉。仇老师说："这就对了，年轻人要想混得好，得先学会来事儿。"混字让雀华听得不舒服，也只得点头称是。

仇老师话锋一转："雀华，给你介绍个对象吧。"雀华红着脸推辞，仇老师不由分说："小伙子二十七岁，在电厂上班，他家自己开建材厂，家里很有钱，有个姐姐在北京工作，结婚了。"雀华支吾说："我家条件一般，弟弟妹妹还需要照顾，暂时不想找，也不想拖累人家。"仇老师说："真傻，找个家庭条件好的多好，能帮衬很多，再说了，小伙子不在乎你的家庭，他就相中你了。"雀华笑："还没见面怎么谈上相中。""怎么没见过，昨天我有事晚来，开车送我的那个小伙子就是。"雀华极力回忆，想起昨天早上在公司大门口碰到晚来的仇老师，与她打招呼，大门外停着辆车，车旁站着一个小伙子，高个子，不胖不瘦，挺精干的样子，脸长得什么样却没有印象了。

仇老师说："他一见你就相中了，托我做媒。怎么样？小伙子你看到了，长得也不错。"雀华说："人家家庭这么好，我也怕去了受欺负。"仇老师说："小伙子相中了，谁敢欺负？他妈是我远房表姐，很宠这个儿子，他爸不大管家里事——晚上下了班去我家吃饭，见面聊聊吧？"

初来上班时仇老师问过她有没有男朋友，她说没有，现在仇老师步步紧逼，拒绝不好，又不愿与人家小伙子纠葛，便说："刚参加工作不好意思说，我……有男朋友了，大学同学。"仇老师一愣："哦——其实没定下来也无所谓，可以比较比较嘛，买东西还要货比三家呢。"雀华觉得话不中听又不便反驳，急中生智："我男朋友脾气暴躁，我怕他知道了不光跟我没完，还会做出对人家小伙子不利的事，上学期我们学校就有一个男生捅了情敌一刀。"仇老师又一愣，赶忙说："对对对，脚踏两只船不好，这事以后再说吧。"雀华窃喜，总算既推辞了又不得罪人。多年以后当她与峻明为钱折腰，感情陷入危机时，想起自己曾经拒绝过一个家里开厂的小伙子，感慨万千。

说完这事雀华继续排版，仇老师打内线电话，与生产部的马老师聊涑口服装批发市场的衣服，昨天看的电视剧，孩子的学习，老公中秋节发的福利，二十分钟不曾放下电话。雀华有事想打电话问财务，不好意思说，就跑去财务部问。

会计室里只有刘会计在，埋头看着什么，听到响动急忙关抽屉。有本书掉下来，雀华一眼看到：《公司战略与风险管理》。雀华不了解会计专业，看到书名觉得纳闷，一个会计，又不是高管，还看管理方面的书，怪不得心虚。见是雀华，刘会计放下心来。刘会计二十九岁，看起来二十三四岁的样子，戴着眼镜，白皙斯文，雀华刚来时以为她还没结婚，后来知道她都有孩子了。雀华捡起书来递给她，看到书上的小字，才知道是注册会计师考试用书。 雀华敬意顿生：
"刘老师要考注册会计师？"刘会计说："是呀。"接着，她又悄悄说：
"别对别人说，保密。"雀华点头："我什么都没看见。"不过她还是觉
得纳闷，员工学习专业知识是好事，用不着掖掖藏藏的吧？

仿佛看透了她的心事，刘会计说："咱们公司用不着注册会计
师。"雀华惊问："你考出来是为了跳槽？"刘会计笑笑："那倒不一
定，不过……企业老了，管理和用人机制跟不上，工资待遇提不上
去，看不到希望，你慢慢会体会到。"说着她轻轻叹了口气，扶了扶
眼镜。"哪里工资待遇好？"雀华问。"对于学会计的人来说，当然是
著名会计师事务所，还有外企和合资企业。"

这样看来，刘会计并不满足现状，这从她的外表可看不出来。
雀华听仇老师说财务部长明年就退休了，主管升了部长，刘会计是要
升主管的。 主管职位她都不看在眼里？

"找我什么事？"刘会计问雀华。 财务部提供的通讯稿里有一个
疑问，雀华想确认一下，刘会计看过后说没问题，雀华才放心回去。

见雀华回来，仇老师放下电话："雀华，我儿子有几道数学题弄
不明白，麻烦你帮着看看行不行？""只要我还会做，哪有不行之
理？"雀华答应了。 仇老师儿子上初一，初一的数学，雀华觉着应该
没大问题。

下班到了仇老师家。 仇老师老公还没下班，儿子强强正在家里
写作业，雀华便过去辅导强强。 好在那些题她都会做，做完后给强
强讲解。 至于语文和作文，更不在话下。 只听厨房里一阵叮叮当当
的声音，快速而整齐。 雀华抽空进去看了一眼，见仇老师切土豆丝
快而细，一点不亚于妈妈——单位工作一般，做家务却是一流的。

很快，四菜一汤上来了，辣子鸡、红烧排骨、麻婆豆腐、清炒土
豆丝、西红柿鸡蛋汤，色香味俱全。 仇老师给老公打电话，打着打
着声音大起来："在外面吃？ 不回来了？ 早放屁啊，我做了这么

多！……"埋怨一通，"啪"地挂掉电话。仇老师老公在街道办事处工作，好像还是个小领导，仇老师很以此为自豪。抱怨完，仇老师情绪丝毫不受影响，兴冲冲招呼雀华和儿子吃饭。真是一顿大餐！公司食堂的伙食实在不敢恭维。自此雀华常过来辅导强强，顺便改善一下伙食。

后来与峻明在广场约会，雀华说了刘会计与仇老师的事，问峻明："你想让我成为刘会计，还是仇老师？"峻明说："仇老师这样的贤妻良母也没什么不好啊！"雀华追问："你什么意思？是希望我成为仇老师这样不求上进，围着老公孩子转的人？"峻明笑道："真的希望你一辈子都围着我转。"雀华没想到峻明会这样说，心下一沉，怏怏走去一边。峻明说："当然，你不愿意我也不反对。"说罢，便告诉雀华除了家教，他又到一个培训机构去教中学奥数："仇老师儿子的数理化问题，你解决不了的，全转给我。""你才是全能。"雀华又高兴起来。

一天中午，石怀玉来了。他说外出办事路过雀华单位，顺便过来看她。正值中午，吃饭的点，雀华想着得请石怀玉吃饭，吃食堂不像话，像样一点的餐馆对她来说太贵，就请他去公司附近米线店。那家米线做得好吃，雀华特别喜欢。

两人边吃边聊，雀华就又说了单位里刘会计和仇老师的事。石怀玉听后说："别担心，你不会成为仇老师这样的人，不会，你一定比刘会计还优秀。"雀华心花怒放，信心倍增。伤感也是有的：为什么说这话的是石怀玉而不是峻明呢？石怀玉，一个知她懂她且能包容她的人，嫁给他衣食无忧，事事不操心，可为什么非要选峻明呢？

石怀玉往米线里放了一勺辣椒油说："银行的工作不好玩儿，我在办公室，除了开会就是写材料，领导对我不错，我妈让我学业务，走政治路线。"

雀华说："银行好单位，当了领导收入更高。"

石怀玉说："不好玩儿，没有写诗带劲儿，刚发了一首诗，处女作。"说着从包里掏出一本杂志。

雀华接过来很快看完诗："写得很棒，祝贺祝贺。"

雀华正要还他杂志，石怀玉摆摆手："送你了，我还有。 你最近有新写的文章吗？ 我与编辑认识，可以推荐他看看。"

雀华惊喜道："有一个历史小散文，写李清照的，在单位的电脑里，一会儿打印出来给你。"石怀玉点点头。

雀华问："可芹还好吧？"石怀玉说："她干得很卖力，单位里上下评价都好，我妈这么挑剔的人，都被她哄得乐呵呵的。"雀华说："哪天有空，你叫上可芹，我叫上峻明，咱们四个一起去看看王府池子，再在老街巷转转。"石怀玉说："好。"

过了一会儿，石怀玉问："考研的事还考虑吗？"雀华一颤，默默吃着米线说："刚参加工作特别忙，没顾上学，今年是不行了，明年看看情况再说吧。"石怀玉说："条条道路通罗马，说不定多年以后你成了朝阳集团的老总了呢。 塞翁失马，焉知非福？"雀华粲然一笑："还真不好说。"石怀玉看她一眼，没再说什么。

两人吃完米线，石怀玉等在公司大门口，雀华回去把散文打印出来给他，石怀玉就坐上公交车走了。

晚上，峻明上完家教课来找雀华，两个人站在雀华宿舍附近的公交站牌下说话。 雀华沉着脸，不大想说话。 峻明问："有不高兴的事？"雀华说："今年考研泡汤了。"峻明说："今年事太多，工作顺下来，明年再考吧。""我担心明年还有明年的事，怕是这辈子都不一定有机会再考。""说什么呢……其实，你工作不累，这样也挺好……"

雀华竖起眉毛："郝峻明，你让我认命？"峻明说："我不是这个意思，我是说缓一缓……"最后一班公交车开来了，峻明来不及看雀华一眼，慌慌张张跳上车。

雀华跑到路边悬铃木下，以为自己会大哭一场，却只掉了几滴眼泪心绪便平静下来。 她大声擤了把鼻涕，在树干上擦了擦手，走回宿舍去了。

3

春节前夕，国庆告诉雀华，春节他不打算回家了，跟永盛一起值班看工地，能多拿不少钱。 雀华不同意："今年爸爸去世头一年，家里就你一个男孩，你不回家，妈妈心里更难受。""七天，快赶上我一个月挣的了，我在这里给爸爸烧刀纸，爸爸能体谅，妈妈那边更没问题——她比我还财迷。"

雀华说："明年再说吧，明年想不回就不回了，今年得回家过年。"

"我多挣的钱，够咱一家过年的了。"

"我知道……"雀华眼圈一红，转过脸去。

国庆打着哈哈："好好好，姐姐永远正确，实在不行我三十到家，初二一早就走，挣钱尽孝两不误。"雀华没再坚持，她仰起脸，看到白杨树落光叶子的枝杈间有一只鸟窝在寒风中微微颤动。

除夕夜，雀华帮着妈妈包好水饺，又做了几个菜，一家四口围在小方桌前边吃边等春节晚会。 大桌上摆了两碗水饺，那是给爸爸的。 姐弟几个寒着脸，有点吃不下去，妈妈一撂筷子说："你爸爸走就走了，我替他完成任务后早晚也去陪他，你们上学的好好上学，工作的好好干活，就算是报答你们爸爸了，你们蔫头耷脑的你爸看了也不高兴——快好好吃饭吧！"几个人便又拿起筷子，心里念着爸爸，嘴里说着学校、工地和工厂的事。

正吃着，小青来了。 永盛留在工地值班，小青拿来永盛的棉衣，让国庆帮着捎过去。 说起永盛不回来过年，小青乐呵呵说："他是个财迷，光想着多挣钱。"国庆说："我也想当财迷。"私下看看妈妈的脸色，妈妈笑眯眯说："你二哥能干会过日子，别看没上大学，将来一定有出息。"

小青脸上乐开了花，从包里拿出两条围巾递给国庆："这条褐色的是给我二哥织的，这条灰色的，送给你的，算是感谢你给二哥捎东西。"国庆乐颠颠地接过围巾围上："太好了，我正缺个围巾，看，像不像五四时期的大学生？"一句话大家都愣神了，国庆哈哈一笑："更像民国时期的民族企业家——我一定要做民族企业家。"锦梅捂着嘴瞥着小青哧哧笑，小青脸一红，忙岔过话去问永盛的情况。

正说着，墙头外传来小青妈喊她的声音，小青挥挥手，转身跑了出去。

春晚开始了，锦梅和国庆被吸引过去。 妈妈问雀华："研究生怎么办？"雀华轻描淡写："看看再说吧，刚工作没时间。""别为了钱不考，我还能干，家里有存款，锦梅上学不困难。"雀华说："跟钱没关系，跟发展有关系，在企业干到中层能涨不少工资。"国庆转过头来："我的意见，趁着没忘光抓紧。"雀华夹起一个水饺："边走边看吧。"

妈妈嘱咐："明天初一，有人来拜年不许丧着脸掉眼泪，人模人样的，给你们的爸争口气！"三人答应着，闷头吃水饺。

小雪有个风俗，家里有白事，三年不拜年不走亲戚，别人可以到家来拜年或探望。

初二六点，国庆被闹钟叫醒起来，看到雀华正从厨房端着一碗水饺进来，"出门饺子落地面"，这也是小雪的风俗。 国庆吃水饺，雀华把早已晾凉放在竹筐里的水饺往一个大方便袋里装："带回去你和永盛吃，放饭盒里烫烫，多烫几遍。"国庆有些心酸，他"嗯"了一声继续吃水饺。 妈妈在扫院子，这是她多年的习惯，一早起来要把院子扫干净。

雀华送国庆到村后人字路口。 魏家老三的旧大巴车七点准时来到这里，等着的几个人一起上车。 雀华看到车里只坐着两三个人。

行李要放到大巴车的货架上，国庆递上去一个大编织袋子，正要接雀华手里的，雀华已经双手托起来递上去。 魏家老三接过晃了一下："这么沉，雀华的劲儿真大，可不像大学生。""干过农活的人劲儿不大能行嘛。"雀华自豪地一笑，"大年初二，人不多。""到济南准装满，还有站着的。"魏老三捆着行李，"县城车站拉点人，一路走一路捎，可少不了，年有啥过头，年年过，挣钱过好日子是正事。"那几个人凑趣地发出笑声，雀华听到国庆的笑声最大。

魏老三是小雪最早搞经营的。 他大哥在邻县县政府工作，二哥带了建筑队，他不知从哪里买来一辆旧的大巴车，办了手续跑从蝶城到济南这条线。

大巴车冒出一股黑烟，突突地发动，一路向东，不一会儿就不见了踪影。 东方已经发亮，有一束阳光在云层边缘透射出来。

雀华转身往回走，看到公路边涂着石灰的大杨树后人影一闪，是小青。 显然她已经在树后偷偷站了不短时候了。 小青见躲不过，抄着手跺着脚说："我想让国庆给我二哥捎个话，车开了就没过去。"雀华说："什么话我回去时给国庆说，让他捎给永盛。"小青说："就是让我二哥多吃点，吃点好的，别这么瘦。"雀华说："这话我也给永盛说过，一定替你捎到。"

小青又说："雀华姐，济南有我干的活吗？ 我也想去大城市看看。"雀华心想她一定是奔着国庆去的。 三十晚上小青去她家时她就想让小青也去济南找个活干，又想了想，一个女孩子家去了，也不知道干什么，再有什么事，就没说。 现在小青主动说了，她很高兴："好啊，我帮你打听着点。"以前国庆是学习尖子要上大学的，雀华没往这方面想，现在国庆也成打工的了，倒是有了可能，小青的心思她看得出来，就是不知道国庆怎么想的，她想找合适的机会探探国庆的口风。

初七上班，初六一早雀华也坐魏老三的大巴回济南。 这一路不光车多，还修路，国道有两处修路，得绕小道走。 除了蝶城汽车站，大巴还进了两个地方的汽车站拉人，在路上有人招手就停，有人半路下车也停。 这样走走停停，下午一点半才到了天桥下的汽车站。

从天桥到单位宿舍十六七里路，雀华舍不得打面的，起步价五块，到地方得十几块。 坐公交车要倒车，装着新被褥的两个大编织袋子不好往上带，上去还碍别人事，就搭了一辆三轮车，要三块钱，也不贵。 一路有很多上坡，雀华不熟悉路又指错路了，中年车夫累得直喘，有两个上坡蹬不动了下车推着，雀华不忍，也下来跟着走。在路上，雀华一直想着要不要再给他加一块钱，不舍得，终是没有说。 三绕两绕，用了一个多小时才到单位宿舍所在小区。 车夫擦着汗说："真没想到这么远，路还走错了。"雀华说着谢谢，心里琢磨加不加一块钱，再一转念，他要说就加，不说就算了。 车夫擦完汗，看了一眼雀华，又看了看地上的编织袋子，终是什么也没再说，推着三轮车掉头。

回去这一段路是上坡，车夫没上车，推着慢吞吞地走，大约是想喘口气。 一阵北风刮过，他哆嗦了一下，又把缠在车把上的围脖围上了。 雀华从人造革的小包里掏出一块钱小跑着追上去："大叔，我指错路害您多跑这么多路，再加一块钱吧。"车夫眼睛一亮，随即说："算了算了，刚毕业，家在农村，也不容易。"雀华稍一犹豫，车夫已蹬上车走了。 雀华看着那辆旧三轮车，犹豫了一下，追上去把钱塞到车夫旧羽绒服的口袋里，转身跑回去。

她没有回头，一手拎起一个编织袋子快步往小区里走。 眼泪哗哗地流下来，她也不停下来去擦。 为一块钱难受成这样，还考什么研！ 想办法挣钱，让自己和家里人过上好日子吧——最起码不用为了一块钱做激烈的思想斗争。

第八章

1

　　新年上班后不久，周三，办公室孙主任把雀华叫到他的办公室，让她写一个年终总结和新一年工作展望的讲话稿，并给了她往年的一些材料作参考，外加一大堆各部门的数据资料。看出雀华心里打小鼓，孙主任说："放心大胆写，我把关。"雀华笑笑，抱着一摞材料回办公室。

　　先看去年的讲话稿，再看各部门的总结材料。正看得头昏，副主任张主任走进来，边翻看这堆材料边说："我临时有事，十点钟的五车间技术比武你去吧，相机带上。"说着他把相机递给雀华。雀华站起来接过相机，瞟了一眼时间，还差一刻十点。雀华给张主任说了讲话稿的事，并说孙主任让她下周一就交。张主任点点头："辛苦了，好好写。"说完他就走出办公室。

　　技术比武结束快十二点了，雀华吃完饭也没趴桌上午休，开始整理技术比武的稿子，调照片选照片，有问题下午上班再跟车间联系。雀华想趁热打铁整理好稿子，等排版时再凭回忆写稿往往事倍功半。

　　等一切准备好快下班了。正想喘口气看讲话稿材料，张主任回来了，说："明后两天的家电行业会议，雀华和我一起跟会采访，了解行业动态和发展方向，要发个大稿子。"雀华也只好点头答应，却拿眼不停地扫桌上堆的讲话稿材料，想引起张主任的注意。 张主任视若无睹，安排完她的工作直接出了办公室。

本来说好张主任自己去参会，雀华在家驻守，准备年后第一期报纸出刊稿子的，这些工作量不算太大，雀华还可以挤时间准备讲话稿，一变化，两天没了。 雀华叹口气，默默准备明天开会要带的相机、笔记本、笔和录音笔。

仇老师往办公室门口望一眼，关上门，神神秘秘地说："看出来了吧，一正一副两位主任不和，孙主任怕张主任强了超过他，张主任心里有气呢。"雀华恍然大悟："哦。 可是与我有什么关系？""没看出来呀，用你不用张主任，张主任无用武之地，孙主任就高枕无忧喽！ 你离他差个十二马路的距离呢。"雀华低头不语。"别担心，你能干，他们都挺喜欢，好好干活就是了。"

仇老师说完，拎起包走了。 她总是提前收拾好东西，下班时间一到立马走人，比闹钟还准时。

雀华低头整理讲话稿材料，到了晚上九点，才初步厘清这些材料，按以前的形式列了一个大纲，还想再整理，想起明天八点半的会，要倒一次公交车才能到，就揉着发胀的眼睛走出办公室。

走到路上才觉着饿了，四处张望，看到街角卖莱芜烧饼的店还亮着微弱的灯光。 老板娘正准备关门睡觉，雀华喊着跑过去，一问还剩两个烧饼，已经凉了，炉火已停，也没法再加热。 雀华揣着烧饼回到宿舍，用热得快烧了一暖壶开水，把两个烧饼就着前两天买的榨菜吃了，还真香，要不是凉了，会更香。 抹抹嘴去洗脸刷牙，也顾不上参加来自集团各单位的室友们的聊天，倒头就睡。

会议期间，雀华拍照，录音，记录，倒不是多累，就是靠时间。也有个好处，蹭了两个中午两个晚上四顿饭，十人一桌，拿着餐券往桌前一坐，吃得那叫个好，有鱼有肉，还有大虾。 她故作斯文，实则不显山不露水地一顿猛吃。 多年以后雀华感慨，整天喊着减肥减肥，年轻时憨吃不胖。

最后一顿晚餐时有点小插曲，坐在雀华旁边的张主任告诉雀华："这个会议长稿下周二前整理出来，上这期报纸头条，不重要的稿子，像小说、诗歌之类的，往后延就是。"雀华点头，心里想，还中文系毕业呢，一点不爱好文学。 猛然想起讲话稿，她嗫嚅着说："孙主任让我写的讲话稿，周一要，我才刚理出头绪，周六周天加班写出来。"张主任像刚想起这事，说："哦，对了，你还有这个活儿，先忙这个，会议稿晚一两天也行。"雀华心里松落些，夹起一块红烧肉放盘子里。

周六雀华带着方便面去写稿，晚上忙到十点，初稿终于完成。周天去修改完善，到了下午一点再也改不动了。 回过头来再看一遍，使出吃奶的劲儿基本也就这样了，有九个地方数据不太全，今天休班不方便找各部门，周一上班后再跟他们联系。

本以为得写到周天深夜，提前完成任务，雀华很高兴，走了一站路去吃了大米干饭把子肉，额外加了鸡蛋和豆腐块。

吃完饭雀华坐公交车去了省图书馆。 省图在大明湖畔，站得高一点可以看到湖心岛。 看了一会儿湖水，雀华去翻看历史小说，准备借回《李自成》《少年天子》和《武则天》。

正看得入迷，有人轻轻推了她一下，一抬头，欣然笑眯眯地望着她，她一下抱住欣然。 这是毕业后她们第一次见面。

两人找了一个角落坐下。 欣然拿了两本书，一本是历年考研的真题集，一本是《嵇康传》。"怎么，你打算考研？"雀华很惊讶。"是。"欣然淡然但坚定地说。"为什么？ 初中历史老师不挺好的吗？虽说待遇不是很高，但有地位，受人尊重，还有寒暑假哦。"

"一眼就看到头的生活，跟我爸妈一样，忙忙碌碌，每天都在过重复的日子。""考了研再找了工作不也一样重复？""我要做历史研究，每天都有新的发现，与喜欢的人在一起，比如嵇康。"欣然拿起

《嵇康传》，"我要学古代史，研究魏晋史最好了。"

这也曾是自己的理想啊！ 雀华强作欢颜朝欣然笑笑："真好。像教我们古代史的刘教授，五十多岁的人了，讲课激情四射，生活一派天真。""我爸爸说，她的天真是通透的天真，人情练达的最高境界——你怎么样？ 去年考了吗？"欣然拿过雀华手中的书。

雀华摇摇头，又低下头："我大概率不会考了。""为什么？"雀华抬头嘻嘻笑："我要挣钱，单位待遇还不错，年终还发了一笔年终奖，好好干还会涨工资。""那也好啊。"欣然表示赞同，可怎么听声音里总带着遗憾。

两个人又聊了一会儿，借了书出来，约着一起去吃晚饭。"去吃亮亮拉面吧，马路对面就是。"雀华建议。"好呀。""说好了，我请你，到时别跟我抢，让别人看着不好。""好呀。"欣然笑答。 她知道自己家境和个人收入都比雀华好，可为着雀华的自尊心，她不能跟她抢着付钱。 雀华也明白欣然看透了她，可她不愿多想，就这样挺好。

吃了拉面浑身热乎乎地出来，一起到公交车站等车。 欣然说："雀华你的历史小散文写得很好，不要放下哦。"雀华心头一震，想起自己还有这么个特长，做了个 OK 的手势，乐呵呵地说："我会的。"欣然把胳膊搭在雀华肩膀上，用力搂了一下。 初春傍晚的这一搂如此温暖，让雀华感动，又有些怅然。

周一上班，雀华把打印好的讲话稿交给孙主任，让孙主任先看看行不行，不行她再改，并说她现在就跟相关部门联系，得到准确数据就把那几个地方填上。 孙主任大体翻了翻，说："好，先放我这里吧，这些数据我来整吧，有什么事我再找你。"

这边交了差，雀华回办公室整理会议长稿。 看自己的会议笔记，听录音，这个那个总讲话，头有点大，笔记本上又记了一堆。出现频率最多的词有产品、质量、销售、业绩，竞争、生产、开发、技术……似乎有点眉目了。 就像大会小会上常听到的，对企业来说，效益是第一位的，重点抓销售，生产和技术为销售服务。

正边听边想，录音笔被人关掉了。 是张主任。 张主任今天上午特别忙，进出办公室好几趟。 张主任看看雀华的笔记本："够认真的，记得也全。 从三个大的方面写吧，市场、产品、技术。 我们的龙头产品洗衣机是大头，要保住市场占有率，继续扩大知名度。 另外，市场需要什么产品，像电扇、空调、电饭煲之类的，也可以考虑兼顾。 这些都需要技术支持。"就像乱哄哄一操场人，一下被排成几队，场面变得井然有序。 雀华的思路也跟着理顺了。 她感激地冲张主任笑笑，开始动手写。

写了一会儿，仇老师要用电脑，雀华就到自己位子上手写。 还有其他事，写写停停，即便中午不休息，到下班也没写完。 仇老师劝她不要这么认真，忙不完就拖一拖，张主任也会理解。 雀华想到排版在即，写完还要让张主任看，看了再改，也挺耽误时间，还是早完成吧。 晚上就又加班，写完输进电脑，已经十点了。

第二天雀华告诉张主任稿子在电脑里，就去了工会——工会主席通过孙主任找到她，让她去参加系统的一个演讲比赛，要安排相关事宜。 没有什么愿不愿意，让去就得去。 等忙活两个多小时回来，张主任已经把稿子在电脑前改好了。"写得不错，有些地方需要加强，有些地方可以简要一些，有些地方可以不要。"

雀华挺高兴，打开稿子一看，傻眼了：红字一片，有些是张主任改的，有些是重写的，有些是添加的，总共得有一大半。 雀华细细看了一遍，发现张主任说自己写得不错其实是鼓励自己，原稿确实有很多不足之处，张主任一改，主次分明，条理清晰，虽然长，但让人一目了然。 她还注意到，张主任新添的地方有一大半是关于销售的，特别是销售副总郭总的讲话内容，她只提到要点，具体内容被张主任基本还原放进去了。 是在讨好郭总吗？ 可是讨好郭总有什么用？ 张主任的顶头上司是孙主任和集团董事长兼总经理马总。

雀华不好意思地说："改得真好，我还要向张主任多学习。""你写得就挺好了，主要是参加工作时间短，对企业经营了解不多，时间长了就没问题了。""尤其是对销售，我更不懂。""这一点你要多了解一下。 你看郭总讲的那些销售战略，多棒！ 我们的核心产品要继续做强做大，像西门子、松下等企业，多少年一直保持发展，不像有些红极一时昙花一现的企业，郭总是想让朝阳集团成为常青树啊！ 这需要生产部、技术部和其他各部门的配合，我都添加进去了。"雀华听了连连点头，为自己关于讨好的想法感到惭愧。

"我最佩服郭总了，像我这个年龄——三十岁时，郭总已经是销售部经理了，独当一面，敢说敢做，好有魄力！ 我在小会上见到过他跟生产副总拍桌子，当然是为着工作。"张主任一脸崇拜地说着。雀华觉得他至今还保留着中文系才子的一些清高之气。

下午开始排版。 雀华在这篇稿子右下角的括号里署上了张主任的名字。 张主任看到了，说："改成你的名字，稿子是你写的。"雀华说："您指导我写的，您还改了大半，署我的名字不合适。""那在我前面加上你的名字。"雀华还要坚持，看到仇老师朝她使眼色，犹豫了一下，就在张主任前面加上了自己的名字。

趁张主任出去的空儿，仇老师说："让加你的名字就加上，别人都还抢呢，你还让，不知上进！"雀华嘻嘻地笑了。 后来雀华才明白，仇老师说的别人，原来有所指。

2

两个星期后，集团老总马总终于抽出时间来，给大家开了个年后动员大会。 雀华坐在第五排最边的位置，边听边做笔记。 自她把讲话稿交给孙主任后，一点消息都没有。 雀华心里打鼓，是不是写得太差，不能用，孙主任又自己重写的？ 要不哪里好哪里不行，总得有个说法吧？ 心里挂着又不敢问，只好开会时做好笔记，看看自己到底哪里需要改进。

越听心中越有底，除了马总自己发挥，撇开稿子讲的一些例子和段子，其他的跟她的那一稿改动不大，她不知道的那些数据也出来了，而且很精确。 还有一些地方表述不一样，内容和主题大同小异。 回去后把笔记要点与原稿对照一下，更加确认一点：她写得不错。 没反馈就是认可吧，也许这就是孙主任的处事方式。 雀华带着疑惑，渐渐把这事撂在一边。

一天下午，张主任拿来一个打印稿，说是马总新年总动员的讲话稿，放在新一期的头版头条。 雀华接过来一看，就是讲话稿的压缩版，后面标注是孙主任整理的。 雀华稍一愣神，张主任说："记得讲话稿是你写的，还加了两天班。"雀华笑笑："我写的初稿。""没听说让你改呢？""改动不大。""估计也是，"张主任意味深长地一笑，身子一侧挡住仇老师，"摘果子，我经历过不止一次，习惯了就好了。"雀华又笑笑。

过了一会儿张主任出去了，仇老师瞟一眼雀华："张主任还神神秘秘的，哪件事能逃过我的火眼金睛？ 不就是……"话音未落孙主任推门进来，手里拿着一份材料，两人立马站起来。 仇老师赔笑道："孙主任，什么事您打个内线电话安排一声就行，还跑过来。"孙主任说："你们坐，我找张主任，他回来让他去我办公室一趟。"说完他拿着材料又出去了。

雀华不愿再提那件事，笑嘻嘻岔开话题。

雀华心里总有些不爽，借口演讲稿要了解一些情况，去了财务部。 刘会计没在会计室，雀华问了一些情况就往回走，在三楼楼梯口碰到刘会计。 刘会计皱着眉，若有所思。 注册会计师考试没过？ 雀华惦记着这事，却又不敢问了。 看到雀华刘会计眉头舒展开了："雀华，我的注会过了。"雀华跳起来："祝贺！"

“嘘，还有一件事愁人，部长下月退休，主管汤老师升部长，她找我谈话，要推荐我做主管。”“多好，又涨工资了！”“我可能干不了多久就得辞职……觉得怪对不起汤老师。”雀华也愁了，噘起嘴。“没事，我看情况，要不就说明情况，让汤老师推荐小蔡也行，别干不了多久我就走了，影响了工作也不好。小蔡和我一起进厂，业务也可以。”“可是……新的工作定了再说明情况吧，要不多尴尬。”“我知道，小丫头。”刘会计笑得眼睛弯弯的。

雀华蹦蹦跳跳下楼了。她替刘会计高兴，一个人实现了自己的目标，是件多么开心的事情啊！尤其是她喜欢的刘会计。

可是才过了一个星期，雀华听到仇老师跟财务部的老出纳嘀咕，说刘会计跟小蔡争着当主管，私下里各找关系呢。“按说呢，刘会计业务好，小蔡差点也差不了多少，小蔡可是比刘会计会来事儿，眼活泛嘴也甜。”老出纳跟仇老师斗着头说得热闹。雀华心中暗笑，事情一传就变味了，刘会计还纠结当不当主管呢，哪有小蔡争的份儿？

过了几天，雀华找机会问刘会计。刘会计说：“真是没想到，小蔡早就行动了，她知道主管位置很快腾出来，直接找了部长，她不应该不知道汤老师向部长推荐的我。部长也看好我，可是小蔡不光找了部长，还找了孙主任，她是孙主任的关系进来的。”雀华倒吸一口凉气，她觉得刘会计这个主管八成要泡汤，反正要找更好的工作了，不做主管也罢。

“不蒸馒头争口气，”刘会计说，“小蔡平时和我不错，我本想让给她，她却这样。”雀华还想再问怎么争口气，有人从前面走过来，她赶紧和刘会计分开。

接下来雀华除了正常工作，还要准备参加演讲比赛。写稿，念稿，背稿，彩排，忙碌了半个月终于有了结果：三等奖。不是特别好，好歹也有了个奖，算是有个交代。回到单位，宣布了这个消息，大家都表示祝贺。

本想着一切恢复正常了，张主任却又宣布了一个惊人消息：他要去销售公司做销售了。 雀华知道张主任特别佩服销售副总郭总，可这也不是去销售公司的理由吧？ 在集团总部办公室做副主任，可是很风光的，大家都高看一眼，打招呼都带着几分讨好的。"为什么呀？"雀华觉得有点遗憾。"出去锻炼锻炼。"有人时张主任这么说。只剩下他和雀华时，他说："做销售挣钱多，除了基本工资还有提成，多劳多得。"这倒是。 雀华还想问问是不是因为被孙主任压制，终于还是没有问出口。

孙主任却不大乐意放张主任走，放出风来说张主任是他的得力助手，一时离不开，销售固然重要，也得等有了合适人选接替他再走。这样拖了一个月，还是没有动静。 郭总就直接去找马总了，马总找张主任谈了话，就去了孙主任办公室。 马总跟孙主任说了什么大家不知道，只知道第二天张主任去了销售公司，过了两天从工会调来一个副主席接替张主任。 新的副主任四十岁左右，整日笑眯眯的，不显山不露水什么事都做得周到，孙主任很喜欢他。

张主任被派往江苏公司做销售副经理。 江苏公司经理五十八岁了，身体不太好，想调回总部调养身体，很明显张主任去就是接替他的工作的。

财务部那边部长退休，原主管升任部长，主管的位置空下来，却一直没有人补上，暂时由部长兼着。 看起来人选一时难定。 雀华关心刘会计，却也是干着急没办法。

五一单位放假，雀华打算回家看看。 国庆来看她时她问国庆，国庆为着多挣钱不回去。

雀华到家是下午，家里没人，听邻居说妈妈去西北的自留地刨土豆去了。 雀华放下带的东西去了地里。 妈妈见了雀华很高兴："快帮我拾，快帮我拾，你来了今天就能刨完了，明天去刨东北的。"妈妈脸色黑里发黄，虽然强打精神，仍掩饰不住疲惫之色。 雀华笑笑，默默把妈妈刨出的土豆拾起来装到筐子里。

"国庆不来了是吧，他过年都不想来，别说五一了，行啊，多挣点钱也行。"雀华说："他让我带回来二百块钱。""还不少呢，行，我替他存着，等过几年翻盖家里的房子好娶媳妇，两层的盖不起，盖平顶的，有钱了再接一层。"这么一想，娘儿俩都笑了。

拉着土豆回到家时，天已经黑了。"明天一早收土豆的就来了，卖了直接去刨东北的，三口人忙活，东北的下午就能接着卖了，不用拉回家。"妈妈兴冲冲地说。

晚上，雀华把国庆带的二百块钱和她带回的三百块钱交给妈妈。妈妈都收了起来，说："你的你结婚时给你，对了，你们有工作的，结婚分房子吧？"雀华说："单位有宿舍，听说按工龄什么的分，一般以男的为主，女的也有分的。""干着等吧，"妈妈说，"好在峻明过两年也毕业了，他能找个更好的单位有房子也好啊——对了，你的研究生还考吗？ 要考，就把攒的钱留着上学时用。"雀华说："再说吧。"

第二天锦梅也回来了。 她说头天下午回来也没法帮家里干活，不如在学校吃完饭接着上晚自习，第二天一早骑车回来。 这么一说，雀华觉得锦梅也懂事了。 锦梅又说她现在学习很用功，就是觉得吃力，老师讲得不好，同学有爱学习的，有的"光贪玩"。 雀华说："慢慢赶吧，你以前贪玩点，基础差一些，时间长了就赶上了。"话是这么说，雀华还是有些担心，不过没表现出来。 对于锦梅，只能多鼓励了，最怕的就是她自暴自弃。

第二天卖完土豆又去东北刨土豆。 带的煎饼和辣椒炒鸡蛋，两暖瓶开水。

中午坐地头上吃完饭，歇了一会儿。 妈妈的计划是，接下来把剩下的土豆一气刨完，拉回公路边卖掉，明天上午把辣椒苗栽上，下午就能在家歇歇了，后天打发雀华和锦梅上班的上班，上学的上学。三口人都很高兴。

雀华先起身拿镢头。 妈妈也站起来，突然晃了晃，一下倒在旁边的土豆秧上。 雀华和锦梅吓坏了，不停地摇着喊着妈妈。 妈妈闭着眼，呼吸均匀，静静地躺着。 雀华四下张望，因是中午头，地里人少，一里外有一辆三轮车停在地头，地里有两个人刨土豆。"我去借他们的三轮车送妈妈去医院。"雀华说着往那边跑。 刚跑了几步，锦梅惊喜的声音传来："妈妈醒过来了！ 醒过来了！"接着号啕大哭。

雀华跑回来。 妈妈平静地看着她们："怎么回事？ 我又晕了？"雀华点点头。"没事呀，有过两回了。 我去问朱五了，他说是累的，不要紧。"妈妈坐起来，"你俩先去刨，我歇一会儿就好了。"雀华说："去大雪医院看看吧，检查一下。""不用检查，我的身体我知道，就是累的，快去干活！ 不然赶不上下午卖了。"雀华和锦梅只好去干活。 妈妈歇了一会儿，不顾她们的劝阻，又起来帮着拾土豆。

还好，她们比预计时间提前一个小时刨完土豆并卖掉土豆。

好久不干体力活，这一天干下来，雀华浑身酸痛。 歇一夜第二天酸痛更厉害，她强忍着起床，跟着妈妈拔辣椒苗栽辣椒苗。 栽完辣椒苗，雀华蹲得膝盖生疼，看妈妈走路也一拐一拐的，觉得妈妈不能再在家干农活了。

妈妈、国庆和锦梅三口人的地四五亩，妈妈一个人种不过来。如果锦梅也考上大学，可以把地让给二叔和五叔种，他们帮着交上公粮，再留给妈妈一些粮食，其余的全归他们。 锦梅上大学还有两年，她就攒下一些钱了，大不了国庆还可以出点。

就在这一刻，雀华做出决定，先不考虑考研的事了。 读研三年，不挣钱还花钱，更别说帮家里了。 这一回她没有伤心，自己就这个条件，认了吧。 自己没法跟欣然比，欣然爸妈都有工作，哥哥大学毕业留在北京工作，听说也分了房子要结婚了。 悬而未决的事一旦定下来，心头如卸掉一块大石头。 好清爽。 身上的酸痛似乎也减轻了，她跑前跑后帮妈妈收拾屋里和院子。

回来后，雀华工作更加卖力，仇老师笑称她为“小劳模”。“小劳模”藏着心事，乐呵呵地忙活着。

有一天雀华加班，刘会计悄悄来到她办公室：“雀华，跟你说件事，我要辞职了。”雀华并不意外：“新工作找好了？”“一家合资企业，财务主管。职务不说，待遇高许多。”刘会计伸出两个手指头。“一年二十万？”雀华虽不敢相信，还是狮子大开口地猜。“一个月两万。”“太棒啦！”雀华欢呼。“我的夜没白熬，头发也没白掉，该拿的证都拿到了。”刘会计乐呵呵地说。雀华既羡慕又佩服地望着刘会计：“你跟汤部长说了吗？”“那边签了合同后我就跟汤部长说了，我不想让她为难。她本想让我接替她的主管位置，迫于各种压力，她又不得不考虑小蔡，所以为难。我这么一说，她就把主管的事搁置了，说等我走了再安排小蔡，要是先安排了小蔡我再走，就跟我竞争不过人家赌气走了似的。”雀华感慨：“汤部长人真不错。”刘会计笑道：“都是高人哪。我要不走，主管还真不见得是我。有时候人也是没办法。不过汤部长确实是我老师，在业务上对我帮助很大。她年纪大了，要不出去也能找到更高待遇的工作。”

“可惜我不是学会计的，”雀华噘起嘴，“历史我虽喜欢，用的地方却少。”刘会计说：“你这么年轻，要想学会计还不容易？”“真的？”“你可以先考个会计证，再一步步来。”“有了会计证就能做会计了吗？”“有机会。”“与会计专业的毕业生相比就不大占优势。”刘会计笑笑：“那是自然。不过可以入行了。”雀华有些受挫，低头不语，忽然眼睛一亮：“我还可以同时参加会计专业的自学考试，拿个会计的本科学历。”“这样最好了，不过你没学过相关知识，可能比较难。”“我不怕难。”“我表妹会计证就是自己考的，有教材，具体情况我问一下她。”“谢谢！”她真想过去拥抱刘会计，但是不好意思，“大学时就有同学建议我改学会计，看来我与会计有缘呢！”刘会计语重心长地说："有个别人不能随便替代的技能，挺好。"

没过几天，刘会计趁无人时拿给雀华几本书和真题。"两年前的，你可以先看看了解一下，最新的还没出来，也快了，你经常去新华书店看看。"雀华如获至宝。翻了翻，立马撇嘴，还真是难，光专业术语就得理解一阵子。不过这跟烈日下刨土豆割麦子比起来算得了什么？此后每每借口加班，自己偷偷在办公室学习。

不久刘会计就辞职了，这在集团总部引起相当长时间的热议。一九九六年，跳槽还比较新鲜。有人担忧，有人羡慕，有人跃跃欲试。一有机会，汤部长就说："小刘找了更好的工作，收入翻了好几番呢。"给足了刘会计和财务部面子。然后没多久，小蔡升任主管。财务部的人事变动体面地画上句号。

3

雀华把改学会计的打算兴冲冲告诉峻明。峻明一脸吃惊："改学会计？由文科专业改向偏理的专业，挺难的。"她以为会得到峻明的支持，没想到被浇了盆冷水。"不就是要学数学吗？我数学一向不错的，重新拾起来费点劲儿也不是不可以。""你对工作不是挺满意吗？""挺满意不代表干一辈子。""稳定又体面，你就干着吧。"峻明边翻看初中教科书边说，下午两点前他要赶到学生家上家教课。

"真是话不投机半句多！"雀华起身，"你不就是希望我安于现状，好好工作，再做个贤妻良母吗！"峻明拉住她："这样不好吗？""我倒是想……你连自己才勉强养活，更别说让我过上好日子了，还这这那那的……"峻明脸色一变。雀华知道又伤他自尊了，可他这样子确实气人，有个什么新的计划他总是推三阻四，瞻前顾后。他这个人除了学习还行，别的简直一无是处。

"我不是怕你太累吗？你本来工作就挺忙的，还经常加班，再抽时间学这学那……"峻明揽住她，轻轻叹了口气。雀华不明白他有什么好叹气的，他们什么都没有，但是年轻啊，可以努力啊，要是连努力都没有，那就真的完蛋了。 但是听到峻明的叹气，她还是心疼了，峻明也不容易，除了学业，业余时间几乎被家教占满了。

"你愿学就学吧，别累着就好，数学有不会的问我。"峻明拍拍她的肩头，"一会儿一个想法，不考研了？""不考了。"雀华坚定地说。她的心情好起来，就跟峻明说了刘会计的事，还着重强调了刘会计的收入。

"刘会计科班出身，还有七八年的工作经验，你这半路出家，不知道将来会怎样。""又来了，你就不能乐观点吗？ 最起码这条路的前景一片光明吧？ 我相信我能行！"峻明笑了："真羡慕你的自信。"

他们站在千佛山脚下的一片丛林中。 正值初夏，仰望千佛山，满目翠色，郁郁葱葱，山间偶有几声鸟鸣。 雀华指着大门里面东南一片山林说："四千年前舜就在那里耕耘，自力更生。"峻明笑道："现在我们也在耕耘。"

正午人迹稀少。 雀华双手做筒状，对着山间大喊："朱雀华，你能行！ 朱雀华，你能行！"喊完大笑。 笑到一半，忽听山顶传来响亮的老年男声："你——能——行——"雀华瞬间热泪盈眶。 以后每次受挫，这三声呐喊就在雀华耳边回响。

峻明送雀华去公交车站坐公交车，雀华打算去泉城路新华书店看看。 雀华上了车，峻明去对面公交车站坐另一路车去上家教课。

决定自学会计之后，雀华打114查了市自考办的电话，打电话咨询相关情况并要了地址。 并趁工作不忙时请了一下午假去办了准考证，拿到了会计专业需要考试的科目及教材目录。

到了新华书店，雀华去考试用书那里买了自考教材，买了四门的，先翻翻内容，选与会计证考试相关的科目报上，这样同时学不冲突还相互补充。 买了教材，她又楼上楼下转了几圈，看到一本特别喜欢的历史类书，没舍得买，找个角落悄悄浏览一遍，记下书名，打算找时间去图书馆借了再仔细看。

雀华回去时已是黄昏。 让她惊喜的是，可芹和石怀玉正在宿舍楼下等她。 可芹穿一件天蓝色碎花连衣裙，修长挺拔，头发中分，显然做过拉直，顺滑地垂至腰际。 她的脸更白了，长眉细眼，右眉间的痣格外生动惹眼。 雀华发现可芹长开了，由清秀妩媚变成了知性优雅。

可芹眉开眼笑："亏得听了怀玉的，刚才我还说要走呢，他说等到六点你要是还不回来就走。"原来他俩等了一个多小时了。 可芹先去雀华宿舍，舍友说雀华不在，不过周六下午都会回来吃饭，因为她男朋友下午要做家教，没时间陪她。 怀玉不愿进女生宿舍，他们就到楼下来等。

石怀玉给雀华带来两本杂志，雀华写的关于李清照的三千多字的历史散文发在上面。"谢谢！"雀华悲喜交集。 喜的是她的散文第一次登上省刊，原来她只在校报和校刊上发过历史小散文。 悲的是她马上就要与历史拜拜，以后要与各种数字和表格打交道了。

果然，看到她买的一堆会计用书，石怀玉大吃一惊："怎么转型这么快？ 从历史到会计，风马牛不相及啊。""一句半句说不清，这样吧，我请你们去合力吃快餐，边吃边聊。"雀华把杂志、她买的书和可芹给她带的香蕉一并放到宿舍，又下来和他们一起去吃饭。

三个人坐下，雀华就把刘会计的事又说了一遍，也简要说了自己的工作情况。"那么以后就没时间写文章了？"石怀玉问。"最近几年暂时没有，以后还会有时间。""可惜了呀，雀华同学的才华。""行了，"可芹碰碰石怀玉，"我举双手支持雀华，我有先见之明，大学时我就劝过雀华改学会计。 写文章能当饭吃呀——别浪漫主义了。 饱汉不知饿汉的饥。"石怀玉盯视了雀华几秒，忽而笑了："回头是岸，哪一天觉得累了，回头就是岸。"雀华喝下一大口啤酒："说实在的我对会计谈不上喜欢，需要吧。 这些天看了看书，一开始发蒙，慢慢就看进去了。"

　　"对了，我调到总部法务部了。"可芹说，"在下面分厂办公室待了近一年，也锻炼了，大远郊，我可不想多待。沾了怀玉的光——怀玉爸爸关照的。"可芹脉脉含情地看了石怀玉一眼。雀华笑笑。有那么一刹那她有点恍惚，其实只要她愿意，这一切都是她的。她就不用这么操心劳累了，有人会为她操心，为她安排好一切，也会帮她家里。可是峻明怎么办？如果她离开峻明，峻明会多难过？她想起他醉酒的样子，一阵心疼。她吸了吸鼻子，极力让自己恢复正常。年轻，累点就累点吧。

　　"峻明最近怎么样？"可芹问。"平时忙科研和作业，节假日做家教。基本没有哪天闲着。""毕业就好了。"石怀玉说，"研究生起点高。"雀华感激地朝他笑笑。

　　聊了很多。后来雀华去结账时，被告知石怀玉已经结了。石怀玉在门口笑嘻嘻地看着她走过来。"你真是，说好了我请你们。""下次吧，等收到稿费，你请。"可芹什么都不说，只是盈盈笑着，把胳膊伸进石怀玉的臂弯里。

　　第二天是星期天，雀华又去工地找国庆。国庆上午下午都要干活，只能凑中午休息时间找他。到工地大门口，就看到楼后阴凉处躺着一排人，安全帽和人一样，在头顶整齐排着队。雀华站在门口默默望着，那个瘦长个儿应是国庆，一动不动地躺在地上。看门人走过来："姑娘，是你啊，我去叫你弟弟。"雀华常来，这个看门人都认识她了。"不用不用大叔，我就是路过顺道看一眼，让他歇会儿吧。"

　　傍晚雀华又来了。国庆他们六点收工，雀华五点半就到门口等着，她麻烦门口的大叔让人传话给国庆。快到收工的时候，工地门口就会围来一些三轮车，卖煎饼馃子、白吉馍、包子、胡辣汤、甜沫等，甚至有的三轮车上载着煤气罐、炉灶、油、切好的肉和青菜，现炒现卖。 为了节省，国庆大多在工地吃食堂，偶尔也出来换个样儿。

国庆和永盛一起出来。 雀华把他们拉到一边，说了自考的事，又拿出几张纸来："这是我抄的专科的几个专业，还有这些专业要考的科目，你们两个看看哪个专业实用，可以考一个，高中毕业可以从专科报起，专科考下来再报本科。"国庆接过来扫了一眼，撇着嘴笑："我不报，高中用功过度，学够了。""那可不行，得学一个！ 这是最省时省钱的办法了，只需要买教材和习题，自己学就行了。 上函授虽然简单些，但学费高，每年还要抽时间集中上课。""反正我是不学。"国庆吹了一声口哨。"别吹，不学好！"雀华嗔怪。

永盛从国庆手中拿过那几张纸："我看看，我学。""永盛哥倒适合学。"国庆四下张望一番，"姐姐你还有别的事吗？"雀华从背包里掏出一只烧鸡："你和永盛吃吧。 别学着贫嘴，选一个学。"国庆接过烧鸡往永盛手里一塞："永盛哥你吃吧。 姐姐你要没别的事，我就不奉陪了，今天不巧，我得出去吃饭，领导有事请客，让我陪着。"说着他一溜烟走了。 雀华这才发现国庆换上了牛仔 T 恤，头脸也洗得干干净净，看起来不像民工了。

永盛说："国庆机灵，又有文化，包工头挺喜欢他，是好事。"雀华有些高兴又有些不安："永盛，国庆还小，你盯着他点。 唉，那件事对他打击太大，可别走了歪路。""不会，工地上每个人心里都有小九九，倒也都是实干的人，包工头人也行。"雀华这才稍稍安心。

雀华本来想说说妈妈头晕的事，这时庆幸没机会说。 一人能担别让二人寒了，国庆还小，别让他承受这么多了。

永盛说："雀华，我看你瘦了，工作很忙吗？""还行吧，不是特别忙，偶尔加个班。""噢，那还行。 多吃点。"雀华咯咯笑："放心，我不亏待自己，我爸常说身体是革命的本钱。"永盛木讷的脸上也现出笑容。 想到雀华爸爸，两个人就又沉默了。 相对站了一会儿，永盛说："雀华你回去吧，这里又脏又乱的。"他把烧鸡递过去："你留着吃吧。""就是给你们买的，你吃吧，我吃过饭了。"人来人往的，永盛也不好意思再推让，雀华闪身走了。走出去很远了，一回头，永盛还站在原地看着她，就挥手让他回去。

从此雀华给自己上了发条。早上六点起床，买了早点去办公室学习，七点四十五分抹桌子扫地，八点进入工作状态；中午睡着睡不着的，在办公室趴桌上歇上半个小时；晚上需要加班就加，不需要加班时，吃了晚饭就回办公室学习。好在宿舍离单位就隔一条马路，来回方便，一个人也安静。宿舍是两室一廊的房子，一共住了七个人，不是学习的地方。周末去图书馆自习室，峻明插空也去。

第九章

1

又是一年初春。 晚上，雀华照例在办公室学习。 可脑子里就像刷了糨糊，什么也塞不进去。 太累了。 六点起床背书，上午开会、下车间采访，利用午休时间把稿子赶出来，下午电脑排版，一直排到七点多。 眼发涩，颈背发硬。 出去买两个馅饼吃了，她就开始看书。 看不进去，看的什么不知道，甩甩脑袋，仍然不清楚。

为什么要这么辛苦？ 像宿舍里的几位同事一样上班好好工作下班好好玩不就行了吗？ 雀华有点想哭，可似乎连哭的力气都没有了。 书上的字像小蚂蚁在爬，一会儿又成了飞蚁，飞来飞去……雀华趴在桌子上睡着了。

电话铃声惊醒了雀华。 她醒了醒神，接起电话。 电话是刘会计打来的，声音里带着抑制不住的欣喜："雀华，公司给我配了手机，以后联系就方便了。"那时手机刚兴起不久。 一个人拿着大哥大在街上打电话，往往引得众人侧目，羡慕加景仰。 这两年好一些，但一般人也用不上手机，朝阳集团里只有董事长、几位副总和部长才有。刘会计的手机是公司领导替换下来的，她也很知足。

雀华为刘会计高兴。 她一下子精神起来，打开笔记本，把记录的几个问题一一问了刘会计，边问边记。 这次问题不多——刚开始

137

学的时候问题很多，入了门就好多了。 雀华还得知，除了台式机，公司还给刘会计配了笔记本电脑，方便在家办公或出差时用。 雀华羡慕："公司实力强了就是不一样啊！"刘会计笑道："只要努力，你也会有。"

雀华心里一下亮堂了，刚才的疲惫和困惑荡然无存。 她说："我会努力。"借着这个机会，她终于问出多少天来想问却始终问不出口的话："刘会计，你为什么对我这么好？"刘会计咯咯笑了："看到你，我就想起年轻时的我。"雀华眼睛湿润了。 刘会计那边也有片刻的停顿，也许她想起了自己青春时的困惑与奋斗。

放下电话，雀华用卫生纸擦拭刚才趴着睡觉时淌到书上的口水，已经干了，有点像八卦图。

2

一个周六上午，可芹和石怀玉如约而至。 雀华把他们领到小区的一片空地上，那里有几个石桌石凳。 可芹瘦了，脸色有些苍白。石怀玉没了往日的潇洒，像影子一样安静地跟在可芹旁边。 雀华有些纳闷，吵架了，闹别扭了，还是石怀玉有情况？ 他可是招女孩子喜欢的类型。

刚刚坐定，可芹从包里掏出一张请束，雀华清楚地看到上面烫金的"结婚请束"几个字。"你们要结婚了？""是呀，"可芹笑吟吟道，"还有两个星期，五一。"雀华翻看着请束。 石怀玉也报以微笑，并点点头。 他看起来并没有可芹这般喜悦。"太好啦！ 我一定去。 你们是咱班第一个结婚的。""你必须去呀，想让你和欣然做我的伴娘。"雀华乐呵呵答应了。

接着可芹兴致勃勃地告诉雀华她的婚纱照、结婚的酒店、大约多少桌、她要换几套衣服，等等，雀华没有概念，只顾乐呵呵地听着。"保密工作做得真好，一直也没听你们说。"可芹说："也是最近一个月才定下来的，婚纱照也得到后天才能去取呢……"那边有几个小孩打羽毛球，石怀玉起身走过去。

可芹看着石怀玉的背影，凑到雀华耳边说："我有宝宝了……怀玉不好意思，你装作不知道。""是吗？""是呀，三个多月了。 一直不大想吃饭，现在才好点。""怪不得瘦了。""我不知道怎么办，怀玉一开始也不知道怎么办，想打掉……"雀华一哆嗦。"可是我害怕，怕疼，还怕出意外死了……""呸呸呸，别死呀死的乱说！""……好啦，不说——这样，怀玉就告诉了他爸妈，他妈妈高兴坏了，让马上结婚。 这不，一切都快得不像真的。"可芹把手捂在肚子上，喜笑颜开。"结婚后住到他家里吗？""不，他家还有一套房子闲着，也早收拾好了。"

正说着，石怀玉回来了，两人打住话头。 可芹低低地补了一句："别告诉别人哦。"

雀华打量着石怀玉，怪不得他跟以前不一样了。 石怀玉发现雀华打量他，脸上有一丝尴尬掠过，很快被他掩盖了："稿费收到了吧？""收到了，中午请吃饭。"石怀玉恢复了往日潇洒："问的目的就是这，吃什么？ 砂锅米线？""亮亮拉面也行。"雀华说。 可芹嗔道："我最近胃不好，不能乱吃。 雀华，先欠着这一顿。"

雀华正要接话，石怀玉迅速转了话题："最近又写你的历史小散文了吗？"雀华摇摇头："你忘了？ 我正学会计呢。""好吧。"石怀玉默默看她一眼，眼神里满是遗憾。 雀华心想，我要像你衣食无忧，也不去劳心费力。 再看石怀玉，他已转过身去，默默盯着楼角的一株白玉兰。 不知为什么，雀华觉得他的背影有些孤独。 这也许是文艺青年自带的气质吧，雀华不愿多想。 但是，她从心里希望他幸福。

接下来的周末，雀华便看到了可芹和石怀玉的婚房。 她和欣然一起去试伴娘服，试完后可芹邀请她们看她的婚纱照和新房。 那是一套三室一厅的房子，铺着木地板，家具家电一应俱全，冰箱、洗衣机，竟然还装了空调。还有个书房，一排书架，一张大书桌。书架上摆着古今中外的文学名著和当代优秀作家作品，诗集很多，李白、杜甫、普希金、博尔赫斯、纪伯伦……占了三排，有些诗人的名字雀华都没有听说过。还有两排摆放着可芹的法律书籍，他们历史专业的书摆在下面，得蹲下才能看到，大多是教材。雀华和欣然相视一笑，欣然说："他两个人都不热爱自己所学专业。"

这个书房着实让雀华羡慕。如果能有这么个书房读书学习，一个人待一会儿，此生足矣。如果当初不拒绝石怀玉，这一切会不会就是自己的？"怀玉最喜欢这间书房了，"可芹笑眯眯地说，"我让给他，我是不想学习了。"大家抬头寻找石怀玉，却发现他不知何时离开书房了。

趁着可芹找石怀玉，两人讨论婚礼事宜的空儿，雀华问欣然："考研怎么样了？""面试结束了，感觉还好，在等结果。我报的刘教授的研究生。""笔试第一，刘教授不会错过你。"欣然微微一笑："你学得怎么样了？""自考过了三门了，还有十门要过。会计证也快考试了。""忙完这两天加紧突击一下，应该没问题。"

"考得好不如嫁得好。"雀华感慨。欣然笑道："嫁也要嫁给爱情。什么都可以通过努力得到，爱情就不大可以，得看缘分哦。"雀华笑道："你还是浪漫主义者。"欣然搂一搂她的肩："你选择爱情是对的。"雀华一惊，欣然从不多言多语，原来对一切了然，急忙转移话题："可芹挺知足的。"欣然翻着一本诗集说："可芹虽然心里小九九很多，可她是真心喜欢石怀玉，这一点很难得。""这么说石怀玉很幸福哦。""那当然。"欣然合上诗集，"你不用担心。"雀华不满："我担心什么？"

欣然正欲说话，可芹抱着几摞相册进来："看看我的婚纱照！"几个人一起看。欣然边看边问："婚礼后你们去哪儿旅游？""新马泰，"可芹迅速回答，"不去很多地方，准备婚礼就够累了。 对了雀华，还有两个月香港就回归了，我和怀玉赶不上了，等你和峻明结婚时，你们去香港度蜜月吧。""好，去香港。"雀华一边期待一边快速算着需要花多少钱。 石怀玉给她们端过茶来。

可芹和石怀玉的婚礼在当时济南有名的明湖大酒店举行。 可芹穿上婚纱，化上妆，高挑典雅，很像大家闺秀，一点看不出是从农村长大的。 雀华偷偷看她的肚子，平平的，看不出怀孕来。 庆幸的是她也没有像电视里的孕妇一样，有恶心呕吐的迹象。 石怀玉玉树临风，脸上挂着标志性的微笑。

雀华数了数，得有三四十桌。 十六个单间全坐满了，大厅里大约二十多桌。 整个酒店的餐厅他们都包下了。 雀华想到她和峻明的婚礼不知会是啥样，肯定远不如这气派，心里不免有些失落。 石怀玉的妈妈矮矮胖胖，穿着富贵红的旗袍、高跟鞋，迎来送往，气场很足。 石怀玉的爸爸也不高，比较内敛，笑眯眯的。 石怀玉的姐姐待人热情大方，自带一股傲气。 姐夫中等身材，戴着眼镜，文质彬彬的。 一家人都有头有脸的，确实打着灯笼难找。

在可芹的婚礼上，她们宿舍六人又聚齐了。 欣然、美心和蔡晶都在济南，自不必说，李梅也从菏县赶过来了。 吃饭时她们五个人一桌挨着坐，毕业快两年了，谁也没想到毕业后的第一次聚会是在可芹婚礼上。 美心依旧爱吃爱说，雀华私下问了问她，她说"都挺好"。 都挺好就是没有变化，包括她那个男朋友。 蔡晶在医药局，工作比较轻松。 李梅教初中历史，副科压力不大，也找了男朋友，是同校化学老师。

利用新人敬酒的机会，她们请摄影师给她们六个人照了几张相，留下了她们青春岁月时的宝贵合影。 谁也不会想到，她们六个人再一次聚齐，竟然是许多年后。

3

拿到会计证的当天晚上，雀华拨通了刘会计的手机。一向矜持的刘会计高兴得笑出了声，她对雀华一次考过表示祝贺和鼓励。然后告诉雀华，要想进一步发展，得先入行，有实战经验，有利于评职称和后续考取各种证书。"先把自己武装起来，让自己值钱。"

雀华说："刘会计，我有个想法。我跟财务部汤部长因工作原因打过一些交道，她对我印象不错，我想私下找机会跟她谈谈，我要能去财务部就好了。边干边学。"刘会计沉吟一下说："现在财务部应该不缺人，本来人员就超编，我走了还好些。还有……你本来在办公室干得好好的，不知道汤部长……"雀华很失望："这么说我在集团内部是难调了？""汤部长这个人我了解，她人不错，也从不多事，合适的机会你也可以跟她谈谈，不过要有思想准备哦。"雀华高兴起来："好的。""这边我还没有稳住阵脚，等以后……"雀华急忙说："我一个不是科班出身，半路出家还没入行的会计，哪有资格进你们公司呢，能在集团内调调就不错了。""那就尽快把自考本科拿下来。""好！"

她们又聊了一会儿。刘会计告诫雀华，一定要干好本职工作，等待机会。"放心吧，我会的，总得对得起自己拿的工资。"

放下电话，雀华怅然若失。看来事情没有她想得这么容易。

跟峻明商量这事，峻明说："还是不要说吧，你刚工作两年，万一传到孙主任耳朵里，不知道他会怎么想，别影响你在办公室的工作。"雀华说："在哪里工作都是给集团做贡献，我要去了财务部，业余还能写稿子排版什么的，我愿意多干。""办公室有什么不好？先干着再说呗。""越来越发现没有一项技能啥都不是，说你行你就行，说你不行就不行。写材料别人能代替，会计专业性比较强，是一般人代替不了的。"峻明说："我说不过你，我觉得你现在这样就挺好。""不思进取!"雀华咯咯笑了。

　　峻明买了只烧鸡、一份凉皮和两瓶啤酒，两个人坐在公园的角落里庆贺拿证。吃饱喝足，把垃圾收拾起来，已是暮色四合。四周悄无人迹，两人一星期见上一次面，免不得搂搂抱抱亲热一番。峻明的手在雀华身上游走，当他把手伸向她的腰带时，雀华止住了他。峻明不放手。雀华说："有人。"峻明收回手四下张望，并没有人过来。"租个房子吧。"峻明说，"有我们自己的空间。"雀华起身整理头发和衣衫："那得多少钱？集团隔几年就分一次房子，我听说过两年还集资盖，等等吧。"峻明讪讪的，不大高兴的样子。雀华推推他："哟，拉着脸干吗？走，去黑虎泉看看。"

　　拿了会计证不能去财务部做与会计相关的工作，雀华有些蔫，学习的动力也不足了，偶尔晚上就不去办公室学习了。有时去财务部办事，或在楼梯间碰到汤部长，雀华总有一种想跟她谈谈的冲动，但还是忍住了。

　　有天晚上雀华在办公室看书，突然有人敲门，雀华赶忙问是谁，慌乱中书掉到地上。原来是汤部长。"小朱，也加班吗？""不……不是，闲着没事我来看会儿书，宿舍里人多看不下去。""小朱就是好学上进，跟我们部去年走的小刘似的。"雀华赔着笑。汤部长捡起书："《高级财务会计》，你对财务感兴趣？"

　　"是的，我高考时报的就是会计专业，被调剂到历史专业去了。"谎言就这样脱口而出。谎言的蓝本是可芹，她报的法律，被调剂到历史专业来了。这个急中生智灵光一闪产生的谎言，后来被雀华重复了无数次，成了她的挡箭牌。

　　"怪不得。"汤部长翻着书，"还圈圈点点，看得这么认真。""是，我觉得我更适合会计工作，我喜欢安安静静认认真真地做事。"

　　趁着汤部长露出赞赏的神情，雀华鼓起勇气，把她自学会计本科、考会计证的事和盘托出，并打开锁着的抽屉，拿出会计本给汤部长看。"汤部长，您看我能到财务部去吗？ 要是能跟着您工作、学习就太好啦。"

汤部长盯着雀华："一时去不了，小姑娘。 财务部一个萝卜一个坑，没位置。 你现在的工作也离不开你呀，孙主任很器重你。""报纸这一块，我也可以像别的老师那样，兼着做，加班也行。"看到雀华失望着急涨红了脸，汤部长又说："等等吧，如果有机会我会考虑你。""谢谢，谢谢汤部长！"有这句话，雀华仿佛看到了希望。

送汤部长出门时，雀华看到一个人影奔向楼梯。"是小蔡吗？"汤部长问。 人影刹住："汤部……我刚刚上了个卫生间。""收拾收拾回家吧，不早了。""好。"人影在楼梯间一闪，不见了。 雀华一惊，上卫生间正好路过门口，小蔡听到她们的谈话了吗？ 刚才雀华一激动，声音就有点大。

汤部长给了雀华希望，雀华又像打了鸡血埋头学习。

过了一个星期，周五下午，办公室开会。 孙主任总结了前一段时间的工作，说了下一步工作的重点和计划，讲了将近一个小时。"最后，我再强调一下工作态度问题。 我提醒大家踏踏实实工作，不要这山望着那山高，哪里都需要踏实工作的同志……当然，哪里离了谁工作也一样开展……"雀华一惊，突然意识到今天开会的目的大约就是这句话。 汤部长找孙主任了？ 不可能，她这么欣赏自己，而且她也答应了自己的。 难道那晚小蔡听到了她们的谈话，传了话？ 不是不可能，听刘会计说过小蔡是通过孙主任的关系进的集团。 那就麻烦了。"也许只是我心虚。"雀华安慰自己。 孙主任的目光从她头顶闪烁而过，由踏实工作转到其他话题上去了。

完了，最近别想了，别说财务部一个萝卜一个坑，即便财务部空出一个坑，她也不敢跟孙主任提了。

雀华心中烦闷，国庆和永盛再来时，虽强作欢颜，也难免流露出不开心来。"怎么了，脸沉得跟块砖头似的？ 谁敢欺负我姐姐我揍他去！"国庆笑嘻嘻地说。 雀华就把情况说了。 永盛说："我看主任不一定知道，即便传到他耳朵眼里，也就是提醒你一下，你不用担心。至于去财务部，我觉得还是晚点再说，你工作才两年多，会计证刚拿到手，跟专业学会计的还没法比。 反正一时半会儿去不了财务部，不如趁这机会把自考会计本科拿出来，到时候再想办法。"雀华嘟起嘴："永盛你这么一说，我想明白了，那我只好先这样了。"永盛笑了，小眼睛亮晶晶的。

国庆说："别把自己搞得这么累，照我说，你现在旱涝保收，什么都不学，轻轻松松快快乐乐就挺好。""去！"雀华嗔他。"告诉你个好消息，我不用干活了，干会计兼管理。"国庆说。 原来他们包工队的会计的老爹中风卧床，他回家继续种地照顾老爹去了。 国庆就顶了他的空缺。

"就是领领上面发的钱，截留一部分，剩下的给工友发工资，还干着包工头安排的其他工作。 说白了就是包工头的管家，全能冠军，他不愿操心的活我都干。"雀华让国庆学会计，国庆依然不学："我要学就学管理，学怎么管人。"果然，后来国庆有空就去图书馆借经济、管理和建筑方面的书看，有时也看看财务方面的。

永盛听雀华的建议报上了自考，他对工地上的吊车、来往于工地的大货车感兴趣，就报了机械专业的专科，考过了一门。"我想学个技术。 我向这些司机打听了，挣钱不少。""能轻快点吗？"雀华问。"也不轻快，比工地上好点。 挣钱哪有轻快活。"永盛总是有些腼腆的样子，"存点钱，找机会学开车。""永盛哥是实干型的。"国庆拍拍永盛肩膀，"走，吃把子肉去，好有劲儿干活儿。"

第十章

1

　　九月的一个星期六，天高云淡，雀华到学校找欣然。 欣然如愿
以偿，考了本校的研究生，师从她们敬爱的刘教授。

　　研究生宿舍在校园北面安静处，四个人一间，比本科生一间少两
个人。 条件跟本科差不了多少，心情不一样啊！ 雀华在房间里走来
走去，四下打量，羡慕到眼红。 曾经她做梦都想来的地方，已经非
常遥远了。 心中长长叹息。 站在窗口，偏偏头可以看到当年她们住
的宿舍楼，再往另一方向偏偏头，是峻明的宿舍楼。

　　毕业后再返校园，感觉跟在校读书时截然不同。 她早已不是其
中一份子了，是客人。 两个人走在校园绿树成荫的小路上。 欣然本
是沉静之人，虽满心喜悦，外表看来只是淡淡的。 她最知晓雀华的
想法，也时时顾及雀华的自尊心。 雀华心如明镜。

　　"真不再考研了?"欣然决定不再回避这个话题。 雀华点点头。
"如果愿意，我给你提供最新资料和信息。""不考了，会计证都拿出
来了，争取尽快读出会计本科。""也好。""我就想着早点多挣钱。"
"那我等你有一天开着奥迪来看我。""一定。"两人对视，而后哈哈
大笑。

　　"碰到有感觉的，不要错过啦。"雀华叮嘱欣然。 大学四年追欣

然的不少，她总是"没感觉"，以此拒绝了四五个追求者。 毕业这两年也如此。 欣然笑道："好。"

在食堂吃过午饭，欣然送雀华去坐公交车。 出了校门往右拐，看到两排崭新的自行车摆在人行道上。"我要买辆自行车！"雀华拉着欣然冲进自行车店。 雀华早就想买一辆自行车了。 坐公交车的话，去站牌走路、等车、倒车都要花去不少时间，远不如骑自行车方便快捷。

"英克莱"变速自行车，四百二十块钱。 雀华选了她喜欢的橘色。 她带的钱不够，就让欣然帮她看着选好的自行车，自己跑去银行取钱。 这是雀华人生中的第一辆自行车，自从相中它，雀华的嘴就没再合上。"说奥迪奥迪到。"欣然拍拍车座。 那一刻，雀华所有的烦恼都不复存在。

雀华朝欣然挥挥手，跨上自行车。 平路挂高挡，上坡挂低挡，下坡随便哪个挡。 一路骑回来，感觉像在飞。 天空那么高远，秋风那么凉爽，城市那么热闹，喜鹊那么可爱。

入冬又有一件喜事，可芹生宝宝了。 下了班，雀华去商场给宝宝买了一身小衣服，骑着新买的自行车直奔医院。 宝宝红红的，正在睡觉，眼睛长长的两条缝。 雀华担心宝宝的眼睛也不大，随石怀玉。 其实可芹的眼睛也不大。"宝宝叫什么名字？""佳佳，"可芹说，"她奶奶起的。""俗。"石怀玉笑道。"不俗不俗。 大俗即大雅，在我们小雪，越俗的名字孩子越好养。"石怀玉眉开眼笑地看着佳佳。 护士叫家属，石怀玉乐呵呵出去了。

趁石怀玉出去，可芹悄悄说："是个女孩，除了怀玉，大家都有点失望。 唉，我希望是个男孩。""行了，反正只让要一个，男孩女孩一样，你还老思想？"雀华知道自己有点言不由衷。"怀玉家就他一个男孩呀。"雀华想说"是啊"，又怕可芹失落，就说："咱们也是女的，哪点也不比男的差。""这倒是。"可芹终于笑了，"别对外说佳佳的事，从结婚到现在还不够十月怀胎呢，等够了再说。我家里也不报喜，等时间。"雀华说："知道了。"

回去的路上，雀华边骑自行车边想，自己想要个男孩还是女孩呢？男孩。时代不同了，男女都一样。但要是只生一个的话，还是要个男孩。当然，要是生了女孩，也挺好。

2

十一月的一天，峻明到省图书馆自习室找到雀华，陪她学习了一小时，一起在金德利吃了包子喝了鸡蛋汤，东拉西扯了一会儿。雀华觉得峻明有点奇怪，他以前没这么多话闲聊，正要问，峻明终于切入正题："今天一早导师找我谈话了，问我要不要跟着他继续读博。""读呀，"雀华不假思索地说，可她觉得这话说得底气不足，就又补充一句，"并不是每个人都有机会。"峻明低头思忖一会儿，说："我不想读，我觉得还是上班好。"十月份省里几所重点初高中到他们学校招人，峻明报名，通过考核和面试，被省未来中学录用了。他们两个人着实高兴了一阵，不用托人帮忙，自己找到工作，又是重点初中，多好。

"初中数学老师不错，就是太辛苦，你知道，咱们十年寒窗可是夜以继日地学，估计你到了以后得夜以继日地教，还要改作业，要是带初三就别想轻松一刻。""对我来说小菜一碟，我过惯了这样的生活。"峻明笑笑。"读博会有更好的未来，比如留在学校任教，比如当个数学家……""比如当个历史学家……"峻明打断雀华，"我已经跟导师说了，不读了。""你？！"雀华涨红了脸，"你既然决定了，还跟我商量什么？""我想听听你的意见，我以为你会支持我去工作。"雀华冷笑："我是被迫成为现实主义者。""不过，导师说了，工作以后要是想读，还可以再跟着他读。"雀华皱眉不语。"我跟导师说了我家里的状况，导师理解。我想早点工作，早点挣钱。"雀华叹口气，有些生气，又有些窃喜，不知为什么却悲从中来，哭了。

峻明抚摸着她的头发："其实导师早有此意，只是没有明确说，我也没有主动要求。 现在到了关键时刻，导师不得不问我，我也不得不立刻答复，别耽误了导师挑选学生，也别耽误了别人的时机。据我所知，有好几个人要报我导师的博士。"雀华愣住了，这些话还是第一次听峻明说。 峻明是不是有些失落？ 从他说话的语气里没听出来。

此后一切按部就班。 偶尔雀华会问峻明："你再考虑一下，要不要读博？""导师已另有人选了。"峻明平静回答。 雀华想再问，你没有不甘？ 没有失落？ 但是她什么也没再说。 峻明的哥哥和两个姐姐都在农村，父母快六十岁了，她家又是这种情况。 唉。

转过年来，锦梅就面临高考了。

还好，最终锦梅考上了济南的一所很普通的学校，就是现在的二本学校，学服装设计。 从就业考虑，雀华建议她学会计或法律，人力资源也可以，但锦梅的分不够上这些专业。 服装设计是锦梅自己选的，歪打正着，她很满意。

锦梅是在八月底的一个星期六来到济南的。

雀华和峻明赶到长途汽车站时，锦梅正站在汽车站广场角落的一棵树下，肩上背着双肩书包，脚边放着一个蓝白相间的编织袋。 锦梅爱美，她不用盛化肥的编织袋，而是专门去镇上买了个漂亮的编织袋。 后来回家时，妈妈还朝雀华抱怨她多花钱。

锦梅穿着一件海棠红的连衣裙，裙边刚过膝，露着她结实黝黑的小腿。 锦梅的脸显然涂了增白霜，比脖子和胳膊的皮肤都白。 她笑眯眯地站在那里，小眼睛左瞧右看，既土气又稚气。

峻明骑着他那辆二手踏板摩托车，把锦梅的行李带到学校，雀华和锦梅坐公交车随后赶到。

在报到、入住、雀华帮买各种生活用品的过程中，锦梅跟在雀华后面叽叽喳喳，满脸的欢欣雀跃之色。 终于来到了向往的大城市，与哥哥姐姐团聚了，锦梅高兴得不得了。

雀华说："好好学习，争取毕业后能在济南找个工作，就能留下了。""一定一定。"锦梅雀跃着说。"哎，姐姐，我来济南了，看你不怎么高兴呢，是不是嫌我考的学校不好？"锦梅嘻嘻笑着。 雀华说："家里只剩下妈妈一个人了，怎么办？"锦梅歪头想了想："是呢。 不是还有叔叔和婶子吗？ 我来时他们说了让咱们放心，他们会帮忙。"雀华又笑笑，没说话。

国庆下了工过来时，雀华再次提出这个问题："妈妈五十岁了，一个人在家怎么办？ 叔叔和婶子能照应照应，可他们也成天忙得不行。"国庆说："地不种了，让妈也过来，租房住，正好咱们有睡觉吃饭的地方。"锦梅说："让妈不种地，还不要了她的命！"雀华说："我也担心妈妈不同意。"国庆说："我来劝妈，你们敲边鼓。"峻明在一边微笑听着。

过了几天，峻明兴冲冲找到雀华："学校最后一批福利分房，你说我要不要？""还用说？ 要啊。""可能还得交钱。""交多少？""没说多少，先统计人数，后期再交。 听老教师说，应该交不了多少，他们以前都没交过。"就这么说定了，峻明报上名。

又过了一个月，峻明告诉雀华："房少人多，学校下通知了，得是结婚的才能要房，单身没资格。"雀华心里咯噔一下："现结婚也来不及呀。""只要登记了，不举办婚礼也算，有证就行。 怎么样，登记去？"雀华心突突跳着："好啊。""哪天去？""自考快考试了，考完试吧。"峻明不高兴了："登记也就一上午，耽误不了多少时间。""那我看看哪天请假方便，最近单位事儿很多，忙得要命！""那你看看吧，有时间提前告诉我，赶上有课，我也不好请假。 不是，一说登记，你怎么推三阻四的？""没有啊，我这不是上进嘛，既要把工作干出色，又要应对会计自考，整天忙得四脚朝天不是？ 学习去了，

150

学习去了。"雀华说着，一溜烟跑进图书馆，把峻明独自留在太阳底下。

结婚一下子提到雀华面前，她有点蒙。 可芹结婚时雀华想过，但那也只是一闪念，便被她的宏大计划湮没了。 她想的是等峻明毕业了，工作稳定两年，她把自学考试考出来，干上会计了，再结婚也不晚。 早晚不说，结了婚是不是就上套了呢？ 可是结了婚，就有房子了呢。 大小不说，总算可以有个独处的地方，想学习学习，想睡觉睡觉，不用担心影响别人或被别人影响，多好啊！ 可她不明白自己为什么心突突乱跳，一刻也不得安生。

一个下午她没学进去多少。 等到傍晚，她到图书馆旁的小卖部打电话。 电话是打给妈妈的，打到小雪魏四奶奶家开的小卖部，麻烦她去叫妈妈，雀华十分钟后再打过去。 每次都是这样。 所以每次回小雪，走亲戚用的东西，只要魏四奶奶家的小卖部有的，雀华都从那里买。

雀华说了登记分房子的事。"登，快去登！ 这么大了早该结婚了，光学习哪年是个头，结了婚也不碍学习的事儿。"听出来妈妈很激动，也许故意让魏四奶奶听到。 在小雪，像雀华这个年龄的都结婚了，有的孩子都几岁了。 听到雀华吞吞吐吐，妈妈压低了声音问："怎么，你对峻明不满意？ 还有更好的等着你？""倒不是，"雀华说，"打乱了我的计划。""什么计划！ 到年龄就结婚，峻明就很好，人忠厚，还是老师。""还是老师"几个字又提高了嗓门。 妈妈接着说道："过了这个村没这个店了，房子可不是年年分。""我知道。""知道还不赶紧去登记，要为这分不上房子，有你后悔的！ 快去！"惦记着电话费，妈妈挂了电话。 要是面对面，半个小时也说不完。

过了几天，峻明人没来，也没有电话，估计有些不高兴。 雀华心里很乱，也没管他。

3

一天，国庆打过电话来，说永盛请客。"有什么好事？"雀华问。"到时候就知道了。"国庆嘻嘻笑，"我也打电话跟锦梅说了。"

晚上，锦梅早早来等雀华下班。 为了给永盛省钱，雀华找了她单位附近一家实惠的小饭店。 原来是永盛拿到了大货车的驾照。 他利用休工时间，半年多学了出来。 有了驾照，他开始跟着吊车司机当学徒。"前些天永盛哥师傅爬山崴了脚，他顶上开吊车，开得有模有样的。"国庆拍拍永盛的肩膀。

"别没大没小。"雀华训国庆。 永盛腼腆一笑。 永盛报了自考专科的机械制造及其自动化，又过了两门。"永盛你还真不简单，比孙少平还牛。"永盛脸红了，默默喝下一大口啤酒，痴痴看着雀华。 雀华被他看得不好意思，也喝了口酒。

"姐姐就要登记了，登了记峻明哥那边就分房子。"锦梅神采飞扬地说。 前天雀华和国庆去看锦梅，雀华跟他俩说了这事。 他俩一致赞成赶紧登记，雀华就没再说什么。 八字还没一撇的事，锦梅又谝了出来。

永盛手中的杯子掉落在地，碎了。 他慌忙起身，跑去拿笤帚打扫。 锦梅愣住了："永盛哥怎么这反应？ 跟他没什么大关系吧？ 姐姐，他不会对你有想法吧？ 不可能吧？"雀华瞪锦梅，锦梅赶紧闭嘴。 国庆说："胡说，他们两个人一个在地球一个在月球……"看永盛拿着笤帚簸箕过来，国庆不再说话。 服务员跟过来打扫。

永盛又拿过一个新杯子，倒上啤酒，镇定自若地举起杯子："祝贺雀华，这么多年吃苦念书不容易，总算要在城市里有自己的家了。"他变得口齿伶俐，把杯中啤酒一饮而尽。 雀华也抿了一口酒。国庆凑热闹："永盛哥，多挣钱，早点盖屋娶媳妇呀。"永盛笑笑，又倒上一杯。

第二天中午国庆来借雀华的自行车，直摇头："昨天晚上把你和锦梅送回去，永盛又拉我去吃羊肉串，说他想开大货开大货，想开吊车开吊车，有钱挣，他高兴。要了一瓶二锅头，这下可好，把自己喝进医院去了。""没事吧？"雀华很不安。"没事，就是不能吃饭，得打几天针。昨天半夜可吓死我了，他吐了一地，最后吐血了。""以后别再喝酒了！""永盛哥很会过日子，舍不得喝酒，就是喝也是一瓶啤酒。昨天要着喝，还跟我吹牛——他说他一定要干一番事业，挣很多钱，让看不起他的人高看他一眼。"听到这里，雀华叹了口气。

　　国庆又说："一个大男人，竟然哭了。他当然不会傻傻地咧嘴大哭，淌了几滴泪偷偷擦去了。"国庆说着，蹬上自行车去医院了。

　　晚上，雀华跟着国庆去看永盛。永盛脸色蜡黄，眼睛肿胀，眼圈发黑。"没事，"永盛说，"医生说了，明天再打一次针，观察一下就能出院了。这点小事，真是。"雀华劝他听医生的，又让他以后少喝酒，永盛一如往常笑着点头。

　　雀华从金德利买的小米粥，用保温桶带来，另加一小盖咸菜。永盛一开始说不想吃东西，见雀华倒了多半碗小米粥，就端起来，试着喝了几口。他低着头，喝得很慢，就像喝药一样。国庆出去了，他在哪里都坐不住。永盛抬头看雀华一眼，笑笑，继续喝。突然，雀华看到永盛的一颗大泪珠滚进碗里。她以为看花眼了，眨了眨眼，看到又有一颗掉进碗里。永盛没有抬头，继续慢慢喝着小米粥，也没有眼泪再滚落下来。怕永盛尴尬，雀华装作没看到，拉开随身背的小包装作翻找东西。

　　国庆进来，乐呵呵说道："护士说了，现在来看是没事了，永盛哥没骗咱。"永盛把碗放下，抹了一把脸，笑笑。雀华松了一口气。她看永盛一眼，想说什么，终是什么也没说。

　　星期六上午，雀华去了可芹和石怀玉家。她提前打过电话，知道上午石怀玉要去参加一个诗歌朗诵会，就挑上午来了。她有话要跟可芹说。

佳佳十个月了，白白胖胖，满地爬，还能扶着桌子站站。 雀华送佳佳一个穿裙子的小娃娃，打开电池会唱歌，逗得佳佳咯咯直笑，露出上下各两颗门牙。

"峻明说要登记，我有点……没有思想准备。"雀华就说了房子和登记的事。

可芹笑道："那就登啊，你上哪里找比峻明对你更好的人去？"雀华一愣："你这么以为？""旁观者清。 峻明不怎么善于表达，可是大家都看在眼里。""噢……""噢什么噢，你没有立即做决定，是因为你潜意识里认为还有更适合你的人吧？ 学习啦，工作啦，统统是借口。""你是说我潜意识里对峻明有不满意的地方？""是吧……也不是。 你不想有房子吗？""当然想，做梦都想。"可芹咯咯笑："这就对了。 你也早就做出决定了。"雀华被刺了一下，讪笑道："我回头就找峻明登记去。"

可芹没怎么变，还是挺拔修长，因为正在喂奶，胸大了不少。人貌似圆润了些，尖刻依旧没变。

"跟怀玉登记，我没有半秒的犹豫。""怀玉呢？"雀华不怀好意地问。"哼，他思想斗争了好久。 我装作不知道，让他斗争去。""怀玉被人宠惯了，心高气傲也正常。"可芹昂起下巴，一副胜利者的姿态："我只要结果不看过程。"

雀华拍拍她："行了，别得了便宜卖乖。"可芹笑得前仰后合。佳佳看着妈妈笑，也张大了嘴跟着乐。

第二天下午，雀华把正在批改作业的峻明约出来："下个星期三下午你没课是吧，请假去登记。"峻明冷着脸正想听她各种解释，一听这话嘴快咧到了耳根，眼角都挤出了皱纹。

多年以后雀华回忆登记时的情景，竟然模糊了。 那就像是一个梦境。 到了婚姻登记处，按规定好的程序一路走下来，最后拿到结婚证。 雀华印象最深的是结婚证有两个，一人一个。 在此之前，她一直以为结婚证是一个。 至于其他的细节，一概不记得了。 她觉得奇怪，这么重要的人生经历，细节她竟然忘了。 只记得婚姻登记处在沿街的一幢楼里，楼门朝西。

关于结婚照，她印象中是现场照的。 峻明非常肯定地说："是去西市场旁的照相馆照的，你连这都忘了吗？"雀华回忆了一下，好像是有点印象。

登记完，峻明让学校相关部门看了结婚证，就排队等分房了。

第十一章

1

一个黄昏，雀华走出单位大门，看到国庆等在门口的人行道上。国庆迎上去，不待雀华发问，低声说："跟我走。"雀华心里打着鼓跟着国庆往前走，拐进一个小巷子，看到小青笑吟吟地站在永盛和锦梅中间。"雀华姐！"小青飞奔过来，抱住雀华，"我来找你们啦！"

小青在大哥家帮着照看侄子，大哥邻居家的儿子看上小青了，托人说媒，家里人除了小青，都觉得不错。邻居家儿子在蝶城保温瓶厂上班，比小青大三岁。"工人怎么了？铁饭碗怎么了？我不稀罕，长得跟个土豆似的！"国庆嘻嘻笑："那可是个金土豆，爹妈都是老师，姐姐在教育局。"小青剜国庆一眼："就不稀罕，管得着吗！"永盛笑笑。小青又白永盛一眼："别不乐意，快帮我在工地上找个活儿。"永盛说："你干不了，太累。"

雀华瞥一眼国庆，说："小青心灵手巧，干什么都能干好，大家一起想办法吧。"

几个人一起吃了饭。锦梅跟小青年龄差得少，想让小青跟她睡一张床。大学宿舍的床太小了，锦梅又睡上铺，雀华让小青跟她一起睡。雀华的床在下铺，比锦梅的床宽十公分。

虽然床小些，两个人都不胖，分两头睡。雀华在外头，小青在里头。 小青倒头就睡，发出均匀的呼吸声。 雀华一夜一动不敢动，第二天腰就有点酸。

第二天是周六，永盛、国庆和锦梅早早过来了。 永盛见雀华不时捶一下腰，问："腰不舒服？ 两人睡太挤了吧？"雀华赶紧拿开手："没事没事。"本来说好他们几个带小青转转的，永盛说："先不转了吧，小青留下来有的是机会转。 我工友一家三口在道德街租的房子，说院里还有空房，我想去看看，我和小青住。"几个人便去看房子。

这是一个大院，里面有四五户人家。 要往外租的是两间西屋，里外间，里间有一张床，外间有一张桌子。 外面凑房子的墙搭了个小棚，当厨房。 比起老家的宽敞大院差远了，小青噘了噘嘴。 房东要价二百，说后面院子还有个大点的，三百。 小青一听，立马说："这个就挺好，一百五吧，我们长租。"房东倒也痛快，说看在老房客介绍的份上，就同意了。 永盛当场交了押金和三个月房租。

办完这些，雀华说："带我们去看看三百的那个吧。"出了大门，走了二三百米，又进了一个大院。 这个是堂屋，也是里外间，两间屋都比永盛那边大些。 外间对着的是个小厨房，厨房与堂屋隔一米，仅能过一个人，所以外间见不着光。 里间窗户对着大院的主路，能照进去光。 厕所跟前面那个大院一样，院里四五家共用一个，左男右女，有人上就关上门。 雀华把国庆拉一边，说："妈妈要愿意来，住这里正好。"国庆说："我是巴不得，可是妈妈听谁的劝呢？""试试吧，先租下，我负责把妈妈拉来，你们负责做思想工作。"于是国庆前去讲价："也便宜五十吧，便宜了我们租。"房东说："二百五不好听，二百六吧。""二百四，我们诚心租。"锦梅说。房东犹豫一下，看看他们，说："我表姐的房子——行吧，我替她做主了。"

国庆掏出钱包，雀华拉住他："我来，你的钱攒着娶媳妇。"锦梅咯咯笑，眼睛寻向小青。 小青装作看房子，闪身进了里屋。

永盛急着添置家具。 他的意思今晚就让小青住过来，他也过来陪着。 雀华明白他的心思，他担心小青住她那里影响她睡觉。

于是兵分两路，雀华带着小青和锦梅打扫卫生，永盛和国庆去姚家二手市场买家具。

下午四五点钟，永盛的房子已收拾停当。 里外间各一张床，还有个半新的大衣柜。 国庆也捎带着买了两张一米五的木板床。 两个人从工地上借了三轮车，一人一辆蹬回来。 晚上永盛又把他和小青的行李拉过来。 还没买垫子，铺上褥子也可以睡。

第二天雀华叫上峻明，带着锦梅和小青置办家用。 不敢置办太多太好，怕妈妈不来白忙活了。 但雀华深知，如果不先斩后奏，想跟妈妈商量通了再过来租房子，除非太阳从西边出来。 努力一把吧，大不了亏去三个月房租。

小青边卖力干活边说："雀华姐，你也帮我看看，我什么活儿都能干，洗衣服、做饭、看孩子、打扫卫生，在饭店端盘子刷碗都行。"雀华宽慰她道："不难找，别着急，我上班后找同事打听一下。"其实雀华心里一点底也没有。

周一吃过中午饭，雀华倒掉暖瓶里的水，从锅炉房接来新的热水，帮仇老师泡上茶，就跟仇老师说了小青的情况。 仇老师问："姑娘脾气怎么样，内向还是外向？"雀华说："外向，爱说爱笑，心灵手巧还能吃苦，挺讨人喜欢的，反正我很喜欢她。""卖衣服愿意干吗？我姐夫的妹妹在洓口批发衣服，也零售，她那里缺个看店的。""太好啦！ 太好啦！""那我问问她，你也问问姑娘的意见。"

当晚，雀华就把这个消息告诉了小青，小青很高兴："我去我去，给多少钱都干，只要够吃的就行。"

第二天，雀华把小青的意思说了，仇老师支吾着说："那边变卦了，又不想找人了，说暂时还忙得过来。 我再打听打听别的吧。"雀

158

华嘴里说着没什么，心里很失望。 想到刘会计，觉得刘会计这么忙，就没给刘会计打电话。 就打电话问峻明，峻明说跟同事说了帮着留意一下。 雀华又给其他几个中年女同事说了，麻烦她们帮着打听一下。

下了班，雀华硬着头皮把这话给小青说了。 小青说："没事没事，哪有一说就成的。 我自己也去街上的饭店问了，都不缺人。 我明天再去别的地方转转。"永盛也让雀华别急。

雀华却着急，学习时也想这事，晚上做梦都在帮小青找工作。她听同事说有个人才市场，打算周末带小青去看看。

周四一上班，仇老师告诉雀华李老板两口子实在忙不过来，还是要招人，就给了雀华一个地址。 晚上，雀华把写着地址的字条给了小青，打算周末陪她去一趟。 周五中午小青跑到公司门口找雀华，说她自己去了浽口，跟李老板谈好了，第二天就去上班，卖衣服。"那么多衣服，真好看！"小青一脸向往。

雀华如释重负，嘱咐小青好好干："你给国庆捎个口信，计划提前了，我这个星期回小雪，让他抓紧准备。""准备什么？"小青问。雀华笑道："让国庆给你说吧。 你有口信要捎吗？""告诉我爹妈我找到活儿了，让他们放心，别再生气了。"雀华答应了，来不及送小青上公交车就跑回办公室，向仇老师道了谢，找孙主任请了半天假，打了辆出租车赶往天桥。

魏老三家的车就停在天桥底下的临时停车点，两点发车回蝶城。雀华赶到时是一点五十。 魏老三脖子上挂着卖票收钱的黄书包，正站在车门口东张西望。"快点快点，要发车了。"看到雀华，他跳下车朝雀华招手。

2

雀华回到小雪是晚上七点多，正赶上停电，村子里一片漆黑。

雀华深一脚浅一脚从公路上走回家。 轻轻推开大门，看到屋门敞着，妈妈正在烛光下剥花生。 烛光跳动，妈妈的影子被烛光拉得很长。 妈妈的身影孤独而又寂寥，雀华鼻子一酸，眼泪在眼中打转。 如果爸爸不出事，现在国庆大学也快毕业了，锦梅刚上大学，峻明研究生毕业，说不定她也考上研究生……生活中哪有这么多如果，雀华抹一把眼睛，咳嗽一声。

看到雀华，妈妈又惊又喜，急忙起身，起到一半，"哎哟"一声又坐到马扎上。 雀华跑上去扶住，妈妈揉揉右膝，在雀华搀扶下起来。"没事没事，"没等雀华发问，妈妈说，"这几天晚上剥花生坐的时间长点，膝盖有点疼，活动活动就好了。"妈妈说着甩了两下腿，走到大桌子旁给雀华倒了碗开水，就忙着给雀华做饭。

雀华注意到妈妈走路有点瘸，定是膝盖还疼，就举着蜡烛与妈妈一起走进厨房。

厨房的橱子里一点剩菜都没有，只有一盘辣椒炒咸菜。 雀华问："妈妈，晚上吃的煎饼卷咸菜？""哪有，菜吃完了。""什么菜？"妈妈想了一下说："是……是炖的白菜。""哄谁呢，吃的什么还得想半天，就是吃的咸菜。"妈妈争辩："一个人还用顿顿做饭？ 晚上吃咸菜就行。""跟我去济南吧，晚上做饭给我们三个吃，省不少钱呢。""等我干不动地里的活再说吧。"还是那句话，雀华听了有些气馁。 不过，不能气馁，得想办法。 妈妈麻利地给雀华炸了个花生米，橱子里有煸好的咸肉，配着土豆片用辣椒炒了一盘。

雀华一边吃，一边说了小青去济南找工作的事，还说到租房子和便宜的房租，并强调，一家人一起吃饭，吃得好，还能省出房租。妈妈剥着花生听着。"我看小青大半是奔着国庆去的，她从小就喜欢国庆。"雀华边说边察言观色，妈妈似乎并不意外，面不改色地剥着花生："小青在家是老小，上面两个哥哥，一家人惯着她，太任性。""我知道，她初中毕业，文化也不高，"雀华说，"可国庆只是高中毕业呢，妈妈，你想想吧，他要是在济南找个打工的外地姑娘，不知根不知底的，要再跟人家去了人家的老家……""别想！"妈妈打断雀华的话。

雀华笑笑，便又说起小青逃婚的事："小青也不是攀不上高枝儿。"妈妈听了，若有所思。 雀华趁热打铁："小青是有点任性，可她也能干，要是愿意干地里活，也是好把式。""我怎么想怎么觉着国庆有点亏。"妈妈有些松口，"就是不知道国庆怎么想的？""我除了上班还要学会计，忙得不行，国庆钻钱眼里了，更是不肯歇班，我一个月见不到他几次。 你要去了，他总得回去睡觉吧，你探探他的想法，做做他的工作，他听你的话。"妈妈沉吟不语。"现在农闲，该收的收了，该种的也种了，你老人家就去住一阵吧，也看看你闺女儿子上学工作的城市。"

在雀华的劝说下，妈妈动心了："去看看也行，可不能长住。""好，您说了算。"雀华心花怒放，并不表现出来。

第二天，雀华又催着妈妈把地里不放心的活儿交给二叔和二婶，又留下家里一套钥匙给他们，雀华把自己办公室的电话也留给了他们。 随后，她帮着妈妈把家中里里外外收拾一遍。 收拾间隙，她跟妈妈去了小青家，说了小青的情况。 小青妈唉声叹气，不停地抱怨小青，小青爸反倒没什么，说："强扭的瓜不甜，随小青吧。"

第三天，也就是星期天，早上七点，雀华和妈妈带着大包小包五六个，坐上了魏家老三那辆破旧的大巴车。 魏家老三殷勤地帮着她们把行李往货架上塞，那两床大棉被实在塞不下，就先放在最后一排无人的座位上。

经过六个多小时的走走停停，下午一点四十二，大巴车停在天桥附近的临时停车场。 国庆蹬着三轮车，笑吟吟地来到大巴车门口。雀华又惊又喜，联系国庆不方便，她本打算租一辆三轮车去道德街的。 国庆朝她挤挤眼："神机妙算。"妈妈眼神犀利："怎么，你们想好的点子哄我来是吧。"国庆嘻嘻笑:"不是不是,我反正也要接姐姐,等着好吃的。"

行李放在三轮车车厢里,雀华和妈妈坐在车厢沿上,遇到上坡雀华就跳下来,帮着国庆推上去。 妈妈打量着这座城市:"楼高点,路宽点,人多点,还有山……""剩下的都跟小雪差不多,嗯,比不上小雪。"国庆接话。"滚!"妈妈气笑了。

他们回到道德街的房子时,锦梅正在厨房里烧水,茶几上摆着买来的几个菜。 雀华回老家这两天多的工夫,房子被锦梅和国庆收拾得像模像样了。 外间有沙发、茶几、衣柜,靠墙铺了一张一米五的床。 里间除了一张一米五的床,对着大床又铺了张一米的小床,中间仅有过人的空儿,里间也有一组衣柜。 家具大都是新的,只有里间的衣柜是六成新的。"不是说买的旧家具吗? 怎么是新的?"妈妈心疼地问。 国庆说:"旧货市场里面也有卖新家具的,比旧的贵不了多少,不如买新的,就是质量差点,柜子是三合板的,床是松木的,也不大厚实,只要不当成蹦蹦床,睡觉没问题。"

厨房里的煤气罐和炉头是房东的,锅碗瓢盆是国庆买的,一应俱全。 国庆下了一大锅面条,一家人就着菜吃了。

下午,妈妈让雀华带着去了菜市场,买了肉和菜,又买了油盐酱醋和一些零碎东西。"东西真贵! 太贵了!"妈妈嘟囔了一下午。"小雪是世界上最好的地方!"国庆嘻嘻笑着,"妈妈你不就想说这吗?"妈妈白了国庆一眼。

忙活了一下午,晚上大家吃上了水饺。 雀华把峻明叫来,锦梅把小青和永盛也叫来了。

上大学时峻明去过雀华家一次。 那时爸爸还在世,见峻明书生气浓,一副单纯可靠的样子,爸妈很满意。 再次见到妈妈,峻明有些拘束。 妈妈见峻明虽然仍有书生气,但成熟多了,很是欢喜,眉眼里都带着笑,说:"几年不见,峻明还那样,快坐吧。"峻明笑笑,挨着国庆坐下了。

永盛本不想留下吃饭，他陪着妈妈坐了一会儿，就想回他那边。"我买了一份拉面，吃完了还要看书。""看书不差这一会儿，别跟雀华似的整得自己这么累。"妈妈命令的口气，"别走了。"永盛才又坐下。

包水饺慢，吃起来快。很快大家吃完水饺喝完水饺汤，汤足饭饱。永盛第一个走的，说是去看书，自考快到日子了。小青却不说走，跟妈妈说起来没完，还问这问那的。妈妈也问得仔细，问她卖衣服怎么样，钱给多少，吃得怎么样。小青一一作答。"活不累，钱也不少，除去吃住，我算着一个月差不多能存二百。"妈妈咧嘴笑了："不孬。"

峻明和锦梅周一一早有课，先后回去了。等国庆看表时，小青也恋恋不舍地回去了。雀华坐车顺，打算第二天一早直接去上班。国庆更是不回去，他住够了大通铺。

只剩下他们母子三人时，妈妈一边收拾一边问："国庆，你看小青人怎么样？"雀华一愣，没想到妈妈开门见山，没有一点过渡。"不错呀，小嘴巴巴的，又能干又会挣钱。""别装疯卖傻，我是说你能相中她吗？""相中？相中什么？"国庆嗑着瓜子嘻嘻笑。雀华不知道他是真没听明白还是本就对小青无意所以装。"我看她对你有意思，你对她有意思吗？要是有，就让她做我的儿媳妇。"妈妈不跟他来这一套。国庆把手中的一小把瓜子往茶几上一放："我想想吧，以前还真没想过。""要想多长时间？""或许明天，或许后年……想好了就告诉你，或者姐姐。"国庆看雀华一眼。妈妈生气："小国庆，你给我正经说话。"雀华说："妈，不带这样的……"国庆又抓起瓜子："跟菜市场买菜似的。"

妈妈气鼓鼓地也抓起一把瓜子。国庆把瓜子嗑得嘣嘣响："妈，你催着姐姐登记，逼着我娶小青，哪是关心我和姐姐的人生大事，分明是想着自己的任务完成一个是一个。""小国庆，你又气我。"妈妈扬起巴掌。 国庆嘻嘻笑着伸过头去，妈妈在他肩膀上猛拍几下。

3

妈妈住下来之后，学会了用煤气炉做饭，并且迅速熟悉了周围环境，菜市场在哪里，附近哪里有早市、哪里有大集，都摸得一清二楚。 今天添点这，明天添点那，这两间小房子就很有家的样子了。国庆在姚家旧货市场买了辆二手自行车，天天晚上回去，锦梅周末回去，雀华隔三岔五回去。 自从工作后，峻明不再做家教，但工作很忙，时常加班备课、改作业，他不忙时也过去一起吃饭。 五口人坐沙发的坐沙发，坐马扎的坐马扎，家常便饭，吃得热火朝天。 有那么一刹那，雀华似乎希望时光停留在此时。 但时光不会停留，雀华也不想让它停留——她还有很多小目标，需要假以时日来实现。

自考成绩出来，雀华会计专业的最后一门科目也通过了。 她闭上眼，长长地舒了口气。 不能放松，还有毕业论文。 她把成绩单塞进包里，在公共电话亭给刘会计打了个电话，一是报喜，二是想请教一下毕业论文的事。"胜利在望了，祝贺！ 稍等——"刘会计跟旁边的人说了些什么，又继续对她说，"去图书馆看十篇以上会计专业的论文，再根据你的兴趣选一个方向，一篇论文对你来说不难。 有问题随时联系我。"放下电话，雀华直接去了图书馆。 她打算年前赶着写完，自己定稿后给刘会计看看，年后再完善。

得知雀华自学考试最后一门也过了，妈妈很高兴。"艺不压身，学到手里就是活。"妈妈并不十分了解再学一个专业有什么好处，但她还是满心欢喜，"趁着还没结婚生孩子学出来正好，生了孩子就没空了。"

妈妈打算为雀华庆贺一下，时间定在星期六晚上。"把永盛和小青也叫上。"妈妈说。 妈妈总是找各种机会把小青叫过来吃饭，不过国庆那边似乎没什么动静。

晚上六点半，不怕凉的菜都摆上了桌子，炖菜也已做好，其他热菜早已顺好，只等人齐了立马就炒出来。可是等到七点，还不见国庆和永盛的影子。平时，国庆六点左右就能到。小青星期六上班，离得远，今天六点半前也赶回来了。

七点半了，两人还没回来。锦梅到门口小超市去打公用电话，回来说国庆办公室电话没人接。众人以为在路上，又等了半个小时，还是没回来。雀华担心有什么事，又不敢表现出来，就说："可能被什么事耽搁了。"小青说："国庆成领导了，有事耽搁正常，我二哥是干活的，早该回来了呀。"锦梅说："说不定两个人被人拉着喝酒去了，忘了这回事。"妈妈说："咱们先吃吧，每样给他们留一点。"

大家心中忐忑，勉强说了几句祝贺的话，潦草地把饭吃完了。妈妈到大门口看了好几趟，还是不见人影。雀华说："我骑车去工地看看。"峻明说："我也去。"两人刚站起身，门被推开了，永盛进来，说："出了点事，有民工讨薪，把国庆打了。"众人上去七嘴八舌问情况，永盛说："都检查完了，没事，在医院住两天观察一下。"

永盛是来家里报信的，顺道帮国庆拿东西。妈妈给永盛热了饭，等永盛吃完，又给国庆带上饭。众人随永盛来到医院，见国庆正倚在病床上看电视，头上包着纱布。妈妈一看就抹开了眼泪，国庆嘻嘻笑："装装样子吓他们的。"

工地上四个月没发工资了，还有两个来月就要过年，有民工就沉不住气，吵着要工资。经理正要下班，被他们堵在门口，要求他元旦前发工资，经理坚持春节前发，比以前答应的又往后推了一个月。国庆说了公司的资金周转情况，让大家体谅。说来说去就发生了冲突，几个壮小伙子开始推搡经理。经理是南方人，个子小，不经推，国庆就上去拦着，被人拨拉开，骂他狗腿子。后来这些人围攻经理，国庆就护着经理，头上就挨了一砖，血流满面。趁着天黑看不清谁打的，那些人把经理打得鼻青脸肿。 听到警笛响那些人才一哄而散。

是永盛报的警。 一边是工友一边是国庆，劝不住工友，永盛也不参与他们的活动，站在一边干着急。 看形势不好，永盛跑到国庆办公室打了报警电话。

"我除了招架，没有还手。"国庆吃完饭抹抹嘴说，"就我小时候学的梅花拳，加上工地干活练就的体格，普通人三五个还真沾不上边，我接受教训了，再也不动手打人。"说完，他很无辜地看着众人。 雀华说："你知道就好。"小青借着递水凑他耳边问："这一砖是不是为了巴结经理替他挨的。"国庆撇嘴："你看见了？""我猜就是，有什么好处没有？""你这人，光想着好处。"国庆嘿嘿笑了，"真不是——说起来也是，过后我就这么跟经理说。"小青一笑，扭身去刷饭盒。

国庆在医院住了三天。 第二天是星期天，雀华在医院陪着，妈妈做饭，锦梅送饭。 国庆让雀华不用担心："皮外伤，没事。 有事我能觉出来。 住院就是为了吓唬人，我对外还说我要傻了呢。"等检查结果全部出来，雀华看了，确实没事，连医生担心的轻微的脑震荡都没有，才放下心来。

从心里，雀华对商人有成见，尤其是南方商人，总觉得他们不实在，说话好听挣你钱毫不含糊。 她说："你也别跟经理走太近，民工不容易，工资得发。 工资拖了四个月，你怎么没说？ 手里还有钱吗？""我的发了，"国庆嘻嘻笑，"这就是跟经理走得近的好处。 合适的时候我会侧面说几句，我也希望发了工资大家都回家过个好年。 永盛的工资也没发呢，不过别担心，他会过，存款不少，一年不发工资也够吃够用。"

雀华叹口气说："我知道，没能上大学你不服，你心里一直憋着一口气，非要混出个人样儿来给人看看……"国庆嘻嘻笑："谁爱看不看——时代不同了，机会多了，不上大学照样能混出人样儿。"雀华说："爸爸不是常说，君子爱财，取之有道。 爸爸虽然文化水平不高，在镇政府也见了很多人经了很多事。""我记得清楚着呢。"见雀华还锁着眉头，国庆说："别苦大仇深的，我有数。 我朱国庆保证不犯错误。"雀华盯着国庆，国庆把右手举起来："我保证。"

星期一小青正常歇班，又换休了一天，所以星期一、星期二小青都在医院陪国庆，没人送饭，她就骑着国庆的自行车在医院和家里两边跑。

星期二下午国庆出院，两人是骑着一辆自行车回家的。 先是小青照顾国庆是病号，非要带着他，后来国庆实在看不下去上坡时她吃力的样子，就跳下来带着她。

妈妈正在小院门口张望，看到国庆骑着自行车过来，后座上坐着小青，小青搂着国庆的腰。 妈妈脸上乐开了花，怕羞着他们，转身回了院子。

国庆在家养了几天，拆了线，好得差不多了。 不过头还是用纱布包着，医生怕感染，国庆更乐得这样，他要把这副光辉形象带到工地上让民工和经理都看看。

星期六，雀华、峻明、锦梅都在。 吃过晚饭，小青照例到家里来玩，她穿了一件新的杏黄色羽绒服，衬得她既精神又妩媚。 锦梅看看她，窃笑着瞅一眼国庆。 国庆说："小青，把永盛叫来。"小青说："我二哥在学习，上一门没过，下一门得过。"国庆说："不差这一会儿，我有事要跟他说。"小青出去，不一会儿跟永盛一起进来了。 等小青和永盛在马扎上坐下，国庆站起来说："今天人比较全，我向大家汇报一件事：我跟小青恋爱了。""干什么呀！"小青白了国庆一眼，扭捏着低下头。 国庆嘻嘻笑着扫了锦梅一眼："谈恋爱就光明正大地谈，又不是见不得人的事儿，省得有人整天阴阳怪气的，好像我有小辫子被她抓手里似的。"

第十二章

1

毕业论文写完是在子夜十二点二十七分，雀华关上办公室电脑回到宿舍。 本以为完成任务能睡个好觉，没想到过于兴奋，辗转反侧好不容易睡着，五点多就又醒来。 睡梦中感觉似乎有几个地方要改，她一早爬起来又去了办公室。

梦中的那几处实际仅有一处需要修改。 雀华改完又顺了一遍，才感觉有些累，起身来到窗前。 她看到一辆银灰色的小轿车正徐徐开进公司，停到了靠南墙一个不起眼的角落。 那是一辆新车，在三厢车里面属于个头较小的，看起来不是气派型的，但是让人感觉平实、舒适。 从车里走出来的是张主任，不，应该叫他张经理，他现在是江苏分公司的经理。

就像看到她似的，张主任进了办公楼，一会儿敲响雀华办公室的门。"我看到我待了好几年的办公室窗前站了一个人，"果然他看到了她，"怎么，这么早加班赶材料？""昨天写完了，今天早过来再看看。"张主任瘦了，也有些黑了，但是精干了不少，精气神十足。 看来他走是走对了。

闲聊了几句，张主任说："前一阵跟财务上打交道，才知道刘会计离开公司了。""是，张主任……不，张经理，您去外地没多久，刘会计就跳槽了。"对于称呼问题，张主任并没在意，只是笑笑，又说："问了问，好多人都不知道她去了哪里，也没跟我这个老同事打个招呼。 我跟她同一年进公司的，在车间实习时一起待过半年。"听张主任的意思，是想向她打听刘会计的去向又不好意思直接问。

雀华犹豫了一下，想到张主任人不错，又跟刘会计同一年进公司，告诉他情况刘会计应该不会怪罪，就说："刘会计就这样，比较低调，我倒是知道她去了哪里，那是家外企，待遇挺好……"她就把公司的名称和刘会计办公室的电话告诉了张主任，至于刘会计的手机号，她脑子里转了好几圈，终究还是没说。 张主任从包里掏出手机，把刘会计办公室的电话认真地输了进去。 张主任也配手机了，雀华羡慕得不得了。 公司也就销售上的经理配了，别的部门同级别的都没配。

正聊着，仇老师进来了："哎呀呀，大经理来了，你这又配手机又买车的，了不得了啊！"张主任谦和地笑着："公司给的机会，还得好好努力，向销售模范赵经理学习。"又寒暄了几句，张主任就走了。

仇老师关上门："我刚才听到你们说起刘会计，是不是张主任向你打听刘会计的情况了？"雀华点点头。 仇老师的表情变得丰富起来："他还这么关心刘会计——当年，他们刚进公司那会儿，他可是追了刘会计好几年。""没追上吗？ 他俩倒挺般配的。""人家刘会计有男朋友呀，大学同学，直到刘会计结婚，他才不追了。""哦，大学同学，挺好的。""张主任的媳妇，依我看，比刘会计漂亮多了，还比刘会计小四五岁。"这话雀华有点不爱听，就没再接话，打开电脑开始工作。

接下来的一个星期，雀华把论文又看了几遍，也找不出什么需要修改的地方。 要不就麻烦刘会计看看吧。

一个周六下午，雀华去了刘会计家。 除了论文打印稿，她给刘会计的儿子买了把玩具长枪，打起来嗒嗒嗒的，雀华自己都喜欢。

刘会计的儿子亮亮六岁半，刚上小学，虎头虎脑的，不像刘会计那样斯文，一定是随他爸爸了。 亮亮果然喜欢那把枪，嗒嗒嗒扫射不停。 后来，刘会计把枪收起来，让他去写作业，写完再出来玩。亮亮看了看枪，不情愿地进了自己房间。

刘会计的老公，也就是仇老师说的她的大学同学，没在家，也许是加班去了吧。

她们聊了一会儿，刘会计就看论文了。 雀华没想到刘会计会立刻看，她本想这次送下论文，等刘会计抽空看完了她再来听听意见。刘会计说论文不长，不想让她再跑一趟，就直接看了。"聊天我们可以在电话里聊，说论文就不太方便。"刘会计说着扶了扶眼镜，低头看论文。

雀华就翻看书架上的书。 书架上基本是会计类的书，有注册会计师考试用书，还有注册审计师考试用书。 雀华拿出一本注册会计师用书翻看，看到刘会计在空白处写的字和在文中画的波浪线，全部整整齐齐。 书的内容很难，雀华看得很吃力，但是她不怕，有一天她也会把这些啃下的。

刘会计的书桌就在卧室，卧室里没有梳妆台，书桌代替了梳妆台。 卧室里有一张双人床，一个四门衣橱，一个书架，一张书桌，满满当当的却一点都不乱。

目光再次从床上扫过的时候，雀华愣住了：床上只有一个枕头一床被子。

刘会计跟老公分房间睡吗？ 不可能的，另一个房间雀华看了，有一张一米二的床，上面放着玩具，显然是他儿子的。 这张床对面贴着另一面墙铺着一张约一米的小床，看床上陈设显然是看孩子的老人住的。

雀华心里正犯嘀咕，有人进来了，是一位六十多岁的老人，提着一兜子的肉和菜，还有一条鲤鱼。"我爸，"刘会计介绍，"帮我看孩子，照顾家。"跟雀华打过招呼，老人就去厨房忙了。 见父亲回来，不用兼顾着儿子了，刘会计关上房间门。

在刘会计看论文的两个小时里，她接了两个电话，全是单位里的事。 这个时候，刘会计冷静知性，言简意赅，一副职场成功女性的做派，令雀华既钦佩又向往。

又用了一个小时，刘会计跟雀华讨论了她的论文，并提出中肯建议。 让雀华高兴的是，刘会计肯定了她的论文，并在几个地方提出问题，让她回去再查资料完善。 跟刘会计读过的书上一样，雀华的论文上面也留下了刘会计整齐的标注文字。

说完论文，雀华把张主任要刘会计联系方式的事说了，并强调手机号没敢贸然给他。 刘会计笑笑："张主任呀，能干，以后能有大出息，在车间时我就看出来了。"

等她们推门出来，看到桌上已经摆上两样菜，亮亮正玩着枪看奥特曼动画片，刚才在卧室时，雀华就听到亮亮嘴里和枪同时发出的嗒嗒声。 雀华想回去，刘会计当然不同意："我早就跟我爸说好了，准备好几个菜招待我朋友。 别有压力，你不来，我们周末也要改善生活的。"

菜很快齐了，大家入座。 雀华不安地四下看看。 刘会计说："吃吧雀华，人也齐了。"雀华拿起筷子。 刘会计父亲红烧的鲤鱼真香，雀华想起爸爸炖的鲫鱼来。

大家吃得正香，刘会计的手机响了，刘会计"喂"了一声，静静地听着，最后温柔地答了一声"好"，就挂断了。 刘会计摸摸儿子的头："明天中午爸爸带你去吃肯德基。"

吃过饭，刘会计送雀华去公交车站。 好几次雀华欲言又止。 刘会计看着雀华："你一定好奇，亮亮的爸爸怎么不在家——我和他离婚了。""你们……你们不是大学同学吗？""是啊。 他跟别人好上了，我们就离婚了。 亮亮三岁的时候，三年多了。""哦……是……是这样。"雀华的下巴都要惊掉了，却极力不表现出吃惊的样子。 刘会计一向淡定从容，雀华一直以为她是泡在蜜罐里，根本看不出曾经历过这样的变故。

"公司里就几个人知道，我请求他们保密。 不希望被大家同情和议论。"亏得仇老师不知道，她要知道，整个集团公司都会传遍。"原来是亮亮奶奶看他，后来我爸就来了。 我爸看孩子不是很在行，不过我妈来不了，她要给我弟弟看孩子。 咱们中国的传统，爷爷奶奶看孩子天经地义，所以我妈要以我弟弟为主。"雀华心里五味杂陈，论文完成的喜悦一冲而散。 刘会计笑笑："别担心，你看我不是过得挺好？"雀华想起了张主任，但她什么也没说。

2

认真改了几遍，毕业论文终于定稿了。 国庆笑话雀华："大姐，何苦这么认真？ 差不多就行了，自考学校的指导老师一看肯定过，顺利通过皆大欢喜，不耽误老师时间，学校也顺利挣到钱。""就你没好心眼子。""我说的是事实好不好啦。"国庆跟着他的南方经理学的，有时候说话也故意带个"啦"字。

自从国庆被打之后，经理格外看重国庆，把他升为办公室副主任兼经理助理，没人的时候都跟他称兄道弟了。 国庆劝说经理，过年不发工资肯定要出事，全发也不现实，一个月一个月补发，上下都顺利过年。 经理接受了他的建议，果然管用，只要发上一个月工资，大家就不再去闹。 对外，国庆只说他的工资也没发全，有时也跟着工人骂经理几句。 连小青都相信他的工资也没发全。

雀华知情，劝他说："能不能跟经理说说，把永盛的工资也都结清了。""不可能，没有不透风的墙，传出去我不好做人，对永盛也没好处。""永盛不说谁知道？""财务上不是一个人。 别说永盛不缺

172

钱，就是缺也不行，我宁肯借点钱给他。"

同样的话小青也跟永盛说过："二哥，你走走国庆的后门，把欠你的工资发了呗。"永盛说："别难为国庆了，国庆自己的都没发。"说完永盛看了看小青，想说什么，又没说。小青说："唉，白替那黑心的经理挨一砖。"正说着，锦梅在门外喊小青，小青就收拾收拾东西出去了。

锦梅放寒假后，被小青拉着帮忙卖衣服去了，每个月给的钱够锦梅在学校的生活费。年底了，衣服卖得多，需要人手。锦梅发现，同样的衣服在市里要比涿口贵十到四十块钱不等。她就跟小青商量，从老板那里按批发价拿货，在夜市和早市上卖，卖完的给钱，卖不了的拿回去。老板信任她们，同意了。小青还恳请老板娘出面，帮她们从其他老板那里拿了一些中年妇女的衣服代卖。因为锦梅给妈妈选了一件丝绵外套，街坊都说好看。

槐荫广场西边那条街上有早市和夜市，人很多，跟农村赶大集似的。一早一晚锦梅和小青在那里卖。锦梅瘦高，小青丰满，两人卖什么穿几天什么，花枝招展，一高一矮、一胖一瘦，相得益彰，加之衣服物美价廉，很能吸引年轻女性眼球。后来妈妈也跟着帮忙。妈妈个子不高，长年劳作的缘故，身子瘦而轻便，穿上衣服也好看，是中老年服装的模特。

国庆早早地就跟妈妈打招呼了，今年他不回家过年了，看工地，工资加倍，经理私下还给奖励。妈妈乐呵呵地答应了。锦梅说："我也不回去了，衣服能一直卖到年根儿，初五圆年后我就去市场卖衣服，能挣点是点，不挣也不赔什么。"让她刻苦学习她不干，卖衣服不嫌冷也不嫌累。"一家人都在这里，妈妈你还回去做什么？地里也没活。"雀华看妈妈脸色说，"中老年服装挣的钱都归你，你算算账吧，干半年是不是比种一年地挣的钱还多，又不脏不累的？"雀华就跟妈妈算了一笔账，算来算去，干五个月挣的钱就比在家种地一年挣的钱多。 妈妈看了一遍又一遍。"准吗?""这点小账再算不清,我姐姐的会计白学了吗?"国庆捏起桌上的花生扔进嘴里。

"不回就不回,年根儿在这里给你爸烧刀纸,他一样收到。"一句话说得一家人悲欣交集。

放寒假前峻明带来一个消息:他同宿舍的那位老师要趁着寒假结婚,提醒峻明想办法提前占下这个房,峻明就拿着结婚证找了工会领导,工会领导答应最后一批福利分房下来前,这间房不再安排别人,先让峻明住。

"房子还不知哪年分下来,好歹这也有一间房,明年结婚吧!"峻明兴冲冲地说。"是不是有点太急了? 什么都还没准备呢。"雀华说。"有什么可准备的,房子小,也放不下多少东西。 你想想,有了一个独立房间,晚上你也不用去单位学习了,家里人也可以过来坐坐。"一间自己的房子,想想就让雀华向往!

晚上,雀华悄悄跟妈妈说了这件事。 妈妈说:"太好了,别拖了,你和峻明收拾收拾,明年五一就结婚吧,你也不小了。"想想也是,赶年就周岁二十六岁了,不说在小雪的同学,可芹的孩子都两岁了。 跟国庆和锦梅一说房子的事,两个人也都很高兴。

雀华就同意了峻明明年结婚的想法,但是没说妈妈要求五一结婚的事。 峻明当然高兴,当即说:"就五一吧,我已经写信给家里了。""你自作主张五一,我得跟家里商量一下。"雀华想着怎么也要矜持一下。 峻明说:"明天我过去,正式跟阿姨说这事,请她允许把闺女嫁给我。""这还差不多。"雀华歪着头笑。

峻明搂住雀华,亲吻她,把她缓缓放倒在床上。 这是在峻明的宿舍里,窗帘拉着,光线昏暗,窗外传来人声、车喇叭声以及一两声鸟鸣。 雀华推峻明:"这是在你宿舍。""现在是我的了,没别人再来。""等结了婚吧。""领证就是结婚……"窗外又传来鸟鸣,那是喜鹊的叫声,黑白相间的花喜鹊,在济南,极少见到小雪那种灰喜鹊。

冬日的黄昏极短，天很快就黑透了，小屋里一片黑暗。 雀华起身穿衣服，峻明说："我送你回去，今晚就跟阿姨说结婚的事。""不用这么着急。""早定下来早放心，就是我有点紧张。""紧张什么，我妈又不是老虎。 当然，你要欺负我，她老人家比老虎还厉害。"峻明嘿嘿笑："阿姨的脾气我是知道的。"

两人骑自行车回到道德街小屋。 一进门，煤气味儿扑面而来，雀华被呛得一阵咳嗽。"怎么回事儿？"雀华边咳嗽边问。"今天南风，烟囱倒烟。"妈妈说。"那不行，太危险了。"雀华说着把窗户拉开一条缝。"一个冬天刮不了几次南风，以后再刮就开点窗户。"妈妈并不当回事。 国庆说："生炉子就是麻烦，明年租带暖气的房子。""太贵了，别花冤枉钱。"妈妈说。 峻明看了看烟囱露出屋外的部分，说："过两天我把外面加上个三通，出烟能顺畅些。"

吃饭时峻明就把打算明年五一结婚的事郑重地提出来，妈妈当即同意。 峻明又带着愧意说："就是我家条件一般，可能婚礼不如人家场面大。""这个不要紧，日子在人过，以后你只要对雀华好就行了。"峻明点头赔笑，既开心又诣媚。

雀华的事定下来，国庆的事就提上了日程。 妈妈先问小青，小青说："过年回家我就跟爹妈摊牌，料他们也不会反对，反对也白搭，我不听。""好好说。"妈妈嘱咐小青。 永盛照例为了高工资不回家过年，他说先看看父母的意思再说，他觉得会同意，不同意他过了年再回去说说。 妈妈想来想去，让国庆以她的名义给小青的父母写封信，大意就是她很喜欢小青，小青和国庆也情投意合，问问他们的意思。 这封信要在小青回家之前先到家。"显得正式，虽然是老邻居，该到的礼数得到。 我要在家，就得请媒人去说，这过年不回去了，也只能这样。"小青和永盛听了很高兴，真心佩服妈妈的做事方式。

私下里国庆有些不满："我俩的事儿，不用你老人家这样求人家。"妈妈说:"这可不是求人的事儿,按小雪的规矩,男方家里要主动,给足女方家面子,懂吧?"其实还有些话妈妈没跟国庆说,却跟雀华说了。 妈妈担心小青的父母不同意:"国庆现在这样,小青的爸还好说,小青的妈眼高鼻子洼,势利得很,仗着闺女长得有个样儿,不准相中国庆。"雀华心里也是一阵酸楚,并不表现出来,笑道:"正常,要是国庆考上了大学,你不还一样相不中小青。""我是那样的人吗?"妈妈心虚地撂下一句,起身进了厨房。

3

姜还是老的辣,妈妈看人看事就是准,果然小青妈不同意。 小青妈没说没相中国庆,只说国庆一家以后肯定都在济南,她只有一个闺女,不想闺女走这么远,在小雪附近找个人家就好。 小青也被关在家里,不让出来了。

这些是永盛给大哥打电话时得知的。 后来永盛再往大哥那里打电话,小青妈直接让永盛传信儿给国庆妈,说不同意,国庆妈的信就不回了。 国庆把消息带到家里,随即哼一声,从口袋里掏出一支烟猛吸一口说:"不愿意就算了,我再找好的。"妈妈扑上去抢烟:"小国庆你说你不吸烟的,别管别人怎么对咱,咱得学好!"国庆猛吸两口把烟扔到地上踩灭,开门出去了。

妈妈骂骂咧咧,掉下泪来:"要不是你爸没了,国庆又这样,我还看不上她家呢。 狗眼看人低!"雀华说:"先别生气,小青也不是吃素的,她不会听她妈的。"妈妈抹抹泪:"我就是咽不下这口气。国庆和小青的事先这样吧,你和峻明还是忙你们的,婚照结。"

这个年虽然四口人团聚在济南,因为小青的事,大家都不是多高兴。 永盛一个人在济南,妈妈让国庆把他叫来一起吃年夜饭。 永盛来不好,不来也不好,最后来了。 看大家都强作欢颜,国庆嘻嘻笑:"我打赌,过了年小青一定偷跑回来。"锦梅说:"我举双手赞成，不是我哥你魅力多大，是小青姐认门儿，认准的事不回头。"永盛笑了一下，忧心忡忡。雀华瞅他一眼，很多时候他就是这个样子，好像天要塌下来一样。吃过年夜饭，永盛要去值班，包裹严实出门了。

初八单位恢复上班，泺口服装城也开业，小青没回来，也没有音信，锦梅寒假还没开学，依然去服装城上班，跟老板娘说小青妈妈病了，帮小青请假。年后正是买卖淡季，老板娘乐得少发一个人的工资。

像是在小雪的麦田里，云雾缭绕，妈妈在云雾里跋涉，艰难地抬腿，突然，妈妈左手捂住心口，右手抓挠着想要抓住什么，很远很远的地方，爸爸的身影时隐时现……雀华伸手去拉，妈妈，妈妈！一激灵，雀华醒了，心怦怦狂跳。外面漆黑一片，雀华打开手电筒看看表，五点二十。她想起妈妈的那次晕倒，蓦地出了一身汗，起身穿衣服。

路灯还未熄，雀华在无人的大街上骑车狂奔。到道德街看一眼，从那里直接去上班，也晚不了。

到了道德街小院，院里已有人走动，有人咳嗽刷牙，有人拎着夜壶去院中公用厕所。快六点了，这个点平时妈妈就起来了，天蒙蒙亮，正好去赶早市买新鲜便宜的菜。屋里静悄悄的。雀华在门口听了听，似乎有国庆的呼吸声，里间却没有动静。她敲了敲里间屋的窗，没听到妈妈的回应。雀华把脸贴近门缝往里看，闻到一股呛人的煤气味。坏了，昨夜刮了一夜的南风。

雀华拍着门叫国庆，没有回应，她的叫声越来越大还带着哭腔，依旧没有回应。大家围过来。有人用工具拨开门。

国庆和妈妈安静地躺在各自的床上，怎么叫也不应。妈妈嘴唇发紫，呼吸微弱。雀华慌忙把门窗打开，众人帮忙给国庆和妈妈穿上衣服。穿衣服的过程中国庆睁开眼，无力地看雀华一眼，翻身吐了床前一地，软绵绵地趴在床沿上。　南屋李哥是开"面的"的，他开车把国庆和妈妈送到医院。

妈妈直接被推进急救室，医生让国庆住院观察。

雀华在急救室外面坐着，大脑一片空白，嘴里喃喃着："不可能，不可能，绝不可能！""我没了爸爸，绝不可能再没了妈妈。""菩萨保佑，菩萨保佑……""爸爸保佑，爸爸保佑……"

等了两个多小时，妈妈还在昏迷中。

雀华念叨着去了病房，国庆已经脱离危险，吸着氧，挂着吊瓶，无力地看向她。　她跟国庆说："妈妈跟你一样，在那边病房挂吊瓶，你安心养着。"看完国庆，她又梦游一般回到急救室外。

不知何时永盛坐到雀华身边。　他想去握住她的手，没敢，就在一边默默坐着。　过了一会儿，雀华像刚看到他："永盛——我不会没有妈妈了吧？　不会吧？""不会。"永盛说，"我大姑就中毒过，住了十几天院，就好了。""真的？""真的，很快就会好的。"永盛又肯定地说了一遍。"我就说嘛……"雀华趴在永盛肩上放声大哭。

永盛在工地没见到国庆，插空悄悄问办公室的人，说国庆没来也没请假，经理几次打他的传呼机，都没回。　经理让永盛去国庆住的地方看看，永盛回去道德街，院里人告诉他情况，他给经理打了个电话，就飞速赶来了。

哭过之后，雀华让永盛等着，她去公话处分别给锦梅和峻明打电话。

峻明赶到后，雀华让永盛回工地上班，她知道工地上要求严，半天不去扣半天的钱。　永盛看了眼峻明，走了。

锦梅蹲在地上哭，抽抽搭搭，声音时高时低时长时短，有时气喘不上来，哭声就有较长时间的间隔。　雀华想去劝劝她，拉她，可是身体像不是自己的，动弹不得。　有十分钟，或者半个小时，锦梅哭够了，挨着雀华坐在连椅上。

峻明买来包子，又临时买了个塑料杯子接了热水。 雀华不吃不喝，锦梅就着开水吃了个包子。 峻明又给国庆送去，国庆吃不下。

下午，护士从急救室出来："张君兰的家属在吗？"雀华、锦梅和峻明一拥而上。 护士说："病人的体征正在恢复，但仍在昏迷中，还没有完全脱离危险，要从抢救室转去重症监护室。"雀华还没反应过来，急救室的门被推开了，四五个人推着一张病床出来，床头上摆放着各种仪器。 妈妈脸上身上插着好几根管子，安静地躺在病床上，闭着眼，像睡着了一样。 医护人员多，雀华无法靠近，但她仍从他们身体的缝隙中看到，妈妈的嘴唇还是紫的。 雀华心里咯噔一下，心脏咚咚咚狂跳起来，她一阵眩晕，几欲跌倒。

到了重症监护室，医护人员把妈妈推进去，雀华也想跟进去，被护士挡在外面："家属不能进，明天四点以后会安排探视。"后来雀华从护士那里得知，重症监护室家属不能随便进，每天下午四点到五点是探视时间，这段时间家属在外面等候护士叫，每次探视时间不超过半小时。

晚上雀华让峻明和锦梅各自回去，她留在这里等。 他们谁也不肯回去。 峻明不知从哪里找来几个大纸箱子，拆开了铺到墙角。 三个人席地而坐，谁累了谁躺下眯一会儿。

这天是正月十五，元宵节，在小雪这天是小年，要吃水饺。 过了正月十五，年才算真正过去。 妈妈昨天说好了，她包水饺，今天晚上都过来吃。 言犹在耳，人却在厚重的门里面。

雀华倚着墙坐在硬纸板上，一夜没合眼。

第二天峻明买来早点，雀华让他去上班，他上午有课，寒假后的第一堂课。 锦梅也刚开学，她请假了。 昨天幸亏她没睡在家里。

快到中午时，雀华去了重症监护室边上的医生办公室。 医生告诉雀华："你母亲目前没有生命危险了，但是还在昏迷中。"一听妈妈没有生命危险了，雀华忽然就想哭，强忍着泪水又问："那得多长时间能醒过来？""可能很快，也可能几天，也可能很长……最坏的结果就是醒不过来，处于植物状态……"雀华的眼泪终于还是落下来。"我们会尽一切努力让病人尽快苏醒过来。"医生安慰说。 雀华擦去眼泪向医生道了谢，走出医生办公室。

下午四点多一点，雀华被允许进重症监护室探视。 雀华穿上隔离衣，戴上口罩，穿上鞋套走进去。 妈妈跟昨天被推进来时一样，闭着眼，安静地躺着，身上插着好几个管子。 妈妈神态安详，眼角的皱纹似乎也不明显了。 雀华惊喜地发现，妈妈的嘴唇不发紫了，有了血色。"妈妈。"雀华轻声叫着，妈妈没有任何反应。

"妈妈，你一定要好起来，你的任务还没完成呢，我们三个都还没结婚，你不是还急着要抱孙子吗？ 你不能光重男轻女看孙子，等我结婚生了孩子，你也得给我看呀。 别看国庆没上大学，我看他会有出息的，他表面嘻嘻哈哈没有正形，其实他心里有数，他憋着一股劲儿在使呢。 我早看出来了，但我不说出来，他要面子。 锦梅不到四年就毕业了，参加工作了……"雀华拉住妈妈的手，絮絮叨叨说了很多，平时想说说不出来的话，也都统统倒了出来。

起初妈妈的手有些凉，雀华握了这么久，妈妈的手温热起来。她又跑到另一边，握住妈妈的另一只手。

从重症监护室出来，雀华跟锦梅说了情况——当然往好里说，接着就去看国庆。 国庆能喝点水了，也能说话了，就是头晕，浑身没劲儿，一动就想吐。 他问妈妈的情况，雀华说："妈妈比你严重点，还在打针，你放心养着就好，妈妈那边有我呢。"

第三天，雀华本想让锦梅进去看看妈妈，过一天国庆能走动了也让国庆去探视，姐弟几个轮流。 后来一想，这样安排好像有一种不好的预示，就对锦梅说："你不用进去了，等妈妈出了重症监护室你就见到妈妈了。"于是还是她进去，用棉签蘸了水给妈妈润唇，握着妈妈的手，又说了一大堆话。

下午再来看国庆，国庆挂完吊瓶，下床了，嚷着要去看妈妈，说他把附近病房都找了个遍，没看到妈妈。雀华说："这边病房紧张，妈妈在另一个楼上的病房。医生让妈妈多休息，你也别出病房了，外面太冷，感冒了好得更慢。有我和锦梅你放心就是。"看着雀华不容置疑的眼神，国庆只好又躺回床上。

晚上，医生说妈妈心跳血压趋向正常，情况在好转，就是还没醒过来。"一定能醒过来。"雀华说着，又倚墙坐到硬纸板上。

第三天中午，雀华靠在峻明身上闭目养神。睁开眼，她看到国庆苍黄着脸站在面前。"等着吧，"她说，"妈妈就要醒过来了。"国庆突然像喝醉了一样往一边倒去，峻明一把没拉住，国庆倒在地上。两个人合力拉国庆，国庆的腿胡乱蹬着却使不上劲儿，这时锦梅从厕所出来，紧跑几步帮他们拉起国庆。

"这是重症监护室！重症监护室！不是别的病房！"国庆凶巴巴地喊道。

锦梅尖着嗓子哭起来。雀华只好给国庆说了实话。国庆攒足劲儿走到监护室门口，扒着门缝往里看。他用力扒门的样子滑稽可笑又无比悲凉。雀华说："下午四点家属能进去探视，只能一个人，到时你去。"

国庆看看表："四点，还有两个小时十一分钟。"他走回去，瘫在连椅上。

自此国庆盯着手表一动不动。两点的时候，他笑了笑说："还有两个小时。"三点的时候，他又笑了笑说："还有一个小时。"

三点二十七分，护士推门出来，对雀华说："7号病床病人醒过来了。"国庆一跃而起："我能去探视了？"护士不理他，看着雀华。

雀华问："真的吗？是我妈吗？""7号病床，张君兰。"护士看看文件夹说。"对，是我们的妈妈！妈妈醒过来啦！"说完，雀华的眼泪哗哗而下。妈妈昏迷了三天两夜，终于醒过来了。

护士说："再观察一天，没有什么情况就可以转普通病房了。"

好久，雀华止住哭泣，突然又笑了，转头问峻明："包子还有吗？ 我想吃个包子。"峻明赶紧递过来。

"我要买房子，买带暖气、不用点蜂窝煤炉子的房子。"国庆悠悠地说。

第十三章

1

　　妈妈从重症监护室出来后，又在普通病房住了十九天，一共在医院住了二十二天。　当妈妈恢复意识，能够吃点流质，也能下床走动一下的时候，妈妈要求出院。　雀华和国庆不同意，他们知道妈妈是心疼住院费。　妈妈见他们不同意，查房时直接向医生提出，说她没事了，能吃能喝，开了药回家养着去就行。　医生不同意，妈妈就去办公室几次三番找医生。　经不住妈妈一再纠缠，医生同意出院，多开了一些药，向雀华和国庆说了注意事项，并叮嘱到期复查。

　　回到道德街的小房子，妈妈发现蜂窝煤炉子不见了，取而代之的是一个电暖气。"用这东西，不怎么暖和还费电。"妈妈嘟囔着，四处找炉子和烟囱。　国庆嘻嘻笑："卖废铁了，添了点钱买的电暖气。"妈妈叹口气，又问起住院费，雀华打了个五折说出来。　妈妈从柜子的衣服堆里拿出一个存折，让雀华把钱取出来："我有钱，不用你的钱。"雀华把存折塞回妈妈手里："你存着吧，我有钱，峻明把他发工资的存折也放我这里了。"说着她从包里拿出两个存折，一个她的名字，一个峻明的名字。"放心，我从我存折里取的钱，没花峻明的。"雀华说着把存折收起来。

　　国庆嘻嘻笑着："本来我也该出一半的，我就不跟我姐让了，我

183

的钱留着买房子，买个带暖气的房子。""做梦吧。"妈妈说。"真不是做梦，我们经理告诉我们一个消息，国家实行房改，现在有了商品房，谁都可以买了。""做梦吧，我不是说人家卖不卖，是咱没钱买。"妈妈说。"没钱可以挣嘛。"国庆依旧嘻嘻笑。雀华心思一动："真的能买？国庆你打听一下，到底能不能买，价格怎么样。""好。"国庆郑重应了一声。妈妈虚弱地在电暖器边坐下："还是回到这里舒心。""住在自己的房子里，你会更舒心。"国庆说着向外走，"我挣钱去了。"

又过了一个多月，妈妈的体力基本恢复过来了。买菜、做饭、收拾家不说，又去早市、夜市卖中老年服装了。雀华偷偷观察过，妈妈的反应基本没有变慢，算账也跟以前差不多，也就是说，妈妈的大脑没有受到太大影响。谢天谢地！

五一很快就要到了，婚礼定在峻明的老家郝庄举行。说好了，老家的婚礼由家里操办，这边的请客由他们自己操办。因为可芹已经结婚，不能做伴娘了，欣然和美心做伴娘。

婚礼前两天，国庆跟老板借了一辆车，把妈妈、雀华、锦梅送到峻明老家郝庄所在县城郝城的一家宾馆住下。春节前石怀玉和可芹刚买了车，石怀玉开车，带着可芹和孩子，再拉上欣然和美心，第二天一起过来。峻明给他们在宾馆也分别开好了房间。

婚礼是按郝庄的习俗办的，在峻明家院子的香台前，由峻明一个有些口才的堂叔主持。那是九十年代末典型的乡村婚礼。新郎新娘身边乌压压挤满了人，妇女居多，小孩子在人群中跑来钻去，男人们在外围远远看着。有一位男士站得比较近，那就是石怀玉。他个子高，在人群中很显眼。他西装笔挺，胸前戴着来喝喜酒的人都戴着的红花，笑眯眯地看着新郎新娘。可芹穿套裙，知性大方，抱着佳佳竟还穿着高跟鞋。雀华瞥他们三口一眼，听到堂叔问："孝敬父母，新侄媳妇能做到吗？""能。"雀华笑答。于是峻明父母走到旁边准备好的椅子上，椅子前铺着红席，峻明和雀华跪拜。

接着按照亲疏远近，按照辈分，新郎新娘挨个磕头见过。 虽无多少磕头经验，对雀华来说也没什么大不了的，在小雪，新郎新娘也要磕不少头。 磕完头，受拜的人还送一个红包当作磕头礼。 何乐而不为？

嫂子念念有词，把小筐里寓意"早生贵子"和"福气"的红枣、花生、桂圆、栗子、麸子撒向人群，人们俯身去拾，小孩子们手快，抢着拾了一大把。 雀华看到佳佳挣脱可芹，也跑去人群中捡拾，红格格裙子一翘一翘的。

终于入洞房了。 西屋两小间是新房，雀华被几个嫂子拥进去，坐到床上。 总算可以歇歇了。 欣然和美心陪着进来，峻明不知去忙什么了。 热闹了一番，嫂子们出去了，小孩子们向雀华讨要了些喜糖和饼干，也欢天喜地地出去了。 可芹领着佳佳进来，雀华忙从箱子里拿出糖和饼干来。 可芹帮着佳佳接过来："哈哈，咱们也沾沾喜气。"

一扭头，可芹叫道："哎，窗户怎么没有窗帘？"果然，两扇窗上糊着红纸，关上窗红纸能起到窗帘作用，拉开窗只剩窗纱。"就是，我也发现了，还没来得及跟雀华说呢。"美心走过来关上窗，"这样晚上只能关着窗。"欣然看看窗户，没作声。 嫂子进来，可芹说："嫂子，窗户怎么没装窗帘？"嫂子一愣，说："想着他们小两口常年在外，在家住不了几天，再加上忙，就没来得及装。"雀华一笑，说："就是，一年也住不了几天。"嫂子有些讪讪地出去了，可芹不满地说："住不了几天，每年总要来住几天吧！"欣然拉了拉可芹的衣角，可芹不再说了。

第二天按风俗回门。 国庆从宾馆跟车来接雀华，再从宾馆接上妈妈和锦梅，直接回济南了。 欣然和美心依然跟着石怀玉和可芹的车回去。 在车上，雀华觉得妈妈脸色不大好看，就问怎么了。 妈妈说："没什么,许是换地方没睡好。"国庆嘻嘻笑："看姐姐嫁出去了,妈难过着呢。"妈妈说："嫁到别人家,就担心不如跟着自己的妈。"说着眼圈红了。锦梅说："哟哟哟,啥时候变得多愁善感了。"想起没有窗帘的窗户,雀华也有些心酸。真会省呀。

回到道德街,妈妈重重坐到沙发上,闷闷地想了一会儿,说："有件事我觉得峻明家做得不对,按风俗娘家的车是不能动的,娘家来的人都是贵客,司机也是,怎么能让司机开着车帮郝家去接送亲戚呢。"雀华问："还有这讲究?"妈妈说："这可是大规矩。峻明既然说了,司机碍于面子不能不答应,你那个同学更是热心,让干什么就干什么……"

国庆说："都是小事,峻明哥常年在外上学,根本不懂这些。""我一点也不怨峻明,峻明不懂,他爹妈他大哥该懂。我知道他家条件不好,也没提什么要求,彩礼更是半个字没提,可是结婚一辈子就这么一回,租的车不能接一趟新人就走了,花钱租上一天撑撑面子总行吧?也不能破了规矩。"国庆说："他家省下点钱,不就给峻明哥和姐姐了吗?羊毛出在羊身上。"妈妈脸色略微缓和了一下："我倒不是在乎别的,我就怕他们这种做事法,你姐姐会受委屈。"雀华毫不在意,笑笑说："好,我敲打敲打峻明,以后别让我受了委屈。"国庆说："都是小节,都是小节,我建议你提也别提,赶紧准备领会计毕业证吧。"一句话说得雀华高兴起来。妈妈无声地叹了口气。

后来雀华从锦梅嘴里得知,结婚那天晚上司机和可芹一家回宾馆,司机无意中说起来,妈妈记在心里了。

雀华出去上了趟厕所,走到里间窗外听到锦梅不满的声音："我见人家回门都带个花包袱,我姐怎么没带?!"妈妈的声音："这不说嘛,媳妇回门婆家要准备个包袱,包袱里放上两件衣服、烟、饼干和糖,还要再带两条鱼、二斤肉,东西都是有讲究的……你姐空着个手就回来了,什么也不懂。要懂,她自己准备也行啊。""我姐不懂,

186

他家真不懂？ 我看是为着省钱，装不懂！""你们就是事多。"国庆的声音。 妈妈叹气："唉，怕你姐难为得慌我没说这事，用车的事我也是实在忍不住了，想想不说就不说了……"雀华不好就进去，又走回院中，老远嚷嚷着饿了。

妈妈迎出来说："我去买两条鱼，今天得吃鱼，年年有余。"雀华拉住妈妈："我去吧，妈妈你在家熬好稀饭等着，我再买只鸡，你给我们加个蝶城辣子鸡，大吉大利。""好。"妈妈乐呵呵地返身回去。

走在路上，雀华一阵心堵，又一阵心酸。 想想可芹的盛大婚礼，再想想自己红纸当作窗帘的平房，没拎过的包袱，觉得非常憋屈。 在窗帘和包袱事件之前，她并没有这种感觉。 当年她隐约预知到，拒绝石怀玉的帮助意味着她选择了另一种生活，那是她理想中的生活，她没想到的是，另一种生活会是这样子。

翌日峻明坐大巴回来。 雀华也回到学校宿舍他们的小家。 小家简陋，只有一张双人床，一个衣橱，一个书架，一张桌子，挤得满满当当。 这毕竟是一个独立的房间，雀华非常知足。 有点小遗憾的是，这个独立的房间来得晚了些，她的会计自考已经完成，论文已提交并通过，只等拿毕业证了。

峻明高兴中带着疲惫，他本来就瘦，这下更是脖子挑着头，雀华看着不忍，窗帘和包袱以及车的事就没提。 家里条件不好的缘故吧，条件好了，肯定不这么抠抠搜搜。 谁让自己选了峻明呢，也明知他家条件不好。 虽然心里自我宽慰，还是有些心酸。 看看石怀玉和可芹，不光有大房子，还早早买上车了。

峻明带回了一些烟、糖和土豆，一一放好，看看雀华，又思量一下，终于开口说："来的时候，我爸给了我五千块钱，说是让回来请客什么的用。"雀华满怀期待地听着。"父母都六十多岁了，靠种地攒点钱不容易，为操办咱们婚礼就花了不少钱，不能再要他们的钱了，我就没要。"

雀华脸沉下来，峻明的脸也阴着。 停了停，雀华说："是啊，家里不容易，虽然读研究生不花家里钱了，你上大学也花了家里不少钱。"峻明的脸阴转晴，又从包里掏出一个手绢，说："这是大姐二姐偷偷塞给我的钱，两千，一人一千。"雀华接过来，问："那大哥大嫂呢？"峻明说："他们跟爸妈没分家，不单给。"雀华撇撇嘴。

婚假还有几天，他们就打算把回请趁婚假期间办了。 为了省钱，他们没拍婚纱照，也没打算外出旅游，时间就显得比较多。 商量完后，雀华便下厨做饭。 走廊东头的公共厨房里，有他们一个炉灶、一个炒锅和一个电饭煲。 不管怎样，也是有了厨房。

请客的日子定在两天后的晚上。 一共四桌。 峻明那边的同事一桌，雀华工作时间长些，她的同事有两桌，另外一桌是他们的同学，峻明在济的舍友，还有石怀玉、可芹、欣然和美心他们。

刘会计也来了，不知是巧合还是有意，张主任和刘会计坐在一起。 孙主任有事没来，委托张主任替他代表女方同事发表祝福感言，峻明那边发言的是级部主任。

张主任本就文质彬彬，经过做销售的历练，越发成熟稳重，很有成功白领的范儿。 他的发言幽默真诚，博得阵阵掌声。 雀华看到刘会计也微笑着鼓掌。 刘会计今天化了淡妆，没有惊人的美貌，却是斯文脱俗，镜片后的眼睛笑成了弯月，没有一点离婚女人独自带孩子的憔悴与凌乱，倒像是养尊处优的大家闺秀。 张主任回到座位，两人热烈交谈，并各自拿出手机。 雀华看到张主任拨号码，一会儿刘会计的手机闪了起来。 他们互相留下了手机号。

雀华忙着敬酒、道谢，眼睛却不时扫向张主任和刘会计。 如此相似如此契合的两个人，当初怎么就没能走到一起呢？

2

雀华拿到会计专业的毕业证是在九月中旬。 这是她梦寐以求的，两年多来半夜睡凌晨起没有节假日就是为了这么一个毕业证，拿到了她应该高兴得跳起来才是。 当她真正把证书拿到手里时，伴随着喜悦而来的却是一种巨大的失落感。 这种失落感从何而来？ 她问自己，她自己也不知道。

她带着这种失落感走出校门，没坐公交车，沿着人行道漫无目的地往前走。 她一路向北，又向东，走着走着，便看到舜曾在此耕种的历山，现在大家习惯叫它千佛山。 以后，她将远离大舜、娥皇、女英、大禹、秦皇汉武、卫子夫、西楚霸王、吕后、武则天、朱棣、慈禧、李鸿章、林则徐……这些数不尽的风流人物，接着而来的是与数字、成本、固定资产、流动资产、增值税、个人所得税、收益率、利润……打交道。 她知道自己失落的原因了。

她一直走到千佛山下，没舍得买门票，在山脚下的树丛中，一个无人的角落，痛痛快快地哭了一场。 她先是无声地流泪，后来小声抽泣，再后来放声大哭。 也不知过了多久，她停止哭泣，感觉一身轻松。 她把泪水打湿的手帕放进漂亮的人造革包的夹层里，顺手摸了摸放在另一侧的硬邦邦的毕业证，笑了。

为了庆祝雀华拿到毕业证，妈妈包了水饺。 晚上，一家人围在桌前吃水饺。 永盛也被国庆拉来了。 永盛的自考学习时断时续，前一段时间他忙着考驾照，中断了，现在拿到驾照，又开始学了。 国庆也和永盛一起考出了驾照。 他俩考驾照的目的不一样，永盛是觉得开车是个技术，以后有可能靠它挣钱，国庆是觉得有空时他帮经理开开车也不错，因为经理说过，单招个司机就花不少钱。"哪天自己有了车，不也得开？"国庆笑嘻嘻说道。

永盛问雀华："会计证有了，会计本科毕业证也拿到了，下一步怎么打算？"雀华说："想改行干会计，也算龙门一小跳吧，先干几年，积累点实战经验，评了职称，再考注册会计师会容易些，拿下注会，要实现鲤鱼跳龙门。"

妈妈抢过话头说："周岁二十六，虚岁二十七，好不容易结婚了，先要孩子吧，等有了孩子再跳龙门也不晚。"雀华说："看情况。""看什么情况，先要孩子，在小雪，像你这么大，孩子都五六岁了，人家可芹的孩子都两岁了，也没见影响工作。"妈妈转向峻明，"你什么想法，峻明？"峻明笑笑："我怎么都行，随雀华吧。"雀华冲妈妈做个鬼脸。

妈妈白雀华一眼，问永盛："小青还在帮你妈照顾你爸？"永盛说："是，小青来信说等爸的腿脚再好些，她就过来。"永盛的爸好喝点酒，中风了，左半身活动不灵便，永盛回去看时，他还躺在床上，现在能下地走路了，但还是走不稳。 雀华看看国庆，国庆语气冷淡，说："她在信里也跟我这么说。"

正说着，国庆的手机响了，国庆起身去外边接电话。 国庆的手机是他们老板退下来的，比最早的"大哥大"小不了多少，像块黑色的小砖头。 国庆接了电话进来，急急火火吃水饺，边吃边说："老板有事，我得过去。""什么事这个点过去？"妈妈问。 国庆嘻嘻笑，"说了你也不懂。"抹抹嘴，走了。

回去的路上，雀华在公话亭给刘会计打电话。 刘会计听说她毕业了很高兴，对她说："尽快转到这个行业来吧，我们这边上半年只招了一个应届毕业生，再缺人的话我想办法推荐你。""会缺人吗？""也时常有人跳槽走的。""没有人走呢？""那就等一等，放心，我也会留意其他公司的情况，有几个朋友在不同公司，效益都不错。""太谢谢啦！"这正是雀华期待的。

"外面暂时没有机会的话，我先在咱们公司内部调调也行吧？ 先干上再说。""嗯……按说你在公司财务部干是没问题，只是关系复杂。 一是财务部缺不缺人；二是，汤部长这个人我了解，可能会考虑孙主任这边的关系……""那我看看情况吧，争取一下。"刘会计说："不要抱太大希望。"

雀华学聪明了，没有直接去找汤部长，而是找财务部的小柳侧面打探情况。 聊了一会儿，听小柳的口气，财务部不缺人，但是真正能干活的不多。"两个人能干的活儿，得安排三个人的岗，能干活的就一个人，雀华你说能不忙吗？"小柳咪咪笑，"我就干两三个人的活儿。"雀华笑笑，暗叹了一口气。

既然不缺人，雀华也不想自讨没趣，而这种闲的闲死忙的忙死的管理制度，她也不喜欢。 转念一想，别要求这么高，仇老师不就是很闲吗？ 这样办公室很多工作都压在她头上，好在今年新来了个学中文的女孩，叫陈丽，孙主任让雀华带带她，她也能分担雀华的一些工作。

十一月份，雀华听人力资源部的小王说财务部的张会计辞职了。张会计比刘会计大个四五岁，业务能力挺强，按小柳的说法是干活的那种。 听说张会计的对象去深圳闯荡，现在扎下根来，张会计要过去团聚。

机不可失，当天雀华就去了汤部长办公室。"汤部长，听说张会计辞职了，财务部有了空缺，我是不是可以来跟着您干了？"汤部长微微一笑："消息还挺灵通的。""您说过缺人了给我机会，我一直记着，但是没拿到本科学历，不好意思来找您，现在好了，我终于拿到毕业证。"雀华说着，兴冲冲掏出毕业证，"我喜欢这个专业，希望您能给我个机会，我会像在办公室一样认真工作的。"汤部长拿过毕业证认真看了看："这么快就考过了，可见你的勤奋与刻苦，你一定会是个好会计。""谢谢汤部长。"雀华满怀希望地望着汤部长，希望汤部长对她说："放心吧，办公室也来了新人，你能离开了，我给孙主任说一声。"

汤部长把毕业证还给她，看着她说："孙主任一直夸你工作出色，编稿子写新闻稿都很在行，人也勤快，就是不知道他舍不舍得放你，你先给他说一声吧——你给他说过了吗？""没说，打算您同意了再跟他说。""应该是孙主任同意了我再考虑要你。""嗯……您能不能跟孙主任说说……毕竟您说话的分量……""不可能的，小姑娘，这不成财务部挖办公室的墙脚了吗?""嗯，好，我跟孙主任说。"

雀华踌躇着回到办公室。她知道要想进财务部，迟早得面对孙主任，指望汤部长直接要她不可能了。她怕孙主任说她这山望着那山高、不安心工作之类的话。她悄悄看了看，孙主任倒是在他办公室，好像在改什么材料，也有不少人进出他的办公室。但她没敢走进去。

下班回家她跟峻明商量。峻明说:"这样很好，内部调整一下，既稳定，又干了你向往的工作。""就是工资不涨，早晚还是要去刘会计那样的单位，哪怕忙点累点，工资高就好。""妈还让要孩子呢，到了新单位，接着要孩子不太好吧，现在的单位待时间长了，要孩子很正常，等有了孩子再出去不更好?""好，那就再在单位多待几年，以后集团如果发展了，涨工资了，可能我就不用跳槽了。"

过了两天，看孙主任不忙，雀华鼓足了勇气去找他。"主任，有件事想跟您说说。"孙主任往椅子上一靠:"说。""其实，我一直想当个会计，学历史是被调剂过去的……所以这几年，我又自学了会计……"雀华说着把证书拿出来，孙主任翻看着:"不错呀，工作这么忙还有时间学习。""主任，感谢您这几年对我的培养与教导，让我学会做编辑、写新闻稿、写各种材料……""是你自己勤奋，我只是指指路而已。"雀华又说了一堆感谢感恩的话，最后终于鼓足勇气说:"主任，咱们这里有李副主任和新来的陈丽，尤其是陈丽，她中文科班出身，工作上手很快，完全能够代替我了……我……我想去财务部锻炼一下，希望您能同意。"

孙主任哈哈笑了几声，坐直了身子:"办公室离不了你啊，陈丽还需要历练，李主任也有一摊子事，不可能做具体事务，其他人各有各的分工，集团报的其他编辑是兼职的，仇老师年龄大了——这样吧，你再等等，等陈丽能顶起来了，我再招一两个年轻人，你就去财务部。 你还年轻，来日方长啊。""主任，即便去了财务部，咱这边忙不过来的时候，我也可以分担一些的，我加加班就可以，反正也习惯了加班……""去了财务部就是汤部长的人了，我哪能随便用，"孙主任随即正色道，"你的工作能力和热情我都看在眼里，不过，年轻人，还是以集团工作为重，哪里需要就在哪里干，不能光想着自己的那点事儿。"

话到这个份上，雀华明白孙主任的态度了，她说："嗯，好，我听主任的，主任这么器重我，我还是待在最需要我的地方，跟以前一样干工作，什么时候您觉得时机成熟了，再说去财务部的事。""这就对了，我还想着把你往副主任方向培养呢，咱们办公室，分管的事情越来越多，我想着多配几个副主任。"

雀华心情沉重，还是满脸赔笑："谢谢主任培养，我一定好好干。""好，这事就这样了，你去忙吧。"

雀华起身往外走，快走到门口时，孙主任说："你的事汤部长跟我聊起过，你再给她回个话吧。"雀华一愣，应道："好。"

过了两天，趁着去财务部办事的机会，雀华去了汤部长办公室，把与孙主任的对话说给她听。 汤部长扶了扶有着厚厚镜片的眼镜，笑眯眯说道："我担心的就是这个，我也提前跟孙主任沟通了一下，他基本也是这个态度。"雀华失落地点点头，强笑道："我听从领导的安排，继续干好本职工作。"汤部长用她胖乎乎的手拍拍雀华的肩膀："看到你，就像看到了刘会计。 去忙吧。"

雀华闷闷不乐了好几天。 毕业证有了，单位内部调不成，跳槽没机会，拿了证干不了这个活，没有工作经验，想考中高级职称不可能，直接考注册会计师，更是难上加难。 她看过考注会的书，太难了，有工作经验再加上刻苦学习，才会有希望，刘会计就是这样一步步走过来的呀。

看雀华吃完饭就看电视，板着脸漫无目的地换台，峻明说："别不开心了，朝阳集团不管怎样也是一家大型的国有企业，好多人想进还进不来呢，工作稳定，忙点但不是特别累，干一辈子都很好。"雀华在床上翻个身："没出息！"峻明笑笑："你就趁这个机会养精蓄锐吧，好好地跟我享受一下二人世界。""唉，"雀华叹口气，"也只好这样了。"

后来，雀华看到报纸上招聘会计的信息，试着投送了一些简历，两家大企业没回音，倒是有几家效益不错的集体企业和民营企业打电话叫她面试。这些集体企业比较小，她是肯定不会去的，不过这也给了她信心——她的会计没白学，总还有单位愿意聘她当会计。

3

一天中午，十一点半左右，雀华接到国庆电话："姐姐，我在你公司大门口，能不能提前出来一下？中午出去办点事。"雀华一惊，正要细问，国庆已挂了电话。

雀华悄悄跟仇老师说了一声，匆匆出去了。国庆推着自行车，在公司大门左边的大树下等她。一见雀华出来，国庆神秘地说："骑上自行车，跟我走。"

一路上雀华问了好几遍去干什么，国庆满脸兴奋和神秘，就是不肯说。雀华跟着国庆一路向西，又向南，骑了半个多小时，来到一大片灰色居民楼中间。他们在楼群中左拐右钻，最后在一幢楼前停下。国庆打了个电话，说他到了。过了大约有十几分钟，一个高个小伙子来了，手里拿着一大串钥匙。

小伙子打开楼门，又打开二楼的一个房间。一进门，暖烘烘的，雀华的眼镜片上立刻起了一层雾。她摘下眼镜用手擦了擦。那是一个小小的两室一厅，一南一北两个卧室，厨房和卫生间也在北面，中间是客厅。雀华注意到，每个房间里都有一个厚厚的暖气片。 她明白国庆要干什么了。 她问小伙子："房子多大,得多少钱?"小伙子说:"房子六十多个平方,七百块钱一平方米,一共四万五千多元。"雀华倒吸了一口凉气。

接着他们看了对门的房子,又看了三楼西户的房子。 雀华问价格,三楼比二楼一平方贵一百块钱,总价五万一千多。

"怎么样,这三套相中哪一套了?"国庆笑嘻嘻问道。"太贵了,还能再便宜些吗?"雀华没理国庆,问小伙子。 小伙子说:"姐,看在萧老板的面子上,每平方已经便宜二百块钱了,三楼本来一千一平,二楼八百,这个朱哥知道。"国庆点点头。"二楼东边这户不错,"雀华说着,故意急匆匆看了看表,"我们再商量商量吧,我下午还要上班,得回去了。 谢谢你啊。"说着她拉着国庆就下楼。 小伙子说:"好的,商量好了最好先付定金定下,就这三套了……"

两人骑到一个拐角隐蔽处,国庆停下车问:"姐姐你看这房子怎么样?""好是好,就是太贵了,买不起,想也别想了。""这是我看过的有暖气的房子中最便宜的了,我老板萧经理以前参与盖的,有单位买了几幢楼,这幢楼剩下两个单元没要,房产公司才对外卖的。 就剩这三套了,这三套基本上是这两个单元最贵的了,不过人家每平方便宜了二百,按单位集体买的价,也是萧经理的面子,价格相当于四五楼,还不用爬这么高。"确实,雀华有点动心。 可是一想到钱,她立马打消了念头。

"现在有了商品房,谁都可以买,对我来说是个好机会,要在以前,没有正式单位,一个打工的,想买房子,做梦去吧!"国庆说。"是啊,我也这么想。"雀华若有所思。

"再远点还有套便宜点的。"国庆说着又带雀华骑车去了白马山那边。 来到一片荒凉之地,那里也有一片楼。 这次看的房子是一楼,也是两室,八十多个平方。 一进门,一股阴冷之气。"这个房子大,没暖气,三万八千多。"国庆穿得少,冻得抱起了肩膀。"还有更便宜的吗？"雀华问。"五楼和六楼，六楼最便宜。"拿钥匙的大爷说。 雀华摇摇头。 五楼六楼对于她们兄妹三人和峻明来说都不算什么，对已经五十岁的妈妈来说太不方便了，以后妈妈年纪越来越大，更不方便。

出来后两人商议，这个比王官庄二楼的那个便宜七千块钱，大些，但也是两室，还没有暖气，不行。"别的有暖气的也有几套，都七八十个平方，六七万、七八万的都有。"国庆说。 雀华低头思忖，忽然抬起头问国庆："你有多少存款？""一万五六。"雀华心头一喜，又一惊，问道："怎么会有这么多？"国庆嘻嘻笑："放心，都是正当得来的，我也打工四五年了，一年存个两三千总行吧，何况这两年当了个小官，挣得多点。 妈妈住院都是你花的钱，平时开销你也花不少，我就存下了点钱，就为着哪天买房。"雀华笑了："小算盘打得不错，就是我刚结婚花了一些，连你峻明哥的，手里只还有四千多。""这就两万了。"

"剩下的借借看吧。"雀华低声但坚定地说。"你同意买房了？"国庆惊喜地跳下车来。 雀华说："既然打算买，不如早点买，早买便宜还能早住上。 春天时我也打听过，仇老师说她家对面有街道办事处盖的房子，分剩下的也对外卖，六百一个平方，前一阵子我问，说卖完了，最后都卖到九百了。 看来房子价格在涨，再等还是买不起。""姐姐英明！"国庆竖起大拇指，"你这么节俭这么会过日子，我真怕你反对，你要不支持，家里就没人支持我了。"雀华微微一笑，忽然有了一种悲壮的感觉，她做出这样的决定，是为了国庆，也是为了妈妈。 她的眼睛一阵潮湿，更是为了爸爸。

她让国庆给小伙子打电话，就定下二楼东户那套。 她又给孙主任打了个电话，请假下午晚回去一会儿。 打完电话，她与国庆兵分两路，她回去拿存折取钱，国庆去售楼处找小伙子等着她过去交定金办手续。 一个半小时后，交完定金，房子定了下来。

下一步就是筹钱了。国庆说了，他问问他们萧经理，能不能预支工资，或者直接向萧经理借钱，想他多少会给一些，再就是永盛和其他工友，一个一个来。雀华想了，她身边有钱又能借给她的，刘会计、可芹，仇老师也可以试一试。在刘会计和可芹之间，她想来想去，决定还是先向刘会计开口，可芹那边借给她是没问题，不知道为什么，她不愿意让可芹，确切地说是不愿意让石怀玉知道她的窘迫。

当天晚上，她打电话给刘会计，说了大致情况，吞吞吐吐开口借钱："您看能不能借给我一万……五千也行……我们姐弟三个加上峻明，还钱不成问题，另外……""没问题，我借给你一万。我现在在外地出差，三天后回来，三天后你来我家拿吧。""好嘞。"雀华欢天喜地地应着。

峻明下班回来，雀华给峻明说了买房的情况。"你姐弟俩的胆够大的，钱好借，还不好还呢。""多挣少花，慢慢来呗。不行星期六星期天我也去卖衣服。"

那天晚上雀华一夜没睡。帮国庆买房，她设想过，计划过，没想到这一天说来就来了，而且是在她没有做好任何准备的时候。借钱是一关，还钱还是一关，她心里好像压了块石头。好在她和峻明工作稳定，国庆就不好说了，毕竟是临时工，这话她从不提及，怕伤了国庆的自尊心。怕影响峻明睡觉，她不敢辗转反侧，静静地躺着不动，大脑却在飞速运转。

第二天雀华和峻明回道德街吃饭。雀华见国庆脸沉着，感觉他借钱不顺利。果然，国庆说："萧经理说可以借钱给我，没明确说多少，倒是详细地问了我总房款多少钱，我有多少钱，缺多少钱。唉，还说拿我当兄弟，关键时候……""既然开口了，那等等吧，等他说了能借多少，再看看缺多少，我再借。"雀华悄悄安慰国庆，并告诉他已经借到一万了，国庆脸色稍微缓和些。

第三天一下班，雀华看到国庆在公司门口树下等她，她的心提到了嗓子眼儿，国庆是反悔了，还是一分钱没借到？ 听说南方人小气。 国庆把她拉到一边，压着嗓子捂着肚子像鸭子一样笑了几声，说："今天一早萧经理找到我，一把拿出三万块钱来，说这是他个人的钱，我不能从银行贷款，就算从他这里贷款了，每月从我工资里拿出一千块钱还他，剩下的当我的生活费。""这么多？""我说还差两万五六，他说剩下的用来装修买家具。""仁义！"雀华感慨，"萧经理颠覆了我认为南方人小气的想法——以后跟着人家好好干。""那还用说，士为知己者死。""你也别急，我和你峻明哥以后存的钱，也用来还他。"雀华说着又赶紧用国庆的手机给刘会计打电话说了情况，让她出差回来后不用再去取钱了。

到了家，一进门，国庆打开电暖器。 妈妈啪的一声又关上。"又不冷，开什么电暖器，冷了再说。""唉——"国庆佯叹一口气斜躺到沙发上。

锦梅打趣国庆："你买的带暖气的房子呢？ 吹牛不带上税的啊。"妈妈呵斥锦梅："别站着说话不腰疼！ 有本事你买去。"国庆嘻嘻笑："我……"雀华打断他："你哥一直在看房子，等着吧，快了。"两人和峻明商量好，先不说，到时给妈妈一个惊喜。

锦梅撇嘴："那好，我等，等到猴年马月也要等。 妈妈别急，等我上了班挣了钱，我买。""那更得猴年马月。"妈妈乐呵呵地剥着花生。

几天后，星期天下午，国庆对妈妈和锦梅说："走，带你们去个地方玩玩。"于是国庆前面带路，雀华和锦梅挎着妈妈，峻明殿后，一行人坐上公交车，下车后又步行八九百米，来到了那套房子里。

"这是个什么地方？"妈妈环顾着房子问。"这是你的家。"国庆嘻嘻笑着。 雀华把买房的过程简明扼要避重就轻地说了一遍，并再三表明，房子小，位置偏，不贵，借的钱不多，他们三个人两年就能还上。 她又轻描淡写地说:"妈妈不用操心钱的事,晚上我们跟着你吃饭,就省下一大笔生活费呢,锦梅上学,卖衣服挣的钱当作她的生活费就好,少跟家里要点就是帮忙了。"

冬日的阳光照在阳台上,暖暖的。 妈妈迎着阳光,朝着西南小雪所在的方向说:"朱同贵,咱们在济南有家了,有暖气的家……"看着孩子们分散在不同的房间,她又低声念叨:"国庆没能上大学,混得也不比上大学的差,他心里的那个坎该过去了吧?"

又过了一个星期,他们搬进了新家。 水电暖齐全,卫生间能用,厨房有天然气管道,配上炉具,放进去一个二手的长写字桌,就可以在上面做饭切菜。 房间的门是三合板的,不好但能用,每个房间都安有灯泡,照明没问题,地是水泥的,擦擦就很干净。

搬进来的第二天,一大家人叫上永盛一起吃了顿水饺。

房间里暖洋洋的,一家人有说有笑。 雀华有点恍惚,恍然如在梦中。 她掐了一下手背,钻心地疼。 峻明、国庆和永盛都喝了些啤酒,国庆也问:"这是真的吧? 不是我在做梦吧?"锦梅起身揪住他的耳朵,拧了一下,又拧了一下。 国庆龇着牙,夸张地大叫起来。

第十四章

1

千禧年的正月初六，小青回来了。

永盛领着小青，带着蝶城煎饼、烧饼和在小雪过年必备的炸土豆、炸山药、炸鱼、炸肉来到新房子里。

小青又黑又瘦，眼窝下陷，精神头却还足。她对妈妈说："婶子，我妈一听我二哥说国庆买了房子，立马对我说，没想到小青你眼光还真行，你想跟国庆处对象就处吧，想去济南打工赶紧去吧，你爸有我就行。"妈妈有些尴尬又有些不屑地笑笑。"我妈这个人呀，就是个势利眼儿！"妈妈露出了笑脸，小青说出了她要说的话。

国庆边抓瓜子边瞅着小青笑："要不是你写的那些信，说啥你也是个势利眼儿。"小青抬手打了国庆肩膀一下："我要是势利眼儿，早成了蝶城吃公家饭的啦，你也不会偷着回去看我。"

这个国庆，原来偷着回去看过小青，他可从来没说过。再看国庆，涨红着脸说："瞎说什么，我忙着挣钱回老家都没空，哪有空去看你！"妈妈脸一沉，正要说话，被雀华扯扯衣角方才忍住了。

锦梅说："亏得老板娘会精打细算，也亏得我周末和节假日都能顶上，老板没再雇人。""我说了我还要回来的，"小青挤挤眼，"别这样说老板娘，老板娘信我，等着我呢。"说完她和锦梅两人嘻嘻哈哈笑，一副连自己都不信的样子。

又闲聊了一会儿，永盛说："我很快也不在工地上干了。""你去干什么？"雀华非常惊讶。"去开大货车。"原来永盛除了开吊车和铲车，还时常开工地上的货车帮忙运货，年底他找了跟工地有联系的物流公司老板，说好了年后去他那里开大货车。 永盛说他跑得不远，主要是鲁南那一带，可以借出差的机会回家看看。 雀华说："开大货车很累的，要跑长途，风吹日晒，吃饭也不准时。""辛苦是辛苦点，挣钱比工地上多，时间也自由点。"永盛笑笑，看起来很向往很知足的样子。

妈妈说："看永盛平时闷声不响，还真有个老主意。"国庆说："永盛哥是内秀。 他想去物流公司，托我通过萧经理找的物流公司老板——他早就盯上这一行了。"永盛笑笑，低头喝茶。

不久寒假结束，学校开学。 开学第三天，雀华发现峻明不对劲儿。 电视调到他喜欢的足球频道，进球了，电视里一片欢呼雀跃，平时峻明早握着遥控器大声叫好了，此时却直直盯着电视屏幕，一点反应没有。"怎么，在学校受气了？"雀华推推他。 他醒过神来，笑笑："没事。""没事这熊样的？ 有话快说，有屁快放。"雀华太了解峻明了。

峻明放下遥控器说："开学第一天学校就下通知了，我没说。 说是想要房，得先交五万块钱。"雀华立马明白他不正常的原因了，发愁钱。"要这么多！ 还是福利分房吗？""现在福利分房也要交钱，但比买商品房少得多。 即便交了钱，也得再按工龄什么的分房，像咱这样的，可能得不到新房大房，但能得到老职工腾出来的旧房。""能有国庆买得合适吗？""那当然，国庆的房子位置多偏，学校新房在黄金位置，听说商品房得两千多一个平方，旧房在学校附近，市中心，一般七八十个平方。"

雀华听后也沉默了。 两人相对无语，房间里只有足球解说员解说的声音，聒噪又无聊，雀华关掉电视。

半晌，峻明说："要不，咱不要了吧？ 我本来想不给你说直接就不要了，又怕以后你问起来没法说。"雀华不语。"不要有个好处，这间房不会收走。"雀华在房间里只有三四米长的狭长过道里走来走去，走来走去。"旧房子，商品房，一千五一平，七十平，十万多，更买不起。 即便在王官庄买，六十多平的也要快五万了。""当然还是单位的房子合适。"峻明说。

"什么时候交钱？""说是最晚下个月底。"雀华停下脚步："报上名吧，凑钱，借。 到时候实在凑不起来就不要了。"说完，雀华趴在床上哭起来，不明白自己为什么总是借钱。 为了国庆能回学校上学借钱，为了帮国庆买房子借钱，现在又为了自己买房子借钱，看看可芹，房子有了，还早早买了车，也没见借钱……哭到半截突然压低了声音，这是学校宿舍，不能让别人听到她的哭声。 峻明手足无措地在她身边坐了一会儿，俯下身去搂住她，把脸贴在她的头发上。

稳定了一下情绪，洗了一把脸，雀华说："想想怎么办吧。"峻明说："国庆刚买了房，你家那边就不要提了。 我家那个情况你也知道，咱结婚父母才凑了五千块钱，我说不要也就没给，大哥农忙时种地，闲时打零工，大姐、二姐家在农村，都自顾不暇，根本指望不上。 咱结婚时能一人给一千，也算是心疼我在外地不容易了。 只能向同学、朋友借了。 我倒是能跟我两个大学同学借一下，他们本科就毕业了，单位还不错。"峻明说着又叹起气来，"唉，借钱不好开口，还钱……唉，更难啊。"

雀华知道他脸皮薄，就说："可人总不能让尿憋死，咱俩都有稳定工作，不怕还不上。 过这村没这店了，以后你能挣大钱买商品房？"峻明抱住头不说话。 雀华觉得自己话说重了，就摸摸他的头："别急。"

雀华再次拨通刘会计的电话。 帮国庆买了房子后，为了犒劳一下自己，她和峻明花了六百块钱在小家里装了电话。 她给刘会计说了目前的状况，她没说五万块钱还差四万六，只是向刘会计借一万块钱。 刘会计笑道："能分房是好事啊，还差多少？ 一万够吗？""够了，不够再跟您借。"她想着刘会计虽然收入高，一个人带着孩子也不容易，就没多开口。

雀华又给可芹打电话借一万，可芹很爽快地答应借给她："你抽个中午去怀玉的银行找他吧，我家的钱存在他银行里。""怀玉在家吗？""他在一边支着耳朵听着呢。""那给怀玉说，我明天中午去。"

峻明翻出电话本给他同学打电话，他同学一个答应借一万，一个吞吞吐吐，说在外面吃饭，回去跟媳妇商量一下。

这样下来，三万就有了。 雀华想着这两个月他俩发了工资，大不了吃馒头咸菜，怎么也能挤出四五千来。 她脑子转了一圈，欣然读书，不能开口，美心花钱大手大脚，不见得有存款。 忽然灵光一闪想起永盛来，永盛能干且节俭，能存下钱来。

第二天中午一下班，雀华就骑上自行车飞奔石怀玉工作的银行。石怀玉早早站在银行门口等她，见她来了，转过身去面对着墙，从怀里掏出一个信封，打开给雀华看，里面是两沓崭新的钞票。"这是两万，"石怀玉说，"有一万是我的私房钱，我留在股市炒股的。""这么多！"雀华一阵惊喜，"其实……我就还缺两万啦！ 这样就不用再向别人借了，谢谢！""要是后续有需要，我再帮你想办法。""好好好。"雀华接过钱塞进斜挎在身上的小包的夹层里，很小心地拉上两层拉链。

"不急着还，我们不等着用钱。 还有，还的时候一万给可芹，我的还到这里来还我。"雀华点点头："知道啦。"转身骑车而去。 骑到拐弯的地方，她下意识地停下车往后看，石怀玉还站在那里，见她回头，朝她挥挥手。

不到一个星期，他们筹到三万五千块钱。 刘会计一万，石怀玉两万，峻明同学中问媳妇的那个没借，答应给一万的因为老家临时有事，只能拿出五千。 问媳妇的那位同学没能借钱给峻明，让峻明很受伤，好几天闷闷不乐。 雀华说："人家媳妇不同意也没办法，就这样吧。"峻明说："上学时我俩可是最要好的。"

　　一天下午，趁着永盛出车回来，小青去氵口服装城上班了，雀华来到永盛和小青租住的小屋。 她跟永盛说了学校房子的情况，并说峻明和峻明家里凑了一些，现在只差一万块钱了。"你要手头上有就借我一些，五千一万都行。""我能拿出来一万。"永盛说。"国庆刚买了房，欠了一屁股债，我买房的事没跟他说，你也不要说，我家里人谁也不要说，要不他们干着急也帮不上忙。 我妈脾气急好上火，不得不说的时候再说吧。"永盛点点头："放心，我不说。 连小青我都不让知道，小青大大咧咧，不定什么时候就说漏嘴。"

　　永盛找出存折，让雀华跟着他去银行取钱。 路上，雀华问他："小雪的房子你打算什么时候翻盖？ 你要翻盖的话提前给我说一声，我把钱还给你。"永盛笑笑："不急，家里就我爸我妈，够住的。""我是说你结婚的话，人家要看房子的。""结婚也不急，过年有人给我介绍对象，我没见，不急着找，攒攒钱再说。""你年龄也不小了。"永盛笑笑："不急。"

　　截止日期之前，他们终于凑齐五万块钱交上了。 那天晚上，峻明把一张收据交给雀华，雀华小心翼翼收起来："早上上厕所不用排队的日子指日可待啦。"峻明说："不知得等多久，新房还在盖。""那也有盼头了。"峻明一脸凝重："接下来就是还债了。"雀华顿了一下，说："要孩子的事，还得继续往后推了。"峻明抬头看看她，欲言又止。

　　胡乱吃了两口饭，雀华和峻明一起出门，峻明去学校批改作业，她去夜市帮妈妈卖衣服。 初春的夜晚依然寒意料峭，借着昏黄的路灯，他俩一人向左，一人向右，各自骑上自行车走了。

2

雀华永远记得那个迎春花开得烂漫的周天下午，她正陪妈妈在大众广场边上卖衣服，看到刘会计向她走来。是的，没看错，是刘会计。她送走一位买了外套的阿姨，一回头，看到刘会计笑吟吟地站在面前，镜片反射着春日午后的阳光，一闪一闪的。

刘会计把雀华拉到一边，对她说："我刚和几个朋友一起吃过饭，一个同学所在的外资公司招两名会计，我向她推荐了你。她是财务主管，她负责的那摊业务招一个人，我说了你的情况，她打算向部长推荐你。""真的吗？太好啦！我最近都不敢想会计的事了。谢谢！谢谢！"雀华兴奋得差点跳起来。

"这是一家生产汽车配件的德国公司，相同岗位工资要比咱们集团多一倍，而且管理岗五险一金按实际工资交，现在大多数企业是按最低社平工资来交的，朝阳集团也是。""待遇这么好，要求一定也很高，我能行吗？"雀华的心一沉。"你准备一下简历，先发我看看，我再转给同学看看，最后定下来你再发公司招聘邮箱。""好的，好的，办公室有网了，我刚刚注册了 QQ 号，刘会计你有吧？我加上你。"刘会计从随身包里拿出一个小本，写下自己的 QQ 号，又抄下招聘公司的邮箱给雀华，并告诉她去公司官网也能看到招聘信息。

雀华激动得浑身发抖，既向往又担心，手心里全是汗。"刘会计，你同学能照顾我，就怕财务部长那里……""我给我同学说了你的自学和生活经历，再三强调你吃苦耐劳、好学上进、为人真诚善良，虽没有从业经历，但凭你的学习能力和韧性，很快就能熟悉工作，如果她们部长想要错过这么一位员工，那是他没有眼光，也将是他的损失。别担心，你还年轻，机会还很多。"这么一说，雀华心里轻松许多。

原来刘会计与同学吃完饭，就往雀华家打电话，没人接，她急着想把这个消息告诉雀华，想起雀华说过在广场边的市场卖衣服的事，就直接过来了。果然找到了雀华。妈妈衣服也不卖了，拉住刘会计非让她去家里坐坐，刘会计说孩子在上辅导班，一会儿还要去接，妈妈才不坚持了。"我就住在那边那个楼里，要是有什么事忙不过来，把孩子送到我这里来就行，我平时也没什么事，就是卖衣服也能带着孩子，又不是上班，有人管着，我这没人管。"刘会计笑呵呵地答应了。

雀华立刻去办公室整理简历。到下午五点时，简历整理到自己满意，才发到刘会计邮箱，又往刘会计QQ传了一份。刘会计提出一些建议，雀华修改后再发过去。刘会计又发给她同学，有一两处小地方她同学让增加些内容。这样来回几次，简历就定下来了。

周一下午，雀华把简历发到公司指定邮箱，然后就开始了焦灼的等待。

一家人对雀华的新工作都很期待，除了离家远了七八公里，上班得倒一次车外，其他的都好。雀华才不嫌远，不就早起会儿晚回来会儿，这比在小雪干农活轻快多了。

一天晚上永盛和小青来王官庄了，那天他刚送货从外面回来。"我抽空去了趟家里，我爸能自己走路了，走不很利索，干活是不行了。他问国庆和小青什么时候结婚，他俩虚岁二十五，也不小了。"要是小青妈说这话，妈妈肯定要话中带刺地说几句，这一次，妈妈沉默了。妈妈很为小青爸可惜，那么一个忠厚老实的人，偏偏得了这病。雀华听出来了，永盛先说他爸的病，再说小青的婚事，也有施加压力的意思——病人想早点看到闺女结婚。果然，永盛又说："我爸说小雪有几个得他这病的，他知道他这病，犯一回厉害一回……"

国庆笑嘻嘻地说："我也想早点把小青娶回家，可不是缺钱吗？总不能凑凑合合，哪对得起小青呢！"雀华说："也是啊，人一辈子就这么一次。"

小青正和锦梅整理从服装市场带回来的衣服，一直侧耳倾听，这时停下说："国庆有这个心我就知足了，我没这么讲究，雀华姐不也是不讲究吗，回乡下结婚，也没房子……"说到这里，她伸一下舌头，看峻明一眼："峻明哥，我没别的意思。"峻明笑笑："我知道，你是想说只要人好，对你好，你跟你雀华姐一样，不讲究形式。"

小青一笑："不如这样，在济南简单办，回家就说在济南办场，在济南就说回家办场了，不就行了嘛。"永盛说："我觉得这是个好办法，婶子你也不用再回小雪操办了，反正他们以后也是在济南过日子。"妈妈说："有你叔在，就国庆一个男孩，肯定在小雪要大办，没有了你叔，我是有心无力了，唉——""婶子，国庆不是在济南有房子了吗，说出去也一样风光。""这倒是。"妈妈掩饰不住地得意。

雀华说："既然这样，我觉得五一就很好，跟我一天。"永盛也表示赞同。 国庆看小青，小青说："别看我，听雀华姐的。"妈妈说："这事跟你爸妈商量了再说。""我带信儿给他们。"永盛说。

小青笑呵呵地说："你这当哥的不先结婚，我怎么能结？ 不结。"永盛说："我现找也来不及呀。 女孩子不能结婚晚了，男的没事。 我等干得好了有了钱，找个好的。 现在是差的我看不上，好的看不上我。"雀华心想，看不出来，永盛心还挺高的。

国庆和小青的事有了眉目，话题又转移到雀华工作上来。 永盛说："我见过那个单位，很大，很气派。""就是不知道人家要不要我。"雀华的心事又被勾起来。 最近不是必须，她都不离开办公室，生怕人家那边打电话来找不到她。 可是一直没接到电话。 永盛又说："就是单位在东郊，从雀华住的地方过去，坐车得倒车，顺了一个半小时，不顺得两个小时，我开车也得将近一个小时。""天天这样，够累的。"峻明说。 雀华歪过头："我才不管这些，只要给钱多，我不觉得累！"

正等得心里没着没落，雀华接到了电话，让她周四下午两点去面试。 放下电话，雀华捂住咚咚狂跳的胸口。 仇老师抬头看看她："怎么了？"雀华急忙含混过去了。 仇老师满含深意地看看她，没说什么。

雀华把消息通过 QQ 告诉了刘会计，刘会计向她祝贺，并告诉她面试注意事项，再三强调要沉着冷静，即便紧张也要装，另外一定要穿职业套装，穿衬衣、西装。 雀华一一答应。 最后，刘会计说："别紧张，咱不是有关系嘛，放开发挥就是。 我同学也参加面试，简历上有你的照片，她认识你。"雀华吃了颗定心丸。

还是不敢大意，这两天雀华临阵磨枪复习专业知识到半夜。 她又叫上峻明，去逛了大观园和人民商场，最后在人民商场买了一套黑色西装，一件白衬衣，还有一双高跟皮鞋。 这一身行头花了一千一。"舍不得孩子套不得狼，舍不得孩子套不得狼。"她喃喃地提醒自己。 峻明看着又好笑又心疼。 以前她的衣服基本是从洤口服装城买的，先是和同学一起买，后来锦梅和小青帮着选，物美价廉，在商场里基本只逛不买。

她提前一个小时到了斯乐公司门口，从门口远远望去，她看到公司院子里整整齐齐停放着七八排私家车。 为了不过早出现，她绕到公司后面，在一棵树下溜达了半个小时才进去。 等候面试的已有七八个人，后面陆续还有人来，总体女多男少，靓女好几个。 她心里打开了小鼓，只能不断用刘会计的话给自己打气。

面试她觉得还好。 负责面试的人看了她的证件和证书的原件，问了几个专业问题，专业性非常强，倒也没有难倒她。 后来他们又问她为什么换专业，她就把喜欢这个专业，被调剂到历史系的话又说了一遍。 这话说得次数多了，她都当成真的了。 然后她又趁机说了自己业余自学，不到三年拿下会计本科文凭和学士学位的事，以表示自己的决心和能力，并表示，自己打算用这样的态度来对待会计工作，应该能弥补她没有会计工作经验的不足。

果然，她看到主考官——一个戴眼镜的中年男人，向她投来赞许的目光。 她想刘会计的同学要是在的话，应该就是紧挨着主考官右边的那位，她三十三四岁的样子，留着干练的短发，眼神咄咄逼人，跟刘会计完全不一样的风格。

　　走出公司大门，雀华又忍不住回头。 她终于明白永盛为什么说公司很气派，那是因为公司占地面积大，厂房多而大。 但是公司的大门不起眼，很低调，这让雀华很是喜欢。 越是喜欢越想被录取，心里就越发焦灼不安。

　　好在这种焦灼并没持续太久。 第三天一早，雀华接到一个电话："您好，是朱雀华女士吗?""是的。""我是斯乐公司……"雀华的心一下提到嗓子眼，她下意识地四下望了望，还好，仇老师不在，新人埋头于文件中。 当听到自己被录取时，雀华眼睛蓦地潮湿了，想哭。 但她没有哭，她微笑回答："谢谢。"后面就是通知她什么时间去拿录用通知、什么时间前办好手续，等等。"好的。""谢谢。"雀华优雅地回答，直到对方挂上电话，她还处在一种兴奋、激动、疑惑和不知所措的混乱之中。

　　梦想真的就成了现实吗? 我什么时候这么顺利过? 在办公桌前坐了一会儿，她拿起电话，给刘会计、峻明、国庆分别打了个电话。

3

　　差一刻一点半，雀华在斯乐公司后面的树下吃白吉馍。 这是她的午餐，来时在公交站牌给自己买的。 上午，她把工作提前完成，一到吃午饭时间立马冲出公司，她想利用中午休息时间坐车赶到斯乐公司拿录用通知，争取下午早点回去继续上班。

　　一点半，雀华走进斯乐公司的大门。 一切顺利，雀华拿到了录用通知。 正好面试她的那位主管也在，人事上介绍是林主管，雀华毕恭毕敬问"林主管好"，林主管点头回应，有点盛气凌人。 四目相对，似有灵犀，林主管眼中有审视，更多的是赏识。雀华心中一热，直觉她就是刘会计的同学。

回到办公室是下午三点多。因为提前请过假，并没人过问。雀华坐到电脑前整理这期报纸的稿子，再等三车间一篇稿子过来，她就可以排版了。她打算排好这期报纸再提出辞职，不晚，斯乐公司给了她半个月的时间。

仇老师看看办公室只有她们两个，神神秘秘地说："雀华，最近挺忙呀？"也许仇老师察觉到了什么。仇老师除了工作不主动、好传小道消息外，人还是不错的，想到自己曾想过向仇老师借钱，雀华想把她要辞职的消息告诉她。但是又想到她的嘴不严，就没说。她只说："弟弟要结婚，让我参谋买东西。"

晚上，雀华一脸得意，把录用通知炫耀给峻明看。峻明作崇拜状："雀华同学牛啊——功夫不负有心人。""你就会说这些老套话，有点新意好不好？"雀华嗔怪。看着雀华的娇俏模样，峻明把她搂进怀里："那就来点带新意的，好好庆贺一下……你整天忙这忙那，差点忽略了和你老公的夫妻生活……"

过完夫妻生活，雀华凌乱起身，忽然顿住："对了，这月大姨妈怎么还没来？"她爬起来看看台历："过了十八天了。"雀华大姨妈一般推后三四天来，最长推后过七天，但是推后这么久还从未有过。"会不会是怀孕了？"峻明说："不会吧，我们每次都避孕的。你不是说还上债再要孩子嘛。""是啊。"疑云爬上雀华脸颊。

又等了两天，大姨妈还没来。雀华心急如焚，去医院做了检查，竟然真的是怀孕了。真不是时候，在这个节骨眼上。雀华在妇产科外面的椅子上坐了一个多小时。孩子和工作，她必须做出选择。努力了这么久，得之不易的工作，她真的不想失去。如果神不知鬼不觉地打掉，不让峻明和妈妈知道，新单位就更不会知道，那不就像没这事一样？她起身沿着走廊往里走，打算回去找刚才给她做检查的医生，请她安排流产事宜。 到了诊室门口，她又站住了。 她在诊室门口转悠了几圈，又转悠了几圈，心中暗念着"打掉算了，打掉算了"，却鬼使神差地回家了。

峻明从外面回来，就被雀华劈头盖脸痛骂了一顿，骂他不注意，骂他自私，骂他要毁了自己的前途。 到最后，峻明终于明白是怎么回事了。 在瞬间的喜悦过后，他也开始发愁。"你什么意见？ 快说！"雀华追问。 他不语。"你要负责任！"雀华歇斯底里地吼他。

沉默了半天，峻明说："我的意见是生下来。""怀着孕去新单位？ 让我怎么做人？ 让刘会计在她朋友面前怎么做人？ 人家谁愿意要一个刚人职没多久就歇产假、喂孩子、带孩子的人？""那……那就先不去了，等孩子大大再说……""人家等你吗？ 这个岗位会给你留着吗？""那……那就再找新的。""哪有这么好找？ 你以为我是北大的博士！"

"噼噼啪啪"，桌上的杯子、书、苹果等被雀华横扫一地。 还没等峻明去捡，雀华已甩门而去。 峻明急急忙忙跟上。 雀华骑上自行车向南飞奔，峻明跨上自行车紧随其后。

到了王官庄，雀华要把峻明关门外，峻明硬挤了进来。 妈妈正在剥花生，见状问："怎么了？ 吵架了？"雀华坐在沙发上哭，峻明说了情况。

妈妈一愣，接着一喜，说："哭什么哭，这不是好事嘛，要！ 我说了，就得要。 要是觉着怀着孕换单位不好，那就不换了。 人不能让尿憋死，这家不行再找别的。"雀华只是哭。 停了一会儿，妈妈说："实在很想去，那就什么都不说，直接去上班，反正上了几个月了不能开除你。"雀华还是哭。

妈妈又说："流产不光对身子不好，好多人因为流产再也不能生孩子了。"听到此处，雀华收住泪，不哭了。 她起身洗了把脸，照了照镜子，抹了一些锦梅的护肤霜，出门。"你干什么去？"妈妈追着问。"我去找刘会计。"妈妈使一个眼色，峻明跟着出去。

雀华来到辅导班所在大楼，便看见不少小孩子和家长进进出出。这些男孩女孩，背着各式书包，满脸稚气和灵气，蹦蹦跳跳，着实可爱。雀华看着，不由得呆了一呆。

在亮亮上辅导班的等候教室里，雀华见到了刘会计。"刘会计，你知道，我一直没要孩子，一是为了买房子——还借了你的钱——还就是想着能做会计工作——等一切稳定了再要孩子。"刘会计笑吟吟望着雀华。"可是……""怀孕了？"刘会计问。雀华点点头，眼泪又止不住掉下来："这是个意外。""要做妈妈了，祝贺啊！"雀华愣住了。"可是，我不想丢掉好不容易才得到的新工作……不说吧，我心里过意不去，而且很快人家就会知道的，说了又怕人家立马不要我了。我……我都想打掉了，第一反应特别想……打掉！"

"哪有什么非黑即白，完全可以既去新单位又要孩子。"雀华眼睛一亮，定定地盯着刘会计，潜意识里，她不是没有这样设想过。"在投简历、面试、拿到录用通知书之前，你不知道自己怀孕了是吗？""是的，今天刚查出来，医生说四十九天左右。""就当拿到录用通知书后你也不知道自己怀孕了，直接办入职好了。"

"这样好吗？我是怕今后对你影响不好，还有你同学林主管。"刘会计沉吟一下："这事先不给她说，她和我虽是同学、好朋友，但她比较较真，先不说，能瞒多久就多久，实在瞒不住了，坚持说入职前不知道，工作一段时间之后才知道的。""这样……好吗？"刘会计点点头，"也只能这样了，你可能会受一些委屈和误会。""我能受得了，我还想尽量做到不影响工作。在农村，我看到过很多妇女都快生了还在地里干活。"刘会计笑笑："有些事谁也说不准，往好处努力吧。""我会的。"雀华眉头舒展开来。

"目前身体有什么反应吗？""没有任何感觉。""趁着没反应，尽快办入职。""好。"刘会计又跟雀华说了一些在外企工作的注意事项，说了一些怀孕注意事项，两人才挥手告别。

　　路过教室时，雀华探头往里看了看。　一群小学生坐在里面，有的专心听讲，有的做小动作，亮亮看到了她，挤着眼冲她摆手，她笑笑也摆摆手。　回转身，她下意识地摸了摸肚子，没有什么感觉，小腹一片平坦。

　　峻明等在楼下，雀华也不理他，骑上车就走，峻明骑车紧随其后。　一阵香味飘过来，雀华停车看了看路边，说："过桥米线，真香。"峻明赶紧停车颠颠地买了份过桥米线。

　　回到王官庄，雀华三下五除二把米线吃光，连汤也喝个精光。刘会计说了，要保持体力和精力，才能既干好工作又养好孩子。

　　吃罢米线，雀华把与刘会计的对话复述了一遍。"嗯，这是个好主意。"妈妈脸上乐开了花。"我也这么想过，想着连刘会计都不告诉，只是觉得这样对不起刘会计的信任，就直接告诉了她。　既然她也这么想，我就没什么好担心的了。""人家刘会计还不是为了你，真是个好人哪，咱也帮不了人家什么忙。"妈妈喃喃着。

　　"这不是说谎吗？"峻明迟疑着。"拿到了录用通知才知道的好吧，要不是我等着把这期报纸排出来，知道前我就辞职办入职了。其实就相当于我是入职后才知道的。"峻明笑笑："这样一说倒是。""有时候善意的谎言对大家都有好处。"雀华说着捏了一个妈妈炸的土豆条放进嘴里。"我保证不因怀孕耽误任何工作，也不耽误加班，这样，对得起新单位，对得起自己的良心了吧？"

　　递上辞职申请，雀华把辞职的事告诉了仇老师。　仇老师拉住她的手："其实我早看出来了，你考了这个考那个，我就知道你迟早会去更好的地方。　我以为你会偷偷先告诉我……"没想到仇老师会这么想，雀华有些内疚："其实也想早告诉您，就是……"仇老师拍拍她的手："我知道你怕人多嘴杂，这不你告诉我了嘛，别人都还不知道。"雀华感动道："仇老师，孩子有不会的问题还要问我呀，高中数学难了，我解答不了的，让我老公上。"仇老师笑了，眼角的鱼尾纹深深浅浅。 雀华心头一热。 自从第一次见到仇老师，她就抗拒未来的自己成为她的样子。 她用力攥了攥仇老师的手。

几天后，申请获批，雀华顺利办好各种手续。 曾经那么盼着离开，真到了这一刻，竟有很多不舍。 近五年的青春时光啊！ 好多人好多事伴随着她一路走来。 雀华留恋地环顾办公室，与大家告别后，拎着饭盒、水杯等杂物走出去。

站在三楼走廊的大玻璃前俯视公司大院，树木、花坛，人们来来往往、车辆进进出出，一如往常。

蓦地，门口走进来两个背着书包的年轻人，青涩、焦灼和向往汇聚在他们青春洋溢的脸上，那不是郝峻明和朱雀华吗？ 他陪她来找工作。 他们怯怯地坚定地朝着大楼走来……

第十五章

1

　　自学好几年，真正上手实操，需要学习的还不少。 这倒难不住雀华，她决定把自己当成刚毕业的大学生，边干边学，边学边干，多下功夫。 为了回家操练各种财会软件和熟悉各种表格制作，她狠了狠心，和峻明专门去山大路科技市场组装了一台电脑，白天整不明白的东西，回家继续钻研。

　　林主管雷厉风行，说话言简意赅，时常主动指导雀华业务，并说："有问题只管问我。"雀华答应着，并不轻易打扰林主管。 她知道林主管很忙。

　　那时朝八晚五。 雀华五点五十起床，不化妆，简单收拾一下，喝上一杯白开水，拎起小包就出门。 她发现早起真好，整个筒子楼里静悄悄的，上厕所也不用排队。 公交站牌有卖早点的，白吉馍、鸡蛋灌汤饼、煎饼馃子，再远一点有小笼蒸包店。 她一般轮流吃。买上早点再加一杯热豆浆，上了公交车坐到后面角落里，从从容容吃完，还没到倒车的地方。

　　早了，公交车上人少，车跑得也快，她一般七点半左右就能到公司。 打扫一下卫生，坐下静一静，就进入工作状态。 林主管通常是第二个到的。 有时雀华正在扫地，一抬头，看到一辆红色轿车驶入公司大门，她就知道是林主管来了。偶尔，财务部长会第二个到，不经意往她敞着门的办公室里看一眼，接受她毕恭毕敬的问候。他就是面试时坐中间位置的戴眼镜的中年男人。"早起的鸟儿有虫吃。"雀华想起妈妈常说的一句话。

五点下班，在公司附近坐公交还好，始发第二站，能有座位，到了市里再倒车时人就很多，能挤上去就不错了。妈妈心疼她在公交车上站着时，雀华歪头笑道："站站也挺好，上班不是一天到晚坐着吗？"

星期六过去王官庄吃饭，知道雀华一切顺利，妈妈放心了，并告诉她："我打电话给小青家，小青爸妈同意他们结婚，小青妈不同意五一，说太急，要另选日子。事多！"雀华捋着妈妈的胸脯："行了行了，商量着办吧。"这么一说，妈妈有了一丝笑意。

小青对家里现有的一切都满意，表示不用换新的。至于结婚用的大红的床上用品，她说和锦梅商量着从泺口买上一套就行。"其他的一些小东西，我上下班就捎回来了，绝对又便宜又实用。雀华姐忙，国庆也忙，交给我就行。"国庆嘻嘻笑："还怪贤惠呢，不是装的吧？"小青作势用衣架打他，国庆跳去一边。永盛坐在角落的马扎上看着他们闹。

过了几天，结婚的日子定下来了，阴历五月初九，阳历六月十号，正好是星期六。国庆抓紧定饭店，定婚庆公司。小青不同意找婚庆公司，说找个能说会道的同事主持一下，大家一起吃顿饭就行了。国庆不同意："一辈子就这一次，人家怎样咱怎样，放心，人家找豪华的，咱找经济实惠的。"小青说："买房子还借的钱呢。""虱子多了不怕咬，再借点也不要紧，以后你跟我慢慢还就是。钱能慢慢还，婚礼不能再补办了吧？"想想也是，小青没再言语。"国庆说得在理，"雀华说，"就照国庆说的办吧。"众人不言语，就是同意了。

虽然雀华买房也借了一屁股债，凑够五千时，她没还债，而是给了国庆，让他准备婚礼。 国庆不要，他从永盛那里知道她借钱买房的事了。 雀华说："先用着吧，以后挣钱多了还我，挣不多就不要了。"国庆嘻嘻笑着接过："那我肯定能挣大钱，放心。"

国庆的婚礼办得简单，但热闹非凡。 婚庆公司的主持人幽默，国庆几位同事小伙也会凑趣，一时笑声不断。 小青准备了两身衣服，换下婚纱是旗袍。 她大哥大嫂带着侄子从蝶城赶来，代表她父母。 国庆租的婚庆公司的婚车，把小青和伴娘从永盛的租处接到酒店，借用公司的车接着永盛和小青大哥一家。 虽然是只有两辆车的车队，程序一点也不少。 新娘子小青满脸幸福，两眼放光，眼睛笑成了弯月。

雀华见到了国庆说了很多次的萧经理。 萧经理个子不高，脸白，穿得干净整洁，头发往后梳得一丝不苟，虽然眼珠转来转去，倒不是奸商模样。 寒暄过后，雀华谢他："国庆买房您借这么多钱给他，太感谢了。""小意思，小意思啦。 国庆是我的员工，也是好兄弟，他脑子灵活，为人诚实，以后一定会大有作为！ 我真的不是恭维啦。""谢谢，还请您多培养。""十年，不，用不了十年，他一定会出息啦。"吹牛加恭维，雀华赔笑。

第二天小青回门。 按照提前说好的，永盛骑着自行车去接小青，小青包了几件衣服，拎着鱼和肉等回门的东西下楼。 楼下永盛接过后，又上楼，一应送了回来，对妈妈说："婶子，我那里没冰箱，先放你这里，我来时做了吃。"妈妈也不客气，就收了起来。

国庆和锦梅斜倚在沙发上看电视，妈妈站在小阳台上望着远方，雀华知道，妈妈这是在遥望小雪，因为她也经常这么做，不经意地，就向南方望去，那是小雪所在的方向。"你结婚了，国庆也成家了，你爸爸要是能看到多好。"妈妈擦眼泪。"爸爸看到了，"雀华说，"爸爸在看着呢。"

"你怎么样，吃饭还行吧？"妈妈问。"行啊，跟原来一样，也没有恶心想吐什么的。""有人反应厉害，有人反应轻，也有人从头到尾没反应，你说不定就没反应。""但愿这样，谢天谢地。等我在单位稳住脚，再让别人看出来吧。""还要多久能站稳脚？""现在就差不多了吧，因为你闺女聪明能干。"雀华歪着头逗妈妈，妈妈笑了。

黄昏时永盛把小青送回来了。他们陪着大哥一家看了趵突泉游了大明湖，就送他们上火车了。大哥大嫂要上班，侄子也要上学。

正好，放回冰箱的鱼和肉做了，再加上婚礼打包回来的菜，又是满满一桌。

喝了几杯啤酒之后，永盛说："把小青送回来我就放心了，明天我就又要出车了。这次出车要去新疆，时间会很长。来回得半个多月，中间还要捎货卸货。"

"跑这么远。"小青噘起嘴。

"跑长途挣钱多。"

"别光想着挣钱，找媳妇也得上心了。我表姐的嫂子的外甥女在蝶城打工，也还没对象……"妈妈说。

"别别别婶子，先不找，等我挣了钱找个好媳妇。"

雀华端起茶杯："我以茶代酒，祝愿永盛早一天找到合意的好媳妇。"永盛笑笑，把杯中的啤酒一饮而尽。他端着空杯子又冲雀华笑笑，那笑容竟十分伤感。

他从衣兜里掏出一个砖头一样的手机，说："别人换下的手机我买回来了，有点老，还能用，在外面跑联系方便。"他把号码留给大家，又一一记下大家单位和家里的号码。

正热闹着，峻明加班回来了，于是坐下跟大家一起吃。

永盛又坐了几分钟，起身告辞。雀华和小青把永盛送到楼下。小青眼泪汪汪地说："二哥，我一嫁，你一个人多孤单。""我回来了你就去看我，我也来看你。"永盛说着跨上自行车。

雀华紧跑几步追上去，喊："永盛。"永盛就又下来。雀华回头看了看不远处的小青，说："永盛，赶紧找媳妇吧，你这样我不放心。"永盛低头不言语，过一会儿说："放心吧，我找。"他匆匆看了雀华一眼，跨上自行车走了。

2

一天，雀华像往常一样坐在公交车后面角落里吃鸡蛋灌饼，吃了一大半，突然一阵恶心，想吐。赶紧吸了一口豆浆想压下去，更想吐。好不容易坚持到下一站，雀华跳下车冲向路边花坛，"哇"地把刚吃下的东西全吐了出来。还不到倒车那一站，再上车再倒车肯定迟到，雀华打了一辆出租车。

还好，胃里没东西，有些恶心也没吐出来。来到公司七点二十，在办公室静了一会儿，很饿，雀华就把剩下的半个饼吃了，豆浆也喝了。

雀华知道，反应开始了。

中午吃过饭像往常一样闭目养神，突然胃里一阵翻腾，雀华起身奔向洗手间。在隔断里干呕了半天，没吐出来。出来洗手漱口，又是一阵干呕。干呕过去，一抬头，看到身边站着林主管。"怀孕了？"林主管问。雀华摇摇头："不知道，没计划要呢。""去医院检查一下吧。"林主管说完进了隔断。另一个隔断出来一个人，是出纳，冲她笑笑："八成是有宝宝了。"

雀华提心吊胆了一星期，风平浪静，林主管没问她什么时候怀孕的，人力资源部也没人找她谈话。此地无银三百两地隐瞒不是办法，也为了防止有人嚼舌根，雀华索性大方承认：怀孕了。好在自从那天早上之后，她没再吐过。她接受教训，不在公交车上吃饭了，空腹坐到公司，到了公司再吃。

也就反应了半个来月，突然有一天不恶心了，雀华胃口大开，不久肚子就显出来了。能吃上饭了，雀华精力立刻提升，工作效率依旧高，挺着肚子上楼下楼，在公司院中走来走去，若无其事。 大家都说雀华泼辣，每天雷打不动早来晚走，没见她累过。 雀华当然也累，只不过不在人前表现出来。 坐一个半小时公交车，到家后立刻瘫在床上。 好在峻明做好饭了，躺一会儿起来吃，吃完快八点了，收拾收拾活动活动，九点上床睡觉。

有一天出纳夸她："雀华，你太能干了，有些人比你年轻也没怀孕，还不及你精气神足。"雀华笑而不语，心里想："我是把别人看电视的时间都用在睡觉上才养足了精神的。"

雀华怀孕六个月时，林主管在广州出差，打电话过来，要求杨会计立刻赶过去与她一起对账，可杨会计突发阑尾炎住在医院里。 能帮上忙的只有雀华，可她怀孕六个多月了。"我去，"雀华在电话里跟林主管说，"我还从没坐过飞机也从没去过广州呢，去一趟一举两得。"

在广州待了五天，雀华配合林主管，把工作处理得干净利索。最后一天，她们坐出租车在广州城里转了一大圈，一起吃了肠粉，才坐飞机回济南。

在飞机上，林主管问雀华："预产期是什么时候？""十二月份。""有人看孩子吗？""有，我妈和我婆婆都行。""想要男孩还是女孩？"当然是男孩，不过雀华沉吟了一下："嗯——都行。 您家是男孩还是女孩呢？""小姑娘，七岁了，比会婷的亮亮大几个月。"雀华庆幸没说自己喜欢男孩。

雀华心中忐忑，林主管怎么不问她什么时候知道自己怀孕的？来公司前还是之后？ 她问预产期是不是推算怀孕时间？ 可是就这个问题，林主管始终不置一词。 一个人刚被招进来就怀孕生子，公司不在乎吗？

"真是不好意思，刚来公司就怀孕了，我本来打算工作稳定了，过两三年再要孩子。""女人迟早要过这关，什么时候来了什么时候要吧。"林主管一脸坦然。 再解释反而多余，雀华没再说这事。

雀华得知林主管家就是济南本地的，父母已退休，有两个哥哥，都在政府部门工作，老公是她学长，在大学教书，就教会计学。"会婷前夫也是我们同学，英俊有才，就是靠不住，当时我还提醒过会婷，她不听。"想起刘会计的状况，雀华叹口气。

林主管看起来冷傲，人倒心直口快，雀华就向她敞开了心扉。从爸爸去世到现在，关于妈妈、弟弟、妹妹、峻明，她说了很多，她已经好几年没说过这么多关于自己的事了。 林主管神色一变："我只知道你刻苦、勤奋，没想到你小小年纪经历这么多事。"雀华一笑："这不都过来了吗？ 在刘会计和您的帮助下，不是越来越好吗？"她转过头望着飞机舷窗外大朵大朵的云彩，免得让林主管看到她就要夺眶而出的眼泪。

怀孕七个多月时，雀华的肚子已经很大，妈妈很担心："再挤公交车还行吗？ 能提前歇产假吗？"雀华笑："怎么可能？ 符合晚婚晚育条件的，一共才五个多月的产假。 放心，坐公交车有人让座。"话是这么说，雀华也有点担心接下来肚子越来越大怎么办，她觉得吃力了。

忽然有一天，人力资源部的孙主管打电话让雀华过去一趟，雀华一惊，以为要问入职时是否知道怀孕，硬着头皮去了。 孙主管问她："你打算什么时候休产假？""快生的时候吧，这样生完能多歇几天。""听说你家挺远，坐车倒车的，不累吗？ 人多时会不会有危险？"雀华沉默，不知道孙主管说这些用意何在。

"我也想过，觉得吃力时就在公司附近租个房子……""你就没想过公司有集体宿舍？""集体宿舍？""是的，你的情况特殊，可以提出申请，我负责审批。"雀华惊喜："您是说我可以申请？"孙主管笑得露出外龇的门牙。"就在我这里写吧。 简单说明一下情况就行。"孙主管拿出纸和笔递给雀华。

雀华边想边写，孙主管拨了个内线电话。 等雀华写完，看到林主管走进来。 林主管拿起申请看了看，在上面签了字，孙主管接着签上她的名字。 孙主管一笑："我们部长也了解这个情况，他再签了字，就可以了。 那天林主管说起你的情况，我们想了这个办法。 放心，符合公司规定。"

就这样，雀华住进了公司集体宿舍。 她那个宿舍是两室一厅，住两个人，舍友家在济南西郊，刮风下雨才在这里住，平时坐公司班车回家。

省却了上下班路上的奔波，可以一觉睡到七点多，真幸福。 她往往是周六早上回家，周天下午回公司宿舍，尽量凑公交车人少的时候出行。

产检雀华选在周六周天。 按医生建议，找同一位专家产检最好。 周末一般都是医生轮流值班，不固定。 雀华顾不上这些，她不想占用工作时间，反正都是专家，不是同一个人就不是吧。

离预产期还有一个月时，峻明想让雀华提前休产假。 雀华不同意，妈妈也说："走路干活自己掂量着，觉着没事就行，活动活动，还好生。"就这样雀华一直上到离预产期还有三天，才办了休产假手续。

从入职公司到休产假，中间雀华没有请过一次假，包括加班。

3

千禧年十二月的一个清晨，雀华的儿子出生了。 当雀华从产后疲倦的小睡中醒来时，冬日的阳光照在身上，暖洋洋的。 病房里初生儿的哭声此起彼伏，她的儿子却甜甜地睡着，红红的，嘴角带着笑，长胳膊长腿的。 冬日暖阳，多么暖人。"儿子就叫冬阳吧，"雀华指指阳光，"冬日暖阳。"一夜未睡的峻明眼睛一亮，乐呵呵地点头："小冬阳！"她和峻明搬着字典起的几个备用名字瞬间就被淘汰了。

第二天是周六，刘会计和林主管来看雀华和冬阳。 刘会计带着亮亮，林主管带着她女儿淼淼，两个小家伙稀罕地围着小冬阳叽叽喳喳。 小冬阳手舞足蹈，笑得小红脸起了褶子。

雀华问起工作情况。 她在休假前，已听从安排把工作移交给同事李晓，由李晓暂时兼顾，她上班后再接过来。"一切正常，"林主管说，"李晓基本能干过来，实在忙不过来，有我呢。""那我就放心了。"雀华开心地笑了。 林主管也笑了，雀华发现她笑得好像有些勉强。 林主管垂下眼帘，略一思忖，似乎还想再说什么，刘会计拉拉她衣服，说："咱们走吧，让雀华歇歇。"

雀华心头掠过一片阴云，林主管要说什么？ 是想让她早回去上班又不好意思说吗？ 按规定产假是三个多月，晚婚晚育还可以延长近两个月，也就是说她有五个多月的产假。 也许是年底太忙吧，财务部本来就人手紧张，现在又少了一员干将，会更忙。 小冬阳的哭声打断了雀华的沉思，哇，小冬阳拉臭臭了。

李晓来看雀华那天是正月十六。 按小雪的风俗，外孙满月之后要"叫满月"，舅舅要把他们叫到姥姥家住一段时间，正好婆婆早就想回老家，小冬阳满月之后，婆婆回老家，雀华和小冬阳就被国庆叫到王官庄小住。

李晓大学一毕业就去了斯乐公司，虽比雀华小一岁，但还比雀华早到公司三年。 她也是农村考出来的，与雀华比较说得来，人胖，嗓门也大。 因为小冬阳正在睡觉，她压低了嗓门："雀华姐，你还真能沉得住气。""怎么了？""你不知道？ 林主管没给你说？"她捂了捂嘴，"不管这么多了，我得说。 本来公司财务今年要招一个人……""这个我知道。"雀华说，"休假前就听说了。""重点在后头，听说刚增加了一个名额，春招招两个，校招。""什么意思？ 招人顶了我的岗？""我一直声明我兼着你那块工作得心应手，可就怕有人使

223

坏，我的顶头上司，李主管，故意给我多派活，让我没时间干你那摊活……我偏加班也要干完。"雀华叹口气。

"还有那封邮件……""什么邮件？""据说人事总监王总的邮箱里收到一封邮件，告状说你怀着孕入职公司，违反了公司规定。 说是从你生孩子时间和入职时间推算出来的，准确无误。""入职时我根本不知道自己怀孕，再说即便怀孕我也没影响工作，没请过假，加班都是正常加。""这封邮件，都猜是李主管写的，其实不是针对你，是针对林主管，是她力荐把你招来的。"还是给林主管惹麻烦了。 雀华只觉心口一阵刺痛。

"那我周一去公司，我去跟王总解释。""我听到的是小道消息，公司又没公开，你在产假中跑去问，算怎么回事？"雀华沉默，李晓盯着她。 半天，雀华说："只有一个办法，我尽快去上班。 一旦等公司招进人来，我再回去上班怕是财务部没我的岗了，调去其他边缘科室，做不对口的工作，那不是逼我辞职吗？"李晓说："可能是我想多了，不过也不是没有你说的这种可能，所以我才跑来的。""谢谢你李晓。""什么谢不谢的，对外别说我说的就行了。 不要卖了我哦。""放心吧。"

临走时，李晓又问："这些事，林主管一句也没跟你说起过？"雀华点点头。 林主管不开心了？ 她蓦地想起生下冬阳第二天林主管去医院看她时欲言又止的样子。 也许她和刘会计，只想让她坐个好月子？

李晓走后，雀华在客厅狭小的空间里走来走去。 本来冬阳睡了她也可以睡一会儿补补觉——冬阳一晚上要吃三次奶，吃了后还不睡，一放下就哭，往往雀华要倚床头上哄他半个多小时他才再次入睡。 所以她一直感觉缺觉。 现在她一点困意也没有。 万一没了工作，带着个孩子，上哪里再找工作去？ 就算是怀孕了，她这样克勤克俭地工作，入职近八个月一天假没请过——部门一个小姑娘拉肚子还请了两天假呢——不管怎样，不能就这样被挤走了。 死也要死个明白！

冬阳的哭声打断了她。 冬阳拉了。 她给他换下纸尿裤，擦了屁股，又用温水洗一遍屁股，再擦干，才换上新的纸尿裤。 片刻的安静之后，冬阳又哭起来，应该是饿了。 雀华换水洗手，故意磨磨蹭蹭，不愿理他。 如果不是你，我何至于这样焦头烂额胆战心惊！

等雀华回到冬阳身边，冬阳还在哭，张着没有牙的嘴。 突然，两颗眼泪顺着冬阳的太阳穴流下。 这是冬阳第一次流眼泪，以前，他都是干哭，没有眼泪，没哭几声雀华就会抱起来哄他。 这次是感觉到妈妈对他的嫌弃了吗？ 雀华抱起冬阳，也哭了，眼泪滴在冬阳的小脸上。

妈妈买菜回来，连声问："这是怎么了？"雀华说了情况。 妈妈说："什么也没孩子要紧，快给冬阳喂奶，工作没了还能再找，有什么大不了的！"后面两句，妈妈底气并不足。"行了，别说了，我心里够乱了！"从来没用这种口气跟妈妈说过话，话一出口雀华就后悔了，偷眼看妈妈，妈妈已走进厨房忙活起来。

雀华坐下，给冬阳喂奶，冬阳立刻不哭了。 吃奶的过程中，冬阳停下片刻，抬眼看着雀华，咧嘴笑了笑，又继续吃。 冬阳是在讨好妈妈吗？ 雀华握着冬阳的小手，看着冬阳专注吃奶的样子，笑了，眼泪却再次落下来，心中的想法也更坚定了。

冬阳刚刚睡下，峻明加班回来了。 见雀华低头思忖也不搭理他，便问："怎么了？"雀华就把公司的情况说了一遍。 峻明叹口气："唉！ 这可怎么办？ 每个单位总会有这样的人，你不要着急，说不定多招一个人与你也没多大关系，就是实际需要呢……""不能抱侥幸心理，八成是这种情况。 我想好了，先下手为强，这几天我就申请回去上班。"

"可是冬阳才一个多月，你刚坐完月子不久，也需要休养。"雀华

225

缓慢却坚定地说："顾不上这么多了。 我想好办法了，冬阳小会哭闹，单位集体宿舍不能再住了，我们去公司附近租房住，这样给冬阳喂奶方便。 我从小干农活，身体底子好，早点上班没关系。 就是你可能要委屈点，来回跑。"峻明叹气。 雀华说："行了，别愁，你也不用天天跑，天好不忙时过去，累了就住筒子楼里。"峻明说："我不是愁我。"

立刻行动，雀华给林主管打电话："林主管，我听说公司财务上计划再招两个人，我觉得这对我来说不是好事，既然财务部这么缺人，我想这几天就申请回去上班。"林主管顿了一下，问："能行吗？孩子还这么小，你的身体……"雀华就把她的打算又跟林主管说了一遍，最后笑道："妥妥地保住来之不易的工作，不比付房租合适得多？"

"好，我支持！ 我相信你能应付得了。""是啊，忙归忙，比一天到晚在地里劳作还是轻松多了。""李晓告诉你的消息吧？"雀华顿了一下，没作声。 林主管接着说："那天我故意当着李晓的面和李主管谈这件事，我知道她跟你要好……对了，那天我和会婷去看你，商量好孩子三个月后再跟你通风报信——你能提前行动，我很高兴，部门确实需要你。 我也提前跟部长汇报一下。""谢谢林主管。"林主管收了线。

对话峻明听得一清二楚，见雀华脸色略有缓和，他从包里掏出一个手机盒："我用奖金给你买的。 我加班加点辅导的那些学生中，有一个获了市数学竞赛一等奖，全市第三名，学校奖励了我两千块钱。"这是一个银色的三星直板手机，小巧可爱。 雀华嗔道："房子的账还没还完呢。""有了手机，是为了更好地联络，更好地挣钱。""多少钱？""一千二。"雀华拿过手机左看右看："够贵的。""我也给自己买了一个，在舜井街买的二手水货，三百。 这么一平均，就不贵了吧？"峻明说着又掏出一个黑色的摩托罗拉最早款的翻盖手机。

226

各自拿着手机高兴了一会儿，雀华打开电脑从网上搜集了一些租房信息，打了几个电话联系好，吃过饭就和峻明一起去了公司附近的几个小区。 他们看了约定的房子，又看了小区门卫提供的几套房子，大体了解了户型和价格。 第二天上午他们又看了几套房子，最后定下一套两室一廊的房子。 房东为了孩子上好学校搬去市里住了，刚搬走不久。 房子是机床厂宿舍，老房子，但水电暖、家具齐全，里面也干净，最大的好处是离公司近，六七百米，步行即可上班。

周一八点半，雀华准时走进人力资源部，找到孙主管，申请提前结束产假，回来上班。 她的理由有两个，一是财务部太忙，大家都忙不过来，整天加班，就算在家歇产假她也经常接到电话问一些情况；二是她身体恢复得挺好，上班没问题。 孙主管惊讶地打量着她，发现她除了肚子小了之外，并没有太大变化。 确实，怀孕期间，雀华除了肚子大了，本人并没胖多少。 现在又基本恢复原状而已。

孙主管让她稍等，急忙去向部长汇报了。 过了有十来分钟，孙主管回来了，笑眯眯地说："搞定了。 我们部长跟你们部长通了个电话，你们部长同意，我们部长也没意见。 就是你要写个情况说明，说明是你自愿提前结束产假返回工作岗位的，一切后果自负。""没问题。"雀华一口答应，又说，"孙主管，单位集体宿舍我也退掉，谢谢部里，其实更是你的关照。"孙主管说："其实……"雀华打断她："集体宿舍紧张，留给新来的年轻人吧，我在怀孕期间能住就很感激了，再说，"雀华压低声音，"咱们也不能留下口实给别人是不是？"

雀华回她办公室写了情况说明，打印出来，走了相关手续。

时间紧迫，婆婆没准备一时赶不过来。"那我先顶上呗，等你婆婆收拾好了暖和暖和过来就行。"妈妈主动请缨。 雀华看看国庆，还没等看小青，小青已表态："去吧去吧，哪里需要去哪里，家里有我放心就是。"雀华等的就是这句话。 国庆嘻嘻笑："你倒是会做好人，我还没发话呢。"峻明满脸过意不去："累你了妈，也谢谢国庆和小青。"

打扫卫生、消毒、搬家，用了不到一个星期。 下一个周一，雀华又跟生孩子之前一样，早早到了办公室。 这一天小冬阳五十六天，加上雀华提前休的三天，雀华一共休了五十九天的产假。

第十六章

1

重返工作岗位，雀华边工作边带孩子，每天都像打了鸡血，劲头十足。 到了单位埋头工作，发现越干越顺手，再往下就能得心应手了。 回到家风风火火，喂奶洗尿布，帮妈妈做饭，一刻也不闲着。妈妈对纸尿裤反感，觉着不透气，就给冬阳用尿布——最重要的是省钱。 这增加了妈妈和雀华的工作量。 不过，真的省钱。

抱着冬阳，看着电视，看着妈妈忙忙碌碌，看着峻明备课，想想外债越来越少，雀华觉得生活也挺美好的。 爸爸要是能看到，就更好了。

美好的生活被锦梅打破了。

六月的一个周六，雀华一家到王官庄来。 这时婆婆已过来两个月，妈妈也住回王官庄，继续抽空卖中老年服装。 锦梅没来，说是想考研试试，从这学期开始也不去涿口服装城打工了。 大家当然支持。

晚上大家正吃着水饺，锦梅来了。 雀华发现锦梅有点蔫，脸黄黄的，学习累的？ 雀华有点感动——锦梅终于肯下苦功了。 对她能不能考得上，雀华心里打了个问号，她知道她的基础差。 锦梅打起精神说："哟，水饺，我的最爱。"用手捏了一个放进嘴里，可能吃得急，被噎了一下，差点吐出来。 雀华急忙拍她后背。 妈妈端出一碗来给她，她却不吃了，说："我吃过饭了。"说完，她闪身进妈妈房间躺着去了。

小青悄悄对雀华说："这一阵子我觉着锦梅有点不对劲儿。""哪里不对劲儿？""不回家，回来也懒懒的，像有心事，问也不说。""考研有压力呗。"小青撇撇嘴："我看不像。"

吃过饭，大家挤在客厅看电视，雀华去看锦梅。 锦梅并没睡着，她从床上坐起来，说："姐姐，我怀孕了。"雀华的脑袋"嗡"的一声。 她摸摸锦梅的头，不发烧。"四个月了。"雀华盯着锦梅："这么大了？ 你什么时候找的男朋友？ 怎么从来没说起过？""快一年了。 不想提。""你同学？""不是。""社会上的人员？"锦梅点点头，又摇摇头。"那你说说他的情况吧。""他家开厂，他妈是厂长，他爸管销售，他……是他妈的助理，不大去上班……""这么说是游手好闲喽？"雀华气得心怦怦乱跳，"他知道这件事吗？""知道。""他怎么说？""他说让我上完这学期，休学一年生下来，反正他家有钱养着。""不可能，学业重要。""过了不到一个月，找不到他了。"锦梅说着，捂住脸小声抽泣。

睡在另一边的小冬阳翻了个身，要醒，雀华拍拍他，他就又睡着了。

锦梅很快停止了抽泣，说："手机打不通，我就去厂里找他。 他不在，他妈说他去英国学习企业管理去了。 我说我不信，不可能这么快就到了国外。""他妈知道这事吗？""知道。 他妈给我一万块钱，让我自己处理。 我没要，我说得要他陪我处理才行。"雀华捂住胸口，长长地出一口气。"我也不是吃素的，我喊着他的名字让他滚出来，不要再做缩头乌龟，估计整个楼都能听到了——我要让他和他妈丢人！""你真蠢！ 女孩子更丢人！ 以后再也不要让外人知道这事。""哼！ 谁怕谁！ 保安往外拉我时我还又喊又骂呢。 我把他妈塞我包里的钱扔到地上，撒了厂里一路……"

雀华说："跟他这种不负责任的纨绔子弟，就此散伙正好。 明天跟我去医院，把孩子打掉，继续好好学习。 别说他失踪了，回来也不正眼瞧他，真想让你哥哥揍他……"话锋一转："先别让你哥哥知道，虽说他脾气好多了——省省吧，满仓的一小截手指头……"锦梅说："我知道。"停了一下，锦梅又说："也别让妈妈知道，能气死她。""亏你还知道"，这句话几乎冲口而出，雀华忍住了。

妈妈这里住不开，晚上雀华一家回学校筒子楼住。

第二天一早雀华抱着冬阳来到王官庄，发现锦梅不在。

"锦梅说学习忙，昨天晚上你们走了她也回学校了。"妈妈心疼地说，"你看累得，面黄肌瘦的。"这个时候会有心情学习？ 雀华立即拨锦梅的手机，关机。 她又发信息：说好的怎么走了？ 收到回电话，否则我去学校找你。

等了一会儿，不见锦梅回信息，再打电话，还是关机。 雀华告诉妈妈她有事，让妈妈别去卖衣服了，帮她看冬阳，说着放下冬阳去了锦梅学校。

路上一直打锦梅手机，还是关机。 雀华先到锦梅宿舍。 宿舍里其他五人都在，就锦梅不在。 舍长见到雀华很惊讶："锦梅没跟姐姐一起回老家吗？ 昨天晚上她回来就跟班长请假，说老家有急事得回老家，今天天不亮就起床走了。"雀华一愣，随即说："是啊，这不来叫她一起走嘛，可能走岔道了，我打电话她手机关机了。 她请了几天假？""一个星期。"雀华点点头，又问："她最近学习状态怎么样？听说你们宿舍有三个准备考研的。"几个人你看我我看你，其中一个含糊回答："挺……挺好的。"雀华感觉到不对劲，但觉得再问下去也问不出什么结果，就出来了。

走到楼梯口，雀华站住了，她刚才看到舍长背着书包要出门，就打算在这里等她。 果然，不一会儿舍长背着书包过来了，看到她一惊，立刻就明白了，说："姐姐，其实锦梅最近学习状态不大好……听说跟男朋友分手了，她情绪很差……我们倒觉得分手了是好事。"雀华问："你们见过她男朋友吗？""见过，矮矮胖胖的，脸很白，嬉皮笑脸的，一看就不靠谱。她……您……是真的老家有事吗？"雀华立马点头："是的。不过男朋友的事我不太了解，谢谢你。"

与舍长道别后，雀华走到校园一个角落，正要再给锦梅打电话，看到有一个信息，是几分钟前锦梅发来的：姐姐，你不要去学校找我，我不在学校，我知道他在哪里，去找他了。雀华接着拨电话，锦梅手机仍然关机。雀华立马回了条信息：别犯傻了，赶紧回来吧。

旁边有一块石头，雀华慢慢坐下来。一直没收到信息，雀华又拨电话，还是关机。阳光照在雀华脸上，刺得她睁不开眼，她以手遮阳，茫然地望着不远处走来走去的学生。她想了想，又给锦梅发去一条信息：我现在就坐在你学校的东南角给你发信息，记着，无论遇到什么情况都不要想不开，妈妈和哥哥姐姐永远都是你的后盾，为了我们，要坚强！妈妈常说，没有过不去的火焰山，天无绝人之路！爸爸说过，有错改了就好。遇事要多想想你的亲人！别让他们伤心难过。发过信息，雀华的眼泪滚滚而下。过了一会儿，她擦擦眼睛，起身回家。

妈妈正和冬阳说话。冬阳咿咿呀呀，不知说的啥，妈妈也喔喔啊啊，这样来来去去，冬阳咯咯笑个不停。只看雀华一眼，妈妈便问："怎么了？脸板得像块砖。"雀华掩饰道："同事病了，去看了看，替他难过。""什么病？""脑梗，说话不清楚了。"她把头几天的事放在了今天。妈妈没说什么，把冬阳交给雀华，又去市场摆服装摊了。

下午，雀华收到锦梅的信息：姐姐放心，我一定好好活着回来见你们。雀华舒一口气。上午时她一直在想要不要把这事告诉妈妈和国庆，告诉吧，肯定乱成一锅粥，家里人四处找锦梅，锦梅请假的谎言被戳穿，学校那边也知道了，锦梅的日子不好过。雀华决定不说。看到锦梅的短信，她更坚定了不说的决心。为了锦梅的名声，她决定谁也不告诉，包括峻明。

接下来的几天雀华夜夜失眠。十二点前睡不着，或者睡着了，半夜两三点惊醒，再也睡不着。她每天给锦梅发好几个信息，有时命令她马上回来，有时劝她不要想不开，有时让她告诉自己她在哪里，有时甚至求她赶紧回来，软硬兼施。锦梅似乎无动于衷，或早或晚，会给她发个信息，言简意赅：平安。

林主管注意到了雀华的疲惫和心神不宁，问她："最近没事吧？看你的黑眼圈。"雀华连说："没事没事，还想学点东西，看来现在不是时候，孩子再大大吧。"林主管拍拍她肩膀："别太拼了。"

确实是这样，前些天雀华还想趁着租房离家近，冬阳睡觉早，晚上她可以看看书，争取早点把会计的中级职称考下来。一是考出来可以加薪，升职更有竞争力；二是边学边干，理论与实践相结合，学习效果好，也能为今后考注册会计师做准备。不是科班出身，每前进一步都要比别人付出更多。现在她被迫暂时放下了这个计划，天天想着锦梅。等锦梅回来，就带她去做手术，继续她的学习。这事不可能就当没发生，最起码表面上看起来什么都没发生才行。

可是锦梅，你到底什么时候回来？

2

周五上午，雀华收到锦梅短信，只有"姐姐"两个字，后面没有下文了。雀华看到短信打电话过去，电话通了，却没人接，接着又关机了。这是一个没有写完的短信，后面要说什么呢？锦梅是想告诉我就要回来了，还是想告诉我情况有变，还是遇到了什么紧急情况短信没写完就被人胁迫了？在空调屋里雀华出了一身大汗，她感到从未有过的虚弱与无助，盯着电脑茫然坐了许久，起身去了洗手间。

在洗手间的隔断里，雀华给锦梅发了条短信：锦梅，你请了一个星期的假，下星期一就该按时上课，我等到你星期一八点，如果你没去上课，我就去报警，为了你的安全，也顾不上什么脸面了。如果遇到困难或危险，马上与我联系。短信发出后，等了一会儿，雀华拨打锦梅手机，依然关机。

她在隔断里站了一会儿，想好了，周一锦梅不来上课，她就带着警察去那个人渣家厂里找人，她不知道哪个厂，锦梅的同学定有知道的。她很自责，前一阵子光忙着上班带孩子，忽略了锦梅。

这一天犹如梦游一般，雀华凭着本能和经验完成了一天的工作。

下班时间到了，雀华不想走，让同事们先走吧。他们有的开车，有的坐公交车，有的骑电动自行车。办公室里终于只剩下她一人，她要好好安静一下。也不知过了多久，她起身走出办公室。

出了公司大门，往右拐，蓦然看到一个人站在悬铃木下，正是锦梅。锦梅穿着暗红的花连衣裙，腰带松松地扎着，胳膊腿依然细长，小腹似乎有些凸起，不明显，如果不是雀华事先知道也看不出来怀孕。有一瞬间雀华希望怀孕是假的。"姐姐。"锦梅叫了一声，她有些黑了，脸上和裸露的胳膊腿上都没有伤痕。

雀华上去扇了锦梅一巴掌，还不解气，又扇了一巴掌。四目相对，姐妹两个都哭了。雀华扭头就走，锦梅跟在后头。走到路边小广场的树荫下，雀华坐到石凳上，锦梅隔着石桌也坐下。

"这些天你去了哪里？"锦梅不语。"你找到他了吗？你们怎么谈的？"锦梅不语。"你不知道我担心吗？你不知道手术不能再拖了吗？"

"我错了。"锦梅说。

那天黄昏，无论雀华怎么问，锦梅就是不说这五天她去了哪里，这五天都发生了什么事情。这成了一个谜。此后一年间，雀华问过几次，锦梅都闭口不答。 随着时间的流逝，时过境迁，雀华反而不好意思再问了。 这事就真的成了一个谜。

等雀华数落够了，锦梅从包里掏出三摞钱："了结了，三万块。""没骨气！"雀华骂。 锦梅加一句："不光没骨气，还不要脸。"雀华愣住，锦梅把钱放回书包，眼泪吧嗒吧嗒往下掉："我错了。 我从一开始就不该找他，我知道你们相不中他，就没给你们说。 我错了。"

"事已至此，明天跟我去医院。"雀华拽着锦梅回到她租住的房子里。 接着给峻明打电话，告诉他不要到租的房子来了，锦梅来了，还告诉他她这个周末要加班。

雀华也告诉婆婆她要加班，第二天一早带锦梅去了医院。

根据锦梅提供的信息，医生得出结论，怀孕约四个半月。 她们告诉医生不想要这个孩子，医生说只能引产了，怀孕四个月以上就只能引产。 雀华一阵心痛，知道锦梅要受更大的罪。 怀孕时她买过相关的书看过，知道引产不同于流产，跟生孩子差不多，只是胎儿小些。

医生开了一堆单子，等检查完再拿到结果时，已是下午了。 医生看着检查结果，说胎盘前置，不适合做引产手术，做的话大出血的概率很大，大人有危险，建议足月分娩。 锦梅说："我愿意承担所有风险。"中年女医生笑笑："姑娘，你愿承担风险我们也不会做，我劝你更多地为自己的生命和健康着想。"雀华说："那就不做了，谢谢大夫。"说完，她拉着锦梅出了诊室。

锦梅说："医生就是不愿承担责任，也不一定就会大出血。""不要抱着侥幸心理，"雀华说，"什么都没有命要紧。"

抱着一线希望，第二天，雀华又带着锦梅去了另一家三甲医院。得出的结论基本一致。

锦梅嚷着要去广告做得很响的私立医院看看，被雀华拽住了。她怕锦梅自己跑去了，一直拉着她回了王官庄。

妈妈摆摊刚回家，正准备做饭。雀华很小心地把事情跟妈妈说了。妈妈明白怎么一回事后，坐在沙发上抚腿大哭："朱同贵，这可怎么办呢，这还叫我活吗，怎么什么事都摊到我身上呀——"锦梅哭着跪趴在妈妈腿上。

正不可开交的时候，国庆和小青也下班回来了。小青拉起锦梅。雀华又把刚才给妈妈说的话说了一遍。为了不激化矛盾，让国庆冷静对待此事，她没说锦梅的被甩和失踪，只说锦梅主动向男朋友提出分手，三拖两拖造成目前的局面。

"既然这样，生下来吧。"国庆说。刚才雀华诉说，小青劝慰，妈妈哭骂，国庆一直一言不发，这时才说话。屋里一下子安静下来。

雀华说："我也这么想，这是最好的办法。"

"学不上了？"妈妈擦着泪问。

"还有半个多月就放暑假了，趁着现在还看不大出来，锦梅先回去考完最后两门，放了暑假就好说了。预产期在十一月份，暑假后想办法请两三个月假，十一月份生完再去上课并参加考试，这样学校就不会发现什么，耽误点学习，不影响毕业。"

"我不生孩子！我不养！"锦梅尖叫。

"我养，"妈妈说，"你犯错孩子没错，说不定还是个男孩。"

"给我和国庆吧，就说我生的。"小青拉着锦梅的胳膊说。结婚一年多了，小青的肚子一直没动静，妈妈念叨过好几次，有两次雀华听到小青妈打电话还问呢，声音里全是焦急。

雀华没说，她给锦梅挂号时，用的也是小青的名字。

雀华说："妈妈说过，咱表姐家两个孩子其实不是双胞胎，先生的女孩没报户口，后来又生了个男孩，一起报的双胞胎。锦梅生了后，就是户口报在小青和国庆名下，也先别报，等小青也生了，一起报双胞胎。"雀华这么说是怕小青不高兴，如果头胎是男孩，按小雪当时的计划生育要求就不让再生了，小青还是要生她和国庆的孩子的。

"照我以前的脾气，打断那小子的腿！"国庆握紧拳头。"打断他的腿又有什么用？孩子还是要生下来。"雀华说，"违法的事咱不干了，没好处。"妈妈点着锦梅的额头："锦梅也不是没错！"

国庆又问锦梅："你跟他就真的非掰不行？"锦梅说："他不务正业，还花心，除非你愿意一辈子替我收拾乱子。"妈妈说："能不能将就将就？""一辈子长着呢，不能一开始就将就！"国庆说，"就这样了，生下来，咱养着。"

后来，锦梅不在时，雀华嘱咐妈妈和国庆，不要再责备锦梅了，事已至此，责备无用，万一锦梅想不开有个三长两短，这日子可没法过了。国庆不作声，妈妈抹着眼泪点头。

妈妈又恳求小青："小青啊，这事你千万别告诉你妈，不是我不相信你妈，我是怕她不小心说漏了嘴，小雪的人要知道了，我是没脸回小雪了。"小青说："妈你放心，我谁也不说。我嫁到咱家就是咱家人，国庆也是要脸面的人呢。"这么一说，雀华也放心了。国庆感激地看了小青一眼。

暑假以后，锦梅便住回王官庄，把下学期要用的书也带回来，反正不能出门，在家翻翻看看，下学期考试能合格就好。

妈妈让小青也要装一装，虽说住到王官庄不久，邻里还不是太熟，可凭空多出一个孩子哭闹，也会让人怀疑。

装了两个月恶心，小青真的恶心起来，什么也不想吃。周末雀华陪着小青去医院检查：小青怀孕了。一家人又惊又喜，妈妈说："咱小青的孩子，是锦梅的孩子带来的。在小雪，以往谁家的媳妇要是不生孩子，就先领养一个，领养以后，过不上一两年就会自己生一个，小强家是这样，丽萍家也是。"小青和雀华连连点头，从小她们就知道，小强和丽萍不是亲生的，是从外面抱来的。小青拿锦梅的孩子当自己的待，这也是原因之一。 当然这是后话。

雀华和妈妈商量，先让孩子们顺利生下来，再报双胞胎，报双胞胎肯定要找熟人，熟人就有现成的，妈妈的表姐、雀华的表姨兰姨。兰姨考的卫校，毕业后在蝶城工人医院妇产科工作，现在是妇产科主任。 兰姨家有两个表哥，大学毕业后，一个在青岛，一个在南京，都成家立业了。 现在兰姨家就只有她和姨父两口。 锦梅的事本不想让别人尤其是熟人知道，现在也没办法了，好在兰姨自幼跟妈妈要好，人也靠得住。

晚上，妈妈给兰姨打电话，连说带哭一两个小时，表述不清的，雀华在一边补充，兰姨总算把事情的来龙去脉都摸清了。 兰姨说："哪天让孩子们回来，先在这边检查一下。"

一个周六，凑着雀华和国庆都有空，国庆从萧经理那里借了一辆车，自己开着，凌晨四点半就拉着一家人出发了。 到蝶城后直接去医院，兰姨给锦梅和小青做了初步检查，又带着她们做了其他必要的检查。 下午检查结果出来，小青一切都很好，锦梅胎盘前置。 锦梅问："兰姨，你看我能做引产吗？"兰姨说："不能，胎盘前置引产太危险。"兰姨也这么说，锦梅就死了心。

兰姨说："要随时检查，最后剖宫产的可能性比较大。""什么？"雀华大惊，"剖宫产！"这下麻烦了，肚子上留下疤痕，锦梅怎么再找对象啊！ 兰姨说："看情况吧，要是胎盘能上移，也有可能顺产。只是这种情况比较少。"兰姨最后一句话，给雀华和锦梅留下一线希望。

雀华想到锦梅开学后要请假，就请兰姨帮忙开个假条。 兰姨一口答应："好，要想时间长，就是骨折，伤筋动骨一百天。"

离开学还有一个星期的时候，雀华收到兰姨挂号寄过来的锦梅的假条，理由是左腿小腿骨折。

剖宫产成了雀华的心病，又不敢说，还得安慰锦梅一切都会正常的。 值得庆幸的是，在后续检查中，锦梅的胎盘上移到了正常位置，也就是说，可以顺产了。 雀华长长舒一口气：谢天谢地！

十一月份，锦梅在济南她做检查的医院顺产生下一个女孩。 让锦梅在济南生孩子，是雀华经过反复考虑，并与妈妈、国庆和峻明反复讨论的结果，锦梅的安全最重要，大医院更值得信任，虽然蝶城有兰姨。 锦梅在医院里用的是小青的信息，庆幸的是那时看病不用身份证。 半个月后，孩子交给妈妈，锦梅回学校上课。 好在大四上学期了，课不多，上完课锦梅就匆匆赶回来给孩子喂奶。

三个多月后，小青在兰姨所在的蝶城工人医院也生下一个女孩。兰姨亲自为孩子填写出生证明：双胞胎，姐姐，朱冬美，妹妹，朱冬丽。 名字是雀华起的。 在小姐儿俩出生之前，家里人就知道她们是女孩了，女孩子当然要美丽，又都是冬天出生，就随着冬阳叫了。

这天看完小青和冬丽回来，雀华病倒了。 病毒性感冒，发了三天高烧，在家里躺了三天。 好在峻明放寒假了，能照顾她。 怕冬阳被传染上，婆婆搂着冬阳睡了几天。 从怀孕到冬阳快一岁，近两年的时间，雀华一次假没请过，加班也没缺席过。 这一次，她被流感打倒，爬不起来了。

峻明说："这一年弦绷得太紧，一放松，完蛋了。"

雀华虚弱地笑着，流下了眼泪。

3

随着雀华流感的好转，兵荒马乱的二〇〇一年终于过去了。 二〇〇二年春节后开学不久，峻明带回来一个好消息：房子分下来了。又过了一个星期，峻明拿到钥匙。

他们的房子就在学校附近，八十年代建成的，是老教师分到新房腾出来后又分给他们的。 宿舍院里总共有两栋六层小楼，雀华家在东边那栋楼里，六楼，顶楼。 房子是两室一厅，七十二个平方，两个卧室还比较大，客厅小一点。　峻明说："客厅我量了，估计茶几离电视机三十公分，走路都要侧着身。""侧身侧身呗，能有自己的房子就谢天谢地啦！"

此时国家住房制度已经进行改革，商品房在济南也普及开来，贷款买房逐渐被大家接受。　雀华的几个同事就贷款买了东边的新房子，虽然贷款，但是先住进去了，算了算，贷款利息比之前的房租多一些，但也差不太多，也基本算是本金买的房子了。　话又说回来，攒钱买，那还不得十多年甚至二十年后才能住上？

王官庄的商品房价格已涨到两千左右，附近高档小区卧龙花园开始盖了，听说期房都卖到两千五了，最小的两居室也九十多个平方，买一套都要二十多万。　他们虽然没有赶上福利分房，但是五万能住上这样的房子，雀华心满意足。　房子铺了瓷砖，厨卫都还干净。　雀华和峻明商量，只需把房子重新粉刷一下，打扫干净，再买上必要的家具，晾晾味儿，暑假就可以搬进来了。

周末，雀华来到王官庄，一是告诉家里人房子下来的事，还有就是锦梅工作的事，朝阳集团那边有眉目了。

一进门，见锦梅气鼓鼓地坐在沙发上。"怎么了？"雀华问。　国庆代答："我请萧经理帮忙，帮她找了一家房地产公司，做销售，她不愿意去。"锦梅抢白说："做销售，不就是售楼小姐嘛。""不挺好吗？　风不打头雨不打脸，工资也不低。"妈妈说。"我不去，我学的服装设计好吧，倒让我去卖楼，不去，谁爱去谁去！"

雀华说："我前些天又跟朝阳集团人力上的朋友联系了，让她帮忙继续打听一下朝阳集团招人的情况。　你也知道，招聘去年秋天就结束了，要补也是补签了合同不来的那些人，也没有你这个专业的。她刚才给我打电话，说是刚得到消息，下个月分厂要招工人，建议先以工人身份进去，以后再调岗位。　我觉得还可以，毕竟朝阳集团是个大国企，虽然效益不如以前，还是比较稳定。""太好啦，"妈妈高兴地说，"瘦死的骆驼比马大，老牌大厂子有保证。"

锦梅问："工人？ 在流水线上？"雀华想了想，点点头。 以锦梅的专业，在车间也干不了管理岗，技术员、工艺员都不可能，统计员学学有可能，那可是要有很硬的关系的。"姐姐，我听你说过的，你们流水线上的工人，上厕所都一溜小跑，要是流水线不停，想上厕所都不好意思，要不就得停线。"妈妈呵斥："这个你记得倒清楚，跑着上厕所又怎么了？ 再说没事喝这么多水干什么？ 我去刨地瓜大半天不喝水也没渴死！ 我看怎么着都比在家种地强多了。"

"不怎么了，就是我不去。 流水线工作我不干。"雀华说："慢慢再调嘛，先进去，看分到哪个车间，我再托人调。"锦梅说："别给我个小车推着，你有多硬的关系？ 我得等到猴年马月？ 我不去，我不当工人。 我自己找的两个单位，哪个都比你们找的单位强，最起码专业对口，用得上，我喜欢。"

锦梅投简历，自己找了两个单位。 一个是明泉制衣有限公司，是一家国有集体企业，不大，雀华打听了，一共一百多人，还没有朝阳集团最大的车间人多。 第二个单位是锦梅勤工俭学的服装店老板娘介绍的，她老乡在泺口北面开的鑫鑫服饰有限公司，属于私营企业，也给交保险，工资比明泉制衣多一千块钱。

照锦梅的意思，她想去鑫鑫服饰，她去看过，鑫鑫服饰的衣服虽然质量一般，但款式新颖，更新也快，而明泉制衣的服装比较老气，大多是订制工作服和校服之类的。 但她也拿不定主意，稳定，稳定，稳定，她最近听得最多的就是这个词了。

妈妈说："你不就是想去服装厂吗？ 去服装厂不要紧，反正不能去个体户开的厂！""个体户开的怎么了？ 发的工资还高呢。"锦梅犟嘴。"那你的大学就白上了！"妈妈嗓门大起来。

由于争论的声音太大，冬美被聒醒了，哇哇地哭。 小青正在阳台洗衣服，锦梅站在卧室门口，就进去把冬美抱起来。 刚抱起来就叫："呀呀呀，怎么拉外头了！"原来冬美的纸尿裤偏了，便便从侧面漏出来，沾到了锦梅手上。"睡个觉也不老实，乱动什么！　累赘！"锦梅呵斥着冬美。　冬美本来不哭了，被锦梅一呵斥又哭起来。

雀华急忙拿卫生纸擦拭漏出来的便便，擦干净了，接过冬美，让锦梅去拿新的纸尿裤来。　锦梅没好气地翻找纸尿裤，骂道："世界不缺你一个，你怎么不死呢！　都是你……"小青擦着手从阳台跑过来，劈手夺过纸尿裤："现在冬美是我的孩子，我养着，用不着你嫌弃！　你也嫌弃不着！"说着她从雀华怀里抱过冬美。　冬美见是小青，哭声由恐惧变成委屈，终于不哭了。　小青抱着冬美去卧室换纸尿裤。

锦梅趴在沙发上呜呜大哭。　妈妈跑过去拍打着她的背："你号什么号，还有脸哭……"雀华拉住妈妈，以目示意妈妈别再说了。　国庆不言语，在客厅狭小的空间里走来走去，拉开门想出去，又关上，回来坐到沙发边上的马扎上。

自从小青生了冬丽，锦梅就借口要上课，要写毕业论文，就住到学校不再往家跑了，把冬美完全塞给了小青和妈妈。

锦梅坐起来，擦着泪说："你们光让我图稳定，反正我觉着鑫鑫服饰更有前景，还给的钱多，我就要去鑫鑫服饰。"雀华踌躇不决，锦梅对两个单位的分析有道理，可是去私营企业……

"去就去吧，自己喜欢的，就好好干，说不定能干出名堂。"国庆说，"什么稳定不稳定，时代在变化，哪还有什么铁饭碗？　我的饭碗就是瓷的，挣钱也不少。"说着国庆看向雀华。

雀华思忖一下，点点头："好，既然锦梅喜欢，就这样吧。"

妈妈说："小锦梅，你自己选的，以后后悔了别怨别人。"雀华说："万一有变化，大家一起再想办法，人总不能让尿憋死。"

锦梅转悲为喜："那就这样了。　我工作以后每月给小青姐——不，给嫂子一千块钱，算冬美的生活费。"

小青抱着冬美刚从卧室出来，还没来得及接话，国庆说："冬美是我和小青的孩子，用不着你交生活费。"

妈妈抢着说："交给我，我存着——手有余粮，遇事不慌。"说着她从小青怀里接过冬美："是不是呀，小冬美。"冬美咯咯笑了。

气氛缓和下来，雀华就说了房子下来的事。一家人都很高兴，打算等他们收拾好了过去看看。妈妈说："高兴是高兴，就是借的钱太多了。"雀华说："放心吧，今年肯定能把所有的债都还上。到时再帮国庆还债，无债一身轻。"小青说："不用不用……"她笑眯眯地望着国庆。

国庆说："年后发了一笔奖金，我一次还给萧经理了。奖金挺多，因为我出的力多。"小青自豪地说："升官了，当了副总经理，兼着总经理助理。"

国庆嘻嘻笑："没看我最近早出晚归吗，跟着萧经理谈业务呢。这边的工程快完工了，等完工拿到工程款，萧经理打算成立房地产公司，自己开发自己盖，肥水不流外人田。我的边鼓敲得也紧，不然他还下不了决心。"雀华担忧道："你凭什么这么快当了副总经理？"

国庆嘻嘻笑："其实是个挂名的副总经理，公司副总经理有四五个呢，萧经理聪明，权力分散。我主要是总经理助理，开车、挡酒，要紧要忙时借酒说几句萧经理想说不便说的话，不光对外，对下面干活的也要说——这个我不大乐意，不过没办法。"

"拍马溜须。"锦梅说。

"劝萧经理加入房地产的大军不是拍马，也不是溜须，是我真正考察的结果。我借着工作机会，又利用业余时间，跑了十几个楼盘，卧龙花园、百花小区、建鑫花园、逸东花园……发现房价都在涨，卖得还不错。买房的很多是像姐姐和峻明哥一样，大学毕业留济南工作的，也有当地人买给要结婚的子女的，也有钱多想再买套好房子的，有外地在济南做生意想要安家的……不论上学还是打工，从农村来城市的人越来越多，房子的需求量会越来越大，价格会越来越高……我写了一份几页纸的调查报告，萧经理信了。这说明什么? 英雄所见略同。"

小青一脸崇拜地望着国庆。

"别谝能。"妈妈说。

"能不是谝的，咱本来就能不是?"国庆嘻嘻笑。

雀华忧心忡忡地看国庆一眼。她突然发现，弟弟妹妹都长大了，他们似乎按着她期望的方向走，似乎又不是。接着她想到自己，曾经的历史学家的梦越来越遥远了，自己也没按自己期望的方向走。生活也许就是如此吧，有得必有失。

二十多年后的一个清晨，雀华从冬阳那里第一次听到"风口"这个词时，立刻想起二十多年前国庆的房地产调查报告，便笑着对冬阳说："二十年前风口还没成为风口时，你舅舅就抓住了。"当然这是后话。那个时候她对国庆的敢闯敢做既期待又担忧。

"姐姐，别一副苦大仇深的样子了。放心，我再要滑头，也不做昧良心的事，不做违法的事。爸不是说过，君子爱财，取之有道。还有，害人之心不可有，防人之心不可无。"

小青刮着脸羞他："说的比唱的好听。"

雀华笑笑："我相信国庆。"

小青说着话，不耽误冲冬美做鬼脸，逗得冬美咯咯笑。雀华看在眼里，一阵心酸，又一阵欣慰。

第十七章

1

雀华搬进新家是在七月初的一个周末。

新家晾了四个多月，基本上没有什么味了。七十二平方米的房子，因为装修简单，家具简洁，看起来竟然也算宽敞，明亮是肯定的，六楼，前面一栋楼也是六层，挡不住光。美中不足的是六楼楼层高，六十岁的婆婆爬起来有些吃力，每爬两层都要歇一下。好在婆婆干农活惯了，身体底子好，爬了半年后也不觉得怎样了。

晚上，雀华睡不着。她来到阳台上——自家的阳台，阳台上有新买的洗衣机——自家的洗衣机。

一弯半月挂在夜空，远处有几颗星星若隐若现。她想起小雪的夜空，繁星满天，银河就在头顶，向着远处无限延伸，延伸……她默默拭去眼泪。"看月亮呢？"峻明从后面拥住她，"哭了？""我做梦都想不到，有一天会在城市里有自己的房子。""也许你做梦也不会想到，你还会有自己的车子。""车子？""下一个目标，给你配一辆车，咱家离你单位太远了。""那我现在就开始做梦啦。"峻明轻轻笑了。雀华又说："可我离小雪越来越远了。"

第二天，可芹和石怀玉如约而至，欣然和美心也先后到来。他们是来给雀华温锅的，借此机会聚一聚。

245

可芹把佳佳也带来了，佳佳白白净净，小嘴巴巴的，叔叔、阿姨、奶奶、弟弟叫了个遍，扭头就与冬阳玩在了一起。"另一个可芹呀。"欣然笑道。 石怀玉的眼睛只要看到佳佳，立刻就眯成一道缝。雀华想，这个不羁的诗人终于有了羁绊。 也是好事。

几个女人正叽叽喳喳，蔡晶打过电话来，说单位临时有事，她在加班得晚点过来。 美心撇撇嘴："就她事情多。"石怀玉笑道："蔡晶忙着上进，这次能顾上你们就不错了。"众人都笑了。 雀华说："蔡晶级别高了，作为宿友，咱们也得为她自豪不是？"美心点头："也是，说不定有事还要蔡科帮忙呢。"雀华说："李梅告诉我，她为了评职称，写了篇文章，是蔡晶帮她找人修改又发在教育杂志上的，费了老大劲儿了。"

饭摆上桌时，蔡晶又打来电话，说下午还有事，中午赶不过来了，改天再来。 雀华说："你安心工作就是，咱们随时可以见面。"

"官迷。"美心笑道，"李梅在外地，孩子小，是没办法过来，本以为这次咱们宿舍在济南的能聚齐呢。"

"在一个城市就有机会。"欣然说。

"那不一定，说不定啥时候就缺了我呢？"美心漫不经心地抓起瓜子嗑。

"你什么意思？"可芹追问，"缺了你可不行。"

"又不是消失，我出国留学行了吧？"

"那倒是好事。"欣然说，"在准备英语？"

"没有，想想还不行吗？ 还没想好。 我也买房子了，交了房再去我那里聚。"

众人答应，开始吃饭。

美心还和那个已婚男朋友谈着，原来不在乎，最近有点急，有逼婚的意思。 既然已经买房，说不定有进展。 美心不说，大家也不便问。

"欣然怎么样了？"可芹问。

"还在谈着。"欣然脸一红。 欣然男朋友是现当代文学博士，与欣然同级，研二下学期两人开始谈，现在他在北京读博，欣然跟着刘教授继续读博。

"为两位高知干杯，"可芹举杯，一伸舌头，"差点忘了正题，为雀华和峻明的新居干杯。"

几个人正要喝，石怀玉急忙接话："我补充一点，可芹虽不是官迷，也当官了，法务部的主管。 再为衣主管干杯。"

一阵觥筹交错之声。

酒过几巡，可芹从包里掏出一本杂志："怀玉的诗又发表了，让他亲自朗诵为咱们助兴好不好！"一阵掌声响起。 佳佳第一个鼓掌，最后一个停下。

"《鸟耘图》：我走在历山脚下/没有想起你/我想起了大舜/那时这里一片荒芜/长满了杂草和野花/他在这里耕耘/大象和飞鸟相伴……我没有想起你/因为我知道/你和我一样/和我们的祖上一样/在这片土地上默默耕耘/在你我的心里/有大象相伴/有飞鸟环绕/始终如一……"

"呜——"石怀玉刚朗诵完，美心"呜"地哭了，她举着杯子泪流满面，"为我们努力耕耘的青春干杯！ 为我们稍纵即逝的青春干杯！在历史的长河中，人的一生都微不足道，何况一生中不多的青春时光……干杯。"美心一饮而尽。

可芹也一饮而尽，抹一把眼睛，拍拍美心："妈呀，还历史的长河中——不愧是学历史的。"

石怀玉说："《鸟耘图》，与雀华发校刊上的散文同题，在我看来没有比这更好的题目了。 以后有可能的话，我还要写一首长篇叙事诗，也叫《鸟耘图》。 雀华，你没意见吧？"雀华举杯："快点写出来。"

当天晚上，雀华在日记中写道："从明天开始强化准备中级职称考试，同时试水注会相关科目。 美心情绪有变化，不好深问，随时关注动向。"

第二天，雀华又开始了从家往公司的长途跋涉，只是手里多了一本书。 她六点一刻坐上公交车，这时车上人不多，她一般坐后排角落默默看书。 中间倒了车有座位就继续看书，没座位就站着看人头或街景。 幸运时一路都有座位，就能学七八十分钟。 一天之计在于晨，早上她精神最好。 中午她会再看会儿书，困了就趴桌上睡一会儿，醒了再看。

晚上再坐车倒车回到家时，婆婆和峻明已经做好饭了。 吃过饭，峻明收拾，婆婆休息，她带冬阳。 等冬阳睡了，她就学习。 总之，插空就学学。 好在峻明离家近，中午也能回来，买菜、做饭、洗衣服等家务他都帮着婆婆干了。 周末她会带着冬阳去王官庄待上一天半天。

九月的一个周末上午，雀华照例带冬阳去王官庄。 下了公交车先去市场，她想买点核桃。 买完核桃，听到锦梅与人讨价还价的声音。"小姨，小姨。"冬阳说。

等那件外套卖出去，雀华才抱着冬阳过去。 锦梅乐呵呵地说："刚卖出的那件衣服，就是我们公司出的，按出厂价给我，卖得还不错，同款不同色，卖两件了。 瞧，这件，那件，还有那件，都是。"锦梅一毕业就去公司报到上班，到现在两个多月了。"我在泺口批发市场选的款式也很畅销，今天一开张就卖了一套，昨天卖了一套。"雀华很开心："没想到，挺好。"锦梅得意道："看谁的眼光啊。"

太阳赶过来，人和衣服都被晒着，雀华帮锦梅把遮阳篷撑起来。"不过这里的市场是妈妈打下来的，"锦梅边整理衣服边说，"我是不乐意在家看孩子，就打报告出来了。下星期我就带些年轻人的衣服过来，时尚、潮流，又不贵。""这样的话，应该租个门头。"雀华若有所思，"这才是正经做服装生意的。""我也说过，妈妈不同意，每件衣服加十块钱，或者不加钱，多卖上十几件房租差不多就出来了。"

正说着又有人来看衣服，雀华就抱着冬阳去了里边。一回头，发现旁边有个店铺拉着卷帘门，卷帘门上写着红字：此房出租。后面是一串手机号。雀华心一动，打过电话去，对方要价两千。雀华说考虑一下。等锦梅又卖了条裤子，雀华跟锦梅说了情况。锦梅跑过去看看，位置还不错，也挺大，因为她知道这一排门头房都是统一大小。"一千五还差不多，那边卖粮油的是一千六租的，妈妈说过。"锦梅说。

于是雀华打过电话去，说要看看房子。一会儿房东来了。看了看，姐妹俩都相中了。房东说一千八，不能再便宜了。锦梅报到一千五，房东不同意。雀华说："闲上两个月三四千没了，放到一个月里是三百，不就一千五了？我们是要长期租的。"房东想了想，抽了一支烟，同意了。

雀华这才想起还没跟妈妈商量，就先交了一百块钱定金，要了算进房租，万一不租就不要了。

雀华又带着冬阳到市场那边买了烧鸡和排骨，正要回去，看到妈妈站在服装摊前。大概锦梅给妈妈说了情况，雀华还没开口，妈妈先说话了："把那一百块钱要回来，不能租，一共一个月才挣个一两千，都给他了。"雀华笑道："我知道，以前你说过，那是你早上晚上来，星期六星期天来，有事还很长时间不来，要是有个店，靠住卖，是不是能翻倍？"妈妈想了想，没作声。

"现在不能有临时的想法了，得长远想。"雀华压低声音，"小青要是带一个孩子，过上一年孩子断了奶她还能去添口干，现在是两个孩子，你一个人带不过来，小青没法去上班。 小青要是光在家带孩子，又累又没有收入，时间长了她就会心里不踏实，就会焦虑烦躁，这对孩子们有好处吗？ 一大家人也不能只指望国庆一个。 这个店就算是给小青开的，她也是家里的功臣了。"妈妈思忖着说："这么一说也是……""房租我来出。"雀华说，"我在那边收入高。""那不行，你家里事儿也多，买房置家的，还有冬阳也不少花钱。"

锦梅过来问："商量得怎么样了？"妈妈说："你姐要出房租呢。"锦梅说："那不行，房租我来出。"妈妈说："你刚工作挣那两个钱吧。 要不这样，听我的，锦梅每月给我的一千当房租，别额外再拿了。 雀华你出五百。"雀华正要再说，妈妈瞪她："再争就不租了。"两人就听了妈妈的。

雀华接着给房东打电话，房东立马从王官庄二区赶过来。 签了一年的合同，押一付三，先交六千。 雀华去那边银行取出六千给了房东，房东给她钥匙。 锦梅回家拿了扫帚、拖把和抹布，雀华帮着打扫一遍。

下午，国庆回来，峻明也来了。 冬美和冬丽吃饱喝足，各自睡去。 小青正要去洗两个小孩的衣服，锦梅拉着她："走走走，带你出去转转。"小青说："不去，活还没干完呢。"雀华说："活没有干完的时候，让你峻明哥和国庆看着孩子点，咱们去市场转转。"

到了市场经常摆摊的地方，小青纳闷："妈的服装摊呢？"锦梅笑吟吟地拉着她的胳膊："当当当当当，请往这边看。"小青便看到一个服装店，店里妈妈叉着腰走到门口，午后的阳光照到妈妈脸上、身上。"进来看看，想买点什么。"妈妈满脸笑意。

"这是青青服装店，老板是你，有空你就来，没空让妈妈和锦梅给你打工。"雀华笑道，"对了，过几天让国庆抽空做个匾额挂上。"小青愣愣地看着。 锦梅说："发什么呆，也就是租了个房子，从露天搬进屋里啦。"

两个星期后，青青服饰正式开业。雀华临时起的一个名字，大家一致认为好，就用了。当时雀华想叫小青服装店的，觉得有点拗口，青青读起来朗朗上口。锦梅觉得服装店有点土，建议改成了服饰。

青青服饰门框上围了一圈红气球，门口挂了一堆五彩气球，经过的小朋友每人赠送一个。还有一堆小气球被铺排在地上，国庆和锦梅轮着踩，噼噼啪啪响个不停。冬阳也去踩，好不容易踩破一个，仰头大笑。

雀华和小青略施淡妆，穿着青青服饰的连衣裙站在门口，引得几个女孩子走进青青服饰。

2

早上一上班，林主管把雀华叫到她办公室："你的中级怎么样了？""还没考。"雀华不好意思地笑笑，"工作刚理顺，又怀孕带孩子，一片忙乱，没来得及准备，刚好从业时间也不够。今年就可以考了，去年下半年已经开始准备了。"林主管点点头："抓紧考出来。咱们部许副部长跳槽了，近期离职，我要顶这个缺……""祝贺林主管，不，林部长！"雀华欣喜。

林主管笑笑："谢谢。担任主管的人选，你也知道，公司明确规定至少要有中级职称，我就没法推荐你了。"晚入行这几年，看来还是受影响了。"我知道，林主管，谢谢你，我争取尽快考出来。还有，我也打算试水一下注会考试，当然先以职称考试为主。""好，拿下中级，全力攻注会，再兼顾一下高级。趁着年轻，把能拿的证一举拿下，后期就自由了！""嗯！"雀华连连点头。

林主管朝她对面李主管的办公桌努努嘴："这次李主管上蹿下跳也没起作用，他没考下注会来，这是硬伤。"雀华笑了："打铁还需自身硬，他心思没用在正道上。"说曹操曹操到，李主管推门进来。雀华拿起签过字的材料，毕恭毕敬地给李主管打过招呼，走出办公室。

雀华还是有点失落，她只能眼睁睁地看着机会从她眼前划过。主管呀主管，一个月多拿几千块呢。 转念一想，自己成功改行，成功换工作，已经够幸运了。 只要足够努力，幸运还会降临。 她对着电脑失落了几分钟，给自己打了几分钟的气，又投入紧张的工作之中。 她明白工作要干好，这才是重中之重。

谈话是在二〇〇三年的春天。 那时"非典"已经爆发，先是广州，后来北京，济南倒没有受到太大的影响，市民没有听到有病例报道，生活基本照常进行。 有一段时间大家不能随便进出济南，不久就没事了。 雀华和峻明出差较少，没有感受到影响。

雀华本就有计划，林主管找她一谈话，她更加卖力。 这一年从春天到秋天，她一刻也不敢懈怠，除了工作和照顾孩子，不游玩，不社交，几乎把所有的业余时间都用在学习上了。 她把表定到五点，早上不想起时，她告诫自己：朱雀华，一年只有一次机会，晚一年少挣一年的钱！ 这样想着，雀华一骨碌就爬了起来。

终于考完了。 当晚从网上对了答案，感觉还好，考高分难，通过问题不大。 无论怎样，尽力了，雀华只觉眼睛一阵潮热。

星期六下午，雀华和峻明带着冬阳去妈妈家吃饭。 青青服饰开业一年那天，雀华还没考完试，庆祝活动就推后了。 现在她考完有时间了，一起吃顿饭乐和乐和。

国庆说好早回来的，六点了还没到。 妈妈正念叨，国庆给小青打过电话来："抱歉抱歉，晚上不能回家吃饭了，你们先吃吧。""又出去喝酒？""不是啦，萧总近期要跟人家谈融资，要跟大房地产公司老板谈合作，材料都还没准备齐全，我得跟大家一起加班整材料。""还有呀，"国庆压低声音，"萧总也没走。"没等小青再说什么他就挂了电话。

小青看向大家。 雀华有些失望，她好久没见到国庆了，今天想凑这个机会跟他好好聊聊呢。 备考期间她来得少，来了很多时候国庆都不在家。 她掩饰住失望，说："工作要紧，让他先忙吧。"锦梅说："哥哥现在成大忙人了，成天不着家，没个星期六星期天。""还喝酒。"妈妈说。

峻明说："国庆想干事，我们得支持他。 加班加点干活，甚至喝酒应酬也是没办法的事，让他注意掌握，别过量就行。"

"他忙他的吧，咱们吃好吃的喽。"小青说着帮妈妈把饭菜端上。"丸子！ 丸子！"一看到姥姥做的丸子，冬阳先拿起了勺子。

小青胖了一圈，带着俩孩子又顾着服装店，不见瘦，倒比做姑娘时水润许多。 她红光满面，见缝插针地把话题引向青青服饰。 青青服饰这一年生意火爆。 中老年服装有妈妈积攒下来的稳定的客户群。 年轻女装上市后，小青和锦梅就是模特，今天一身，明天一套，穿上后各有千秋，吸引了很多年轻人。 加之这条街靠着菜市场和大众广场，买菜的、锻炼的、带着孩子逛广场的，来来往往不断，人气也旺。

锦梅撇撇嘴说："嫂子还有个大目标，等两个孩子上了幼儿园，她要把青青服饰开到人防商城去。""哇，连锁呀，"雀华端起可乐，"祝心想事成，开一堆连锁店！"小青乐呵呵喝了一大口茶。

锦梅不愿众人忽视了自己，脸一昂："除了设计服装，我还学了一样新技能，我会自己剪衣服做衣服了。"雀华故作惊喜状："学会裁缝了？""明年我就买个缝纫机，自己设计自己做，拿到青青服饰卖去。""有那个空多到店里帮帮忙就烧高香了。"妈妈说。

大家酒足饭饱，收拾利索，吃着瓜子看电视。

雀华的手机响了，是国庆，雀华看看表，快十点了，他也该回来了。 雀华这才意识到，她和峻明迟迟不说走，潜意识里在等国庆。

"姐姐，我……我开车……撞人了……撞人了……""你在哪里？""经十东路……路边有一块地，刚开始建房子……""具体一点。""别动……"电话断了。

3

雀华赶到出事现场时，警察已经到了，两辆警车上警灯闪烁，现场也被围了起来。 国庆开的车停在路中间，一辆三轮车翻在车前，三轮车那边横着一个人，只看到两条腿，三轮车几米外躺着一个人，一动不动，一地的血。

雀华只觉两腿发软，差点栽倒，峻明扶住她。 小青哭喊着向国庆奔去。 还好，国庆没事，脸上的表情像冷静，又似呆滞。 萧经理应该也没事，曲着腿抱着头坐在地上。

出事地点并不在经十东路主干道上，而是在一条穿过经十东路的南北小路上，离经十东路还有一公里。 雀华疑惑，他们这么晚了是要去工地吗？

三轮车头朝西，应该是从路东的一条更小的路上过来。 雀华注意到那条路是条坡路，从东边过来一路下坡。

救护车呼啸而来，医护人员从车上跳下来。 奇怪的是他们并没有把躺着的人抬上救护车，而是先做检查。 过了一会儿，雀华听到他们中的一个说："都没有生命体征了。"她明白，两个人都死了。

"对不起！ 对不起！"国庆朝着死者的方向跪下，双手捂脸，呜呜哭起来。 萧经理似乎也反应过来，连喊着"对不起"，由坐改为跪，给死者磕了三个头，又给国庆磕了三个头。 萧经理跪行几步，抱住国庆，发出似哭似吼的声音。 雀华和峻明蹲在他们身边，雀华把手放在国庆肩上。 没有酒味，万幸，国庆没有喝酒，萧经理身上也没有酒味。 一直等到他俩冷静下来，他们才扶他俩站起来。

有个警察过去跟医护人员说了些什么，医护人员把死者抬上救护车，开车走了。

又有两辆警车开过来，下来几个警察，跟原来的几个警察说着什么。 随后，有个警察走过来，问他们谁是朱国庆的家属。 雀华说：

"我是朱国庆的姐姐，"又分别指着峻明和小青，"这是他姐夫，这是他对象——她要带两个七八个月的孩子，有事还是找我吧。"警察留下他们的电话，说："家属可以回去了，保持电话畅通，可能随时跟你们联系。"

国庆和萧经理站在那里，茫然望着救护车开走的方向。 雀华问："那他们两个……""他们两个跟我们走。"警察说着走向警车，国庆和萧经理随后被带上不同警车。 警车闪着警灯缓缓驶向大路。

这么晚又这么偏的地方，根本打不到回去的出租车，最后还是警察把他们捎到市区，他们又打车回去的。 路上小青不住地问警察："朱国庆会蹲监狱吗？""这要看具体情况，还需进一步调查。""我们多赔钱行吗？""还需看具体情况。""他肯定是没看清，肯定是没看清啊！"警察开始还简短回答，到后来便用沉默来回答。

回到家，三个孩子都已睡下，电视也关着，妈妈和锦梅干坐着等着他们。

"国庆呢？"妈妈问。 雀华没说话。 小青搂着妈妈的肩头抽泣："撞了两个人，都死了，国庆被警察带走了。"

妈妈的眼泪哗哗地下来："朱同贵，你叫人撞死了，国庆又撞死了别人——我这是什么命啊——"哭着哭着忽地起来往外走："我得找他那个破经理，凭什么让国庆加班，又让他开车？ 他自己怎么不开？"

雀华拉住妈妈："萧经理也被警察带走了。"

小青拍打着沙发后背："我不信，我不信，国庆很有数，他开车很稳！ 我不信……"

除了峻明，几个女人都哭起来。 哭过之后，又都呆呆地坐在沙发上。

峻明对雀华说："事情发生了就想办法解决，你睡会儿吧，也劝大家睡会儿觉。"雀华虚弱地看峻明一眼："怎么办呢？ 我害怕，我好累……"

过了好久，雀华爬起来扶妈妈："睡觉吧，有我呢，我想办法。"妈妈茫然、无助、虚弱，又带着乞求地看她一眼，跟着她进屋了。

眯了十几分钟，雀华一激灵醒来，她想到可芹。可芹自学法律，在法务部工作，懂法，公公婆婆有地位，有门路，就找她了，顾不上什么丢人不丢人的了。

可芹几乎是秒接手机："大忙人总算想起我来了，一大早找我，有什么好事？"雀华说了国庆的事。可芹的声音立刻沉重起来："我有个律师朋友，姓王，我给他说一下，你跟他联系，让他帮你。"说着给了雀华一个手机号。"我再问问婆婆，看看能不能找找关系，争取处罚轻点。雀华你也要有个思想准备……""我明白，毕竟两条人命。"

挂上可芹电话，雀华呆愣了一会儿，正要给王律师打电话，王律师的电话打进来了。雀华说了情况，王律师告诉雀华，警察那边有情况随时跟他联系，他先跟雀华一起过去一趟。雀华又问他最坏和最好的结果是什么，王律师迟疑着说："这个还不好说，要等事故认定结果出来。"听口气，雀华知道结果不会多乐观。

十一点多时，萧经理蓬头垢面地到家来了，一进门就跪在妈妈面前："阿姨，您打我骂我吧，要不是我让国庆加班，要不是我拉国庆去那个工地，也不会出这事！都怨我呀，国庆本来跟我说下午要早回家的。"峻明和雀华急忙去拉萧经理，萧经理死活不起来。妈妈夜里没睡多大会儿，早上也没吃饭，虚弱而憔悴，这时目光却变得凌厉起来："那怎么着，你能替了他？""我真想替他啊！"萧经理表情痛苦，眼中含泪，以前的油滑和盛气凌人荡然无存。

雀华看他不像演戏，要么就是演得太真。

"我刚被警察放出来，就直接来了，阿姨。车有保险，保险公司会理赔，需要个人赔的，我全包了。我在路上跟几个朋友联系了，我要给国庆请著名律所的律师，再找关系通融通融，所有的费用都由我出。 国庆出事，是为了我……为了公司啊！"

妈妈起来拉萧经理："我正琢磨着去单位找你呢，萧经理这么有情有义，我就不去闹了。 你快起来吧，我可受不起。"听妈妈这么说，萧经理才顺势起来。

萧经理眼窝深陷，一脸憔悴。 他告诉妈妈，昨晚到了交警支队他和国庆就被分开了，他做了笔录，估计国庆也一样。 今天上午警察又问了他一些情况，就让他出来了。"国庆是个好兄弟，他聪明，能干，义气……我认定他了，以后他就是我的亲兄弟……"见大家对他的话不感冒，他话锋一转，对雀华说："朱老师，有什么情况您随时跟我联系。"说着掏出名片，写下一个手机号，"这个号知道的人很少，您打这个就行，二十四小时开机。"

雀华接过名片。

妈妈说："萧经理，你可要说到做到，要是哄我，我就去你办公室上班。"

萧经理拍着胸脯："阿姨你放心，人要有良心！"

萧经理走后，峻明说："生意人，我觉得不可信。"妈妈说："依我看，他有装的一面，也有真的一面。 以前说起他来，国庆都说好，说他对别人小气对国庆仗义。""那倒是，"小青说，"那次国庆给公司省了原料钱，萧经理一把就奖励了国庆两万。 咱们买这个房子，也是他借的钱。"

雀华说："先信他，且走且看吧。"

雀华把萧经理的话说给可芹。 可芹说："下一步就看他怎么做吧，我看他于公于私都该这么做。 车是他的或公司的，国庆出事是因为加班，出事时他也在车上，怎么着他也脱不了干系。"

雀华说："我也这么想。 这事别跟别人说，也不是什么好事。"

"知道，除了怀玉，我谁都不会说。"

第十八章

1

死者的身份是下午查到的。 昨天晚上警察在现场没有找到死者任何身份证件和对外联系方式。 今天他们又过去，在事发现场附近的公路沟里发现了一个黑色人造革钱包，里面有个小本本，小本本上记着几个电话，他们通过电话联系到了家属。

死者是一对夫妇，男的五十九岁，女的五十八岁。 这对夫妇家在鲁北农村，他们有四个孩子，三个儿子、一个女儿，大儿子、二儿子在南方打工，女儿在家务农，都已结婚生子，小儿子在事发现场附近的职业学院上学。 夫妇二人租住在附近镇上的民房里，在学校门口卖手抓饼。 下了晚自习有不少学生还会吃点夜宵，他们每天卖完最后这一拨儿才回去。 昨晚他们像往常一样从学校门口赶回镇上，就出了事。

交警告知完情况，挂上了电话。 一家人默不作声。 雀华的手机打着免提，他们都听到了。 妈妈又开始哭："最小的这个得多难过啊，好不容易从农村考出来，日子刚有了奔头……作孽呀！"雀华擦擦眼睛，递过毛巾给妈妈："能多赔就多赔人家些钱吧。"妈妈擦着泪问："国庆要蹲监狱吗？"雀华没作声。 她在网上搜了，国庆这种情况一般会入刑。 可是还要看具体情况吧？ 她又抱着一丝侥幸。

手机铃声响起，大家正好不用回答妈妈的问题了。 是萧经理打来的，他通过朋友联系好了律师，让雀华和小青下午去律师事务所见律师，签代理合同，代理费公司出。 雀华、小青和峻明一起来到这家著名的律师事务所。 律师是个四十多岁的男子，知性稳重，给人一种信任感。"王律师擅长做交通事故的案子。"萧经理介绍说。 这个律师也姓王。 萧经理大包大揽之后，雀华把情况跟可芹说了，可芹觉得萧经理这么做是应该的，且有人脉，让雀华多与他商量，有情况再随时跟她联系。

"说说当时的情况吧。"办完代理手续，王律师对萧经理说。

"因为下周要用材料，昨天晚上干到九点多，晚饭也没顾上吃。大家走后，我和国庆本打算出去吃饭，想起有个材料还在东郊的工地上，明天要用，就过去拿了，拿回来就能安心吃饭了，没想到回来路上就出事了。 唉，怨我，干活心切，要是直接去吃饭或者直接回家不也没事了？"

"说说出事时的情况吧。"律师说。

"我们走的这条路是条新修的水泥路，只有两车道，也没有路灯，国庆开得不是很快。 那辆三轮车从东边过来，要往左拐，按说左拐要停下看看的，他们直接就冲下来了，那条小路从东边过来是下坡，他们过路口那么快，好像没刹车或者刹车失灵了。 我跟国庆正讨论着融资的事，猛地看到他们再刹车已经来不及了……"

"路口有红绿灯吗？"

"没有，是个小丁字路口。"

"有摄像头吗？"

"没有，刚修好的路，路灯都没有。"

"朱国庆平时为人怎么样？"

"人缘好，聪明能干，这个可以到公司和工地打听。"萧经理说。

"老实本分，小区的邻居也能做证。"小青说。

律师边听边在电脑上记录。

"律师，我对象要蹲监狱吗？"

"这要看事故认定结果……有这个可能……我会找到更多有利证据，尽量争取缓刑或最短时间……"

小青哇地哭起来。萧经理表情痛楚，揪着他稀疏的头发低下头。

雀华说："王律师，我倒觉得三轮车冲下来蹊跷，不刹车不大可能，有没有可能刹车坏了？"

"可以申请鉴定，我已经备注了。"

小青的手机响了，小青稳稳神接起："是的，什么，送看守所了？"对方重复了一遍，挂断电话。小青的眼泪又下来："国庆被送看守所去了。"

律师沉吟一下说："周三吧，周三我们去趟看守所，我见见当事人。"

"周一或周二可以吗？周三我要与融资方见面，早就约好了。"萧经理说。

"今天晚上我就要出差，周二晚上才能回来，飞机票已提前买好。"律师说。

萧经理挠头："要不我跟他们说说，不过……"

"你不去也没关系，去了也是在外面等着，见不到当事人。除了我，大家都见不到当事人。"

小青愤怒："啊，怎么这样？"

"见不到，也离国庆近了啊！"萧经理看起来掏心掏肺。

"那就周四吧，"雀华说，"也不差这一天。"

"谢谢朱老师！"萧经理感恩戴德。

雀华勉强一笑。

回去的路上，峻明皱着眉头说："萧经理表现得有点过头，像是做给我们看的。"

雀华说："萧经理是有些滑头，不过他能出钱出力，也算行了。"

几个人回到王官庄，看到永盛在家里。他跑车刚回来，照例过来看看，才知道出了事。永盛带了些外地特产和一些营养品，还给国庆带回一套崭新的《平凡的世界》。"在西安等着配货，我去看了古城墙，想起这里离孙少安和孙少平的家乡不远，书中的很多人物都在这里生活过，就在古城墙下的书店里买了这套《平凡的世界》。""国庆一定喜欢，翻着它，就像跟书中的人对话。"雀华的眼睛湿润了，"谢谢你永盛，我给国庆带过去。"

雀华就把见律师的情况说了一遍。

永盛听完，看看雀华，又看看峻明："遇到事了，躲也躲不掉，扛也得扛过去，好在咱们人多，大家一起扛。用钱的话给我说一声，雀华，我那里有。"雀华点点头。

永盛走后，雀华和峻明也回家了。雀华昨晚一夜没睡，今天又各种操劳，整个人飘飘忽忽。峻明看着心疼，让她回家补一觉。

雀华躺在床上，觉得特别困乏，全身像散架了一样，却怎么也睡不着，车祸现场、国庆镇静的表情、萧经理磕头的情景像电影镜头一样在脑子里闪来晃去。

忽然门外传来争吵声，这是之前从没有过的事，雀华起身走到门后。"一定有事，你怎么不给我说清楚？""不是说了嘛，一个小车祸，快处理完了。""雀华家的事太多了，以后你少管，少说话，你是外人，担好不担孬。""知道了，知道了，我少说话也得陪着她吧……"

雀华拉开门："妈，我嫁给了郝峻明，我家的事就是我的事，我的事他不管谁管？他不管我嫁给他干什么？！"说罢，她关上门，趴床上号啕大哭。

婆婆进来说："雀华呀，我不是这个意思，我的意思是，你家的事得你做主，峻明不能随便做主……不是……就是他有什么想法，也是先跟你说，别直接跟你家里人说……以前老家里出过这样的事，姐夫出了主意，事没办好叫小舅子打破了头……""那是农村。"峻明说。

雀华哪听得进解释，直哭得天昏地暗，吓得冬阳也跟着哭。

其实婆婆平时挺好的，她知道雀华忙，洗衣服做饭带孩子，只要能干的她都干了，在家一刻不闲着，这一点跟妈妈很像，雀华一直很感激她。家里的生活费雀华每月放客厅抽屉里，看不多了就再往里放，婆婆没收入，不让她花一分钱。婆婆的衣服都是雀华买，或者从妈妈卖的中老年服饰那里拿。青青服饰开业后，雀华还带婆婆去选过几次衣服。平时偶尔有一点小摩擦，说开了也就没事了。

婆婆也从没见过雀华这样，也忍不住抹眼泪。

也不知哭了多久，雀华哭不动了，没了眼泪，没了悲伤，也没了委屈，只觉浑身澄澈通透。峻明抱着冬阳，父子俩诚惶诚恐地看着她。婆婆在沙发上闷坐着。她起身摸摸冬阳的小脸，走过去拉拉婆婆衣角说："妈，是我误会你了。你的意思不是不让峻明管我家的事，是让他注意方法，别出了力还落了埋怨。"婆婆看看雀华。"我这两天心里烦乱说话冲了，你老人家一向能干，又明事理，就别跟我计较了。"婆婆本来没事了，一听这话，又开始抹眼泪。

峻明端出婆婆给雀华留的饭菜，有她最喜欢的煎鱼和土豆丝。雀华吃了，从昨晚事发到现在，她滴水未进。

"身体是革命的本钱。"她边吃边说，忽又想落泪，忍住了。

吃过饭，雀华倒头就睡。她睡得很沉。睡梦中，似乎看到黑得无边无际的夜空，不，夜空中不是有闪亮的星星吗？繁星满天，向远方延伸着的银河，跟小时在小雪的夜晚看到的一模一样，一模一样。

第二天，雀华像往常一样早早起来。与以往不同的是，她翻出快要过期的口红涂到了嘴唇上。 不错，看起来精神了一些。 不管发生了什么，得有模有样儿地去上班。 不诉苦，不博同情，更不愿人看笑话。

周一，周二，周三，终于到了周四。 雀华、小青和萧经理与王律师在看守所附近的停车场碰面。 雀华把《平凡的世界》交给王律师，请他带给国庆。"我也很喜欢这套书。"王律师说，"说句律师不该说的话，喜欢这套书的人人品一般没问题。"雀华轻轻说："谢谢。"小青说："王律师您告诉国庆，老婆、孩子、妈妈都很好，让他放心，吃饱睡好，出来好挣钱养我们。"王律师点头。 萧经理说："王律师，告诉国庆公司融资的事搞定了，再过几个月就可以开工建房了！"王律师点点头，转身往看守所的方向走，萧经理又小跑着追上去："一定捎到啊，让我兄弟也高兴高兴！"

不到五百米便是高墙，高墙内的国庆这几天是怎样过来的呢？好在他马上就有书看了。 想到这里雀华对永盛充满了感激。

过了一个小时，王律师出来了，三个人围上去。 王律师说："朱老师的情绪还比较稳定，他跟我说了当时的情形，跟萧经理描述得差不多。 他让我带信给你们，不要担心他，让姐姐和妹妹别影响工作，对象带好孩子看好店，照顾好老人。""没提到我吗？"萧经理探着头问。 王律师一笑："朱老师专门叮嘱我要告诉你，出来后他还是一条汉子，还跟着你干事。"萧经理仰天大笑，或许是阳光刺了他的眼，他的眼里有泪光在闪。

回到市区，雀华拒绝了萧经理一起吃饭的好意，准备直接回单位。 正是中午时分，她提前一站下了公交车，在公交车站附近的包子铺里吃了两个包子，喝了一碗甜沫，静静地坐了一会儿，步行回公司。 还差五分钟到下午上班时间时，大家看到雀华已端坐在电脑前开始工作了。

接下来就是等待了，等待事故认定结果出来。 萧经理说他找关系，宁愿多赔钱，也让国庆少判点。 王律师没有反对，但认为可能会起一定作用，也可能不起作用，作为律师，他相信法律是公正的。

国庆提到店的事，这几天一家人真的忘得一干二净。 自从出事小青没再去，锦梅平时要上班，应该是关门了。 关门几天，甚至一个星期，也好说，关上两三个星期就麻烦。 人们一定猜测，要么家里有事，要么干不下去了。 再说了，看小青这个状态，根本去不了，锦梅也只有周末有空，有时还加班。 好不容易开起来的店，正是上升的时候，怎么办呢？ 工作间隙，雀华默默想了一会儿，也没理出头绪。

下了班，雀华没回家，直接去了王官庄。 下了公交车，她不由得就向店的方向走去。 去年租房开店的火热场面仿佛就在眼前，雀华不由叹口气。 远远地，看到店里竟然亮着灯，"青青服饰"的彩灯一闪一闪。

锦梅在店里，正跟一个十八九岁的女孩子说着什么。 这个点了还有顾客，雀华走进去站到一边，装作看衣服。 锦梅拉过雀华："姐姐，这是青青服饰的新店员玲玲，这是我姐姐。"女孩子脆生生地叫她姐姐，普通话里带着南方口音。 女孩子胖乎乎的，皮肤黑亮，两只眼睛大而黑，非常灵动。"她哥哥是我同事，她来济南没多久，还没有合适的工作，正好我请她来帮忙。 我下班就带玲玲过来了，我教教她。"雀华朝女孩笑笑。

雀华要回家，锦梅跟出来把她拉到一边："姐姐，小青心情不好，店都关了快一个星期了，也不是办法。"雀华说："我也正发愁。""玲玲帮着，卖卖就把她的工资挣出来了，关门一分钱都不挣。得先把店保下来。"雀华静静听着。"冬美、冬丽现在不会跑，等满地跑了，咱妈和小青一个人谁也看不了，早晚要招一个人的。 小青也不能全靠在店里。""叫嫂子。"雀华说。 不当着小青的面，锦梅还习惯性地叫小青。 锦梅伸伸舌头："我本来想跟你商量的，看你为哥哥

264

的事忙得晕头转向，就没再给你添心事，先斩后奏了。妈妈和嫂子我也只提了提，她们顾不上，让我看着办。"

一阵风刮过，吹乱了锦梅的头发，雀华帮她把乱发顺到耳后。锦梅细长的眼睛闪着光芒："一定要让哥哥看到青青服饰越来越好。"经历了一些事、一些人，锦梅终于长大了。

有两个姑娘结伴进店，锦梅也闪身进去了，很快店里传来笑声。雀华仰起头，"青青服饰"几个字闪闪烁烁。

回到家，妈妈和小青正在吃饭，冬美和冬丽各自坐在小推车里，也围着桌子。雀华盛上饭，就说了律师去见国庆的情况，妈妈听着，没有太激烈的反应："小青给我说了。"雀华就又说了刚才在店里看到的情形。小青说："这下锦梅救了我了。我这几天做什么都提不起精神，把店盘出去的心都有了。"妈妈揪下一点点馒头送进冬丽嘴里，冬丽吧嗒几下嘴咽下去，咧嘴笑了。妈妈也冲她笑笑。雀华注意到冬丽下面两颗门牙露出头了，她摸摸冬丽的小脸。

妈妈说："事儿出了，也改不了了，认了。国庆也不想这样啊，他早一会儿，或晚一会儿，都不会碰到那老两口。那老两口的车闸要是好好的，说不定也出不了事儿。就该着这样，老天爷就这么安排的。"

冬丽又冲着妈妈笑，妈妈说："吃这口馒头就行了，不能再吃了。"

2

认定结果出来是在一个上午。王律师给雀华发信息，告诉她认定结果出来了，国庆不是全责，但负主要责任，对方的三轮车经过鉴定，车闸老化，使用不灵敏，负次要责任。跟他们的预期差不多。

中午，雀华到律师事务所去拿认定书复印件，萧经理如约也去了。王律师说："根据认定结果和相关法律，我估算每位死者要赔六七万，这些根据车的保险情况，应该差不多够了，具体还要看保险公司认定。 就是目前不太清楚对方家属的意愿以及他们的索赔数额。认定结果出来，我就好跟对方律师沟通了。 如果双方协商好，意见达成一致，对方能签署谅解书，对当事人的判决结果有利。"萧经理说："明白了，我们尽量满足死者家属的要求。 超出保险的钱公司出。"雀华说："萧经理，你的心情我理解，谢谢。 只是，对方会不会狮子大开口？"王律师说："我先跟对方律师谈谈，如果可能的话，也跟对方家属接触一下再说。"

过了一段时间，王律师给雀华打电话："对方律师跟家属谈了，对方家属同意庭外和解。 对方的情况也清楚了，死者的四个孩子都是农民，大儿子和二儿子有两个孩子，女儿是老三，有一个孩子，最小的儿子二十岁，是职业学院的学生。 咱们这边的情况我也介绍了，对方基本了解了。 对方家属没说赔偿金的数额，有一个要求，说是想要与咱们这边的家属见见面。"

见面的地点约在对方律师所在的律师事务所。 雀华、小青、锦梅都来了，萧经理作为朋友和领导也过来了。

死者的大儿子、二儿子脸色黝黑，一看就是在工地打工的，女儿三十冒头，头发凌乱，眼神悲戚，小儿子脸上尚带着稚气。 想到爸爸离开时自己二十二岁，小儿子比自己还小就失去了父母，雀华悲从中来。

雀华带着小青和锦梅，给对方深深鞠躬："实在是对不起，我弟弟的失误，给你们带来这样大的不幸。"对方沉默，似乎又有些无措。 对方律师说："坐下谈吧。"

坐下后，雀华说："事情发生后，我们一直特别难过，因为我父亲也是车祸去世的，那时我二十二岁，大学还没毕业，我弟弟十九岁，我妹妹十五岁。 今天本来我母亲也该来的，可是她年纪大了，怕她来了受不了。 我弟弟还有两个九个月大的双胞胎孩子，我们就以看孩子为由，没让她来。”

大儿子说："说实话，刚听到这个消息时，我们弟兄几个杀了你弟弟的心都有，后来想想，杀了你弟弟又有什么用呢？爹娘也活不过来了，他也不是有意的。"

对方女儿开始抽泣。雀华哽咽道："一看两位大哥和姐姐就是忠厚人，这位弟弟也很单纯……真对不住……"

二儿子说："别说好听的了，赔钱吧，一人赔三十万！总共六十万。"众人呆住。二儿子说："六十万算什么，六十万能让我爹娘活过来吗？"大儿子捣捣二儿子，说："他这是气话，他心疼爹娘。"二儿子说："你就是老实，老实了就被人欺负！"女儿哭声渐大。小儿子尴尬地看着他们。

锦梅说："我哥哥也受到惩罚了，他被送到看守所去了！我们谁也见不着他了。"

萧经理说："事发时我在车上，国庆当时都蒙了，跪着、哭着不肯起来。"

"都怪我，我给爸说车闸不好使了，让他换个新三轮车。他不舍得，说修修就行，我要是坚持就好了，我再坚持一下，就换了，可能就不会出事了……"小儿子满脸自责与懊悔。"别胡说。"二儿子呵斥。

"大家冷静一下。"对方律师说，"按我们之前的思路聊一聊。"

大儿子正要说话，二儿子说："六十万。"

"大哥，诚心点好不！六十万你看我们谁能拿出来？我对象在萧经理的私人公司打工，小公司，能有多少钱？工资还经常拖欠。我妹妹大学刚毕业也在私人服装厂打工，我卖衣服，家里还有两个孩子。不是不想拿，是拿不起。你说个差不多的数，我们凑凑还能拿得出的。"小青终于忍不住了。

"六十万！"二儿子大喊，"要不还我的爹娘来！"二儿子放声大哭。

小儿子头也不回地出去了。女儿抹着眼泪追出去。

大儿子无奈地说："赔偿的事，我们一家人再商量商量吧。"

对方律师与王律师对视一眼，说："找机会再谈吧。"

后来，王律师从对方律师那里得知，对方想见见雀华一家人，是想看看他们是不是像律师说的那样，也都是本分人。如果是本分人家、普通人家，他们也不会太过为难。没想到老二临阵闹那么一出，之前他也同意大家的意见了。老二人不坏，就是脾气邪乎，他们再做做他的工作。

又过了一段时间，按规定计算的赔偿标准出来了，一人六七万。对方仍旧没有消息，通过律师问，说还在商量。

雀华着急了："不能干等着，得想想办法。"

峻明说："要不咱们先报个数吧，大差不差的，看看对方什么反应。你不是说了，看他们一家的生活也不容易，萧经理大老板有些钱，多赔点也行。六七万，再加两三万，凑十万。十万也不算多，唉，毕竟是人命啊。"

雀华说："是啊。要不再加五万，一人赔十五万？"

峻明说："一人赔十五万，我感觉是真不少了。"

雀华说："萧经理会同意吗？会不会觉得压力大？他的公司是私营公司，整天加班加点干也不容易。看他怎么说吧，如果差得不是太多，我们自己补点。我、锦梅和小青凑凑，大不了再借点。"

"也只能这样了。"峻明说。

雀华征求王律师的意见，王律师也觉得可以了，对方律师应该能接受，只要那个二哥想通，其他家属应该都能接受。

雀华又跟妈妈、小青和锦梅商量了一下，她们都觉着赔的钱不少。妈妈说："保险公司不出的，全让萧经理出，还不是因为他出的事，我没找他事就算便宜他。"雀华没说话。锦梅说："姐姐你不好意思说我说。"雀华说:"不用。"

雀华私下跟峻明商量,为表诚意,她想登门拜访,与对方兄妹再谈谈。 根据那天的情况雀华判断,其实他们已经商量好了额度了,只是老二一冲动,他们也不好当众闹矛盾。

"我不想跟家里和律师说,去一帮人跟打狼似的,而且有律师跟着,好像公对公谈判,缺少人情味。""他们会不会动手打你?""我看不会,除了老二邪乎,其他人都忠厚。""我陪你去。""你妈不是不让你管我的事吗?"雀华讽刺他。 峻明嘿嘿笑。

雀华和峻明先到职业学院找小儿子。 小儿子有些意外,也有些抗拒,但是看到雀华怀里的白菊花,小儿子犹豫了一下,答应把他们带回家。

这是镇上一个老旧的小院,三间堂屋,西屋两间做厨房。 大儿子和二儿子在垒一间简易小房,女儿在洗衣服。

"这院子特别像我老家的院子,可惜我老家好几年没人住了。"雀华说。 小儿子眼神复杂地看雀华一眼。

"你们来干什么? 还嫌把我们害得不够惨吗?"二儿子冲过来把手一甩,泥巴甩在雀华和峻明身上,有一块甩到雀华脸上。 大儿子瞪二儿子一眼,招呼他们进屋。 雀华不动声色地抹去脸上的泥。

"我们来看看伯伯和阿姨。"堂屋里摆着两位老人的遗像,雀华把白菊花放在遗像前。 峻明把拎的米、面、油、点心和水果放在地上。 两个人给老人深深地鞠了三个躬。

局促中,女儿用大茶碗给他们一人倒了一杯开水,碗不干净,碗边有几个黑点。 雀华端起碗来吹了吹,吸溜着喝了几口。 他们一直盯着她喝水,看到她放下茶碗,二儿子紧绷着的脸松弛下来。

"这是我对象,他是中学老师,老家也是农村的。 我们这次来,就是想问问哥哥姐姐们商量得怎么样了。"兄妹四个你看看我,我看看你,不说话。

"你们难过，我们也难过，谁也不愿意这样，听律师说我弟弟在看守所直骂自己是杀人犯……我弟弟，他更惨，他比我对象学习还好，他应该在名牌大学上学，却只能在工地打工……"往事像潮水一般涌来。雀华滔滔地讲着那一年发生的事情，爸爸车祸去世，开拖拉机的是她表哥，她丢了铁饭碗进了企业，国庆误了高考到工地打工……这些尘封多年的往事她轻易不愿向人提及，一打开，却再也止不住了。她边说边流泪，想说的还没说完，实在忍不住跑到院子里哭起来。女儿走出来，哭着塞给她卫生纸。

　　等雀华冷静下来进屋，发现屋里一片安静，每个人的眼都红红的。

　　"大妹子，六十万的话算我胡说。"二儿子带着哭后的鼻音说，"我知道六十万谁也拿不出来，我就是置气，我想多判你弟弟几年。"

　　"多判我弟弟几年伯伯和阿姨也活不过来了，哥哥姐姐们也只能拿到总共十三四万的赔偿，对我们两家都没好处。哥哥姐姐们就报个数吧。"

　　几个人对视了几眼，大儿子说："律师说一个人六七万，总共……嗯，要不，我们再商量商量，也跟律师商量一下。"

　　"一个人十来万……我们想想办法总还能凑个差不多。"雀华说。

　　虽然没有正式达成协议，形势也算基本缓和了。

　　临走时，雀华对小儿子说："毕业找工作如果需要帮忙，就打这个电话。"雀华把自己的手机号写在一张纸上，递给小儿子。小儿子接过来，说："谢谢。"但是毕业时他没有联系雀华。七年后雀华接到他的电话，他所在的一家小公司效益不好，破产了。那时雀华早已知晓车祸的真相，她什么也没说，依然帮他进到斯乐公司的车间做技术工。虽然在流水线上三班倒忙点，也是一份稳定的工作，收入也不错。在雀华的帮助和他的努力下，几年后他成为段长，不用倒班且收入大涨。当然这都是后话。

在回来的公交车上，雀华分别跟王律师和萧经理联系，约好在律师事务所见面。

打完电话，雀华感到一阵疲惫袭来，无力地靠到峻明肩头，睡着了。 峻明一动不敢动，雀华闭着的眼睛一动一动的——她睡得并不踏实。 快下车时，峻明才叫醒雀华："快到律师事务所了。"雀华醒了，疲惫地笑笑："保镖，你的任务完成了，回家吧。"说罢她起身先下了车。

雀华到了律师事务所，萧经理已经到了。 雀华说她刚刚从对方家里过来，王律师大惊："朱老师，你太冒险了，这种情况下特别容易发生冲突，对方家属也容易有攻击行为。""他们没打我，还算客气。"雀华说。 萧经理竖起大拇指："佩服！ 你们姐弟两个一样有胆识。"

雀华简明扼要说了过程，直奔主题："听他们的口气，一个人赔十来万他们能够接受。"雀华没有直接提十五万的事。

王律师点点头："我们之前也讨论过，这个数目比较合理。"

萧经理说："我打算一人赔十五万。 保险公司能赔十三四万，我再赔同样的数，共二十六七万，取个整总共三十万。 给对方说就是公司和家属共同赔的。"王律师说："我个人认为三十万多了一些。""死者的几个孩子生活都不富裕，尤其那个小的，还在上大学。 他们的父母死了活不过来了，我们只能用钱来补偿。 十五六万公司还出得起。 公司刚融了资，有一些钱。 要是融资前我还真要掂量掂量。公司发展急用钱，但给他们补偿更要紧——钱以后还能再挣。 尽快达成谅解，让国庆尽快出来。"

王律师看向雀华，雀华说："我同意。"又转向萧经理："谢谢你萧经理。"王律师说："那好，我跟对方律师谈谈。"

三天后，王律师告诉雀华和萧经理："对方律师告诉我，对方要求一人赔偿十万。"雀华看向萧经理，萧经理说："还是一人十五万

271

吧，这样我们心里安生些。"

"谢谢！ 谢谢！"雀华由衷地说，她对萧经理的看法再一次有了改观。

不久，双方一众人再次见面，签署了谅解书。

所有的材料送到法院后，又开始了一轮等待。

开庭的时候已是年底，雀华终于见到了国庆。 国庆瘦了，他的目光从家人身上一一掠过，最后停留在萧经理身上，萧经理挥手，雀华看到国庆的眼中亮光一闪。

当听到"一年"的时候，雀华心中轰的一声。 预期中最短的时间，谢天谢地。 王律师说过，刑期包括在看守所的时间。 去掉在看守所的这四个月，国庆再过八个月就能回家了。 八个月。

回首这四个月，就像眼前横着一座山，你必须翻过去，必须。现在终于连滚带爬到了山顶，看到了通往远方的路，但是还要下山，才能走到这条路上。 好在，下山没上山这么累。

3

春天来了。

春日的一个周末，雀华带着冬阳来到学校。 好久没有见到欣然了，也很久没有到校园走走了，她想念她们了。

白玉兰、迎春花都开了，柳枝冒出了新芽，雀华一一指给冬阳看，冬阳像匹小马驹，一会儿蹦到这里一会儿跳到那里，不时仰脸嘎嘎大笑。 笑是会传染的，雀华的嘴角也翘起来。

欣然迎面而来，齐腰长发，小衫长裙，眼神清澈，仍旧一副大学生的模样。 欣然跑上前抱起冬阳。"快叫阿姨。"雀华说。 冬阳"阿姨阿姨"地叫着，"叭"地亲了欣然脸颊一下，又扭着身子滑下来，飞奔向白玉兰树下的一只喜鹊。 喜鹊飞上枝头。 冬阳仰视喜鹊，喜鹊俯视冬阳，两两相对。

欣然笑道："真羡慕你呀雀华，我也想要孩子了。"

"那就快点结婚吧。"

"好，快点结婚。"欣然一脸神往。

"还有一件重要的事，我要当面告诉你，留校任教的事定下来了。"欣然笑容灿烂。

"哇，祝贺沈教授！"雀华给欣然一个大大的拥抱，"虽在意料之中，还是非常惊喜！"

到夏天，欣然博士就毕业了，暑假开学后就由学生变成老师。

"真好啊，你成了我想成为的样子。"想起自己的学者梦，雀华百感交集。

"你不也很好吗？外企白领，还有聪明可爱的小冬阳。"

两人不约而同看向骑在小鹿石像上的冬阳。雀华笑了。

雀华问起欣然结婚的事，欣然告诉她，男朋友博士毕业后继续做博士后，出站后也回济南工作。"我俩商定明年暑假结婚，那时我工作一年，也稳定下来了。"雀华算了算，欣然比她大一岁，明年就三十二岁了，不过好饭不怕晚，她终于得到了想要的生活。而她，在另一条道上越走越远。

雀华本不想把国庆的事告诉欣然，可是不知为什么她说了，她知道欣然不会笑话她，更不会对外人讲。欣然听完什么也没说，只是紧紧搂住她的肩膀。春日的阳光照在她们身上，暖洋洋的。

"证考得怎么样了？"欣然问她。

"会计中级证考下来了，注册会计师过了一门。"一提考证，雀华来了精神。

"注册会计师给几年时间？"

"五年。"

"你三年考出来得了。忙点忙点吧，就没时间多愁善感了。"

"好。"

两人相视而笑。

她俩拍了一些照片。冬阳一会儿搂着妈妈一会儿牵着阿姨的手，摆着各种 POSE。阳光穿过玉兰花照在他的小脸上，他皱着眉的样子像个小大人。所有的辛劳和忧虑这一刻灰飞烟灭，雀华握紧了冬阳的小手。

雀华翻看相机里的照片，有一张是她抱着冬阳站在树下，她突然发现自己的神情没了当年的单纯飞扬，变得知性且成熟。通俗地说就是显大了。这个发现让她有些伤感。

冬阳跑过来，让雀华蹲下，把他捡来的一朵迎春花插在她的头上。"妈妈真漂亮！"冬阳捏着嗓子嘎嘎笑。雀华的伤感瞬间被化解。有得就有失，谁也逃不掉岁月的侵蚀，谁也跳不出尘世的烦扰。除了欣然。她看向欣然，欣然正指着迎春花边的一株小草，跟冬阳说着什么。她依然带着校园的气息。

中午，雀华提议去学校食堂吃饭，让冬阳体验一下妈妈大学的食堂。欣然按冬阳口味买了鸡块、豆腐、土豆丝、粉条等，冬阳吧嗒吧嗒埋头吃得像头小猪，那叫一个香。大锅菜，其实没有冬阳奶奶做得好吃，应了一句老俗语，隔锅饭香。

"幼儿园里也有食堂，去了后就这样和小朋友一起吃饭。"雀华告诉冬阳。

"真的这么好吗？那我一定要上幼儿园。"冬阳边吃边说。

"等到秋天你就可以上幼儿园喽。"雀华不失时机地为上幼儿园做了铺垫。

回到王官庄已是下午两点半，妈妈和小青正准备带着冬美、冬丽出去玩，冬阳乐颠颠地又跟着出去了。难得清闲，雀华坐在沙发上喝着茶看专业书，想起欣然让她三年考出注会的话，觉得也不是不可能，不禁莞尔。

看了一个多小时，有人敲门，永盛来了，拎着给妈妈的营养品和给孩子们的水果点心。　自从国庆出事，永盛到王官庄的次数多了。

雀华给永盛倒上茶。　家里只有雀华一个人，永盛似乎不自在，坐了一会儿就想走，雀华不让走，说他们出去玩一会儿就回来。

永盛翻看雀华的书："看不懂，真难。""我也是一点点地啃。"雀华告诉他要考试的事。"国庆的事已成定局，你也别多想了，专心学吧。　你自小聪明，你能行。"雀华感激地笑笑："永盛你从不说假话，更是轻易不夸人，你说我聪明，我就觉得我确实挺聪明的。"永盛笑笑，脸红了一下。

接着永盛又问起国庆的情况。　雀华告诉他国庆挺好，精神状态也不错。　永盛也没有多问，他知道这是雀华心中的痛。

永盛又问峻明的情况。　雀华告诉他峻明除了正常上课，还在一家辅导机构代课，教学生奥数，周六、周天上课，还有两个一对一的课。"也够忙活的。"雀华说。"能挣钱就好。"永盛说。

聊了一会儿，永盛告诉雀华："我买了一辆大货车。""嗬！　不声不响的，你还挺厉害啊！"永盛笑笑，笑中带着自豪："总算有了自己的车了。""大货车，得挺贵吧？""九万多，二手的，七成新。　说好了分期付，我付了一多半了，再跑一年就能全付上。"

正说着，出去玩的大部队回来了。

听说永盛买了车，妈妈第一反应是："有这么多钱买车，怎么不在家里盖个两层小楼？　找个媳妇呀。""出来这么长时间，不想回老家了。""那再攒点钱在济南远点的地方买个小房子也行啊——有了房子，才能引来金凤凰。""等再挣了钱再说吧，我买车就是为了多挣钱。"雀华笑笑，别看永盛不大爱说话，心里可是有老主意。

正聊得热闹，仇老师打来电话，说是翻看影集，看到与雀华的合影，想起雀华来，就给她打个电话。　仇老师的孩子已上大学，她心情愉悦，语气轻松。　问完了雀华的近况，仇老师告诉雀华，张主任现在是销售部副经理了，业务干得好，钱挣得多，在最好的地段千佛山下的开元山庄买了房子，前几天他们刚去给他温了锅。"一百五十多个平方，装修得气派大方，他那个比他小几岁的媳妇又年轻又漂亮，饭做得也好吃，儿子在外国语小学……"雀华心里一沉，看来张主任婚姻幸福，那他和刘会计是彻底没戏了。 潜意识里雀华希望张主任和他媳妇出点问题，那他跟刘会计就有了机会。 雀华总觉得他俩是最般配的人，他俩太相似了，都心地善良，要强能干。

说到张主任，仇老师又问起刘会计。 在雀华嘴里，刘会计当然一切都好，不光个人收入高，老公收入更高，孩子学习也好。

挂上电话，雀华想起很久没见刘会计了。 她们偶尔从 QQ 上聊上几句，说说近况。 刘会计很忙，工作忙，周末还要陪亮亮上辅导班。 上次见面就是在亮亮上的辅导班附近，中午雀华请她娘儿俩吃了顿肯德基。 吃过饭，刘会计又匆匆送亮亮去上课了。 雀华突然非常想见刘会计，尤其是听到张主任的情况后。

当晚，雀华去了刘会计家。

门打开的瞬间，雀华愣住了。 开门的不是刘会计，也不是刘会计的父亲，是一个与刘会计年纪相仿的男人。 这个男人细高个，戴着眼镜，头发浓密。 是刘会计新找的对象吗？ 说起来，眼前这人比张主任帅气，但是感觉没有张主任稳重。 刘会计提起过她被动相过两次亲，但没听说找到合适的呀。

雀华自报家门，男人热情地招呼雀华进来，并叫刘会计："会婷，你的小同事来了。"刘会计穿着围裙戴着黄胶皮手套从厨房跑出来："呀，雀华，快坐快坐。"男人解下刘会计的围裙："我来刷，你陪小同事吧。"男人进了厨房。

"亮亮的爸爸，吴军。 我们复婚了。"刘会计简短地说。 雀华差点惊掉下巴，她急忙掩饰说："什么时候的事？ 怎么没听你说起过。""这两三年里他就有这个想法，去年一年再三请求，过了年就复婚了。"正说着亮亮爸爸从厨房出来，两个人就不再说了，转而聊起雀华的工作。

听说雀华要考注册会计师，亮亮爸爸也参与到她们的谈话中："我听会婷说起过你，不用担心，照你的学习能力，只要保证有效的学习时间，就没问题。"雀华说："其实我的学习能力一般，我就是花的时间比别人多一些。"刘会计说："这也是能力……"亮亮爸爸接过刘会计的话："这种能力就是毅力。"刘会计一笑："我就这个意思。""当年我考注册审计师时更多的靠的就是毅力——差点半途而废了。"原来注册审计师他都考过了，确实厉害。 不过，就是为什么要跟别人好呢？ 刘会计这么好的一个人。 他还有一点比刘会计厉害，就是不露声色中表扬了自己。 雀华对他的佩服中夹杂着更多的情愫，让她不是特别开怀。

亮亮从他房间跑出来，乐呵呵地跟雀华打过招呼，拽起他爸爸："我的作业写完了，有个事儿跟你说说。"两人进了亮亮房间。

又聊了一会儿，雀华准备回家了。 刘会计送雀华去公交车站。路上，雀华忍了好几忍，没忍住，问刘会计："你不是说亮亮爸爸跟别人好了吗？ 怎么又……""分手了，对方年轻十来岁，他说有代沟……他说很后悔，当初没有珍惜我，说还是青春年少时的感情单纯。 我原谅他了。"雀华点点头。 但她其实还是想不明白，一个背叛她、跟别的女人睡在一起的人，刘会计竟原谅了他。 刘会计是怎么做到的？ 她不敢问。

"他是亮亮的爸爸，我还有比这更好的选择吗？"刘会计推了推眼镜，笑吟吟说道。

公交车来了，雀华跳上公交车找座位坐下。 透过车窗，她看到刘会计在站牌下朝她挥手，她的眼镜片在路灯下一闪一闪的。

第十九章

1

　　国庆穿着小青提前带过去的拉链卫衣、牛仔裤和旅游鞋，拎着一个包，像是刚刚从健身房健身出来。 是的，他留着寸头，挺着胸，像个军人一样，看起来更精神了。 小青跑上去，两人对视了两秒，小青要接过他手中的包，他不让，小青又拽，国庆松了手。

　　国庆看到萧经理，一愣，叫道："萧总。"萧经理紧走几步："叫我大哥。 没外人的时候，就叫我大哥。"国庆忸怩了一下，叫道："大哥。"萧经理给了国庆一个大大的拥抱，说："国庆，委屈你了。"他小小的个子搂着高大的国庆，看起来有些滑稽。 萧经理的妻子柔声说："好啦，送国庆回家啦。"萧经理松开国庆介绍："这是你嫂子，她从老家过来了。""嫂子好。"国庆打招呼。 嫂子笑道："萧剑天天提到你。"

　　一行人往车那边走。 国庆把目光转向雀华："姐姐——"雀华鼻子一酸，说："回家吧。"

　　萧经理的妻子开车，萧经理坐在副驾上，后排国庆坐在雀华和小青中间。 萧经理说："出事后，我没再开过车，可能得缓缓才行。""我劝萧剑换了新车，我来给他当司机。"嫂子说。 嫂子是个小巧温和的南方女子，国庆出事不久，她跟萧经理一起到家里看望过妈妈。

"以前我在老家县城陪两个孩子上学，过不来。出事后，萧剑虽说白天能撑着处理各种事，一到晚上就失眠，一夜一夜睡不着。挺了半个月，他才在一个半夜告诉我车祸和失眠的事，我就把孩子托付给父母，过来陪他了。"

"你睡眠怎么样？"萧经理问国庆。"吃得饱睡得香，"国庆嘻嘻笑，"《平凡的世界》看了三遍，物质食粮和精神食粮一样不缺。"萧经理欣慰一笑："今天起你就是恒盛房地产开发有限公司副总经理，分管销售。""我，能胜任吗？是不是太年轻了？"国庆两眼放光，嘴上却谦让着。"有我呢，不用担心，我不也是边干边学，我可是靠搞建筑发家的，以前没干过房地产开发。"

萧经理说着掏出一个小盒递给国庆："这是你的名片，下边是新的办公地址，背后还有我们项目的地址。"国庆接过小盒，拿出张名片来看。小青探过头，兴致勃勃地看着。"我想你应该都知道了，融资成功后，地拿到了，现在动工一个月了，明年春天就能开盘了。""是，探望我的时候，姐姐和小青陆续告诉我了。""你在家里休息一段时间，随时过来上班。""好。"

片刻的沉默之后，国庆又问："两位老人的家属住在哪里？我想去看看他们。""不必了，"雀华说，"在萧经理的帮助下，一切都处理妥当了。我也把我的电话留给了老人的小儿子，告诉他有事可以联系我。他一次没给我打过电话。事情过去才一年，不要去打扰人家，提起人家的伤心事。""那好吧，我就在心里向他们道歉，遥祝他们平安。"国庆说。

聊着聊着就到了王官庄楼下。雀华说："嫂子，萧经理，到家里坐坐，一起吃顿家常饭吧。""不了不了，"萧经理说，"我和国庆以后在单位天天见面，有得聊。"他们没有下车，直接走了。

雀华告诉国庆，本不想麻烦萧经理，萧经理提前好几天就打电话联系她，非要开车去接国庆，见他那么恳切，雀华只好答应。国庆说："萧经理果然义气，我没看错。""不是他让加班还出不了事呢！"小青恨恨地说。雀华示意小青："过去的就过去了，不要再提了，谁也不想这样啊。"

到了家门口，小青掏出钥匙正要开门，门开了，妈妈站在门里头。"妈，我回来了。"国庆嘻嘻笑着说。"进来歇歇，等着吃饭吧。"妈妈转身进了厨房。

雀华震惊。想象中琼瑶剧里又哭又闹的场面没有出现，妈妈平静得就跟国庆平时下班回来一样。

冬美和冬丽一人在一个学步车里，学步车被绳子拴住了，走不了两步就得回来。"爸爸回来了，"小青说，"叫爸爸。"两个人都"爸爸爸爸"地叫着，显然平时教过无数次了。国庆欣喜地走过去，两个人吓得直往小青怀里扑。小青说："这就是爸爸。"两个人怯生生地望着国庆，国庆笑笑，把手伸向他们。

不一会儿，妈妈端出热腾腾的水饺。雀华也帮着去端。

蘸着蒜泥，国庆吃了两碗水饺。"还是妈妈包的水饺香。"国庆擦着嘴说。妈妈瞅着国庆笑，笑着笑着眼泪滚下来。

雀华说："不来这样的，妈妈你也快吃吧。"妈妈用袖子擦一把泪，开始吃水饺。雀华吃了一碗水饺，起身说："我请了半天假，去上班了。晚上多做点好吃的，锦梅回来，峻明带冬阳也过来。"

下午下班回来，雀华看到楼门口停着一辆崭新的踏板电动车，很像一辆踏板摩托。回到家，不大的客厅里挤满了大人小人。妈妈、国庆、峻明、小青、锦梅、冬阳、冬美、冬丽，再加上雀华，一共九口人。茶几被拉到卧室，餐桌上摆满了菜。

冬阳挤过来，拿着一把枪对着门口一阵突突："妈妈，舅舅从外地回来了，给我买了枪和很多好吃的。"冬阳嘴角上有巧克力的痕迹，雀华给他擦去。之前她和峻明统一口径，对冬阳就说舅舅因工作需要驻外地一年。

国庆说："姐姐，看到楼底下的新电动车了吗？ 我买的。 以后就骑电动车上班了，自由。"雀华说："电动车倒是方便。"小青说："你现在在总部上班，离家不远。 项目开盘后在项目处上班，就远了。""我带着充电器，到了楼盘先充电。 办法总比困难多。"冬阳听了咯咯笑："办法总比困难多。""我明天就去上班。"国庆说。 雀华惊讶："不在家歇两天？""又不累，歇什么，我要投入火热的工作中去！""好吧。"雀华笑道。

吃过饭没多大会儿，妈妈就撵雀华一家回去："早点回家吧，冬阳上幼儿园了，早上要早起，峻明一早还要上课。 你打发冬阳睡下后还要看会儿书——别看时间长了，别累着……"国庆嘻嘻笑："姐姐还这么上进吗？"小青打他一下。

雀华还想再待一会儿，峻明笑着朝她使个眼色，拉着冬阳起身。走到楼下，峻明说："行了，给人家小两口单独说说话的空吧。"雀华扑哧一笑："你心眼子还不少。"

这个周六的上午，永盛来了。 跟他同来的还有一个兔唇姑娘，这让大家又惊又喜。 永盛腼腆地向大家介绍："这是我对象小雪。""小雪？"雀华瞪大了眼睛。 永盛笑笑："就是咱们老家那个小雪。""好啊，小雪跟小雪有缘！"妈妈乐呵呵地说。 小雪的脸红了，显然她也知道怎么回事，她跟着永盛称呼妈妈："婶子……"妈妈打量着小雪："这闺女一看就是好脾气。"永盛笑了："脾气比我还好。"小雪羞赧地看永盛一眼。

小雪长得特别白，脸上零星有一些雀斑。 她的兔唇并不明显，但也能看出手术的痕迹，说话倒是一点也听不出来。 微微一点痕迹，反倒让她整个人生动起来。 雀华以前没想过永盛会找个什么样的对象，一见到小雪，她觉得永盛的对象就应该是小雪这样子的。小雪让人觉得可亲，就像永盛让人觉得可靠一样。

小雪是永盛房东邻居家的闺女，在道德街另一条街口卖豆腐脑和白吉馍。

因为小雪的到来，永盛就没提国庆出狱回来的事。 找机会避开小雪和众人，永盛私下问了国庆的情况。 听说国庆不光回去上班，还升了职，永盛很高兴。

"就是王官庄这边的房子又涨钱喽，"妈妈皱了皱眉头，"我听一楼大姐说白马山那边有村里盖的房子，便宜，就是没有房产证，是小产权房，凑凑钱买那里不行吗，永盛？"

永盛脸上现出为难之色。 小雪接过说："婶子，我们结婚不用买房，我家有两处平房，那一处也是两间小屋，往外租着，我爸说我们结婚就收回来给我们住。"

妈妈看向永盛，永盛涨得脸红脖子粗："买房子是男方的事……"

小雪温和笑道："我知道，你不是想有自己的车队吗？ 等你有了车队也不晚呀？ 你只要不嫌我家的房子旧就行。"

国庆故作大惊小怪："哦，我以为只有我是永盛哥的知己呢，现在小雪姐也是啦。 关于车队的事，除了我，永盛哥可是谁也没说过，他还让我保密呢。"

小雪转头看向永盛，抿嘴一笑。

小雪第一次登门，妈妈肯定不让走，又下厨忙活，国庆去附近饭店又要了四个菜。 大家高兴，再加上几个孩子，小小的家里就像开了锅。

雀华的手机响了，是欣然。 雀华兴冲冲接起，手机里传来欣然的声音："雀华，你忙吗？ 有件事想跟你说说……"说不下去了，沉默了一会儿，雀华听到抽泣声，这在欣然是从没有过的。 雀华急忙走进卧室："你在哪里？ 我过去找你。""在学校……"

挂上电话，雀华有点为难，想了想，还是硬着头皮走回客厅，撒了个谎："真不巧，单位临时有事让我过去一趟，你说小雪第一次来家做客……"永盛说："工作要紧，快去忙吧，小雪以后会经常来。"小雪笑着冲雀华点点头。 雀华抓起一个妈妈蒸的大包子，吃着出门了。

欣然在学校的花坛边等着雀华。 她眼睛浮肿，穿着黑色小衫黑色裙子，像是服丧似的，雀华一惊。

欣然惨然一笑："看你紧张成什么样子了，其实也没什么大不了的事。""到底什么事？""我哥哥到我男朋友所在的学校去办事，和朋友走在校园的时候，碰到我男朋友了，他正拉着一个女生的手去食堂，我哥哥叫住了他。 还真的是他，我哥哥说当时真希望是认错人了。 他慌乱地松开女生的手跑到我哥哥面前。 我哥哥问他那女生是不是他女朋友，他承认了。"雀华只觉着心口一揪一揪地疼，她想起刘会计的丈夫。

"你哥哥打电话告诉你这事的？""不是，我哥哥当晚打电话告诉了我爸妈，我爸妈又告诉了我。""他们什么意见？""我爸爸和我哥哥坚持让我跟他分手，我妈妈说让我考虑一下再拿主意。""考虑什么？""如果他认错，原谅他，继续。""什么？"雀华忍不住惊叫一声。

"我当晚就打电话告诉他分手。 他坐了一夜的绿皮火车，第二天一早来找我，说女生是他一个组的研究生，他和她好只是因为一个人在外地太寂寞。 他说女生一开始就喜欢她，他一直躲着。 有一天晚上下了晚自习，他们走在一起，他一时冲动吻了她，才一发不可收拾。 其实他心里一直很难受，很自责，他请我原谅他，他回去就跟那个女生分手。 雀华你说我要不要原谅他？"

"你不是已经跟他说分手了吗？"雀华说。"我那是在气头上。 现在事情过去半个月了，我还天天在想。 他每天都给我打电话，我不接电话他就发信息，请求我原谅他。 我妈说我这个年龄了，我们也好几年的感情了，让我考虑一下。"

雀华说："好几年的感情了，还没结婚他就这样，不保证结了婚不这样，原谅一次就会有第二次。"雀华再一次想起刘会计的丈夫。"要是结了婚他再因为耐不住寂寞移情别恋，你还要原谅？"

大颗大颗的眼泪从欣然眼中滚落，雀华忽然发现自己太过分了，她拉住欣然的手。她只能这样说，她就是这么想的，要是她，立马就分手。

"你跟我爸爸和我哥哥的意见一样，其实我也是这样想的，我就是舍不得。"欣然失声痛哭。

初秋的风一吹，还真有点凉。几片树叶飘落，有一片落在欣然的长发上，雀华轻轻把它拿下来。春天雀华带冬阳来时还满园的花，迎春花和白玉兰开得正旺，现在只剩几朵月季在秋风中摇摆着。

2

雀华被李主管叫到他的办公室。李主管笑眯眯地说："雀华呀，烟台分公司财务出了些状况，集团抽调业务能力较强的人员去核查一下，两位部长让我安排，咱们这里你去吧。""好。"雀华说。领导安排工作，不说好还能说什么？"什么时候去？几天？""明天走。一个星期怕是忙不完，十来天吧。有什么困难吗？有困难克服一下。""没有。"雀华赶紧说。"好好干，这也是表现的机会。"李主管意味深长地看了雀华一眼。雀华报以微笑，但心里不信李主管会给她什么机会。他投诉她入职前就怀孕的事，她想忘都忘不掉。

第二天，雀华坐火车去了烟台公司。核查小组共三个人，其他两个分别来自上海和南京。烟台公司专门给他们三个人找出一间大办公室，一人配了一台电脑，又长又宽的会议桌上堆满了厚厚的账簿。初春刚停了暖气，乍暖还寒，房间大，空调也不太管用，雀华冻得手脚冰凉。这倒有一样好处，头脑始终清醒，干活效率也算高。

过了两天，晚上雀华往家里打电话，听到冬阳在电话那头咳嗽，可怜巴巴地喊着妈妈。一问，晚上睡觉蹬了被子，冻着了，还有点发烧。心疼得雀华在电话里把峻明痛骂了一顿。以往冬阳都是睡在雀华身边，雀华夜里给他盖好几次被子。

她一边埋头工作，一边挂念着冬阳，心里还嘀咕着李主管给她安排这个出力不讨好的活。好在过了两天冬阳不发烧了，咳嗽也见轻，雀华才放下心来。工作虽然琐碎复杂，雀华平心静气，倒是应付得来。

那天核对二〇〇二年的账簿时，雀华发现其中一本里面夹着一张加盖了仓库"货已付讫"章的提货单，抬头是北京公司。提货单显示当年四月二日仓库出库五十箱传感器，雀华看了看，却发现没有相应的发票记账联。雀华一惊，这就有问题了，这五十箱传感器为什么没入账？是忘了还是故意？难道这张提货单是伪造的？说来也简单，给北京公司打个电话，确认一下收货和付款情况就可以了。可这不是雀华的工作职责，她的职责是发现问题并指出来。

忘了入账的可能性也不大，每月账目核对很容易发现，没入账的可能性最大，不入账，卖到北京公司或借北京公司名义卖到别处的钱，就入了个人腰包。就是按出厂价也二十来万呢，如果按批发价更高。雀华出了一身冷汗。是有人自始至终知道这事，想要揭发又不敢明着来，只好以这种方式试试？如果真是这样，提货单的真假倒不重要了，重要的是背后的事情。提货单也好查，上面有合作仓库的名称。

雀华只顾盯着提货单沉思，根本没注意到身后站着一个人，烟台公司财务部的赵主管。赵主管轻声说道："朱会计，该去吃饭了。"雀华笑笑，急忙把提货单折上，夹好，把手头的几本账簿锁进了保险箱。

赵主管并不参与他们三人的工作，只是带着一名会计负责为他们服务，他常来这间办公室，但待不长，过来转一圈见他们没什么要求就会离开。 他戴着眼镜，非常谦和的样子，就是眼神有点阴郁。

　　去食堂的路上，赵主管说："朱会计，那张提货单你打算怎么处理？"显然他也注意到了那张提货单。 雀华一顿，说："如实向公司反映，这是我的职责。"赵主管一笑："你可以去仓库看看，这些货还在那个仓库，这张提货单是伪造的。 这张提货单应是财务部内部人员所为，为的就是搅乱工作秩序，从中得利。"雀华说："好啊，我交上去，公司立马就去查证。""我保证这批货在仓库，你可以去仓库看看。"雀华一凛："现在就去？""后天。"雀华问："为什么？"赵主管的额头上有汗珠渗出。"我建议这件事你先不要急着处理，你可以请示一下林楠部长，她是我大学同窗。"雀华不语。 赵主管说："晚上请您吃饭，咱们细谈。""不用了，谢谢。"

　　中午回到公司附近宾馆休息时，雀华接到林部长电话。 确定房间里只有她一个人住时，林部长说："雀华，赵浩主管是我大学同学，提货单的事他详细跟我说了，有些不能跟你说的也跟我说了。他已经以其他公司的名义从烟台公司买了五十箱传感器，要从你在提货单上看到的那个仓库里提货，一切手续正常走，但货不出库，这样库存里也不会少五十箱传感器了。"果然，雀华明白了。

　　"二〇〇一年时，赵主管母亲查出肺癌，赵主管要求去大医院，用好药，花了很多钱，二〇〇三年老人还是去世了。 赵主管家是农村的，兄弟姊妹都在农村，就他一人考出来了，他母亲这三年的医药费大都是他出的，二〇〇二年他还跟我借过钱……""哦，是这样。"雀华说。

　　"就我个人而言，我非常鄙视损公肥私投机取巧的行为，痛恨违背会计职业道德的从业者——话又说回来，我们也要看具体情况，也要给人悔过的机会是不是？""是，"雀华声音有些低沉，"那，这张提货单怎么处理？""让它消失，就当你从没看见过。""我明白了。"雀华说，"可是怎么保证公司不再受损失，也就是说那五十箱货不出仓库。""这个赵主管会处理好，到时你确认一下。确认好之后再处理提货单。""好。""随时跟我联系。"林部长挂断电话。

下午一上班，赵主管就来到办公室，给他们带来日照绿茶，说是明前茶，还带来几包饼干，说见他们晚上加班，饿了吃。赵主管转转悠悠不走。雀华明白他有心事，借着问他一个单子问题，悄声说："林部长给我打电话了，咱们按她说的做。"赵主管才放心离开办公室。

第二天，赵主管例行来转悠几圈，没有单独找雀华。

第三天下午，赵主管来转悠了两圈，跟其他两人聊了聊，就来到雀华旁边。他打开随身所带的账簿，雀华便看到夹在其中的几张单子。一张是烟台公司开的货款收据，五十箱传感器的；一张是盖了"货已付讫"章的提货单。雀华把货号抄下来，点点头，表示已看明白。赵主管迅速收起，悄声说："吃过晚饭，我去宾馆接你，去仓库看看。"

晚饭后回到宾馆不久，赵主管的电话就打过来了。雀华按照赵主管说的，出了宾馆左拐右拐几个胡同，才找到赵主管坐的出租车。在出租车上，雀华故意当着赵主管的面给林部长打了个电话："林部长，我现在坐出租车跟赵主管去仓库验货。"接着又问赵主管要不要跟林部长说几句，赵主管摆摆手笑道："我们已经说过很多了。"

仓库在市郊，越走越荒凉。赵主管会不会把她带到海边推进海里，杀人灭口？雀华起了一身鸡皮疙瘩。随即又想到赵主管知道林部长知道她的行踪，还不至于这么傻。

正想着，到了仓库附近，看到一辆车停在路边。赵主管示意出租车司机停车，他们下来，上了停在路边的车。开车的人显然在仓库工作，他开的车到了仓库大门口，大门自动开了。车一直开到一个大仓库前。两个人领着雀华往里走。在仓库深处，雀华看到新出库单上的那批货。　她数了数，整五十箱。　她挨箱看了货号，不错，跟新提货单上的一样。

那人按照雀华的意思，开车送雀华和赵主管到宾馆附近的小公园。

"那张提货单我带来了。"雀华说。　赵主管脸上露出期待而又讨好的神情。　雀华把提货单从包里取出来，递给赵主管。　赵主管小心翼翼地打开。　借着路灯光，两人都注视着这张提货单。　赵主管把手伸向裤兜，雀华先他一步从包里拿出一个打火机，递给他。　赵主管点着提货单。　当提货单烧得只剩下一个小角时，赵主管把它扔到地上。　两人看着那个小角变成灰片，都长长地舒了一口气。

在此之前雀华曾跟林部长通过话："把提货单交给赵主管？""留在他手里，不好。""我留着？""更不好。　哪天万一被人发现，你知情不报。""定时炸弹。""让它消失。""烧掉？""好！"

回到宾馆，雀华又给林部长打电话："林部长，都办妥了。""我知道了，赵浩刚给我通了话。""希望赵主管当年只是一时糊涂。"雀华说。"他是这么跟我说的。""我还有一点担心。"雀华说。"担心什么？""这一系列的操作会不会又是假的？　只是为了让我把提货单烧掉？""这个我也不是没想过。　不过，如果真是这样，与你我何干？什么提货单？　你根本就没看到过。"

雀华说："我不是担心我，是担心赵主管，希望他是真心弥补过失。"林部长说："你我给他机会了，是吧？　作为同学，我已尽心尽力了。　看在他勤奋好学吃苦耐劳又一片孝心的份上，我做了违背职业道德的事。　如果他真的再执迷不悟，那就是他的事了。""但愿不会。"雀华突然觉得心痛。　林主管说："凭我对他的了解，应该不会。　不过我们从校园走入社会这么多年，谁知道会不会变呢！"

又忙活了一个多星期，雀华结束了核查工作回到济南。　他们发现了一些问题，一一做了记录，有当时就解决掉的，有待查的。　后续就不是他们的事了。

过了几天，林部长把雀华叫到办公室，笑吟吟道："雀华，天上掉块馅饼，砸到你了。"雀华心怦怦乱跳，有提拔的机会？ 可是一个萝卜一个坑，没空位呀。"总监调回南方了，部长升任总监，我升任部长……"雀华支着耳朵听着。"我推荐李主管升任副部长。"

雀华半信半疑地说："李主管？"

"是的。"

"他这个人，你知道的，当时发邮件告我怀孕入职，害你差点受牵连。"

"我已高他一级，我三十九，他四十三，我比他年轻，他还能蹦跶到哪里去？ 想超我没有可能。 他的注会还有一门没考下来，是我跟部长商量，申请特殊情况特殊对待。"

"你这是仇将恩报！ 不能纵容小人。"

"我没有这么高尚。 两个主管，必须从中提拔一个，才能腾出位置，你才有机会。 如果从别处调来，主管位置不知哪年才能空出来。"雀华不安地听着。

林部长继续说："杨主管虽然年龄大，但只有会计中级职称，也没参加注会考试，听说她不打算考注会了，打算争取评个高级职称，如若破格提她，李主管还不到处告状？ 不如先安抚他，好在他这人业务能力还不错。"

"高！"雀华脑子转悠了几圈，明白过来，会心一笑，"谢谢林部长。"林部长一笑："申请刚刚获批，我一会儿就告诉李主管，他可能会找你谈话。 我通知他提了申请时，主管职位他就向我推荐了你，你去烟台也是他主动提出的，说是让你锻炼一下，攒个资历，我也就顺水推舟。"雀华终于明白李主管为什么这些天对她格外好了，好得让她战战兢兢。

"注会考得怎么样了？"

"这次过了两门，总共三门了。"一提考试，雀华顿感压力，全身的汗毛孔都紧缩起来。 本来可以过三门，那一门差两分，如果不是国庆的事让她心力交瘁，那一门也没问题。 但是她什么都不能说。

"好，加油！"林部长点点头。

果然，下午李主管就找雀华谈话，重点在他对雀华的欣赏和培养上，有了机会当然要推荐她，雀华感恩戴德。

一个月后，雀华被任命为主管。 她算了算，除了每个月涨上去的工资，年终奖也能多拿几万，加起来，以后她一年能拿将近二十万了。

这样算的时候，她正坐在餐桌上看《税法》，夜深人静，小卧室里传来婆婆的呼噜声，大卧室里峻明和冬阳呼吸均匀。 想想现在的收入以及这些年吃的苦受的累，一时间悲欣交集，泪水模糊了她的眼睛。 默默地流了一会儿泪，她洗了把脸，继续看书。

3

清晨，雀华像往常一样，六点一刻来到公交车站。 昨晚学得晚，凌晨两点才睡觉，她感到头晕困乏，就倚在路灯柱上。 突然，眼前一片黑暗，她努力睁大眼，眼前却依然一片漆黑，什么也看不见。 脑子里嗡嗡作响，却清晰地听到旁边等车人的对话、咳嗽，以及进站公交车停靠的声音，自己是不是要死了呢？ 她想努力睁大眼看破黑暗，却什么也听不到了。

等雀华再睁开眼时，黑暗没有了，世界恢复正常。 她发现自己正坐在公交车站的不锈钢凳子上，一个姑娘扶着她，身边围着几个人。 凳子有些凉。"醒过来了？"她听到一个姑娘说，"刚才你晕倒在路灯下了，已经叫了120。"雀华说："谢谢你，谢谢大家，我没事，昨天睡觉晚累的，今天还没吃早饭，也可能血糖有点低。"姑娘递给她一块巧克力，她三口两口吃完了。

吃完巧克力感觉好多了，她试着站起来走了走，还行。 看了看时间，现在坐车还来得及上班前赶到公司，就是早饭时间没了。 她让众人不要担心，她没事了，120那边她打电话取消了，然后不顾众人劝阻，执意上了刚进站的公交车。

到公司附近站牌下了车，竟然还有一刻钟的时间，她买了一个鸡蛋灌饼，边吃边往公司走。 虽没能提前一刻钟到，总算吃了饭。

下班回到家，把晕倒的事跟峻明一说，峻明急了："说了别学这么晚别学这么晚，高考都没这么累！"

"五年，必须在五年内考出来，我心里急呀。"

"非得考吗？ 这不也挺好。"婆婆说，"如果累坏了身体还不如不考。"

峻明突然眼睛一亮，说："要不买辆车吧，你开车上下班能节省时间，还轻快些。"

"大哥，我有驾照吗？"

峻明摸摸头笑了："我抽空去学，等你注会考出来，也去学。"

晚上，打发冬阳睡下，雀华又要去客厅看书，被峻明拉住，让她歇一天。 躺在床上，雀华却怎么也睡不着。 峻明正批改作业，见她这样，说："要不再去学一会儿吧，别太晚了。"雀华说："我有一个省时省力的办法，就怕你不同意。""在公司附近租房子？"峻明问她。"你是我肚子里的蛔虫吗？"雀华从后面搂住他，亲了一口。 峻明叹口气："我刚才脑子里转了十八圈，就这个办法了，跟你怀孕时一样，又得一个星期回来一趟了。"

到了周末，两个人就在原来租房的小区租了个一室一厅的小房子。

晚上，雀华对婆婆说："妈，以后就累你了，家里这一摊子我一时也顾不上了。"峻明说："你在家里也没顾上多少家务。"婆婆说："放心吧，我干惯活了，没什么。"雀华心里热乎乎的，以后条件好了，得好好孝敬她老人家。

妈妈知道了，说："唉，你说这成家立业了还叫自己这么累干什么？ 以后星期六、星期天有空来没空别来了，省得折腾。"雀华笑道："带冬阳来吃顿饭的空肯定有——怎么，不想做我的饭了？"妈妈被气笑了。

在小房子里学习，效率非常高。 五点五十起床，学到七点多，下楼买早点，吃完了继续学到八点，步行去公司，还是提前一刻钟到。 接受晕倒的教训，雀华十二点多就睡觉。 周末回家待一天，另一天在这里学习，真是苦行僧一般的日子。 峻明说："不光你是苦行僧，把我也熬成了苦行僧。"雀华笑道："理解万岁。"

经过四五个月夜以继日地学习，终于迎来了这一场考试。 考完之后，雀华感觉还可以。 不管怎样，可以喘口气了。

当晚一家三口去了王官庄。 吃喝正尽兴时，国庆说："姐姐，峻明哥，买房子吧，我们公司开发的房子，质量好，便宜。""好不容易还上了上套房子的账，有了点积蓄，你峻明哥还想买辆车呢。"雀华说。"打住，用买车的钱付首付买房子，绝对稳赚不赔。 没看到嘛，房子价格一直往上涨。"国庆说。"这倒是，"峻明说，"我们单位附近的新房涨到五千了。""我们公司对外卖均价四千，咱买三千冒头，楼层户型随便挑。""吹牛。"雀华说。"真的，春上开盘的是临街的几栋楼，六月份加推的是里面的楼，安静。 还有两栋楼，内部选完了再对外卖。"

锦梅说："姐姐，这个楼盘也在蝶兴区，有电梯，离你公司也不远，你上下班方便。 你现在的房子位置好不假，六楼，冬阳奶奶过几年再爬更费劲儿。"雀华点点头。"反正我已经买了，"国庆说，"三室两厅两卫，一百二十九平方米，用我的提成和奖金抵。 萧经理自己留了套一百六的。"

峻明看了一眼雀华，雀华不语。 国庆拿过几张户型图："先看看。 早就想劝你买了，咱妈不让分你的心，让等你考完试再说。 看看反面的图，小区有两个小广场，冬阳也有玩的地方。"雀华又看了看户型，南北通透，两个卫生间都有窗户，不错。

接着，国庆给他们算了一笔账，首付百分之三十，贷款二十万的话，每个月还三千多。"房价以后肯定涨，十年后说不定涨到一万了，就是卖了你们也挣钱。""还会涨？"雀华思忖。"住房商品化，农村城镇化，这是大趋势，未来一二十年都是上升趋势。 搞房地产当然要研究国家政策和经济规律，相信你弟弟，我也读了很多经济尤其是房地产方面的书。"雀华点点头："我当然信。"

峻明也看了看彩页，问雀华："你觉着怎么样？"雀华说："倒是个机会，就是……你不是想买车吗？ 你身边不少老师都有车了，我们公司更是，像我这年龄的，都开着车。""驾照都没有，其实可以缓一缓，有了钱随时可以买。""峻明哥英明。"国庆嘻嘻笑。

雀华笑笑："那就买。"峻明只是笑，雀华知道他有顾虑，悄声问："峻明，你怎么想的？ 买还是不买？"峻明说："买了倒是合适，国庆能便宜，离你也近，就是我家条件差，父母年纪越来越大，哥哥姐姐条件也不好，万一有点事拿不出钱来……二十年的债，压力也不小。"

雀华说："你说得也有道理。 不过想想，只要好好干，以后挣钱会越来越多，有什么事还应付得过来。 就怕房价涨了，攒的钱还不够涨得钱多。"其实雀华想了，房子离公司近，离冬阳幼儿园和学校远，住不住先不说，当作投资稳赚不赔，不过不能跟峻明挑明，一说投资，峻明更犹豫。 峻明点点头："买。"

雀华担心峻明想得多又变卦，就大声说："我和峻明商量好了，买，周末两天去看房子。"国庆竖起大拇指："这就对了。"

妈妈看一眼锦梅："你什么时候领个对象来，你俩也从那个小区买个小房子。"自从那事之后，锦梅也没找对象，一心扑在工作和服装店上，别人介绍不说不见，只说没时间。 锦梅朝妈妈做个鬼脸："别急别急，到时候自会给你领回来。 说不定有现成的房子。""房子不房子的，自己挣，人得好才行。"妈妈说。

峻明星期六上午加班，他们下午去看的房子。 国庆带他俩看了样板间，雀华一眼就相中了户型。 国庆又带他们在工地外大致看了看楼的位置。 楼高十八层，最后他们跟国庆一样选了三楼，为的是万一停电老人孩子上下方便。 不过他们没选国庆对门，对门是一百四十五平的三室，雀华觉着总价太高，就选了隔一栋楼的三楼，户型跟国庆的一样。 期房，二〇〇七年五一前交房，将近两年。

正跟售楼小姐谈着，萧经理走过来。 雀华躲闪已来不及，只好笑笑："萧经理。""朱老师要买房？ 国庆怎么不跟我说一声？"国庆嘻嘻笑："萧总日理万机，这点事怎敢麻烦你，我已经在我的权力范围内优惠了。"萧经理拿过售楼小姐的价格看了看，说："我还有一些优惠的权力，总价再打九折吧。"雀华正要说什么，被国庆抢过去："谢谢萧总，谢谢。"

萧经理是办事路过这里，顺道来看看的，他在国庆陪同下在大厅里转了一圈，简短地聊了几句就走了。 国庆一直把萧经理送出售楼大厅，抢着帮萧经理打开车门，一直到车开出大院才回来。 透过窗户雀华看到，萧经理的车换成了奔驰。

再打九折算下来省了将近四万，雀华有些不安，国庆让她不要在意。"萧总就是场面人，很给我面子。"

当场交了定金，第二天交了首付，后续就是办贷款。 这一套手续下来又忙了近一个月。

终于尘埃落定，一家人又吃了顿水饺以示庆贺。 峻明高中同学来了，没能参加。

吃完饭收拾好，又聊了一会儿，雀华去坐公交车，国庆送她去公交车站。

路上雀华说："虽说你因工作出过事，也不能因此老是让萧经理觉着他欠你的情，时间长了，就怕他当成负担，反而对你不利。""我有数，他更有数。""什么意思？"

国庆嘻嘻笑着，压低了声音："那天晚上开车的根本就不是我，是他。""什么？""是他，我替的他。 那条路上没路灯，也没监控。"雀华气愤："他逼得你？""谁能逼得了我？""这么说是你主动的？""对，我主动提出的。 公司正在谈融资和合作，我和他都使上了吃奶的劲儿，这个时候他出了事，一切都泡汤。""公司是他的，跟你有什么关系？ 大不了再找工作。"

"有了公司才会有我的未来，才会有今天的我。""他要是谈不成，或谈成了打发了你呢？""我赌能谈成，谈成了他也不会借机打发了我！ 依我对他的了解，他不会。""万一呢……""万一再说万一的事……我不认为会有万一。"

雀华盯着国庆。 是的，国庆今晚滴酒没沾，他是清醒的。

"再问你一遍，这是真的吗？""是真的。 我什么时候骗过自己的姐姐？"雀华盯着国庆的眼睛，信了。 雀华泪如泉涌："我的傻弟弟……"国庆如释重负："我终于不用一个人守着这个秘密了。"雀华擦着不断涌出的泪水："谁也不要说，这件事是真的，只能是真的了呀。"

第二十章

1

　　九月初的一个黄昏，雀华刚回到出租小屋，石怀玉打来电话，告诉她国庆期间组织班里同学毕业十年聚会。"毕业十年了？ 这么快。""十年了呀，就是这么快。"每天马不停蹄地冲锋陷阵，没想到一晃十年了。

　　挂上电话，雀华站在窗前望着蛋黄一样的夕阳一点点坠落。 时间就是这样一点点流逝的。 看了一会儿夕阳，她走回书桌兼餐桌前，吃完下班路上捎回的米线，打开书本，很快沉浸在那个迷宫一样的数字世界里。

　　聚会那天，他们先在校园里走了走，宿舍、教室、食堂、图书馆等等，尤其是从宿舍楼到教学楼的那段路，他们流连许久。 悬铃木枝叶茂密，花坛里开着红的、黄的、白的，甚至绿色的月季。

　　不自觉地，大家以宿舍为单位三三两两聚在一起。 让雀华惊喜的是，李梅真的从五百里外的县城坐了近八个小时的火车赶来了，这样她们宿舍人都到齐了。 李梅是她们宿舍最早结婚生子的，孩子比可芹家的佳佳还大半岁，上三年级了。 她衣着简单朴素，一副初中历史老师的模样，可她眼中的平和与纯净却是很多女同学眼中没有的。 这让雀华羡慕，她知道自己没有这样的平和与纯净，就在此时，她还惦记着她的注册会计师考试呢。 蔡晶是年轻的科长了，在校时她与李梅交好，现在她俩走在一起，蔡晶滔滔地说着什么，李梅微笑听着。

雀华悄声对欣然说："我同事的哥哥，博士毕业后在建工学院教书，三十五岁了，一直没找到合适的对象，各方面都好，就是个子不高，一米七二。""不考虑，个子高矮不重要，这么大年龄了还找不到合适的，一定很挑剔。"

雀华想了想又说："我们公司人力资源部的唐主管，三十一岁，他老婆在老家县城审计局，想系统内调动，调了五年没调过来，无奈八月份离婚了，没孩子，他人很好，踏实能干，收入也比较高……"欣然微微一笑："不考虑，离过婚的，年龄又比我小。"雀华一愣，笑道："还说人家挑剔呢，我看你也是。""我不是挑剔，是不想找。 我现在忙得了不得了，要做科研，要写论文，争取早日评上副教授。"

雀华忧心忡忡："何必以别人的错误惩罚自己，不值。"欣然拍拍雀华肩膀："雀华你小瞧我啦，我是不想为了结婚而找对象，我要等，等到那个与我有缘之人。"雀华想了想："也有道理，可要等到什么时候？ 天上啥时候平白无故掉过馅饼？"欣然莞尔："顺其自然。"

可芹漫步过来，对欣然说："我们单位行政部长，处级，四十二岁，媳妇有病去年去世了，有个男孩上初二……"欣然笑着摇头："不考虑。"雀华朝可芹使个眼色。

欣然与男朋友分手后，一直没对外说。 直到男朋友博士后出站时间到了，大家问起来，欣然才说分手了，理由是男朋友留在北京有更好的发展，而她在济南发展挺好，不愿去北京，只好分手了。

趁欣然与美心聊天，可芹问雀华："欣然与男朋友到底为什么分手？ 不会是男朋友移情别恋了吧？""不是，"雀华说，"欣然在咱们学校教书多好，北京竞争太激烈，她找不到更好的工作，当然不肯轻易去。"可芹摇摇头："我不信。"说罢，她紧走几步撵上蔡晶："蔡科长，我听说……"

不知何时石怀玉来到雀华身边："是不是往事历历在目？"雀华一笑，石怀玉依旧清瘦洒脱，小眼睛笑眯眯的。 他现在是他们行办公室副主任，出了两本诗集，听可芹说身边围绕着不少美女诗人。"想当年我为你的工作操碎了心，你却很淡然，没想到现在天天吹着号角冲锋陷阵的会是你。"雀华又一笑："你是说我变了？"石怀玉盯着她的眼睛："由浪漫主义变成了现实主义。"雀华又笑："经典。"

可芹一眼一眼地看过来，石怀玉又跟雀华聊了几句，看一眼可芹方向，走到男生堆里去了。

美心穿着酒红色长裙，漫无目的地张望。 雀华拉拉她："你怎么样？"美心歪歪头："很好，今年一准把自己嫁掉。"雀华发现，美心笑的时候，眼角有了细细的皱纹。"他离婚了？""换男朋友了。"美心眼中的光芒和自负不再，代之而来的是洞穿一切后的平和。 果然，元旦时雀华就参加了美心的婚礼。 美心嫁给了她们单位技术科的副科长，一看就是搞技术的，话不多，稳重可靠。 美心有了归宿，大家都为她高兴。

聚会的这两天里，在石怀玉的带领下，同学们又去千佛山参观了大舜石图园，去大明湖边游园边听石怀玉吟诵《秋柳诗》。 他们还乘坐包车去了百脉泉参观了李清照故居，回来时绕道去四风闸村拜谒了辛弃疾故居。

晚上在湖畔酒家吃饭，酒过几巡，可芹笑话石怀玉："怀玉，我看你有点假公济私，我们是学历史的不假，要关注本城的历史文化名人不假，可你为什么带我们去拜谒参观的大都是诗人故居？"雀华捅捅可芹。"因为我是诗人呀。"石怀玉眯着小眼睛说。 男生们起哄："不带这么秀恩爱的，罚一杯。"石怀玉喝掉杯中啤酒。

可芹也矜持地抿一口红酒，缓缓放下杯子，在大家的哄笑声中坐下，撇撇嘴说："我听到有人私下议论了，与其他们说，不如我当众

298

挑明，看他们还有什么牙啃！"美心跷着大拇指："高！"雀华笑笑，见石怀玉应他们宿舍那一桌哥们儿的要求，正在朗诵当年朗诵过的《世界上最遥远的距离》：

　　　　世界上最遥远的距离
　　　　不是
　　　　生与死的距离
　　　　而是
　　　　我就站在你面前
　　　　你却不知道我爱你

　　　　世界上最遥远的距离
　　　　不是
　　　　我就站在你面前
　　　　你却不知道我爱你
　　　　而是
　　　　明明知道彼此相爱
　　　　却不能在一起
　　　　……

　　可芹脸色一变，马上恢复正常，撇嘴笑道："还是上学时的老一套，就不能来点新意？"雀华心念一动，笑道："当年你朗诵的《永远的蝴蝶》，感动得我泪流满面。"美心冷笑一声："现在还会哭吗？"雀华迅速而坚定地说："不会。"李梅问："为什么？"雀华笑道："因为长了十岁呀。"

　　长了十岁，大家很少再谈论理想和爱情，他们谈得更多的是房子、车子、孩子和位子。女生当中可芹是最让人羡慕的，她有三套房子，结婚时公婆给一套，可芹单位分一套，他们又买了一套学区房。 蔡晶与可芹情况相当。 可她们起点有着天壤之别：蔡晶爸妈都是公职人员，可芹父母都是农民。

选择大于努力，可是雀华不后悔。 想起峻明和冬阳，心里涌起一阵暖意。

当然，失落也还是有的。 她看到可芹的脸颊白里透红，散发着少妇迷人的光泽。 而自己却还像学生时代一样，清汤挂面。

不知何时石怀玉已来到雀华身后，举着杯大声说道："朱主管，敬你一杯，步步高升。"雀华一笑，端起杯子起身离席，轻声道："祝你写出更多更好的诗。""谢谢你没祝我升官发财。"两个人碰杯，各喝一半。 石怀玉问："你那个会计师考得怎么样了？""目前过了一半科目了，年底出来成绩可能会再过一两门。"

石怀玉点点头："牛！""每天都像爬山，毕业十年了，还在学。"雀华摇头笑道。"还记得那个关于竹子的励志故事不？ 头几年都在往下扎根，以后很快就蹿出老高——我看好你。""谢谢励志，借你吉言。"两人举杯正要再喝，一只盛满啤酒的杯子伸过来，是可芹："我也来凑个热闹，夫妻同敬。"三人碰杯干掉。

酒足饭饱之后，同学们又各奔东西。 一半的同学散落到济南城各处，一小半同学分头去往全省各地的县城，个别来自省外的同学赶回故乡。

雀华正在等公交，接到国庆电话，让她回王官庄劝劝永盛，他劝永盛买房子，永盛不听。

雀华到了王官庄，国庆还在劝说永盛。 原来永盛又订了一辆货车，国庆让他把车退了，用这个钱付首付，从他那里买个小两室的房子。 永盛笑着摇头。"不骗你，我们几乎一栋楼一栋楼地开盘，为的就是看看行情，好一栋一栋涨价。 而且我们准备再买地，地价涨了，GDP 涨了，你想想房价能不涨吗？"永盛不为所动："我要把运输这一块做起来再说。"

雀华说："虽说小雪家有房子，也不是长法，要是不好贷款，我们再给你凑点。""能贷款，物流公司现在也给我们交社保了。"永盛说。 雀华说："那你更要买房了，跑车挣的钱说不定赶不上房子涨的钱多。 我也又买了一套。"永盛笑笑说："我还是想有一个车队，不想让房子捆住。""什么车队！ 你理想远大着呢，你想有自己的物流公司！"国庆悻悻地说。 永盛笑笑，没说话。

雀华知道再劝也没用了。 谁能干涉别人的理想呢？ 随他吧，也许他会成为大老板，成不了，也有地方住，也有老婆孩子。

见国庆悻悻地，永盛说："你要想帮我，再给我介绍些活，新车我打算雇个司机开。"国庆说："这还用说吗？ 我有个大哥是黑马摩托车集团的储运部部长，抽空跟他一起喝个酒，用谁的车不是用。"雀华说："别江湖气这么浓。"她又对永盛说："听国庆这么一说，我想起来了，我原来单位朝阳集团的储运部部长，我虽然说不上话，可我原来的领导张主任跟他关系不错，哪天让他介绍一下。"永盛忙不迭地点头。

接下来，永盛吭哧了半天，红着脸请他们去喝喜酒。 原来结婚的日子定了，阴历十月十八，在老家办婚礼。 雀华看了看日历，那天是星期三。 见她沉吟，永盛说："你工作忙，不用请假回老家，回来我们也请大家吃饭，你再来吧。"小青也这样说。"好吧，好吧。"雀华说。 国庆和小青相对自由，于是说好了，国庆借用公司七座的别克商务车，让司机拉着全家去喝喜酒。

借着喝永盛的喜酒，国庆着实风光了一回。 在济南有了工作有了房子有了职务，有专门的司机开着单位的车送来，亲戚邻居都高看一眼，说比上大学还管用。 国庆想要的效果达到了，就是提到上大学让他仍觉扎心。 锦梅和小青穿着时髦光鲜的衣服，昂着脸，进进出出忙着。 妈妈由中老年妇女们同情关照的对象再一次成为被羡慕的对象，她们陆续到家来看望妈妈，说起往事，禁不住落下眼泪。

国庆在家待了三四天，买了东西去看了叔叔、姑姑、舅舅和几个爷爷，还请叔叔和爷爷们喝了顿酒，又到坟上给爸爸烧了纸。

国庆忙这些时，雀华正把自己关在租来的小房里难过。今年考了两门过了一门，《会计》还是没过。这样她还要再考两门。

不是本专业科班出身就是难啊！雀华非常沮丧。为什么非要选择这么难的路？为什么非要让自己这么累呢？就在现在的岗位上干一辈子，工作得心应手且收入颇丰，闲暇时间陪家里人玩玩，不很好吗？雀华再次想起可芹，想起蔡晶，想起李梅，她们谁都不用这么没白没黑地学，尤其不用经受考不过的打击。

朱雀华，如果让你重新选择，你还会选择把工作机会让给可芹吗？会。朱雀华，你有蔡晶的家庭背景吗？没有。朱雀华，你愿意一直写材料、编报纸，工资撑不着饿不死吗？不愿意。那还有什么好说的，自己选择的路，跪着也要走完，何况用不着跪着呢？

还有两次考试机会，学到这个程度，说不定下次两门都过了，就算一门一门地过，也还有机会。最坏的结果，五年内没全过，下一轮重新开始，也不会这么难了。这样想着，雀华笑了。她在书桌前坐下来，看着镜子中的朱雀华，镜中的自己有点模糊，原来眼中有泪。她努力眨眨眼睛，对着镜中的自己说："朱雀华，你能行！"

2

清明过后不久，雀华给林部长送材料的时候，林部长问她："注会考得怎么样了？"雀华说："还有两门。"林部长笑笑："进度还不慢。李部长去年已经拿到证书了。"雀华说："哦。"林部长笑道："不是我关心他，是他拿到了，我推荐他做副部长就不用担责任了。"雀华说："哦，怪不得听说……"雀华没有说下去。"听说他要另谋高就？"林部长把手头文件放下，"记着，只听，不传，不发表意见。"

雀华点点头。"你只管尽早把注会拿下就好。"雀华笑着连连点头。

前不久，雀华听到一些风声，说李部长可能要走，被猎头公司挖走了，年薪很高的。 过几天又听李晓说，好像不是猎头公司挖的，是李部长自己打算另谋高就。 李部长是副部长，他走了就有了一个位置，要从两个主管中选一个。 杨主管也有会计中级职称，但是没有参加注册会计师考试，而自己，注会还没考下来，优势并不明显。雀华便有些着急。

急了一天，临下班时雀华想开了，急也没用。 还是听林部长的，尽快考出来。"朱雀华，你能行！"为了逼自己，上次成绩出来后，雀华就把早上起床时间调到五点，睡觉还是十二点左右。 自此她像台机器，周而复始。 偶尔的出差和回家，打断一下这个规律，很快又归于正常。 现在，也不能因为传言而乱了学习节奏。

一个月过去了，两个月过去了，李部长那边毫无动静。 看来，传言就是传言。 雀华倒是巴着李部长先别走，等她考出注会来再走多好。 就像听到了她的祈祷一样，李部长没有任何动作。

苦战八九个月，终于，最后两门考完了。

走出考场，峻明和冬阳等在外面。"妈妈！"冬阳叫着扑过去。她去幼儿园接冬阳时会出现这样的场景，不过今天是反的，冬阳来接她。

她和峻明带着冬阳去吃了肯德基，算是对长期没陪伴冬阳的补偿。

"妈妈，你还要再考吗？"冬阳啃着鸡翅问。"如果这次两门都通过了，就不用再考了，如果哪门不过，就再考，直到考过为止。"她故作轻描淡写地说。 想到再考，她很崩溃。

"爸爸说妈妈很辛苦，不考不行吗？"冬阳停住啃鸡翅，看着她问。"不行呀，想做的事一定要做成，不能半途而废。"雀华虽然笑着，但语气很坚定。"我才不，我要玩。"冬阳喝了口可乐，又拿起薯条吧嗒吧嗒吃着。 雀华被他逗笑了。"学习与玩不矛盾，"峻明插话，"要玩，更要学习。"冬阳像没听见，埋头大吃汉堡。 但雀华知道他听见了。

正吃着，妈妈打来电话："考完了？ 有个事要给你说一下，晚上过来吧。"听口气，不是不高兴的事，否则妈妈沉不住气。 雀华说吃过饭就去。 于是吃过饭兵分两路，峻明给婆婆带了辣堡和辣翅回家，雀华带冬阳去王官庄。

"什么事？"一进门雀华就问。 妈妈说："锦梅的事。"小青呵呵笑着，瞟一眼锦梅。 锦梅瞪小青一眼。

"锦梅不让我跟你说，说等你成绩出来全通过再说，我等不及了，考完了反正最近这些天不学了。""快说吧，我都等不及了，是不是锦梅有男朋友了？"

锦梅脸一红，说："是，是我同事，就是玲玲的哥哥。"雀华想起来了，玲玲就是国庆出事期间锦梅请的店员。

"这么说，让玲玲来帮忙时你们就有意了？"

"哪有啊，主要是咱这里缺人，玲玲刚来济南正找活儿，我看她哥为人不错，玲玲又可靠，就让她来了。"雀华点点头。"他哥哥对我一直不错，可是我不想谈。 他倒是有耐心，追我好几年了。"

"老家贵州农村的。"妈妈语气里有失落。"咱不也是农村的？"雀华说。"那边农村比咱小雪穷，又远。"妈妈说。"人是最重要的，钱是人挣的——你要觉着还行，哪天领家来看看吧。"雀华说。

到了下个周末，锦梅就把玲玲的哥哥诸葛厚军领来了。 厚军个子不高，皮肤偏黑，圆脸，笑眯眯的。 虽与锦梅要求的英俊帅气差距不小，但看起来让人觉着踏实。 厚军做销售，经常省内各地跑，倒没有油嘴滑舌，说话很真诚，还带着山村人的朴实。

过了家里这一关，妈妈数次催问他们打算什么时候结婚，锦梅总说再看看。 有一天妈妈急了："老大不小了，看到什么时候！"锦梅说："我得把以前的事跟厚军说了。"雀华说："不能说，年轻时犯的错误，过去的就过去了，以后好好待人家就是。"国庆放下筷子："脑子进水了。""冬美是我的孩子，以后我们养着她。""不行，"小青说，"冬美是我的孩子，谁也不能要！"

妈妈放下碗："这饭不能吃了！ 小锦梅，你要说了，厚军八成跟你散伙，即便不散，心里也跟吃了苍蝇似的。 你让他一辈子心口堵个苍蝇吗？""这不是骗他吗？"雀华说："善意的谎言。""那我就骗他一辈子？"锦梅抽抽搭搭地哭了。"你对他好不就行了。"见锦梅松动，妈妈重又端起碗。

很多天，锦梅闷闷不乐，但她终是没说。

国庆节厚军要配合商家促销，单位抽调人配合销售人员，锦梅主动报名参加。 这样她就能跟厚军一样，节后换休。 利用换休的机会，锦梅跟厚军回了一趟他老家。

锦梅回来后，雀华问她情况。 锦梅告诉她坐火车倒火车，下了火车再坐汽车，然后步行二里路才到厚军家。 路上用了两天一夜。厚军家所在的小坡村在半山坡上，村里一共二三十户人家。 他家有四间齐脊堂屋，两间配房，两间厨房。 厚军的爸妈忠厚能干，奶奶七十多岁了，壮得很。"除了穷点，各方面都还行。"锦梅呵呵笑着说。 看锦梅没有嫌弃的意思，雀华放下心来。

下一步就是筹备婚礼了。 依锦梅的意思，婚礼跟国庆和小青一样，在济南简单办。 把厚军和玲玲租的小两室的房子当作婚房，简单收拾一下就行，家具家电都不用买新的，等有了自己的房子再置办。 在购物砍价方面，锦梅比雀华强多了，拍婚纱照，买小物品，她总能找到物美价廉的。

妈妈看在眼里喜在心里，晚上吃饭的时候就追问他们打算什么时候办婚礼。 厚军说："这事锦梅说了算，我是觉得越早越好。""我看元旦就行。"妈妈说。 锦梅说："妈妈说元旦，那就元旦。"

十二月的时候，注会考试成绩出来了，最后两门全过。雀华第一时间通过 QQ 把消息告诉刘会计，刘会计发过来祝贺的礼花和鲜花，又打过一个大大的笑脸：请客吧。雀华回：没问题。

雀华按捺不住，又找个机会去了林部长办公室。看她喜滋滋的样子，林部长问："有好事？""专业科目全过了。"林部长露出笑容："祝贺！""不过还有综合测试。""综合测试跟专业科目考试的难度比起来，小菜一碟。""嘿嘿，那就好。"雀华合不拢嘴。"不过也不能掉以轻心，一次过，省一年。""是，是。"雀华朝林部长做了个胜利的手势，克制住内心的喜悦，一脸严肃地走出林部长办公室。

过了几天，雀华凑刘会计和林部长都有空，请她们吃饭。她们都是过来人，知道考试的难度，由衷为她高兴。为此，不大喝酒的刘会计也喝了杯红酒，林部长酒量大，一人喝了一瓶。雀华也喝了两杯。

借着酒劲儿，雀华把一直想说的话说出来："上半年就传言李部长要跳槽，到现在也没动静，说不定是他为了抬高身价，自己制造的谣言。按他的性格，这样的事能做得出来。"

林部长一笑："这次还真不是他要花招，是真的，不过，我挽留住了他。"

"哦？"雀华惊讶。

"他推心置腹地跟我说有朋友介绍他去一家大的会计师事务所，征求我的意见。我告诉他，他只要在公司就有可能做到财务总监，当然不一定是济南公司，更大可能是外地公司，现在各公司的财务总监全国选调，我是女同志肯定不去外地，他就有机会。打生不如混熟，去会计师事务所，毕竟是一个全新的领域。"

"然后他就不走了？"

"他考虑了很久，决定不走了。"

刘会计一直笑吟吟听着，这时插话道："你这么高风亮节？我不信。”

"有一点小私心，他当时要走了，雀华顶不上去副部长，一步落下就不好办。 现在过了专业科目，他再走，我就有话说了。"

"谢谢，谢谢。"雀华把杯中的红酒一饮而尽。

林部长也喝一口："将计就计，管他真走假走。"

雀华想着不能在林部长面前表现出想当副部长的心情，这样会给她增加压力，就说："林部长，我还年轻，需要在主管的位置上再历练几年。 等我综合测试也过了，我想适当放松一下，孩子快上学了，陪陪孩子，再学学车。"

刘会计点点头："是，不必把弦绷得这么紧，雀华，从我认识你，你就一直在学呀学的。"一句话说得雀华眼里潮乎乎的。

"会婷，你怎么样？"林部长问刘会计。

"挺好的，终于熬成了部长。"刘会计微微一笑，镜片后的眼睛眯成了一条缝。 两个月前，刘会计的部长退休，她顶了上去。 刘会计已经分别告诉雀华和林部长了。 雀华发现刘会计似乎胖了点，尖下巴有了点肉，灯光下，脸上闪着柔和的光芒。

"吴军表现还行吧？""还好，他在亮亮的教育上花了不少功夫。""浪子回头了，你也不要斤斤计较。""计较就不会复婚了。"刘会计一笑，"我们俩都忙，我爸又过来了。"

雀华很喜欢亮亮的姥爷，他老人家做的鱼很好吃。

林部长老公是大学老师，虽也忙，时间自由些，所以他照顾家和林部长多些。 有人宠着就是好，林部长自信、干练，有时还咄咄逼人。

雀华心情复杂地望向刘会计，刘会计一如既往地从容淡定，她用公筷夹了块鳜鱼肉，笑吟吟放进雀华盘里。

3

雀华没想到，在锦梅的婚礼上，她会流泪。 当扎着大红花的婚车来王官庄接锦梅时，妈妈流下了眼泪，雀华还觉得妈妈可笑，她乐呵呵地看着锦梅上了婚车。 她从没说过，心中却一直把锦梅当作老大难。 锦梅走过弯路，对恋爱结婚一度失去信心，只把精力投在工作和服装店上。 现在她终于有了情投意合携手相伴的人，作为姐姐，高兴还来不及呢。

可是当新人双双站在台上的那一刻，雀华突然抑制不住地流下眼泪。 她佯装咳嗽跑去了洗手间。 成家立业！ 弟弟妹妹终于都成家立业了！ 这一刻她才意识到，原来这么多年她一直在等这一天，终于可以跟爸爸有个交代了。

后来再回王官庄，并不能每次都见到锦梅在家，雀华有很长一段时间不适应。 再后来，她也就习惯了。

有一天雀华回王官庄吃饭，锦梅也回来了，雀华问她："考虑过买房子没有？ 你们租的房子倒不错，可也不是长久之计。"这件事雀华考虑好久了，也跟妈妈和国庆商量过，别管好孬，锦梅和厚军也得有个自己的住处。

锦梅说："考虑过呀，厚军想在我们单位附近买，房子便宜，上班也方便，我想在哥哥公司盖的小区里买。""你们那边房价便宜点，我这边优惠之后也不会贵太多，离我们近了互相照顾方便。"国庆说。 妈妈说："我也这个意思。""我赞同妈妈和你哥哥的意见，你俩再商量吧。 首付不够的话我们帮你们凑凑。"雀华说。"好嘞。"锦梅乐呵呵说。"抓紧吧，"国庆说，"不到两年，涨了一千多了。"

锦梅结婚，雀华和国庆一人给她一万块钱，她也乐呵呵地接受了。

过了几天，锦梅说算了算，厚军和她的存款加起来十万多一点，够付一个七八十平方房子的首付了。"嘿嘿，我只有两万多，剩下的是厚军攒的，他会过，省吃俭用的。""努努力，买个九十五六平的小三室，免得以后有了孩子，厚军的爸妈来了没地住。"国庆说。 锦梅说："厚军说了，结婚了，就不能要你们的钱了，即便用，也是借，以后得还。"

雀华和妈妈、国庆对视一眼，觉得厚军这孩子靠谱。 妈妈说："你忘了，你每个月给冬美的生活费，你哥嫂不要，服装店能挣出房租来，也用不着，都在我这里存着，几年了，也好几万了，算你的，买房子时给你。""好呀好呀。"锦梅乐呵呵接受了。

经过一番探讨，锦梅和厚军决定在国庆公司开发的小区买房，而且是九十六平的小三室。 加上妈妈替锦梅存的钱，他们付了首付还略有结余，贷款三十年，每月还贷压力也不太大。"三十年。"锦梅伸伸舌头。"不贷款哪年攒够买房的钱？ 等攒够买房的钱又买不起了。利息顶房租，基本上还是原价买房，这还去掉房价上涨的因素。"雀华说。 国庆嘻嘻笑："不愧是学会计的，账算得清。"

雀华和国庆陪着他俩看户型图，看样板间，最终选好一套房子。他们的房子是三期，与雀华和国庆的房子隔一条小马路。 雀华和国庆买的房子正在做内饰，快完工了，国庆告诉大家，五一交房。

转眼到了五一，雀华和国庆在舜华山庄的新房子交房了。 国庆打算交了房立刻装修，晾一个夏天和秋天，春节前就能住进去了。

雀华和峻明商量了一下，决定暂不装修，没时间。 雀华时常加班，偶尔出差，到九月份还要参加注会的综合测试，得抓紧时间集中复习，峻明带毕业班，节假日还要给学校里准备参加数学竞赛的学生上课，也很忙。 雀华从去年考完试就忙锦梅的婚事，虽然挤时间在学，心也不能完全静下来。 她租的小房子也还没退，她打算继续住在小房子里学习。

假期最后一天，雀华和峻明带着冬阳出去玩，这次去的是千佛山。 婆婆想要去兴国禅寺拜拜佛。 正好，他们一路爬上去，先去了大舜石图园。 在这里，雀华又给冬阳讲了一遍大舜的故事。

"哇，大象帮着耕地，小鸟帮着拔草、撒种子，这么好啊！ 这么多好朋友。"冬阳在园子里跑来跑去，不时停下来看看石柱上刻的画，还用手摸摸。"那是因为大舜勤劳能干，他的精神感动了大象和小鸟，他们才愿意帮他。 你大了以后也要勤劳哦。""像妈妈一样勤劳？ 天天上班，不停学习吗？ 我不想，我想玩。"峻明说："你现在还小，大了就明白了。""勤劳才能过上好日子。"婆婆说，"就是在农村，懒人也过不上好日子。"冬阳做了个鬼脸："勤劳一点，是不是就可以天天吃肯德基了？"雀华想了想："不是没有可能。""就怕你到时不想吃了。"峻明捏了捏冬阳的鼻子。

雀华接着往下讲。 冬阳还是看看这里摸摸那里，雀华知道他在听。"大舜的后妈和弟弟对他这么坏，他为什么还要对他们好？"冬阳不解。 雀华说："大舜心胸宽广，原谅了他们。""叫我就不原谅。"冬阳还是不解。"后妈也是长辈，得孝敬长辈……""嗯，我长大了孝敬爸爸妈妈和奶奶，还有姥娘……我不孝敬后妈，白雪公主的后妈也很坏。"雀华哭笑不得，冬阳还小，人和人之间情感的复杂，他还不懂。 还好，他懂得了孝敬爱他的长辈。

下山来，两口子带冬阳和婆婆去吃火锅。 火锅比肯德基贵，但是比肯德基有营养，雀华不愿意让冬阳经常吃美味但不怎么有营养的东西。 火锅冬阳照样吃得津津有味，调料里放了很多花生碎，竟也放了少许辣椒油。

冬阳今年就要上学了，已经报名，九月份正式开学。 因为冬阳是下半年出生，所以只能晚一年，六岁半多上学。 学校就在峻明学校隔壁，初中直升峻明学校。

十二月中旬，雀华查到综合测试的成绩，毫无悬念地，过了。 这样就全科通过，转过年来就能拿到注册会计师证书了。 她如愿成了注册会计师！

她分别通过电话、短信、QQ 告诉了峻明、林部长、刘会计、妈妈、国庆和锦梅。 她本想再给可芹发个信息，想了想，没发，等什么时候见面顺道说吧。 她明白，她更想告诉的是石怀玉，因为在挑灯夜读的夜晚，她时时想起他给她讲的竹子的故事。

过了几天，可芹打过电话来，随便聊了几句，故作漫不经心地问道："对了，最后一门考试怎么样了？""托你的福，过了。"可芹咯咯笑起来："我就说嘛，雀华同学要过不了就不是朱雀华了。 你同学石怀玉常在家里念叨你的考试呢，你打个电话告诉他一声吧。""我不打，你老公，麻烦你晚上回家当面告诉他吧。""好，哪天我叫上咱们宿舍几个给你贺贺。""好啊，我等着。"

峻明最高兴，整个晚上，他都哼着小曲批改作业。"终于可以不做周末夫妻了，为了你能顺利通过，我和家里其他人都做出了很大牺牲，我要请全家人吃饭！"雀华嘬了嘬嘴，又笑了。 于是两个人确定人数，商量饭店。 她把峻明的意思给大家说了，妈妈首先反对："不去饭店，带着孩子不方便，跑来跑去的。 就在新家里，你们不是嚷嚷着要给国庆温锅吗？ 正好凑一起，你和峻明多买点好吃的就行。"

于是就决定温锅。 婆婆应邀前往，锦梅那边厚军的妹妹玲玲也参加，再加上永盛两口子，十一个大人三个小孩，一共十四个人。大虾、螃蟹、牛肉、香肠、猪头肉、酥锅、羊肉汤，妈妈炒的蝶城辣子鸡，其他热菜、凉菜、点心盘、水果盘，雀华还买了一个大大的蛋糕，妈妈调馅大家一起包的水饺也上了四盘，既当饭又当菜……比过年还热闹。 男士们喝啤酒，妇女儿童喝饮料或牛奶。

小雪白皙的脸庞激动得通红，她一直崇拜又羡慕地看着雀华。终于，她鼓起勇气端起橙汁："雀华真是太不简单了，工作忙，单位远，孩子还小，能通过这么难的考试，我真心佩服！ 怪不得一提起你来，永盛就说你从小就聪明伶俐，还真是……"永盛也端起酒杯：

"我从不说瞎话。"冬阳也端起他的半杯奶与大家碰杯。

一时间，雀华有些飘飘然，有些忙碌后的倦怠，也有些怅然。她想起遥远的小雪，想起爸爸，想起曾经的五口之家，想起那个大院子。 那就是小雪啊！ 年少时她多么想离开它现在就多么思念它。她温和地看着小雪，很感激她叫这个名字。

新房有三个卧室，国庆和小青一间，妈妈和冬美、冬丽一间，还有一间也放了张大床。"再添了人口好住。"妈妈乐呵呵地说。 大家都笑，看看国庆，又看看小青。 小青说："等冬美、冬丽八岁了，就能要二胎了。"国庆说："其实不用等到八岁，离小雪这么远，谁知道呢。"小青说："也是啊，家里就国庆一个独苗，反正怎么也得有个男孩。"小青给自己这么大压力，雀华正要说话开导，被峻明碰碰胳膊止住了。 妈妈脸上乐开了花，对大家说："快吃，快吃。"

第二天，雀华去学校找欣然。 欣然从图书馆出来，纷纷扬扬的雪花落在她乌黑的长发上。"我来向你报喜，注会全科通过。 遗憾的是你让我三年考出来，我用了四年。"欣然莞尔："半路出家，四年考出来就不错啦。"学校给了欣然一间宿舍，她绝大多数时间住在学校，除了上课就是泡图书馆，真的是饱读了诗书。 这曾经是雀华向往的生活。

"我也有个好消息告诉你，我的副教授评审过了。""哇，沈教授！""情场失意职场得意。"欣然笑道，"我的前男朋友告诉我，他元旦结婚。""和谁？""他那位师妹。 国庆节时他跑来找我，问我还能不能给他一次机会，我当然不给。""不给就对了。"雀华说道。

事情到了这个地步，雀华突然弄不明白当年支持欣然分手到底对不对了。 如果力劝她原谅男朋友，最起码她可以顺利嫁掉，现在是她谁也不见。

"沈教授，你活成了我向往的样子。""对的，最早想当教授的是你不是我，我想着像父母一样当一辈子中学教师也蛮好。 不过外企

312

的白领，以后就会是金领，不也很好吗？　能让自己和家人过上富足的日子。""是的，现在我们去上岛咖啡吃西餐，富足一下啦。"两人就踏着薄雪沿着校园小路向校外走去。

多年以后，除了一九九五年，雀华想起最多的就是今年，二〇〇七年。　锦梅结婚，欣然评上副教授，她注会考试全科通过，并拥有了在济南的第二套房子，也是这一年，冬阳上学了。

第二十一章

1

林部长找雀华谈话："烟台公司财务部长另谋高就，提出离职，马上就会有个空缺，那边财务总监让咱们总监帮着推荐人选，总监和我商量，我们不约而同想到了你，想征求一下你的意见。""烟台那边没有合适人选吗？""我同学赵浩是副部长，不过他们财务总监不打算用他，他有过工作……算失误吧。"雀华问："是那件事吗？"林部长说："不是，那件事在咱们帮助下没被发现，是其他的事，倒也不算大。"

雀华说："不是就好。 这次对我倒是个机会……"林部长说："是啊，就是要去外地，烟台离济南不近——你考虑一下吧，跟老公商量一下。""去了之后，要待多长时间能回济南？""那要看机会，看济南这边有没有合适的位置。 至少要待一年才能有别的想法吧，不能没暖热窝就换地方，这样不太好。"雀华心动，直接升部长，连升两级。 只是刚刚能与冬阳朝夕相伴，又要……

晚上，雀华兴冲冲地给峻明说了这个消息。 峻明的脸立刻沉了下来："你想去吗？""我是想着，去了一年能多挣不少钱呢，我现在年薪不到二十万，副部长二十多万，部长三十多万，连升两级。 跨上这个台阶，以后的空间更大。""冬阳怎么办？""这不有你吗？"雀华从后面搂住峻明的肩膀，"你多操点心，我多挣点钱，让你我和冬阳过上好日子。"

峻明一下推开她："现在的日子不好吗？ 咱们有两套房，一部车，冬阳又聪明可爱。""房子还有贷款，以后冬阳的教育要花钱，我们公司好多中层把孩子送去国外读大学了，冬阳要去的话，更需要钱。 还有老人，你爸妈没工作没退休金，我妈也没有，他们老了或是有个病灾的，不还要花钱吗？"峻明不语。"周末我就回来，或者你带着冬阳过去，熬过几年……""你觉得现实吗？ 坐火车单趟就要六七个小时，我周末还要加班辅导参加竞赛的学生，冬阳也有课外班。""那就我回来吧，争取一个星期回来一趟，辛苦点辛苦点吧。"雀华语气越来越坚定。

峻明起身往卧室外走："你要征求我的意见呢，我的意见就是不去，我不愿意天天见不着老婆。 你要是非要去呢，就你这脾气，谁也拦不住你！"雀华拦住峻明："郝峻明，怎么说话呢！ 我这不是征求你的意见吗？ 关键时刻，你总是拖我后腿，自我爸去世，我一路摸爬滚打到现在容易吗？ 上大学时，有安稳的工作你不让我去，我只好天天点灯熬油，比别人多奋斗十几年，现在有升职的机会你又反对！ 你自己不思进取也就罢了，还阻止别人上进！ 这日子还怎么过？"先峻明一步，雀华冲出卧室，甩门而去。

雀华从六楼一路狂奔到楼下，心狂跳，气喘吁吁。 她本想跟峻明好好商量一下，怎么解决冬阳的教育问题，把对冬阳的影响降到最低，没想到他先反对上了。 雀华又是生气又是伤心，打车去了欣然那里。

听了雀华的讲述，欣然说："我觉得还是不去为好。"雀华一愣。"长期分居会影响两个人的感情，如果我前男友不去北京读书，就不会有第三者。"分居两地的多了，人和人不一样，雀华想说，想到会伤欣然的心，就没说，只是说："峻明这么忙，哪有时间找第三者。"

"他不找别人，别人也有可能找他。你去烟台当了部长，不就是为了让大家过得更好吗？要是后院起了火，能过得更好吗？不如不去吧。当然，峻明不是那种人，可是也禁不住你长年不在家。"雀华不语。她想起了刘会计的对象，天天在一起不还……

"你说得也有道理，可是如果错过这次机会，下次就不知道猴年马月了。""雀华，我知道，对你来说，除了多挣钱，还有自我价值的实现。你才三十五岁，来日方长——说不定几年，也说不定几个月，机会就来了。"欣然握住雀华的手，"你一直在奔跑，歇歇看看路边的风景吧，陪陪冬阳。冬阳多可爱。"提到冬阳，雀华笑了："我真的挺想去，我再想想。""当年，你不是也挺想去盛齐集团吗？你没去，现在不也挺好？累是累了点。""像打仗一样的十几年，想想就想哭。"雀华说。

正聊着，峻明打过电话来，雀华挂上，他又打过来，雀华接起。"在哪里，我去接你？"雀华看看表："我都出来两个小时了你才想起来找我？"欣然抢过雀华手机："雀华在我这里，你来接她吧。"挂掉电话，欣然笑吟吟说："你来没多大会儿，我就悄悄给峻明发信息了。峻明为了你，博士都没读，其实他的性格更适合做科研。""哪是为了我，他没有远见，就为了早挣钱。"雀华底气不足地说。"你自己心里最清楚。"欣然笑道。

不多久，峻明开车来接上雀华。车里放着音乐，是峻明平时爱听的刀郎的《情人》："你是我的情人，像玫瑰花一样的女人，用你那火火的嘴唇……"这首歌雀华也喜欢听，不知为什么这时听到情人两个字分外刺耳，就关掉音乐。雀华以为峻明会说句软和话，可是他什么也没说，雀华也就不言语。

回到家，轻手轻脚开门进门。冬阳从他房间里蹿出来："妈妈!"冬阳只穿一条裤衩，肋骨一根根可见，胸骨有点外突。胸骨外突是因为缺钙，雀华怀他时刚换了工作，哪有时间注意营养，婴幼儿期也没想起给他补钙。 雀华蹲下，搂住冬阳。 婆婆也从房间跟出来。

"这么晚了你怎么还没睡？"雀华问。"我正看《豌豆》，听到门咣当一声，出来就不见了妈妈，爸爸说他把你气跑了，我在等妈妈回家。""妈妈没生气，妈妈只是临时有事去找沈阿姨了。 睡觉去吧。"雀华拉着冬阳的小手送他进小房间，冬阳爬上他的小床，看着雀华说："妈妈晚安。"冬阳的目光中有依恋，还有些许不安，雀华心中叹息一声。

周五晚上，雀华下了班直接去了妈妈那里。 吃饭时，就说起去烟台的事来。"不能去，"妈妈说，"撂着家不顾，一个女人家在外头，不行，钱和工夫都搭路上了，还得租房子住。"雀华说："房租公司报销。""报销也不行，丢了西瓜，捡了芝麻。"

国庆说："别光官迷钱迷了，不如搞点投资，紧紧手再买套房，保准升值。"雀华不语。 锦梅说："要是我我就去，过这村没这店。"妈妈说："你懂什么！ 有了孩子你就知道了。"锦梅看雀华一眼，伸伸舌头。

雀华很纠结，以为能得到大家的一致赞同和支持，没想到四处碰钉子，还有冬阳也让她牵肠挂肚。 可她还是不甘。 辛苦考出注会来，就是为了能有这一天。 刘会计最懂她，看看刘会计怎么说吧。

星期六，雀华去找刘会计。 亮亮已经上高一了，住校，周末在一位知名的退休高中数学老师开的班里学数学。 雀华和刘会计就在补习班附近的咖啡厅见面。 刘会计面前放着电脑，雀华知道刘会计还有工作要处理。 刘会计说没事，她整理的东西周一才能用到。 雀华放下心来，就和刘会计聊起去烟台的事。

刘会计说："做部长，要去烟台，成本有点高。""我是想，注会好不容易考出来，正好又有机会，济南这边一时半会儿没有机会。""只能说济南这边在你们公司没有机会，别的公司不一定没有。 正因为注会考出来了，你才不用急。 在我们这个行当，注会稀缺，很抢手。 把目光放宽一点，放长远一点。"刘会计笑眯眯地望着她。 雀华豁然开朗："原来还有另外的赛道。"

刘会计笑笑："对的。 再说，工作和家庭也要平衡一下，别给家庭生活留下阴影。"雀华一惊，想到刘会计的离婚和复婚，难道给她留下了阴影？ 再看刘会计时，她依然一副淡然的样子，镜片后的眼睛里闪着柔和的光芒。

告别刘会计，雀华给峻明打电话，让他送她去学车的地方，后面她还有路考。 在车上，雀华说："我想了想，既然你不舍得我，我就不去烟台了吧。"峻明立刻如沐春风，阴沉的脸生动起来："你可要想好了，别不高兴时又骂我关键时刻拖你的后腿。""怎么着，你还想让我去？"峻明由衷地笑了。

可是不知为什么，雀华迟迟不愿把这个决定告诉林部长。 周一她没去，周二也没去。 到了周三，是林部长给的期限的最后一天了。

下午，雀华心神不定地望着窗外，烈烈阳光下地面上一片白花花，刺眼，花坛里的月季，红的、白的、粉的，开得正旺。 她起身走进林部长办公室。"部……部长，"她涨红了脸，"烟台我怕是去不了了，孩子还小，老公工作也忙……谢谢您。"她还从来没有这么拖泥带水过，不过一说完，心里立刻轻松了。

林部长稍稍一愣，虽然只是瞬间的事，雀华捕捉到了。"好的，我知道了。"林部长一笑。

从林部长办公室出来，雀华直接去了洗手间。 她没想到轻松过后反倒异常难过，她在隔断里蹲了一会儿，掉了几滴泪。 等情绪稳定下来，她出来洗把脸，若无其事地回到办公室。

2

周末的黄昏，雀华听着音乐坐在车里。 此时她已经拿到驾照，周末时常开车接送冬阳上辅导班。 冬阳上完课从楼里出来，蹦蹦跳跳地向她跑来，灿烂的笑容一会儿在阳光下一会儿在阴影里。 生活真好啊，时光要是能停留在这个阶段多好，虽然她当部长的小目标还没实现，这点小遗憾也没什么。

但雀华终是没有忍住，有一天与林部长单独在一起时，她问："部长，烟台那边的部长最终怎么安排的？"林部长说："听说一直没有合适的人选，就由我那位同学，副部长赵浩暂时主持工作。"雀华笑笑："主持一段时间工作，说不定顺理成章就成正的了呢。"林部长摇摇头："不好说。"雀华想她不去，倒便宜了赵浩，心中又起了涟漪。

那一段时间，街上突然流行悠悠球，许多小学生尤其男生手里几乎人手一个悠悠球。 冬阳当然也不会落下，他很快就有了自己的悠悠球，而且玩得很溜，悠悠球就像长在了他手上，收放自如。 晚上做完作业，冬阳就用悠悠球做各种造型。 一会儿把悠悠球放到最低，让它一直转一直转。"海底捞月。"冬阳说。 一会儿两手缠住绳，让悠悠球垂在两手中间正下方旋转，冬阳眯着眼笑："三角裤头。"雀华一看，还真是三角形，不禁与峻明相视而笑。

后来流行新款的悠悠球，冬阳要买，雀华就给了他五十块钱，让他去小区外面的超市买。 买回来后，冬阳很高兴，找回十五块钱，说悠悠球三十五块钱。 第二天冬阳和小区的龙龙在楼下一起玩，两人一模一样的悠悠球。 龙龙妈妈说："门口小超市卖的，就这点玩意儿，值三十块钱吗？ 也就挣小孩的钱吧。"雀华和冬阳同时一愣。

回到家，雀华拉冬阳到卧室，反锁上门，问他："你买的悠悠球多少钱？"冬阳不说话。"你要买得比龙龙贵了，我找他们去，把钱退回来。"说着雀华起身欲走。 冬阳一把拉住雀华的衣服:"妈妈,我错了,我也是三十块钱买的,我留下五块钱,花了两块钱买了冰糕和辣条。"冬阳说着从口袋里掏出剩下的三块钱:"剩下的我想还买辣条吃。"

雀华接过钱扔到地上,狠狠踹冬阳一脚,没等冬阳反应过来,又拉住他胳膊朝着屁股一顿猛揍。 边揍边说:"吃辣条你说,给你钱买就是!""妈妈你不让我吃呀……""让你少吃,没说绝对不能吃!"雀华揍得手都疼了,还不解气,又使劲儿扭冬阳的大腿根儿。

"让你说谎! 让你说谎! 小小年纪耍小心眼儿!"冬阳哭着说:"妈妈,我改了,我改了。"

外面传来敲门声,峻明和婆婆连声问怎么了。 雀华不理,又推搡训斥了一番。 气渐消,看着冬阳撇着嘴可怜巴巴的样子,雀华有些心疼,仍硬着心肠说:"发现一次揍一次,一次比一次厉害!"

从此冬阳再没撒过谎,尤其在花钱方面,每次都清清楚楚报账。这是后话。

冬阳委屈地抽泣着,撇着嘴皱着眉,雀华搂过他:"知错改了就是妈妈的好孩子。"冬阳抱住她,委屈地又哭起来。

这一刻,雀华觉得没去烟台是对的,冬阳的健康成长比什么都重要。 在小树的成长期,修剪和呵护同等重要。 她不再纠结,不再埋怨,彻底放下。

当她不再关心烟台的部长是谁时,到年底有了消息,林部长告诉她:"雀华,南京公司财务部副部长去烟台当部长了。""是吗? 总算有合适人选了。""小伙子背景不错,三十四岁,南京大学会计专业毕业,注会。"雀华笑笑:"资历比我高。""入了行,能力更重要,我相信你能力不比他差。"雀华喜笑颜开:"谢谢部长。"不是科班出身让雀华耿耿于怀,不过经过多年学习与历练,自己的业务能力不比任何人差,这点自信她还是有的。

为了保持这种自信，她刻苦敬业，睡前无事时，也会重翻一下注会考试的书，感觉既亲切又不可思议。

　　年后开工不到一个月，林部长把雀华叫到办公室，乐呵呵道："李部长要去南京公司了。""升职了？""没有，平调，还是副部长，顶替去烟台的王部长的职位。""那他何苦？ 离家这么远。""他儿子在南京上大学，大三了，想留南京工作，他这么跟我和总监说的。也许他觉得在这里没有出头之日吧。"雀华点点头："是啊，不过到了那里也不见得有出头之日。"

　　"不说他了，说你吧，他腾出位置来了，我向总监推荐了你。"雀华喜形于色："谢谢部长。"真是天上掉下个大馅饼。"那你看谁接替你的职位合适呢？""李晓。"雀华脱口而出。 林部长点点头："知道了。 这事先不要往外说，不到最后一刻都可能会有变数。"

　　雀华不说，财务部内部似乎传开了，气氛有些神秘。 李部长随和了许多，见人就微笑。 雀华猜有可能是他自己放出的风，自己因为孩子去了外地，平调就有了理由，保全了面子。

　　他发邮件告她状的事，雀华总不能忘，现在他要离开了，就让它过去吧。 人事可能变动的事雀华也给李晓说了，让她提前有个思想准备。 李晓很开心，笑得小眼眯成一条缝，胖乎乎的圆脸更圆了。雀华便想起她歇产假时公司要招人代替她，李晓通风报信的事。 转眼快十年了，时间过得真快呀。

　　半个月后，李部长调走，雀华升任副部长，李晓升任主管。

　　峻明亲自下厨做了六个菜，看到有鱼有虾还有羊肉汤，冬阳乐不可支，大吃特吃。 峻明整了两瓶趵突泉啤酒，也给雀华倒上一杯，给婆婆倒上一小杯白酒。

　　祝贺完，两杯啤酒下肚，峻明揶揄："亏得没去烟台，这不也当上部长了。"雀华嗔道："副的，烟台那边可是正的。"冬阳瞪着眼睛问："部长是干什么的，比学习委员还大吗？"冬阳是班里的学习委员。　雀华简明扼要地说了一下，又说："妈妈辛辛苦苦学习，成为注册会计师，才有竞争部长的资格，所以呀，你也要好好学习，才能实现自己的目标。"

"说来说去，又绕到学习上来了！"冬阳埋头大吃排骨。　雀华莞尔。

3

雀华做她的副手，林部长非常高兴，安排雀华很多工作，雀华很忙，但学到很多专业和专业之外的东西。

忙忙碌碌就到了清明。　雀华开车带着冬阳和锦梅，小青开车带着国庆、妈妈、冬美和冬丽，一起回小雪给爸爸上坟。

站在爸爸坟前，雀华在心里默默与爸爸对话，告诉爸爸自己买了车，当了副部长，日子像爸爸希望的那样，过得比上不足，比下有余，在济南也算得上中等或偏上一点了，让爸爸放心，国庆和锦梅也过得很好，妈妈身体也还好。　想到这一切都是爸爸期待的，爸爸却没有机会看到，雀华落下泪来。　小青递给她一张纸巾。　国庆默默地拨着火堆，往里倒酒、扔烟。　锦梅盯着火堆一动不动。

从林上回来，妈妈正带着三个孩子收拾院子。　院子里卧满干枯的杂草，有个别地方隐隐泛出绿意。　屋子里的家具妈妈已经擦拭干净，他们刚刚到家时，屋里落了厚厚的灰尘。　屋子西北角的墙上有水洇的印迹，应是去年夏天下大雨时从屋顶渗进来的。　自从妈妈也去了济南，他们就很少回家了。　以前清明不放假，他们就在济南找个地方给爸爸烧刀纸。　去年清明开始放假，他们才有时间回来上坟。

妈妈看着洇过水的地方说："得修修了，再不修会毁得更快。""修什么修，重新翻盖，盖楼。"国庆说。　妈妈没作声。　雀华说："又不回来住，盖了楼浪费。　好好修一下，保持咱们小时候的原貌，

322

有家就好啊。""盖！"小青说，"不蒸馒头争口气，又不是盖不起。"妈妈问："那得花多少钱？"雀华看见妈妈一脸期待。

"花不了多少钱，"国庆说，"与我们合作的建筑公司在蝶城也有项目，他们早就跟我说过，老家有什么需要说一声，那就让他们帮咱盖。对他们来说，小菜一碟。""公是公私是私，别沾公司的光。"雀华说。"知道，他们包工包料，工钱不要，料钱我出个成本价。你们都不用管，花不了多少钱，我来办。"

雀华还要再说，妈妈朝她使个眼色，说："这个家现在是国庆和小青的了，你和锦梅是嫁出去的闺女，说了不算。"锦梅说："我举双手赞成，盖起两层楼，我回娘家也风光不是。"国庆嘻嘻笑："四比一，就这样定了。"见雀华留恋地看着老房子，国庆说："姐姐，房子三十多年了，也该盖新的了，给咱们备下一个大后方不好吗？什么时候咱不愿在外面混了，还可以回来住住是不？"说这话时，他肯定没想到有一天他真会住回去。雀华说："好吧，少数服从多数。"

好在雀华刚换了智能手机，虽然像素赶不上相机，拍照效果还好。雀华把院子、房子和房间的角角落落全都拍个遍。国庆也拍了几张。妈妈提议在院子里照个大合影，于是大家合影留念。

国庆说干就干，后来的几个月他见缝插针来往于济南和小雪之间，忙活建房的事。雀华到新岗位不久，要学要做的工作很多，也顾不上多少。

雀华做梦也想不到的是，林部长跳槽了。

那天林部长约刘会计和雀华一起吃饭，聊了一会儿家常，林部长说："会婷，猎头公司推荐我去一家气动元件公司，也是德企，生产气缸和电缸、电磁阀及阀岛、气源处理产品等，一说你就知道。"刘会计点头："是德国电气自动化产品生产巨头，也是济南市的纳税大户。"

"他们招聘财务总监。前些天我去看了看，与他们那边总经理和人事总监聊了聊，相谈甚欢。 公司在高新东区，占地面积很大，总经理介绍说周边五十万平方米的地他们都买下来了，打算扩大建设新厂房。"雀华静静听着。"这些都不是最重要的，最重要的是他们开出六十多万年薪，这边四十多万。"刘会计点点头："不错。"

雀华说："咱们这边总监也能开到五六十万吧，张总不是再过两三年就退休了吗？"话一出口，雀华发现她原来并不希望林部长走，没有了靠山，心里有点发虚。 林部长笑笑："张总退休也不一定百分百财务总监就是我的，有没有变数不可知，这个可是点现的。"雀华也笑了："是，我就是有点舍不得你走。"

"别担心，你现在已经能够独当一面了。 我走前，会向张总推荐你为部长人选。 你在公司工作近十年，张总一向欣赏你。"雀华明白为什么最近很多只有部长参与的会议林部长都让自己代替她参加了，她在培养自己。

刘会计举杯："祝贺！"

在后来的一个月里，雀华从林部长那里突击学到半年才能学到的东西，不光是业务，还有怎样处理与领导、与其他各部门的关系，怎样不违背原则又能基本达到领导的要求。

部长的人选定下来，还要定副部长人选。 有一天说起来，雀华试探着问林部长："李晓怎么样？ 她年轻，业务好，注会也在考。"

林部长沉吟一下："有点难。 那天张总说了句，杨主管是公司元老，没有功劳也有苦劳。"

"咱们争取一下不行吗？ 您再跟张总说说。"

林部长一笑："我知道你和李晓交情好，别急，李晓年轻，还有机会。 目前是先顾好你自己。"雀华明白了。

那天张总征求意见时，林部长推荐杨主管，雀华压住心里的一万个不情愿，随声附和："是呀是呀，杨主管是公司元老，工作认真踏实，一丝不苟，我刚来时跟她学了很多东西。"张总看看雀华："你也越来越会说话了。"雀华笑笑:"我说的心里话。"才不是心里话! 雀华有些自责,也有些伤感,但是她能说什么呢?

六月底,林部长正式离职。 雀华升任部长,杨主管升任副部长,李晓主管原地未动。 李晓无论在年龄、能力和学历上都略胜杨主管,雀华觉得愧对李晓,非常想把情况说给李晓,想了想,什么也没说。

半年内连升两级,感觉就像做梦一样。 雀华坐在林部长曾经的办公室里,转动着老板椅,有点恍惚。 她掐了一下手背,钻心地疼。 嗯,是真的。

第二十二章

1

八月的一个暴雨天，国庆从小雪打来电话："下雨不能开工，我正陪开顺叔喝酒呢。 开顺叔告诉我，毕伯伯在济南，住院了。"

毕伯伯已经退休了，骑自行车去老年大学上课，在拐弯的地方，为了躲一个小孩，摔倒了。 车速不快，摔得也不重，巧的是摔了颈椎，当时脖子就不能动了。 在蝶城人民医院做了检查，说是需要手术，但是蝶城医院的医生不敢做，就转到省立医院了。 手术已经做完，很成功，但还要住院观察一段时间。

雀华听了，心潮一阵起伏，从开顺叔那里要了毕伯伯的病房号，打算找时间去探望。

"本来不想把这件事告诉你们的，想了想，还是告诉你们吧。 你毕伯伯经常跟我谈起你们。"开顺叔说。 雀华明白开顺叔的心情。自从爸爸去世，国庆出事后，他们跟毕伯伯家联系就少了，后来妈妈也来济南，长年不回老家，基本上就不怎么联系了。

雀华把情况告诉妈妈。 出乎雀华意料，妈妈没有像往常那样一番抱怨，片刻的停顿之后，妈妈说："去看看吧。"

周末上午，雀华开车带着妈妈和国庆一起去看望毕伯伯。 锦梅出差在外，还要几天才能回来，雀华担心锦梅回来毕伯伯出院走了，就没有等她。

毕伯伯躺在病床上，脖子上戴着个东西，围了一圈，脖子不能乱动。毕伯伯也见老了，头发花白，有了抬头纹。看到他们，毕伯伯激动地直挥手，毕伯母迎上来，毕伯伯的大儿子急忙摇床，摇到毕伯伯斜坐着说话方便为止。

说了病情之后，毕伯伯又说："现在医学真发达呀，我以为我得去见阎王了呢。"妈妈说："二哥，阎王不会这么早叫你去，还不到时候。"几个人都笑了。

雀华说："毕伯伯，你来看病给我和国庆说一声啊，看看我们能有什么帮上忙的。""找找医生什么的。"国庆说。毕伯母说："你们上班都忙，没什么大事就不麻烦你们了，你大哥通过他同学找的省立医院最好的专家。"毕伯伯家大哥师大毕业，在蝶城一中当老师，如今是副校长了。他家老二比雀华小一岁，在广州上完大学就留在了广州，手术时他在，毕伯伯病情稳定后就回广州上班去了。

妈妈和毕伯母拉着手聊着，聊到动情处各自抹开眼泪。国庆和大哥站到窗台下，聊着男人的事业。

毕伯伯问雀华近况，雀华大致说了一下。毕伯伯说："你们的情况我也从你开顺叔和其他人那里听说了一些，真为你们高兴，我相信你们一定会有出息，从小看着你们长大的，我知道你们要强上进。"雀华有些感动，她听出这些话毕伯伯发自肺腑。

"你和国庆出息了，我心里才好受些——雀华，我对不起你呀，说得好好的工作，说变就变了。"毕伯伯老泪纵横，雀华把纸巾塞进他手中。

"幸亏当年没留在蝶城，现在我一年的收入税前这个数……"雀华伸出四个手指头。本来个人收入是不宜随便说的，但是为了让毕伯伯安心，也为了证明自己混得不错，说就说了。"四……十，万？"毕伯伯难以置信地问。雀华点点头。毕伯伯哈哈笑了："这下我死而无憾了。""国庆现在是一家房地产公司的副总经理了，公司规模不是特别大，还在发展和扩大中，但是效益很好。"

毕伯伯说："现在只要和房地产沾边，都能挣大钱。"雀华笑而不语。 毕伯伯大声说："这样我出院的时候，国庆是不是该请我吃饭呀。"

国庆回头嘻嘻笑道："必须得请，我刚刚还跟大哥说呢。"妈妈脸上现出得意的神情。

回家路上，妈妈说："那个满仓，你毕伯母说了，现在两口子在外打工，两个孩子放在老家他爸妈那里，日子过得也不怎么样。 现世报！"

雀华说："别这么说人家。"

国庆说："我还得感谢他呢，不是他哪有我的今天。 回老家盖房时我跟一中的同学聚过，他们考上大学后有的留在北京和上海，有的留在济南和蝶城，北京和上海的不清楚，留在济南和蝶城的，工作体面，收入也就是我的零头。"

"也是，"妈妈说，"我做梦都巴着你上个名牌大学，这么看就是上了也不一定有现在好……"

又回到那个解不开的结上了，雀华转移话题："对了，盖房差不多就行了，别花太多钱。""放心放心，我有数，等完工了，大家回去看看我的杰作。""那肯定。"雀华说。

车窗外是八月烈烈的阳光和川流不息的车辆。 雀华开着车缓缓行驶在济南的大路上，想起了小雪，想起了老房子，以及即将竣工的新房子，流下了眼泪。

这一刻她终于释然了，也是这一刻她才明白，原来她一直是在乎的。

2

国庆节，终于可以回家看新房了。

国庆郑重打开大门，首先映入眼帘的就是迎门墙上的那幅《鸟耘图》。 舜扶犁，大象拉犁，飞鸟环绕，嘴里衔着草，远处是青山绿树，蓝天白云，冉冉升起的红日。 整幅画给人厚重又飘逸的感觉，让人看了心旷神怡又斗志昂扬。

"妈妈，这不是从千佛山搬到咱家墙上的吗！"冬阳惊呼。

雀华笑了："就是。"

为了迎门墙上的这幅画，雀华可是费尽心思。 妈妈本想用传统的大"福"字，或者松鹤延年、五谷丰登图，雀华坚持用《鸟耘图》。"如果没有大舜精神的激励，不会有今天的我，也不会有今天的国庆和锦梅。"雀华跑到千佛山拍了好多实景照片，翻拍了重华殿外的大舜故事绘图，又从网上找到一些图片，全都放到电脑里，请大雪的老匠人观看，并参考雀华的创意，画出了这幅画。

雀华对冬阳、冬美和冬丽说："记住，勤劳是成功的必要条件。"她又摸摸小青凸起的肚子："包括你哦。"

冬阳问："勤劳一定能成功吗？"

"不一定，但是不勤劳一定不会成功。"雀华笑答。

"那我以后教育我的小孩，要勤劳，要勤奋，要刻苦——早起的鸟儿有虫吃。"冬阳一本正经学着雀华平时的口气，又迈着八字步晃进院子。

待大家哄笑着进去，雀华又凝望了一会儿那幅画，摸摸那犁，默默走进院子。

新房是两层小楼，上下各四间。 东屋两大间，可以住人也可以放东西。 西屋两大间，一间厨房一间餐厅。 房间里铺着瓷砖，院子里铺着花砖，院子东西两边各留一块地，可以种花种菜。

雀华掏出手机，默默翻看老房子的照片，这里有她的童年和部分青春记忆。 新房子没有，虽然它宽敞明亮，漂亮气派。 好在新房子建在老房子的地基上，雀华起身在房间里走来走去，就像以往在老房子里走来走去一样。

一家人正在收拾院子，国庆一中的同学岳群拎着奶和水果来了，说是来看看婶子。 如果国庆上完高三，他们两个就同窗三载。 高一暑假一帮同学十来个到国庆家来玩，其中就有岳群。 岳群家是蝶城县城的，好玩，学习属于中等，后来考上师专，毕业后分到蝶城招商局，现在是招商科副科长。

岳群一来，国庆大体知道怎么个情况。 果然，朱总和岳科长互相吹捧了一阵，国庆和岳群又叙了一会儿旧，岳群切入正题："朱总，咱同学里面你是做得最大的了，著名房地产公司的副总，年轻有为，你得支持家乡的发展啊。""岳科长，怎么个支持法？""当然是投资了，我会给你争取到最好的政策。"

"好，我得想想有什么项目。 房地产项目不需要吧？ 现在大家都争着拍地。"岳群笑笑："蝶城南郊有天然温泉，可以开发生态旅游产业园，有不少想开发的但资质不够。"国庆若有所思："我知道，咱们上学春游时去过那里，不过我对服务业不感兴趣。"岳群尴尬地笑笑："也可以考虑一下别的嘛。"

雀华说："是呀国庆，高铁快通了，从济南一个来小时就能到蝶城，高速也很方便，不像以前回一趟老家要大半天，以后有时间多回来，多考察一下吧。 要是你们公司有什么新项目，也可以考虑到蝶城来。"国庆嘻嘻笑："我也是这么想的，我尽力吧，我只是个副职，副总好几个，拍板还是萧总。""不试怎么知道不行呢？ 试试再说。"雀华说。 国庆转移话题："吃饭吃饭。"

吃完饭把岳群送走，国庆说："给岳群个面子，我没当场拒绝，小雪是我的家，蝶城却是我的伤心之地，别说没条件，有条件我也不会回来投资。"

"蝶城带给我的就是噩梦！"锦梅也悻悻地说。

雀华默然。 国庆盯着雀华："姐姐，蝶城难道不也是你的伤心之地吗？"

雀华说："是，九五年时是，爸爸去世，我突然失去找好的工作，又马上要毕业离开学校，上不着天下不着地，走投无路……"妈妈默默抹着眼泪。

"但我还是很怀念蝶城，我在蝶城读了六年书，从蝶城汽车站到学校的那条路，我走了六年。 我还去过蝶城博物馆、服装一条街、蝶城百货大楼……那六年，是我熬夜苦读、奋发向上的六年，没有那六年就没有现在的我。"

"姐姐你真正的奋斗是从济南开始的，你上大学，你参加工作，你点灯熬油学会计，考注册会计师……"国庆说。

雀华说："没有那六年的基础，谈不上后面的奋斗。"

"反正我的人生是从济南开始的，我打工，我吃苦，我自卑，我读书，我拍马，我钻营……然后我得到了我想要的。"

"没有在蝶城一中三年的学习，也不一定有今天的你！"雀华说。

国庆愣住了。

"那三年你的书没白读！"雀华说，"而且那三年养成了你读书思考的习惯。"

"可不，那时的朱国庆上知天文，下晓地理，前有椭圆双曲线，后有杂交生物圈，外可说英语，内可修古文，求得了数列，说得了马哲，溯源中华上下五千年……那时出去打工，不成功也难！"锦梅拍拍国庆肩膀。

国庆起身去他的房间："不说了，大家都歇会儿吧。"

3

毕伯伯给雀华打电话，说他到省立医院来复查，颈椎恢复得很好，这是最后一次复查，以后不用再来复查了。毕伯伯还说，他家大哥说要庆贺一下，让雀华叫上一家人，一起聚聚，对他们的关心表示感谢。

雀华一说，妈妈和国庆、锦梅都同意，但是想到毕伯伯他们来济南，不能让他们掏钱请客。毕伯伯出院时国庆为毕伯伯庆贺，这次雀华决定自己出钱："国庆也别跟我争了，怎么说毕伯伯也为我找过工作。"

这次毕伯伯家的老二也来了。老二在广州一家大公司做技术部部长，跟国庆一样好说好闹，桌上气氛非常热烈。

中间毕伯伯对国庆说："你那个叫岳群的同学，看望我时提到生态园的项目很有前景，希望你们公司能够考虑投资，他给争取最好的政策，收益不低于开发房地产。"

国庆笑笑："他给我说过，不过我有点不信他说的收益。"

"蝶城的消费能力你不能低估，现在蝶城在地级市上班的人都不选择住在地级市，依然住在蝶城。"国庆嘻嘻笑着点头。"投资生态园，除了你们公司获益，也能给蝶城增加税收和就业，算是你为蝶城做的贡献。蝶城有蝶城一中，每年都能考上几个清北上交复旦……"大哥朝毕伯伯使眼色。

毕伯伯抿了口国庆带来的趵突泉酒："国庆，你在蝶城绊倒过，就厌弃蝶城了？"

"没有没有。"国庆说，"哪里绊倒哪里爬，这是蝶城一中的校训。"大哥笑笑。

"别忘了你也在那里上了近三年学，蝶城的大街小巷你都转悠过，你说过，蝶舞塔你去爬过，生态园就在蝶舞塔附近……"毕伯伯又说。

国庆抹了一把眼睛："毕伯伯，这回我认真考虑一下，也郑重向萧总推荐——不过，"国庆又恢复嬉皮笑脸的样子，"我现在是商人，无利不起早，得算明白了才行。"

回家的路上，雀华问国庆生态园的事，国庆说："岳群前几天发我一些资料，我答应着，也没仔细看。我抽空看看资料再说。"

雀华说："那就尽快看看吧，做一个客观评判，别把过去的情绪带进去哦。"

锦梅说："一说蝶城我就想到满仓的手指头。不过，要是给我块地让我建厂房进设备开服装厂，手指头也就算了。"

国庆从副驾转头问她："你真想开服装厂？"

锦梅说："做梦都想，我给姐姐和小青都说过八百遍了。北园、涿口，还有小清河那边的地，我都问了，租金太贵了。"

"蝶城。"雀华若有所思地说。

"姐姐，你是说回蝶城开服装厂？"国庆歪过头，认真地问。

"是的。你没发现大家——毕伯伯、岳群、开顺叔和其他很多人——都把我们当成蝶城人，对我们格外好吗？"

"那还不是因为你们出息了！"妈妈哼一声。

"我们是出息了，可是回峻明老家就没人知道，更没人搭理，这说明也还只有蝶城的同学、亲戚关心我们。"雀华说。

妈妈长长地叹了一口气。

"别管开在哪里，只要能开起来，我就开。"锦梅说。

"蝶城……小雪……"雀华喃喃着。

"蝶城……小雪……"国庆也喃喃着，因为喝了酒，他倚在座椅上睡着了，嘴角挂着微笑。

第二十三章

1

过了几个月，国庆对雀华说："岳群发我的资料我看了，很有开发价值，昨天下午趁着萧总高兴，我把这事给萧总说了，萧总很感兴趣。"

"萧总同意投资？"

"嗯，他觉得这个项目比起房地产开发来，投资周期短，见效快。 他让我跟那边约一下，过几天去现场看看。"

"挺好，没想到进展这么快。"雀华开心，不仅仅是萧总有意向投资，更重要的是国庆迈出了与蝶城与他自己和解的第一步。 往事不堪回首，可它就在那里，我们绕不过它，不能恨它，也不能怕它。

"我想做的事效率就高，"国庆笑笑，"萧总更是个急性子。 新拿的地我倒建议他不要急着开发，要慢慢开发，房子慢慢卖，因为房子一个月一个价地涨。 他接受了我的意见。"

"奸商。"锦梅笑着骂道。

"奸商的本事还在后头呢。 我跟岳群说了情况，岳群很高兴。谈完这事，我立马就又说了锦梅和小青的情况，以及锦梅的想法，岳群说蝶城的新区蝶兴区有一块地，可以考虑在那里投资建服装厂。"

雀华看向锦梅和小青，两个人乐呵呵地看着雀华，显然早就得到了这个消息。

"我大体问了问，给出的条件比锦梅之前问的济南这边的条件好得不是一点。"国庆说。

"我们也是蝶城人呢。"小青边给老三金宝喂鸡蛋羹边说。

妈妈在削土豆皮，削得很慢，以便有充足的理由在客厅听他们讨论。

锦梅高兴地搂住妈妈："妈，要是能回蝶城投资开厂，咱们就能借回蝶城的机会经常回小雪了。"

"是呀——"妈妈突然就落下泪来，手里拿着削了一半的土豆，用手背擦泪。

过了一个星期，国庆告诉雀华，生态园项目谈妥了。萧总也说了，蝶城的项目就交由国庆全权负责，以后他就要来往于济南和蝶城之间了。

"兜来转去，还是脱不了蝶城啊！"国庆百感交集。

"服装厂的事呢？"锦梅问。"我跟岳群私下里聊了聊，他很高兴，说蝶兴区工业园招商的那块地，等我们回去一起去看看。"

锦梅若有所思："倒不急，我……我又算了算，得……得不少钱。"

"不说一百多万吗？"雀华问。

"不止呢，我比着我们厂的三分之一大小算的，厂房、设备、仓库、面料和成品库存、人员工资什么的，都算上得三百多万。我和厚军的存款有十五万……嫂子的还多点。"

"我打算把王官庄那边的那个店盘出去，再加上这些年两个店挣的钱，能凑个五十万。"小青说。

雀华和国庆对视一眼，说："我入股，争取凑五十到一百万。"国庆说："我把公司的内部股转出一部分，也能凑百十万。王官庄的店如果还有利润，盘不盘再说。"

妈妈说："不开厂了，这样就很好，你和厚军拿着工资，小青开着店，稳稳当当的。"锦梅不语。

国庆说："妈，干好了的话，一两年就收回成本，以后就是纯挣的了。"

锦梅说："我们厂就是很好的例子。"

妈妈一愣："真的？"想了想："谁又能保证只挣不赔。"

雀华说："我们合计了，挣的可能性占百分之八十，赔的可能性占百分之二十，退一万步说，万一赔了，我们也赔得起，不至于没房住没饭吃。再说，锦梅和小青从事服装行业这么多年，你不相信她俩的本事？"妈妈不言语了。

等到五一放假，雀华、妈妈、锦梅、国庆、小青和三个孩子，共八口人，都回小雪了。

当天下午，岳群带着雀华和国庆、锦梅、小青来到计划建生态园的地方。这片地在南郊，蝶河南，现在种着一望无垠的油菜花，蝶舞塔耸立在西南方向。油菜花地里飞满了蝴蝶，白的、黄的、黑的、黄底黑点的……

蝶舞塔所在的地方，唐代时是一座古寺——蝶舞寺，多年以后因为战火等原因，古寺没有了，只留下这座古塔。雀华和国庆在蝶城上学时，蝶舞塔还是允许爬的，在学校组织的暑期夏令营活动中，他们都爬上去过。现在为了保护古塔，已经禁止人爬了，且周围也用铁栅栏围了起来。

蝶舞塔已有一千二百多年的历史，它目睹蝶城的变迁，从村子变成城镇，房子由一层、两层长到六层、十八层、三十三层……

雀华说："这里是好地方，自然环境好，还有蝶城的历史文化在里面。"

雀华最感兴趣的还是蝶兴区的那块地。他们很快到达。这里离蝶城市区七八里地，周边全是大大小小的工厂，其中较大的是机床厂，还有一家药业公司的生产加工厂，隐隐散发出一股药味儿。

雀华皱了一下眉头，说："药厂的味儿正好飘过来。"

国庆耸耸鼻子说："是。"

岳群说："市里打算把药厂往东北搬，新厂正在建，建好了就搬过去。"他又指了指东边："京沪高铁开通后，在蝶城设了站点，这儿离高铁站近，回济南也方便。""这一点不错，"国庆嘻嘻笑，"尤其是对我这不开车的人来说。"

雀华建议去看看药厂新建厂址的情况。于是他们又开车五公里，来到药厂新地址。新工厂正在如火如荼地建设中，占地面积也比原来大许多，他们放了心。

回到家，他们合计了一下，如果药厂按计划搬走，服装厂建在那里还不错。

"就是那地方在东边，离小雪远点。"妈妈说。小雪在城西，从蝶兴区过来正好穿过整个城区。

雀华说："最多远十里路，总共三四十里路，比三百多公里近多了。"妈妈也就不再说什么了。锦梅很兴奋，打开电脑，在大家的帮助下开始做具体规划。

2

第二天九点多，来了两位不速之客——小雪村支部书记春龙和一位气质优雅的中年女性。见到她，不知为何雀华心中一凛，好像心中的哪一根弦被触动了。她是雀华蝶城一中同一级不同班的同学，雀华在一班，她在三班。

一班在走廊头上，进出楼道口，别的班的同学都要经过一班门口，雀华就看到过她。她个子不高，白白的皮肤，秀气的小脸常常昂着，傲气十足的样子。现在的她丰润了一些，穿套裙，天蓝色小西装配一步裙，脚踩高跟鞋。短发，淡妆，口红颜色接近唇色。除了高跟鞋的高度出乎雀华意料，其他一切都似乎在想象之中。 秦斌，雀华记起她的名字来了。

春龙手里拎着两盒草莓，盒子的包装非常精美，还系着彩带。

春龙兴冲冲地说："雀华姐，你的老同学秦镇长看你来了。"

"老同学，你好啊。"秦斌伸出手。

雀华迟疑了一下，握住秦斌的手："秦镇长好。"

"雀华，叫我秦斌。"秦斌笑着说。 雀华一笑，把秦斌让进屋。

春龙把草莓轻轻放桌上，说："雀华姐，这是秦镇长给你带的草莓，腾飞牌有机草莓可是咱们大雪镇的标志，味鲜环保，远近闻名，还曾经空运到国外呢。 提到草莓基地一定离不开咱大雪，就像提到蔬菜大棚就绕不开寿光一样。 厉害不？"大家都自豪地笑了。 春龙又不失时机地说："咱这一品牌可是秦镇长用了四五年功夫树起来的。"

一听是镇长，又让大雪草莓出了名，妈妈分外热情："闺女，快坐快坐。"说完，她忙不迭地去沏茶。

镇长的登门拜访，不出十分钟就会让妈妈上了小雪的头条。

叙了旧，又互相恭维了一番，没用雀华多揣摩，秦斌开门见山，说了这次拜访的目的："昨天晚上听岳群科长说你们要回蝶城投资，生态园咱大雪够不上，至于开服装厂，咱们大雪倒有个好地方很适合。 我就告诉他我要截他的和，来找你们谈谈。 这个地方在大雪东边，离咱家也就五六里地。"

"这么近呀，那不就是在家门口嘛！"妈妈首先表示出兴趣。 锦梅笑眯眯地凑前一步，国庆也竖起耳朵听着。

秦斌说："投资还是家乡好，为家乡做事嘛，带动家乡经济发展，解决家乡人的就业问题。 大雪有了服装厂，很多年轻人就不用去外地打工了，那些对象出去打工、留在家里看孩子的小媳妇也能去服装厂上班。"

妈妈连连点头："那是那是，邻近的人知根知底，用着也放心。"

秦斌又说："我表妹两口子去深圳打工，把三岁的孩子留给我姨，孩子整天对着手机喊妈妈，是想与妈妈说话。我每次去了都很难过，他们要是能在大雪或蝶城就业该有多好，也能常回家看看老人孩子。"

"可不可不，"妈妈说，"小孩离开妈是最可怜的了。"

秦斌话锋一转："当然了，最优惠的政策镇政府当然会倾向从家乡走出来的人士，如果几位朱总回大雪投资，我一定帮着争取到最大程度的优惠政策。"雀华微笑表示感谢。"如果厂址选在大雪，你们三姐弟经常来来往往，阿姨也能在老家常住了。"秦镇长果然口才极好，晓之以理动之以情。

"是呀是呀。"妈妈迫不及待地接话，又眼巴巴地等着雀华表态。

"走，去看看地方。"雀华说。

从小雪到大雪的路边原来是田地，轮季种玉米和小麦，现在村庄已连成一片，相接处建了商品批发市场、饭店和小广场。

这条路她少女时期走过无数次。去大雪赶集、赶会，去大雪新华书店买书，去大雪电影院看电影……那时候来来回回就靠两条腿，可她从来没觉着累，有时候一天来回两三趟。那是一段快乐的时光，无忧无虑，觉得世界就是小雪和大雪的模样。路边的田地很壮，长着旺盛的小麦，有一次她搓将熟未熟的麦子吃，麦芒扎进喉咙，喝了好多醋才咽下去。

路右边有一条岔道，当年的大下坡如今已修平了。爸爸就在那条岔道上出的事。现在岔道两边也种着草莓。

对雀华来说，这是一片熟悉而又陌生的土地，让她魂牵梦萦的土地，承载了她太多的磨难和希望的土地。

秦斌说的那片地四周被草莓地包围，散发着草莓的甜味和青草的芳香。以前雀华坐破旧的小巴士去蝶城一中上学都要经过这里，这里也曾是大片麦田。雀华不得不承认这地方还真不错，离镇上不远，还靠着大路。

秦斌说："原来市里一家大的化工企业要在这里设分厂，我坚决反对，污染太严重了，大雪得不偿失。我因此身上被人泼粪，还差点被闷棍打死。"哦？雀华心头一惊，没想到她还真是做事的人。

秦斌摸了摸后脑勺，撩起头发："看这里，有一棍打在这里，当时肿成一个大土豆，我也人事不省了。"雀华在她头发稀少处看到一块肉红色的疤，像一条肉红色的豆虫。

"做点事不容易呀。"雀华由衷赞叹。

"秦镇长，您可能真的要截和了，"雀华说，"这里还真不错，离高铁远，离高速口却近。"秦斌喜笑颜开："你能相中这地方真太好了，岳科长那里放心，我跟他说了，选哪里都是在蝶城地界上，而且你们选的地方肯定对你们的发展更有利不是？"

锦梅指指北面："三中，我在那里上的初中。"

"就选这里吧，"春龙说，"离咱家近，有需要的，我还能跟着跑跑腿不是？新鲜的草莓想啥时候吃就啥时候吃。"

"这倒是，我最爱吃草莓。"锦梅咂咂嘴。

"说起种草莓来，能写一本书。"春龙把秦镇长怎么带人学习种草莓，怎么到外地考察，怎么不被理解，又怎么从几个试点扩大到整个大雪镇，每年能为农民创收多少讲了一遍。要不是秦斌打断，他还会说个没完。可以看出来，春龙对秦斌的敬重是发自内心的。这增加了秦斌在雀华心中的分量。

春龙又说："秦镇长跟大雪有缘，她还在蝶城日报社的时候就来大雪采访过，写过好几篇文章。"

"是的，那时候大雪的乡镇企业发展很好。"秦斌说。

雀华的心咚咚狂跳，问："秦镇长在蝶城日报社工作过？"

"是的，工作了十年零三个月。"秦斌迎着雀华的目光，冷静说道，"毕业那年是……"

"九五年。"雀华插话。

"对，九五年。 我在上海读的大学，自己在济南找了份工作，我爸觉着还是离家远，而且单位效益和前景也不好，就非让我回蝶城来，我妈一把鼻涕一把泪，我就回来了。 那一年蝶城日报社进了三个人，我是最后一个到最后一刻才去报到的。 那时候年轻气盛，向往大城市，根本就不想回蝶城……一念之差，命运的齿轮开始转动了。"

"秦镇长，你学的是什么专业？ 新闻，还是中文？"国庆问。

"中文。"秦斌看看国庆，又看看雀华，并不回避他们的目光。她的目光坚毅平和，似乎一无所知，又似乎了然一切。

"那个时候报社是好单位，记者是无冕之王，大家都想去，听说竞争很激烈。 秦镇长后来者居上，一定非常优秀啊……"国庆说。

"国庆——"雀华打断国庆，又扫了一眼几乎怒目而视的锦梅。

为了平复情绪，雀华走开两步，装作眺望远方。 秦斌一笑，紧跟两步走到雀华对面："老同学，听说当年你也要回蝶城的，后来又选择留在济南。""是的，本来要去蝶城日报社，因为后来又有了一位学中文的、专业更对口、更优秀的人选，我就出局了。""那个人就是我。"雀华一怔，没想到秦斌这样单刀直入。

"当时我不知道自己顶了别人，后来才从我父母和个别人口中得知，但那已是几年以后的事了。""不是顶，是公平竞争。"雀华说，"我专业不占优势，这个不一定完全按照先来后到。""说实话，雀华，我干得不错，一度做到新闻部主任。 但是你去了，照样很棒，优秀的人放到哪里都优秀。 不是恭维，是实话。"雀华微微一笑："这个我信。"

片刻的沉默之后，秦斌说："我来大雪不久，就知道那个人是你了。"雀华说："我要想知道那个人是谁，也早就知道你了。 我不想知道，也不想问，是谁都不重要了。 我一向不相信我妈张口闭口就是命这命那的，现在我信了，这就是命。""是的，是我们的命。 以后有机会我会给你好好讲讲我的故事，我的命运。"雀华一笑："好，我们需要像老同学一样好好谈谈。"

"本来我想等招商的事定下来再告诉你真相，现在你提前知道了就知道了吧，希望这件事不影响你们三姐弟的选择。"

"我是希望选在这里，毕竟政策会更优惠，成本会更低，小雪是我们的家乡，大雪是我们经常去的地方……不过我一个人说了不算，是我的弟弟妹妹要开厂，我只是参谋。"

秦斌神态自若地笑着："等待你们的好消息。"

秦斌直接从大雪回家，雀华和国庆、锦梅、春龙一起回小雪。

路上，春龙说："雀华姐，秦镇长在大雪干了四五年了，操心劳累，听说这两年身体不太好，打算再为大雪做些事就调回市里，如果招商引资成功，她就能往上走一步……"雀华一笑。

送走春龙，锦梅说："姐姐，我怎么觉得这个秦镇长就是当年抢了你工作的那个人呢。"

雀华说："不用觉得，就是。 刚才我们两个单独谈话时她告诉我的。"

"那我只好让春龙失望喽。"国庆说，"本来想回也不回了，过几天就跟岳群敲定这件事。"

"我赞成，"锦梅说，"把我们招回来她就能升官，就不让她升官！"

雀华说："我的意见是选大雪，离家近，吃住在家，方便；土地租金、用工、建设厂房、仓库的成本也比蝶兴区低。"

国庆和锦梅不语。

过了一会儿国庆说："要不这样吧，我那边的项目先进行着，这边先拖着，等秦斌调回市里了我们这边再启动，我和春龙直接找大雪镇书记。 无所谓的，我脸皮厚，不在乎返过头来再找他们。 实在不行蝶兴区那边保底，地方多的是。"

"在大雪当然好，我就是看见她别扭，就像我一辈子不愿看到那个满仓一样。"锦梅说。

"做事不能感情用事。我们现在的一切，不也是因她而得吗？"雀华平静地说。

锦梅从鼻子里发出一声冷笑。

回到家，妈妈兴冲冲地问看得怎么样，雀华把情况说了一遍。停顿了一下，雀华说："秦镇长就是当年进蝶城日报社的那个人。"

妈妈倒是出奇地冷静："刚才你开顺叔来咱家看我，给我说了。你开顺叔说秦镇长来到大雪后，你开顺叔看到过她的简历，她跟你一般大，一年毕业，心里就觉着是她。你开顺叔觉着对你们来说多一事不如少一事，就没提起过。这次她来找你，你们要打交道，他才跟我说起。"

雀华问："开顺叔怎么说？"

"你开顺叔说，过去的就过去了，往前看，往长远里看。"

"从长远里看当然大雪好，可我心里不得劲儿。"锦梅扭着头说。

"我不懂什么经营管理，反正我也是看着在大雪好。那就大雪吧，为了省钱省力，那个事以后再说。唉——"妈妈掉下了眼泪，"老天爷总叫人作难。"

"我不同意！"锦梅声音尖厉，"我不同意！我讨厌看到她！"

小青听着，忽地就朝金宝屁股上打了一巴掌，这可是从来没有过的事，金宝咧着嘴大哭起来，跌跌撞撞跑向奶奶。小青又是一巴掌："想起你爸爸没能上名牌大学，我就窝囊得慌！"

国庆急忙抱起金宝，对小青说："要不是秦镇长这连环套，当年你哪有美人救英雄的机会。"小青愣住，双手捂住脸。

雀华默默走到屋外。

3

回到济南，大家又回到各自的生活秩序中。 关于服装厂选址的问题，雀华打算冷处理，沉一沉，给国庆、锦梅、小青，包括自己，一些时间来缓冲，再做最后的决定。

过了半个月，秦斌打来电话："雀华，你们商量得怎么样了？ 镇里非常期待啊。"雀华说："我和国庆都上班，主要是锦梅要创业，她在私企工作，还在考虑辞掉工作的一系列事情，不仅仅是选哪里的问题——有了结果我第一时间向你汇报。"片刻的沉默后，秦斌说："好，我耐心等待。"问题的症结在哪里，其实双方心知肚明，只是谁也不愿挑明。

又过了一个月，秦斌忽然打来电话，说她来济南出差，济南的同学招呼她聚聚，请雀华务必也到。 雀华迟疑了一下："嗯……""怎么，有约了？""总部那边来了个副总检查工作，领导安排我们晚上陪着吃饭……"笼统地说有应酬，雀华担心秦斌怀疑她找借口推脱，不如实话实说。

"那咱们就改到明天，我明天还不走。"

雀华说："明天我做东。"

"你会有机会做东的，这次还是这位同学张罗吧。"不待雀华再说什么，秦斌挂了电话。 半个小时后，秦斌发来聚会时间和地点。

第二天雀华下了班赶往饭店。 十一个人，都是他们那一级在济南工作的同学。 雀华的同班同学只有一个，是最近几年从蝶城调过来的，其他同学也都眼熟面花，一聊起来就都熟了。 主陪特意安排雀华挨着秦斌坐。

喝到一定程度，大家都放开了，或窃窃私语或大声打着酒官司。趁着这当口秦斌对雀华说："雀华，我也是前些天跟岳群和国庆接触多了才知道，当年不光你的工作丢了，国庆还因此出了事，真没想

344

到，对当年给你们造成的伤害我深表歉意。 当然，这样的人生变故，道歉也没用。 这杯酒，我干了，谢罪。"秦斌把满满一杯啤酒一饮而尽。 雀华发现她的眼中闪着泪光。

雀华也给自己倒满，一口气喝完，举着空杯子说："秦镇长，言重了。 当时是伤害，从某种意义上来说，也是成全了我们。"

"可是你们吃了很多苦。"

"这倒是真的。"

秦斌说："其实我也吃了很多苦。"

雀华一怔。

秦斌接着说："我毕业后在济南找了一家文学报社做编辑工作，我男朋友是我大学同学，也是山东的，他当时找的单位是济南的一家银行。"世界真小，雀华立马想到石怀玉，他也在银行工作，说不定他们在同一家银行，还认识呢。

"我选择在济南工作，一是因为男朋友留在那里了，二是因为热爱文学，我有一个作家梦。 你也知道，九五年的时候文学已经边缘化了，经济大潮冲击着整个社会。 那份文学报经营不景气，时常发不出工资。 我爸对我选择这样的工作单位很生气，我妈以跳蝶河相逼，他们就在最后关头把我弄回来了，让我进了蝶城日报社。 我有了一份好工作，丢的是男朋友和文学梦。 我跟爸妈赌气一辈子不结婚的，最后到了三十岁才结婚。 网络兴起以后，报社的日子不再风光，我爸建议我尽早转向政府口，没办法我就转过来了，下基层。没想到一干爱上了这一行，我们的乡村发展，有多少问题就有多大潜力，有多少困难就有多少希望！"

雀华调侃："理想由作家改为政治家了？"

秦斌自嘲地一笑："阴差阳错，造化弄人。"

"也可以说是因缘际会，跟我学历史的改学会计一样。"

秦斌苦笑："忘了告诉你，济南的那份文学报纸九八年停刊，没钱办不下去了。 我听到消息后还写了篇文章，《蝶城日报》的老总硬是不让发。 现在又回到了文学的好时代，可惜我老了，我的文学梦早就磨没了，什么也写不出来了。"

雀华叹口气。 两人又倒酒，碰杯，干掉。

"工作几年后听到传言我逼问我爸，我爸承认费尽一切心思甚至顶了别人才给我找到这份记者工作。 再后来，听说你过得不错，我心中稍安。"

雀华冷冷一笑："现在想想还得感谢你，要不丢掉男朋友在报社混日子的就是我，在公司朝九晚五拿工资的就是我弟弟。"

"文学报停掉了我就找不到别的工作了吗？ 说不定我能一直从事与文学有关的工作，成了小有名气的作家了呢。"

雀华依旧冷笑。

秦斌又说："邀你们姐弟回乡创业，我不光为大雪着想，更为你们三姐弟考虑，服装厂建在大雪是最好的选择，没有之一，这边离市区远，人工费低，服装生产可是劳动密集型产业，其他各种费用也低，附近老小学闲置的房子归镇政府，可以免费先给你们做办公室和仓库，你是会计师，更知道怎么节约成本。"

绕来绕去还是绕到投资上来了，雀华心想，主观上为了你的政绩，客观上为了我们。 不过她也不得不承认，秦斌的话句句在理。

想到锦梅的态度，雀华重重地叹了口气，诚恳地说："我妹妹从小任性，她一时转不过弯来，再给她些时间吧。"

秦斌笑笑："如果我是她，我会把自己痛骂一顿！"

第二十四章

1

国庆公司那边的项目启动之后，他来往于济南和蝶城之间，跟岳群和秦斌都有过接触。 岳群告诉国庆，秦斌也很不容易，虽然家庭条件很好，不知道为什么一直不找对象，别人给介绍一律不见，到了快三十岁才找对象，处了不到半年就结婚了。 秦斌工作很拼，忙的时候多少天连家都不回，吃住都在镇上，腾飞牌草莓就是她创出来的，她初到大雪时任副镇长，干了几年才提的副书记兼镇长。

岳群说的秦斌的个人情况跟秦斌给雀华说的基本一致，看来那晚秦斌没虚构。

岳群跟他们同学一样，只知道当年国庆与人打架没能参加高考，不知道跟人打架背后的根源是什么，时隔多年国庆当然不会把那些事再说给他。 岳群表示由他们三姐弟选择，他怎么都行，又说："秦姐这人直率，提前跟我打过招呼了。"

雀华又把秦斌来济南出差，他们同学聚会时秦斌私下跟她说的一些情况说了一遍。

"这孩子也真可怜，好好的对象硬生生让家里给拆散了，她爸妈真不是个东西！"妈妈直摇头。

"还不如咱几个呢，怎么着咱们找的对象也是自己相中的。"小青看看国庆说。

"行了行了，说来说去，天时地利人和大雪都占了，就这么着吧，服装厂就开在大雪了。"锦梅板着脸说。

"想通了是好事，脸拉这么长是怎么个意思？"国庆嘻嘻笑着问。

"我把账算得明明白白的，大雪比蝶兴区更合适，可我就是心里憋得慌——"锦梅一扭身趴在沙发背上呜呜哭了。

一家人面面相觑。

雀华说："心里不得劲儿就算了，蝶兴区也不是绝对不行。"

锦梅立马停止哭泣，问："真的？"

雀华说："真的。"

锦梅擦干眼泪说："厚军又凑了五万块钱，这样我们就有二十万了，厚军说怎么也得凑五十万，以后随挣随往里投吧。"

国庆说："我投一百，姐姐投一百，你投五十，二百五多难听，你二十就二十吧，以后你是总经理，你操心多，你的劳动就顶那八十的投资吧。 以后咱们三家平均分红。 你嫂子虽能干，家里三个孩子，她也不能不管，只能两边跑着。"

小青点头："是。"

雀华说："我和国庆都有公职，只能做股东，出谋划策，助助阵，一般不会走到前台。 大多数还是靠你们两个。"

一家人商定，等蝶兴区那边签好合同，项目启动时锦梅就辞职，全身心投入。 厚军留在单位，两个人必须有一个稳定的，以后发展大了再说。 锦梅也和小青商量了，王官庄那个店小青尽快找人，玲玲过去帮锦梅。

他们还商定好，国庆先通知岳群，这边定下来谈个差不多了，雀华再给秦斌打电话。

听国庆说选在蝶兴区，岳群又惊又喜。"你看我哪天过去方便，咱们好好谈谈。"国庆说。 岳群即刻去请示领导，不久打过电话来，定在周三上午。 岳群又神神秘秘地说："双喜临门，还有一件大喜事等你来了告诉你！ 不见不散哦。"

周一上午，岳群又打过电话来，告诉国庆蝶兴区区委书记也来听听他们的合作对谈。

周二晚上下了班，锦梅开车接上雀华和国庆，一路开往蝶城。他们到达蝶城时，是晚上九点四十五分。 太晚了来不及回小雪，就找了家快捷酒店住下。 之前国庆已跟岳群沟通好了，这时微信通知他已到，让他放心。

躺在酒店的床上，听着锦梅均匀的呼吸，雀华感慨万千。 她做梦也没有想到，多年以后她会以这种方式回到蝶城，继续她与蝶城的恩怨，就像她做梦也不会想到，自己会在济南有两套房一部车一样。

沉下来想一想，他们这一代人是享受了时代红利的一代人。 社会的快速发展给了每个人机会，只要不怕吃苦，努力耕耘，都能过上不错的日子。

第二天正在吃早饭，国庆接到岳群电话："国庆，今天暂时不能谈签合同的事了，蝶兴区那边的药厂今天凌晨三点发生爆炸，区委书记在现场指挥，被二次爆炸的大火烧伤，住进了医院。"

蝶兴区区委书记国庆见过，因为生态园的项目打过几次交道，得知消息不去看望说不过去，就问了岳群哪家医院，去花店买了鲜花赶往医院。

姐弟三人一同来到蝶城人民医院。 岳群带他们走进病房，却是女病房。 正怀疑走错了，雀华看到一张床上躺着秦斌，虽然包着左边的半边脸，雀华还是一眼认出了她。

"秦镇长？"国庆也一愣。

岳群悄声说："看我，前两天是卖关子，今天是着急忘了给你说了，秦镇长两个星期前由大雪镇调任蝶兴区区委书记，我打电话告诉你参加咱们谈判的区委书记不是之前你见的书记，是这位新书记，得

349

知消息她主动要求参加的。"

雀华有些尴尬，还没给秦斌回话就跟这边谈上了，似乎有点不地道。 事已至此，她只能硬着头皮走进病房。

秦斌斜倚在床上打吊瓶，看到雀华姐弟来看她很感动，想坐直身子，被雀华轻轻按住了。 她的左胳膊外侧一片燎泡，也没有包扎，抹着药膏，左小腿外侧也是。 秦斌告诉他们她的伤势是烧伤里最轻的，幸亏火扑灭得及时。

"二次爆炸发生在左边，要是正对着我，整张脸就废了，合着没脸见人了。"秦斌微笑道。

雀华问："你早就知道要做蝶兴区区委书记了？"

秦斌说："是的，在春龙带我去你家之前就知道。"

"这么说你早就不必用给大雪招商引资捞政治资本了？"

"不必。"

"那为了什么？"

"为了大雪的发展。 我在大雪待了四五年，倾注了四五年的心血，有感情，更为了给以大雪为代表的乡村的发展做个表率。"

雀华笑了："听起来还挺高大上的。"

秦斌也笑了："我说为了你们姐弟三个你不是不信吗？"

雀华说："现在我信了。"

秦斌说："本来岳科长和他们局长告诉我你们选了蝶兴区时，我就打算也参加谈判，再做最后的努力，作为蝶兴区区委书记劝你们去大雪……现在躺在病床上，我依然这样建议……于公于私，我都问心无愧！"

雀华不置可否地笑着，悄悄看向锦梅。 锦梅神情肃然，看看雀华，上前拉住秦斌没有受伤的右手："秦姐，就听你的建议，去大雪。 我们家就是大雪的，哪有不首选大雪的道理？ 只是我找别扭。"

秦斌紧紧握住锦梅的手："别扭正常，不别扭倒假了。"

岳群在一旁有点如坠云里雾里，不过大体他还是懂了。

秦斌又转向雀华："雀华，我上次去济南出差，没有别的事，就是专程去见你的。"雀华一愣。"我想把事情说透，说清楚，能做的都做到，剩下的就交给你了。"

雀华动容，随即笑道："你这是去济南演苦情戏给我看呢。"

秦斌笑中带着沧桑，更带着欣慰："我是本色出演。"

2

在蝶舞翩翩服装有限公司的开工奠基仪式上，秦斌来了，招商局的各级领导来了，大雪镇的书记和新任镇长来了，春龙来了，毕伯伯和毕家大哥来了，开顺叔来了，雀华的七大姑八大姨来了，萧总也来了，每个人脸上都洋溢着喜悦的笑容。周围的一切那么熟悉，又那么陌生，隔着近二十年的时光，站在大雪的土地上，雀华热泪盈眶。

《蝶城日报》在重要位置刊登这则消息。不久报纸与公众号同时推出他们三姐弟的专访：《蝶城三姐弟重返故园，再出发》。蝶城电视台也有相关报道。雀华本不喜欢这般张扬，但为了给锦梅造势只能积极配合。国庆倒是乐意，滔滔不绝，当然他更知道分寸，关键时刻把C位让给雀华。

重返故园，再出发。"再出发"触动了雀华。是的，在人生的旅途中，要经历一次又一次的出发。考会计上岗证，自学会计本科，考注册会计师，进朝阳集团，应聘到斯乐公司……她经历了很多次的"再出发"。这一次的再出发对锦梅来说意义重大——锦梅已经辞掉了服装厂的工作。对雀华也一样，为了投资，她放弃了再买套房的机会。国庆抽出他在地产公司的股份投进来。似乎只能成功，不能失败。想到创业中的各种不确定性，雀华心中沉甸甸的，转念一想，什么样的风雨没经历过——干就是了。

她往西北朱家老林的方向望过去，爸爸在那里默默注视着他们，佑护着他们……

几个月后，雀华来到正在建设中的蝶舞翩翩服装有限公司，看到公司已初具规模。锦梅晒得小脸黝黑，她给每个人发了一个安全帽，带着大家走进工地，兴奋地指指点点："看，那是车间，那是原料仓库，那是成品仓库，这是办公楼，一层是展厅……办公楼最后再建，现在我们有办公的地方。"工地上声音很大，锦梅大声说，雀华微笑着支着耳朵听。

然后又去看办公室。办公室在附近的小学校舍里，小学是最早的老小学，七八年前建了新校后就不再用了。离学校门口还有几十米，看到一个人从传达室出来迎向他们，原来是开顺叔："雀华来了！"

"开顺叔。"雀华开心。

锦梅笑道："开顺叔一听说先在学校开工干活，主动要求来看大门。"

开顺叔笑得脸上开了花："我在这里教了几十年学，喜欢这里，退休了能发挥余热太好了，省得我整天闲得慌。在这里能看人能活动，权当锻炼身体了，我不要工资，锦梅和国庆说什么也不愿意。"

锦梅说："这也是我姐姐授意的。"

雀华笑笑，又问了开顺叔的身体状况，就跟着锦梅进了学校。

锦梅和小青打对桌，锦梅的办公桌是她从小雪的家中搬来的她以前的写字桌，小青用的是国庆以前的写字桌，其他的很多办公用品是从蝶城二手市场淘来的。

雀华笑道："还挺会过日子。"

锦梅说："那是，当了家才知柴米贵。"

锦梅又拉着雀华往里走到一个大教室前："当当当当当，请往这里看。"雀华进去一看，里面整整齐齐地摆放着四排缝纫机，工人们正埋头制衣。 工人清一色女性，从十八岁到五十多岁不等。 不，不全是女性，雀华发现这些人中竟然有两个男性，且都年过五十。

"还有男的？"雀华悄声问。

"他们可都是大雪有名老裁缝的徒弟。"

"是他们？"雀华想起来了，大雪有两个大的裁缝铺，做衣服，也卖布料。 一家的裁缝是男的，两个徒弟也是男的。 另一家是夫妻店，夫妻两个都是裁缝，听人说那男的手艺比他媳妇好。

"都让我挖来了，干老本行，他们还挺高兴的。 就是跟一帮妇女在一起，一开始有点不好意思。"锦梅说。

雀华怕他们不好意思，目光只从他们身上掠过，并不停留。

说着，又到了另一间大教室门口。 听到动静，有人从教室里出来。

"全友哥！"全友哥变老了，有了一些白头发。

"雀华！"全友哥的声音有些颤抖。

妈妈在老家时，全友哥每年过年过节都去看望妈妈，直到妈妈去了济南。 家里盖好新房子时，云姑奶奶和全友哥也去祝贺了。 云姑奶奶带着全友哥去家里谢罪的情景历历在目，转眼已过去近二十年。隔着这近二十年的时光，他们以这种方式相逢了，雀华紧紧抓住全友哥的手，那双手粗糙有力，颤抖着。

"全友哥现在一个人身兼数职，要管仓库，要帮着我们做各种杂事，晚上还是保安，就睡在传达室里，与开顺叔倒班。"

"这些活不算什么，比起种地和工地上的活轻快多了。"全友哥说着，见有人推着小推车过来，赶紧去忙了。

全友哥以前农忙时种地，农闲时在蝶城的建筑工地打工，这两年因为年龄大了，就不去工地打工了。 听说全友哥有空，锦梅就与雀华商量找他，雀华当然支持。

看到锦梅干得不错，雀华很高兴："以后一般情况你决定就行，除非有拿不定主意的重大决策，再找我和你哥。"这一刻她意识到，她眼中的任性小妹真的长大了。

雀华也知道，对锦梅来说，这只是开始，前面的路还很长，还会有很多考验。开弓没有回头箭，顾不得这么多了，往前走就是了。雀华搂搂锦梅肩膀。

3

年底，可芹叫着大家一起聚聚。

酒喝到一定程度，可芹悄悄对雀华说："怀玉哪里都好，就是最近文友聚会过多，身边的美女诗人、美女作家不少，我看他有点忘乎所以。"

雀华捂着嘴笑："你不放心了？"

"你觉得怀玉会是柳下惠吗？"

"他就是想做柳下惠，也不能给他这个机会。"雀华想了想说。

喝了一口红酒，可芹又说："今天他就有饭局，我说最近这些天雀华就今天有空，他才推了今天的饭局来的。"

雀华笑道："你就拿我做挡箭牌吧。"

"你是最管用的挡箭牌，在你面前，他永远是谦谦君子，在别人面前就不好说了。"

"怀玉是你相中的，不许这样诋毁他。"

"那你帮我敲打敲打他吧。"

雀华总算明白为什么一开始可芹就把她夹在她两口子中间了，她必须当说客。

石怀玉正在回微信，雀华等他回完，端起杯子说："大诗人，喝一个。"

石怀玉慌忙端起杯子，又看了可芹一眼，可芹正你一言我一语与美心打得火热。

"看你回微信都忽略了我们——你们这个圈子里文艺女青年多，美女更多，你可要洁身自好、守身如玉啊。"

石怀玉一下子涨红了脸："可芹跟你说什么了？"

"可芹怕你跑了。"石怀玉笑笑，两人各喝了一口酒。

"可芹就是疑神疑鬼。"

"可芹是世界上最在乎你的那个人哦。"

石怀玉又笑笑："是。"

"为了你在我们心目中的完美形象，干杯。"

"完美真难。"石怀玉一口喝干，"《完美真难》，一首好诗有了，回家就写。"

可芹一句不落地听着，回头笑道："石怀玉同学，你要做了对不起我的事，我让你白刀子进去，红刀子出来。"

美心也笑道："最毒妇人心。"

欣然说："不要给人定莫须有的罪名。"

欣然说着又转向雀华："对了雀华，你老家的服装厂怎么样了？"

于是大家的兴趣从石怀玉身上转到服装厂。雀华向大家介绍了服装厂的进展，也讲了秦斌的身份以及她对他们三姐弟的帮助。

听了秦斌的经历，大家一时无语。

过了一会儿美心说："不光是我，原来每个人活得都不容易……"

欣然说："这让我想到大舜的经历。大舜被父亲和继母赶离家园，才得以自立并成就一番事业。雀华被迫离开蝶城，才有了今天的朱总。"

雀华说："大舜是我的偶像，我努力学到他两点，勤劳和孝顺，至于他的为国为民，力所不能及呀，要是能为自己的家乡做点事，我也就心满意足了。"

石怀玉说："也得感谢这位秦书记，是她让雀华成了我们大家都喜欢的样子。"

雀华静静地听着。蓦地，她想起迎门墙上的《鸟耘图》。是的，该去大舜耕耘过的那片土地上走走了，那里是她力量的源泉。

大年初二，在雀华的动员下，妈妈、雀华家三口、国庆家五口、锦梅和厚军两口，一行十一人浩浩荡荡去爬千佛山。

沿着上山的主干道往左走，不远处就是大舜石图园，雀华特意把孩子们引到那里。孩子们在园中左瞧右看，被石刻的三足乌、凤凰所吸引。因为金宝没听过，雀华指着石柱上的刻图，再一次给他们讲象耕鸟耘、渔雷泽、陶河滨的故事。

金宝问："姑姑，小鸟替舜拔草，它能分清草和庄稼吗？我都分不清。"

"当然能，"雀华说，"大舜教给它们啦。"

"噢，噢。"金宝一噢，大家都笑了。

冬阳说："再往下，妈妈又要讲勤劳、孝顺、天下为公的大道理啦。"

雀华笑道："就是就是，来一次就要讲一次，一直到我八十岁还要讲……"

在雀华提议下，他们在象耕鸟耘的石像前拍了张大合影。

"我要看看真的大象。"照完相后冬阳说。

"我也看，我也看。"其他三个也嚷着。

"好，今年暑假我休公休假，带你们去西双版纳看看真的大象。"雀华笑道。

回到主干道，一行人继续往上爬。

到了重华殿外，累了，大家各自在院中休息。

雀华扶栏远眺。北面隐约可见的，该是黄河吧？华山看到了，鹊山看不太清，过一段时间找个晴好的日子再来，看一幅完整的《鹊华秋色图》。

峻明学校在主城区。 朝阳集团在东边，看不到厂区，但能看到大体方位。 再往东，看不到的地方，就是雀华现在所在的斯乐公司，舜华山庄在公司附近不远的地方。 再往东，是国庆公司开发别墅的孙村……

大舜石图园在树丛中格外醒目，石门、石柱、石像……蓦地，雀华看到石门前立着一个女孩，她仰望着石门，一动不动。 那不是一九九八年的雀华吗？ 她二十五岁，穿着淡绿色的短袖衫，黑色背带长裙，长发飘飘。 那一年，她从报纸上看到新闻，大舜石图园落成了，周末她就去了。 峻明回老家了，她一个人去的。 会计自学考试到了最后阶段，她学得很累。 神奇的是一到那里她立刻神清气爽。

雀华看到二十五岁的她在园中走来走去，时而抚柱细看，时而驻足凝神，乌黑浓密的长发被风吹起……

"老妈老妈，继续爬山喽！"身后传来冬阳的喊声。

再看一眼二十五岁的自己，雀华抹一把眼睛，回过身去。

二○二四年八月